Lilly M. Hintermeyer

Kartons voller Erinnerungen

Roman

Alle Personen und die Handlung sind frei erfunden. Auch bei den Örtlichkeiten habe ich künstlerische Freiheit walten lassen und sie entsprechen nie genau dem Original.
Etwaige Ähnlichkeiten mit lebenden oder toten Personen sind rein zufällig und nicht beabsichtigt.

Bibliografische Information der Deutschen
Nationalbibliothek:
Die Deutsche Nationalbibliothek verzeichnet diese
Publikation in der Deutschen Nationalbibliografie;
detaillierte bibliografische Daten sind im Internet über
http://dnb.dnb.de abrufbar.

© 2019 Lilian Hintermeyer

Herstellung und Verlag: BoD – Books on Demand,
Norderstedt

ISBN: 978-3-7322-5443-9

Wie oft sagen wir, wenn uns etwas Tolles und Wunderschönes in unserem Leben widerfährt:
Das ist ja wie ein kleines Wunder!!!
Die Betonung liegt auf ‚wie ein'…
Und warum auch nicht? Wenn sie eine Reihe positiver Zufälle, gepaart mit ein klein wenig Glück, als ‚kleines Wunder' bezeichnen wollen, dann tun sie das! Es schadet ja keinem…
Das Leben hält manchmal unverhoffte Überraschungen parat und darüber sollten wir froh sein.
Wie das Leben mit Glück, Zufall und Gefühlen jongliert sehen sie an Madita und Andreas.
Als sie sich kennenlernen ist ER verheiratet und SIE wurde gerade abserviert. Keine idealen Voraussetzungen für eine gemeinsame Zukunft.
Doch wenn zwei Menschen füreinander bestimmt sind, wird das Schicksal sich ganz sicher durchsetzen. Das ist so sicher wie das Amen in der Kirche!
Diese Geschichte umfasst so ziemlich alles, was das Leben bereithält und um sie haarklein erzählen zu können, müssten wir eigentlich in die Köpfe aller Beteiligten herumschnüffeln und diese Gedanken wie kleine Bausteine zusammensetzen. Wir müssten in ihren kostbaren Erinnerungskartons kramen, den ersten Kuss beiseiteschieben, den Schmerz des Liebeskummers mit einer Küchenrolle aufwischen und wahrscheinlich auch mal etwas unbändigen Zorn an stabile Ketten legen.
Das geht nicht?
Oh doch!
Ich kenne jemanden, der genau diese Kartons voller Erinnerungen bei sich lagert und dort gehen wir jetzt hin. Sie ist wirklich eine äußerst liebenswerte Gastgeberin.

Hey, nicht weglaufen!
Ich habe gerade geklingelt und ich höre auch schon Schritte…

Gastgeberin:

Ja, hallo…das ist aber schön, dass du den Weg zu mir gefunden hast. Ich kann mir auch vorstellen, was dich hergeführt hat. Aber komm doch erst mal rein, meine Liebe…bitte Schuhe abtreten, ich habe heute Morgen gewischt…danke! So, hier entlang und nur nicht so schüchtern. Ich beiße dich schon nicht. Am besten setzten wir uns ins Wohnzimmer. Von dort haben wir einen wundervollen Blick auf den Teich im Garten.   Schau, wie schön er ist…findest du nicht auch? Hach…ich liebe das Glitzern der Morgensonne auf der spiegelglatten Oberfläche. Einfach herrlich! Kaffee? Tee? Warte…ich hänge noch schnell deine Jacke auf. So, fertig! Und jetzt lass mich mal raten…du bist bestimmt wegen den Kartons hier, stimmt's? Tzzz…unglaublich, wie schnell sich deren Besonderheiten herumgesprochen haben. Dabei gehören sie noch nicht einmal mir! Lilian, meine Postbotin hat sie bei meinem Einzug einfach hier abgeliefert, mit der Bitte, ich möge sie eine Weile bei mit Zwischenlagern. Und seitdem verstopfen sie meine Abstellkammer. Diese Lilian wiegelt jeden Morgen ab: *Ja, ja…ich komme sie schon noch abholen!* Bin echt mal gespannt, wann das sein soll! Natürlich habe ich mal in die Kartons reingelinst und ich war sehr erstaunt, über den Inhalt. Ich rief meine Freundin Jule an und wir stöberten uns weiter durch. Dann kam auch noch Vicky dazu…und dann Senta und dann Erika…tja, und jetzt bist DU gekommen. Und ich freue mich sehr über deinen Besuch und dein Interesse. Am besten gehen wir mal zusammen in die Abstellkammer. Aber Stopp… du musst sehr vorsichtig sein. Das sind nämlich ganz besondere Kartons…es sind Kartons voller Erinnerungen. Und mit Erinnerungen muss man sehr sorgfältig umgehen, zumal sie auch nicht mir gehören. Sie gehören Madita, Andreas, Antonius und so weiter. Am besten nehmen wir ein paar mit ins Wohnzimmer…! So, stell sie einfach neben der Couch ab…vorsichtig…stell dir nur mal vor, was für ein Chaos wir anrichten, wenn der gesamte Inhalt herauspurzeln würde. Vielleicht fangen wir mit dem grüngepunkteten an?

Hmmm...doch ich sollte dir besser erst einmal Madita und Andreas vorstellen, damit du auch weißt, mit wem du es gleich zu tun bekommst. Hier, nimm dir noch ein leckeres Haferflockenplätzchen...sind eben erst aus dem Ofen gekommen...und immer schön das Tellerchen darunter halten...die Krümel...du verstehst? Danke dir! Dann fangen wir mal an und schauen uns zuerst in der Gegenwart um...

Gegenwart (2011)

Madita

Der Glockenturm schlägt. Madita liegt mit herunter gestrampelter Decke im Bett und zählt langsam mit. Elf mal. Durch das weit geöffnete Fenster weht laue Nachtluft. Die zarten, grüngeblümten, leicht gerafften Gardinen bauschen sich sanft in der Brise. Kleine Schweißperlen stehen auf ihrer Stirn. Schweißnasses Haar klebt in ihrem schmalen, im Augenblick etwas verspannten Nacken und kräuselt sich feucht hinter ihren Ohren. Ein einzelner Schweißtropfen rinnt zwischen ihren, im Augenblick, recht vollen Brüsten hinab. Sie ist für jeden noch so kleinen Luftzug, der ihr etwas Abkühlung und Erleichterung beschert, dankbar. Andreas, ihr Mann, rollt sich im Schlaf auf die Seite und strampelt träge ebenfalls das dünne Laken von sich. Madita schielt zu ihm rüber. Sein Atem bleibt weiter ruhig und gleichmäßig. Langsam schwingt sie die Beine aus dem Bett, tastet suchend mit ihren zartrosa lackierten Zehen nach ihren kuscheligen grau, weiß gepunkteten Hausschuhen, schlüpft hinein und stemmt sich vorsichtig, die Hand stützend unter ihren weit vorgewölbten Bauch gelegt, aus dem Bett. Liebevoll streicht sie über den straff gespannten Stoff ihres blaugestreiften, baumwollenen Nachthemdes. Bald ist es soweit. Bald soll ihr, beider Baby zur Welt kommen. Schwerfällig, die Hände in den Rücken gedrückt, watschelt sie zu dem kleinen, grünen Backenohrensessel neben dem geöffneten Fenster und lässt sich, leise stöhnend, hinein sinken. In letzter Zeit schläft sie schlecht. Da geht es ihr wohl wie so vielen Frauen die ihr erstes Kind erwarten. Tagsüber ist sie abgelenkt mit den Vorbereitungen für den kleinen neuen Erdenbürger...aber des Nachts, wenn alles ruhig ist und scheinbar die ganze Welt im tiefen, verträumtem Schlummer liegt...da keimt Unruhe und Angst vor dem Unbekannten in ihr auf. *Werde ich eine gute Mutter sein? Läuft alles glatt bei der Geburt? Ist das Baby gesund?*

Eine kleine, steile Falte erscheint zwischen ihren sorgenvoll, geweiteten Augen. Ihr Blick wandert zu Andreas, der seitlich, mit angewinkeltem Bein und einer Hand auf ihrem Kissen ruhend, den Schlaf der Gerechten schläft. Eine vorwitzige Strähne seines fast schwarzen Haares fällt ihm jungenhaft in die Stirn. Ein Hosenbein seines Pyjamas ist bis übers Knie hochgeschoben und entblößt seine durchtrainierte, behaarte Wade. Sein großer Zeh zuckt ganz kurz. Sie entspannt sich etwas. Ein leises Lächeln huscht über ihr Gesicht. Sie beide sind zwar jetzt schon seit fast einem Jahr verheiratet aber es kommt ihr noch immer wie ein Wunder vor, das sie zueinander gefunden haben. Eigentlich war es auch ein kleines Wunder! Langsam lehnt sie sich im Sessel zurück. Ihr Blick schweift aus dem Fenster in die Ferne. Ihre Gedanken folgen. Zurück in die Vergangenheit. Zu einer Zeit als.. .

Madita (2009)

Das Schicksal nahm seinen Lauf an dem Tag, als sie beschloss ihren kleinen, beschaulichen 500 Seelen Heimatdorf in Hessen den Rücken zuzuwenden und spontan (naja, spontan war vielleicht etwas übertrieben formuliert), sozusagen fast von jetzt auf gleich, nach Berlin zu gehen. Mit knapp 28 Jahre auf dem Buckel, eine gescheiterte, langjährige und urplötzlich beendete, Beziehung hinter sich und einem Kinderzimmer, voller alter verstaubter Erinnerungen, aus dem sie längst herausgewachsen war, überkam sie plötzlich die Abenteuerlust und sie machte sich auf den Weg hinaus in die Welt (zumindest hinaus aus ihrem Heimatkaff).
Mit einem Rucksack voller Kleider, gut gemeinten Ratschlägen ihrer Mutter und unausgegorenen Träumen im Kopf, sowie ihre gesamten Ersparnisse, fast zweitausend Euro, in den Stiefeln versteckt, wurde sie, als sie nach ein paar Stunden ungemütlichen Rumgeschockels, aus dem Zug stieg, vom Leben in der Großstadtmetropole fast erschlagen. Berlin! Darauf war sie nicht vorbereitet gewesen...sie, das Landei, das noch nie im Leben die Luft überhaupt *irgendeiner* Großstadt geschnuppert hatte. Die Ankunft auf dem riesigen Bahnhof...ein klein wenig erschreckend. Nee, nicht erschreckend...etwas einschüchternd vielleicht...ja, das schon.
Staunend, mit offenem Mund wurde sie fast augenblicklich von der emsig herumwuselnden Menschenmenge verschluckt und erbarmungslos durch die riesige Bahnhofshalle geschoben. Summendes Stimmengewirr um sie herum. Fremde Menschen und fremde Gerüche um sie herum. Sie ließ den Blick schweifen.

Aufkeimende Angst und auch etwas Mutlosigkeit schnürten ihr die Kehle zu. Eilig drückten sich, genervt dreinschauende, wild gestikulierende Leute an ihr vorbei...alle offensichtlich mit einem Ziel vor Augen. So ganz anders als sie. Leicht beklommen, mit rasendem Herzen, schlängelte sie sich zu einer der hell gekachelten Außenwände durch, schloss die Augen und atmete erst einmal kräftig durch. Das Geldbündel in ihren Stiefeln drückte unangenehm gegen ihre Ferse. Der prallgefüllte Rucksack, ihr Augenblickliches Leben in Diät-Form, hing schwer an ihrer schmalen Schulter. Ihre Träume zurzeit auf die Größe einer vertrockneten Erbse geschrumpft, überkam sie leichte Übelkeit und auch Zweifel an ihrer Entscheidung. Mein Gott, wie kam sie nur auf eine solch bescheuerte Idee?
Erschöpft lehnte sie sich an die kalten Wandplatten in ihrem Rücken. Ihr Magen knurrte laut und vernehmlich. Vor lauter Aufregung hatte sie doch glatt vergessen zu frühstücken. Madita unterdrückte ein Lachen.
Willkommen in Berlin! Der Stadt ihrer Träume!
Etwas ratlos schaute sie sich um. Erst mal raus aus diesem Rummel. Mutig reihte sie sich wieder in den scheinbar nie versiegenden, endlosen Menschenstrom und ließ sich zum Ausgang treiben. Draußen an der frischen Luft angekommen, beruhigte sich auch schlagartig ihr Puls. Menschenmassen waren eben nicht so ihr Ding. Die Sonne empfing sie lachend, zusammen mit einer frischen, kühlen Fast-Frühlingsbrise. Sie blinzelte kurz. So, was nun? Erst einmal brauchte sie eine Unterkunft und natürlich zum zweiten einen Job. *Naja, ein bisschen Blauäugig hatte sie das ganze schon angegangen. Normalerweise HATTE man bereits einen Job und eine Wohnung, wenn man in eine andere Stadt 'auswanderte'.* Aber Madita hatte ihrem Bauchgefühl vertraut und blind alles auf eine Karte gesetzt. *Mal schauen, was da herauskam.*
Ihr Magen meldete sich wieder, diesmal mit Nachdruck. Laut lachte sie auf. Nein, zu allererst brauchte sie was zwischen die Zähne. Seitlich vom Bahnhof nahm sie eine kleine Bäckerei wahr. Ihr Magen hatte ihn offenbar auch entdeckt. Sein Knurren klang immer bedrohlicher. Also schulterte sie ihr Hab und Gut und machte sich auf den Weg, vorbei an einem langen Taxistand, wo die im Wagen sitzenden Fahrer sie kurz als potenziellen Kunden musterten oder einfach zeitungslesend ignorierten, bis sie vor der Tür des Miniladens stand und ein verführerischer Duft ihre Geschmacksknospen auf gemeinste Art und Weise kitzelnd reizte.
Mit wässrigem Mund betrat sie die Bäckerei-Filiale. In der Ecke stand ein kleiner, wackliger Zeitungsständer.

Beherzt griff sie sich gleich drei verschiedene Tageszeitungen und bei den Leckereien schlug sie mit zwei Wurstsemmeln und zwei Plunderteilchen zu. Ihr Vermögen schrumpfte schlagartig um 13,60 Euro. Ein junges Pärchen betrat schwungvoll den kleinen Laden. Lautstark streitend.
"Du gehst mit tierisch auf den Senkel! Wie kann man nur so verklemmt und engstirnig sein?"
Der Mann! Sein missmutiger Blick streifte kurz musternd über Madita.
"Du nennst mich engstirnig? Du hast den Nerv mit dieser blonden Barschlampe zu vögeln...in m e i n e r Wohnung... und nennst mich verklemmt und engstirnig?" Die Frau.
Peinlich berührt drückte Madita ihre zwei Papiertüten mit den duftenden Fressalien an sich und versuchte sich an den beiden Streithähnen vorbeizuschieben. DER Rosenkrieg ging sie nun gar nichts an.
"He, du!" Die Frau. Madita verharrte abrupt im Schritt und starrte mit klopfenden Herzen auf den gemaserten Fußboden. "**Ja, du, mit dem Rucksack. Was hältst du denn davon?**" Eingeschüchtert drehte Madita sich langsam, mit eingezogenem Kopf, zu der erregten hellen Stimme um.
"Meinst du mich?" Ein dünnes Pfeifen begleitete ihren Atem und ihr noch dünneres Stimmchen. Eine junge, überschlanke Frau mit feuerroten, halblangen Haaren und frechem Fransenpony funkelte sie, nickend, mit in die Hüften gestemmten Händen, an.
"Komm, lass doch das Mauerblümchen...!" Die Stimme des Mannes bekam einen schnurrenden Unterton, "Lass uns nach Hause gehen und die ganze Sache vergessen!" Säusel! Säusel! Würg!
"**Pah**", wütend stach die dürre Rothaarige mit ihrem dünnen, beringtem Zeigefinger auf seine Brust, "**Du kannst deine Sachen packen und zu Blondie gehen! Ich will dich in meiner Wohnung nicht mehr sehen!**"
Der schnurrende Unterton des Mannes wich einem bockigen knurren, "Das ist auch meine Wohnung!""Ist es nicht", zischte Rotschopf, " Im Mietvertrag stehe nur ich! HA!" Triumphierend richtete sie sich zu ihrer vollen, nicht gerade unbeachtlichen, Größe auf. Wütend starrte der Mann die rothaarige Frau an, "**Dann geh ich halt...sieh doch zu wie du die Wohnung alleine bezahlt bekommst!**" Grollend und bitterböse dreinblickend schob er seine Freundin (nun wohl eher Ex-Freundin) zur Seite und drängte sich grob an der sprachlosen und ziemlich verdattert dreinschauenden Madita vorbei.
Wow...ein lautstarkes Beziehungsdrama in aller Öffentlichkeit...tzzz...das hätte es in ihrem ‚Dörfli' niemals gegeben.Das gäbe ein Getratsche!
Madita schüttelte innerlich, peinlich berührt, den Kopf.

Arme Frau! Doofer Trottel!
"Als ob ich dich brauchen würde...ich kann mir auch einen anderen Mitbewohner suchen!"
Sie wirbelte zur Verkaufstheke herum, pustete sich energisch das kecke Pony aus dem Gesicht und trommelte mit ihren langen, blau lackierten Fingernägeln auf ihrem großen, bunten Shopper, der überdimensional, wie ein riesiges, schlafendes Tier, an ihrer Seite hing. Teilnahmslos schaute die Verkäuferin Rotschopf an...ganz so, als ob sich jeden Tag Leute in ihrem Laden verbal zerfleischen und trennen würden. Madita starrte auf den schmalen, geraden Rücken vor ihr. Sie kratzte allen Mut zusammen und tippte der rothaarigen Frau auf die Schulter, "Entschuldige...!"
Genervt drehte sich die junge Frau herum. Als sie Maditas leicht verängstigten aber wachsamen Blick wahrnahm, wurde ihr Blick schlagartig freundlicher, "Tut mir leid, dass du das eben mitbekommen hast. Ich wollte dich da nicht mit reinziehen, aber ich war so...", sie machte eine Faust und biss knirschend die Zähne zusammen, "...ich war einfach nur sooo wütend!" Sie musterte Madita, "Findest du es etwa übertrieben, dass ich ihn rausgeschmissen habe?" Madita lachte, "Nee, ganz sicher nicht. So einen Hallodri hätte ich auch rausgeworfen!" Die Rothaarige musterte sie nochmals...diesmal etwas verwundert mit hochgezogener Augenbraue, "Hallodri? Gott, das Wort habe ich ja schon ewig nicht mehr gehört...Pisser...Wixer...Scheißkerl...ja...aber Hallodri?" Sie schüttelte lachend den Kopf und strich sich das Pony aus der Stirn, "Du bist wohl nicht von hier!" Mehr eine Feststellung als eine Frage.
"Was darf es sein?" Die monotone Stimme der lethargisch dreinschauenden und offensichtlich gelangweilten Verkäuferin riss beide aus der Unterhaltung. "Ähm...", die Rothaarige nagte überlegend an der Unterlippe, "...ein Eiweißbrot, bitte!" Stumm, mit abgehackten Roboterbewegungen wurde das Brot eingepackt. Der Rotschopf drehte sich wieder zu Madita um und streckte ihr die Hand entgegen, "Ich bin übrigens Lisa, Lisa Berger!" Automatisch griff Madita nach der angebotenen Hand, "Mein Name ist Madita Kellermann!"
Lachend schüttelte Lisa, Maditas Hand, "Kellermann, hm? Wie in Dirty Dancing! Urlaub bei den Kellermanns...", frotzelte sie grinsend mit belustigt blitzenden Augen und strich sich wieder das widerspenstige Pony aus dem Gesicht. Lisa schob, noch immer grinsend, die abgezählten Münzen über die Theke, bezahlte und packte ihr Brot in den übergroßen Shopper, "Schön dich kennengelernt zu haben, Madita Kellermann.

Vielleicht trifft man sich ja mal. So groß ist Berlin
auch wieder nicht." Sie lächelte noch einmal kurz und trat aus der Tür.
Madita schaute ihr hinterher. Aufregung, Scham, Unsicherheit und Angst
färbten ihre Wangen rot. Ohne großartig weiter zu überlegen, stürzte sie
Lisa hinterher, nach draußen, "**Warte mal!**" Lisa schaute sich überrascht um.
Etwas kurzatmig kam Madita vor ihr zum Stehen und trippelte verlegen von
einem Fuß auf den anderen. *Wenn sie hier in Berlin wirklich einen
Neuanfang wollte, musste sie ihren überschüchternen Schatten einfach mal
rücksichtslos platt walzen und nach vorne preschen.* "Was ist, Madita
Kellermann?" Amüsiert beobachtete sie Madita. *Was für ein komisches
Mädchen!*
Madita kratzte all ihren, zugegebener Maßen, mickrigen Mut zusammen,
"Du sagtest doch eben...", sie zeigte auf den kleinen Laden hinter sich,
"...ich meine, vorhin, im Laden...bei deinem Streit mit...naja, du weißt schon
wem...hattest du erwähnt das du eventuell...ich meine vielleicht habe ich
dich auch falsch verstanden...nicht das du denkst ich würde das ausnutzen
wollen...!" Hilflos hob sie beide Arme, schüttelte den Kopf und quälte ein
schiefes Lächeln hervor.
Lisa schaute demonstrativ auf ihre billige, abgeschabte Armbanduhr, "Ich
will dich ja nicht hetzen, aber ich würde ganz gerne heute noch nach Hause
kommen!"
Madita schaute Lisa unsicher von unten herauf an, "Was ich eigentlich
fragen wollte...hast du das mit dem Mitbewohner ernst gemeint oder hast
du den...den...Wixer...nur veräppeln wollen? Wie wäre es denn mit einer
Mitbewohner**in**?"
Lisa taxierte die junge braunhaarige Frau mit den wadenhohen Stiefeln und
dem riesigen, prallen Rucksack, "Nein...der Hallodri...", sie setzte das Wort
mit ihren Fingern in imaginäre Gänsefüßchen und grinste, "...fliegt raus,
sobald ich heimkomme!" Beiläufig betrachtete sie ihre Fingernägel und
guckte prüfend in den leeren, azurfarbenen Himmel.
"Naja...", druckste Madita, "...ich suche halt was...zum Wohnen und so...ich
kann auch meinen Mietanteil bezahlen...falls du Angst haben solltest, dass
du kein Geld bekommst...ich suche allerdings auch einen Job...klar", sie
lacht unsicher, "...und ich bin sauber, kann kochen, bügeln und schraube
auch immer die Zahnpastatube zu!" Lisa prustete los.
"Ach ja, ...und ich pinkele im Sitzen!", beendete Madita etwas atemlos und
leicht schmunzelnd ihre Ausführung. Giggelnd hielt Lisa sich den Bauch.
Lachtränen kullerten über ihre schmalen Wangen, "Hör zu, Madita...",

sie schniefte kurz, "...ich suche keinen Ehepartner. Nur einen Mitbewohner...oder auch Mitbewohnerin!"
Sie wischte sich über die feuchten Augen. Eine feine, dunkle Tuschespur zog sich nun neben den Augen bis in den Haaransatz.
"Du kannst dich echt gut anpreisen!" Sie drehte sich um und ging. Madita blieb verdattert stehen. *Nanu? War das nun ein Ja oder Nein?*
Lisa schaute über ihre Schulter, "Na los...komm schon, Madita Kellermann...oder willst du da Wurzeln schlagen?" Das ließ sich Madita nicht zweimal sagen, schulterte ihren schweren Rucksack und eilte ihrer zukünftigen Mitbewohnerin nach. Lisa bugsierte Madita um die Ecke zu einer der wenigen, engen Parkreihen, die **wirklich jede** Stadt vorzuweisen hatte und blieb vor einem quietschgrünen Clio stehen. "Das ist Froggi, mein treuer Begleiter!"
Stolz zeigte sie auf das (hoffentlich) rollende Gefährt und tätschelte liebevoll das zerkratzte und leicht eingedellte (?) Dach.
Madita blinzelte kurz und schluckte, "Man, das brennt einem ja Löcher in die Augäpfel! Der ist ja...", sie suchte nach Worten, "...der ist ja sehr ...speziell!" Mühsam drängte sie die Tränen zurück, die ihr spontan beim Anblick der extrem grellen Farbe in die Augen schossen. Sie wollte ihre neue Mitbewohnerin nicht schon in den ersten zwei Minuten vor den Kopf stoßen...aber Lisas treuer Weggefährte ließ wirklich keinen Zweifel an deren mangelndem Geschmack (was Halodri auch bewiesen hatte). Was sie wohl in ihrem zukünftigen zuhause erwarten würde?
Lisa kichert nickend, "Stimmt, aber glaub mir...im Parkhaus muss ICH meinen Wagen nicht suchen!" "Das glaub ich dir auf Anhieb!", kicherte Madita übermütig und lugte wagemutig ins Innere des abenteuerlichen Gefährtes.
Rosa Plüschbezüge und Unmengen von Fastfood-Abfall zierten großzügig Polster und Boden. Lisa sperrte den Kofferraum auf, "Schmeiß dein Zeug einfach rein!" Sie selbst warf ihren großen bunten Shopper achtlos in die hintere Höhle ihres Wagens wo er einem platten Ersatzrad, einer zerknautschten Luftmatratze, zwei Eimern Farbe und ungefähr zwanzig leeren Coladosen, Gesellschaft leistete. Madita quetschte ihren Rucksack und die Zeitungen dazu."Dann lass uns mal heimfahren, Mitbewohnerin!"
So begann ihre ungleiche WG.

Lisa steckte sich eine Zigarette an, blies den Qualm durch das halb heruntergekurbelte Fenster, schob den Gang krachend rein und fuhr los...direkt hinein in das atemberaubende Großstadtdschungel- Verkehrsgetümmel. Beeindruckend und auch angsteinflößend. Aber daran würde sie, Madita sich irgendwann gewöhnen. Hoffte sie zumindest.
"So, Madita Kellermann...kann ich dich Madi nennen?", ohne eine Antwort abzuwarten quatschte sie munter weiter, puhlte blind im Seitenfach der Fahrertür herum, zauberte zwei Streifen Kaugummi hervor, (bot einen Madita an, die dankend ablehnte...weiß der Geier wie alt diese Dinger schon waren), schob sich den Streifen in den Mund, ließ das Papier achtlos zu Boden segeln und kaute knatschend auf ihrem Kaugummi herum, "Du willst also einfach mal so Berlin erobern. Lass mich raten...gescheiterte Beziehung...habe ich recht?"
"So in etwa", Madita betrachtete staunend das bunte, hektische Großstadtleben. Ihr Hunger war vorerst wie weggeblasen. Es schien, als sei sogar ihr Magen völlig geflasht.
"Von wo kommst du denn?"
Madita winkt ab, "Ach, aus einem klitzekleinen Kaff bei Hasselroth...das liegt in Hessen!"
"Und was arbeitest du?" bohrte Lisa Kaugummi knatschend weiter, ohne den Verkehr aus den Augen zu lassen, weiter.
"Ich bin Floristin...naja, zumindest hoffe ich, dass ich hier auch als Floristin arbeiten kann. Ansonsten nehme ich alles was Geld einbringt!" Leicht erschrocken schlug sie sich auf den Mund und errötete verlegen, "Naja, fast alles!"
Lisa warf ihr einen amüsierten Seitenblick zu, nahm einen kräftigen Zug an ihrer Zigarette, ließ eine kleine Kaugummiblase platzen und schnippte die Asche aus dem kleinen geöffneten Spalt aus ihrem Fenster. Die blecherne Autokolonne schwappte, mit Froggi mittendrin, in Intervallen vorwärts."Und was machst DU so?", erkundigte sich Madita neugierig.
Lisa schob den Ärmel ihrer groben bräunlichen Strickjacke nach oben und entblößte einen bunt tätowierten Unterarm, "Ich bin Tätowiererin...unser Laden in dem ich arbeite war auf einer Tattoo- Messe in Leipzig...von dort komme ich gerade!"
"Ohne Kleider...ich meine...du hast doch gar keinen Koffer bei dir."
"Den bringt mein Chef mit zurück...ich musste früher los...wegen...dem Arsch halt!" Sie schnaubte verächtlich und bog in eine etwas schmalere Straße ab.

Die modernen Klotzgebäude wurden durch schmalere, nicht ganz so hohe, grautriste Häuser ersetzt. Lange Autoreihen parkten rechts und links zwischen hilflos wirkenden, noch kahlen Alleebäumen am Straßenrand. Interessiert schaute sich Madita ihre neue Umgebung an. Mit einem Mal, "HALT!" "Warte, ich kann hier nicht...!" "DOCH...HALT AN...!" "Gleich!" Lisa fuhr noch ein Stückchen und quetschte sich in eine dieser typischen, enorm schmalen Stadtparklücken. Kaum das sie standen, schlängelte Madita sich aus dem Auto und lief den Gehweg zurück.
"WO WILLST DU DENN HIN...MADITA...MADI...!" Lisa schnallte sich kurzerhand ab und stieg halb aus dem Wagen und schaute über Froggies malträtiertes Dach, Madita hinterher, die weiter hinten, in einem rot gestrichenen Haus verschwand.
Lisa steckte sich noch eine Zigarette an, nahm einen tiefen Zug und setzte sich abwartend auf die Bordsteinkante. Irgendwann muss Madi ja wieder rauskommen. Zwei Zigaretten und einem Halsbonbon mit Kirschgeschmack (ebenfalls aus den tiefen Sphären der Wagentür) später erschien Madita wieder. Glücklich strahlend, sprang sie Richtung Lisa und Froggie...wie ein kleines Mädchen, strahlend, von einem Bein aus andere hüpfend. Lisa stemmte sich hoch und klopfte sich den Straßenstaub von der stark verwaschenen Jeans. "Was war denn das?"
Freudestrahlend klatschte Madita in die Hände, "Du wirst es nicht glauben...", sie lachte hell auf, "...ich habe einen Job!"
Ungläubig glubschte Lisa sie an, "Wie? Job?"
Hektisch wedelte Madita mit beiden Händen auf das rot gestrichene Haus aus dem sie gerade eben kam, "Ich kann am Montag in 'Angela's Blumenwunder' anfangen!"
Lisa schielte verdutzt an Madita vorbei, "Da ist ein Blumengeschäft? Wusste ich gar nicht." "Doch!"
Glücklich strahlte sie Lisa an und winkte sie zu Froggie, "Komm, jetzt können wir weiter!" Madita plumpste in ihren Beifahrersitz und schaute Lisa erwartungsvoll an. Die stand ruhig grinsend, mit vor der Brust verschränkten Armen weiter auf dem Gehweg. "Was ist, Lisa...?"
Unsicher knibbelte Madita an ihrer Nagelhaut. Schlechte Angewohnheit. "Nichts...!" Lisa grinste weiter und schüttelte auf einmal mit dem Kopf und lachte laut auf, "Du bist unglaublich, Madi...noch keine zwei Stunden in Berlin und du hast eine Wohnung und...", sie macht eine kleine künstlerisch/theatralische Pause, "...und du hast eine Arbeit direkt vor deiner Haustür!" Noch immer lachend fuhr sie sich durch das rot gefärbte,

schulterlange Haar, das ist echt DER Hammer!" Madita zuckte nur grinsend mit den Schultern, "Nein...ich nenn es Schicksal!"
Neugierig schaute sich Madita um, "Hier wohnst du also?"
Lisa ging um Froggie herum, öffnete den Kofferraum, kramte ihren bunten Shopper heraus und zeigte vor sich auf das vierstöckige, graubraune Gebäude, "Nein...hier wohnen WIR!"
Grinsend stieg Madita also wieder aus und zerrte ihren Rucksack aus den Tiefen des Kofferraums, "Na, dann los...auf ins neue Leben!"
Wie wahr!
Schnell ist das wenige, aber dennoch sperrige Gepäck schnaufend in den dritten Stock verfrachtet. Lisa sperrte auf, "TARA!", einladend streckte Lisa die Hände aus, "Hereinspaziert!" Sich neugierig umschauend betrat Madita ihr neues Zuhause. Der Duft von kaltem Zigarettenrauch, Jasmin und WC Reiniger empfing sie. Ein Geschwader Wollmäuse war ebenfalls zur Begrüßung an den Fußleisten angetreten. In ihrer euphorischen Stimmung, beschloss Madita, die überquellenden Aschenbecher und das schmutzige Geschirr überall, zu ignorieren. Lisa schob sie an einem Wäschehaufen vorbei, ins Wohn-, Esszimmer, "Na, wie findest du es?"
Trotz der eingeschränkten Haushaltshygiene strahlte der Raum erstaunlicherweise eine wohnliche Atmosphäre aus. Nicht so schlimm wie sie befürchtet hatte. Bunt zusammen gewürfelte Möbelstücke ergänzten sich mit ausgesuchten Flohmarktantiquitäten. Große Pflanzenarrangements standen verteilt im Wohnbereich und schienen sich, obwohl bedeckt mit einer zarten Staubdecke, sichtlich wohlzufühlen.
"Komm, ich zeig dir erst mal dein Zimmer!" Lisa hakte sich bei Madita unter und zog sie zurück in den Flur, kickte beiläufig ein paar ausgetretene, versiffte Turnschuhe zur Seite und öffnete eine der drei Türen, „Das ist eigentlich Hallodris Büro...er ist Schriftsteller...zumindest meint er einer zu sein...", sie betrat den Raum und fegte achtlos ein Stapel Papiere vom Schreibtisch in einen, auf dem Boden stehenden, leeren Karton, "...aber ich habe noch nie was von ihm gelesen und ich glaube auch sonst keiner...so ein dämlicher Schaumschläger!"
Sie stemmte energiegeladen die Hände in die Hüften, "In einer Stunde könnte es hier ganz anders aussehen...sieh mal...", sie zeigte auf die rechte Wandseite, "...da ist auch eine Schlafcouch!"
Sie stieß ein grunzendes Lachen aus, "Meistens hat der Penner hier seinen Rausch nach einer durchzechten Nacht ausgeschlafen. Also müssten wir es desinfizieren!" Auch dort stapelten sich undefinierbare Papierhaufen.

Lachend schnippte sie auch diesen Stapel runter und ließ sich auf das erstaunlich ansehnliche Sofa fallen.
"Wie gefällt es dir?" Madita unterzog das Zimmer einer genauen Musterung. Langsam drehte sie sich im Kreis. *Ja, mit etwas Farbe und ein paar Pflanzen, schönen Kissen und einem flauschigen Teppich könnte sie sich hier sehr wohl fühlen.* Theatralisch spuckte sie in die Hände, "Dann lass uns mal klar Schiff machen!" Das ließ sich Lisa nicht zweimal sagen. Mit geballter Frauenpower entrümpelten sie den Raum, packten Hallodris ganzen Krempel in Kisten, die sie, rücksichtsvoll wie sie waren, unten in der Hauseingangsnische stapelten.
Der nächste Tag war ein Samstag. Also genug Zeit um dringend benötigte Renovier- Utensilien und Deko zu kaufen und die Bude auf Vordermann zu bringen. Und genau das taten sie dann auch. Ab Montag begann der Ernst des Lebens.

Montagmorgen, pünktlich um acht Uhr morgens, bei strahlend blauem Himmel understen wärmenden Sonnenstrahlen, stand Madita vor 'Angela's Blumenwunder'. Ihr Magen kribbelte, so aufgeregt war sie. Frühstück hatte sie keins runter bekommen. Wurde wohl langsam zur Angewohnheit. Schnell rieb sie ihre schwitzigen Handflächen an der alten Jeans trocken und klopfte an die mit buntem Butzenglas verzierte kleine Holztür an. Im Inneren erschien ein schwankender Schatten, dann ist das knacken und klicken eines aufschließenden Schlosses zu hören und mit leisem Gebimmel öffnet sich die Tür. Eine etwas ältere, kleine, pummelige Brünette mit tausend Lachfältchen um die Augen, blitzte Madita fröhlich an. Angela Wesely. Ihre neue Chefin.
"Komm herein, Schätzchen...komm schon." Sie griff nach Maditas Schulter und zog sie über die Schwelle, "Keine Angst...ich beiße nicht...zumindest nicht am ersten Arbeitstag." Sie stieß ein kleines gackerndes Lachen aus. Erstaunlich energisch wurde Maditas Hand geschüttelt.
Jede Wette, wenn sie jetzt nach unten schauen würde, könnte sie bestimmt einen verhornten, mit feinen Schnitten übersäten, grünlich verfärbten Daumen sehen. Typische Floristen-Finger eben! Schwerer Blumenduft liegt in der Luft und streichelt vertraut ihre Seele.
"Nun komm schon, Kind...gehen wir nach hinten, erst mal einen schönen starken Kaffee trinken." Angela Wesely setzte sich in Bewegung. *Ihr leicht humpelnder Gang ließ auf ein Knie oder Hüftproblem schließen.* Als ob sie Maditas Gedanken hätte lesen können, legte sie eine pummelige Hand

(die mit dem grünlich verfärbten Daumen) seitlich an den Oberschenkel und ächzte, "Mein Knie bringt mich noch um. Ein Segen, dass du hier arbeiten willst. Ich suche nämlich schon lange eine fähige Mitarbeiterin...", sie seufzte und ließ sich, da sie beide mittlerweile in der hinteren Stube angekommen waren, einer Art Küche oder Aufenthaltsraum, auf einen dick gepolsterten Stuhl sinken, "...aber sobald sie hören, was sie alles machen sollen...", sie schnaubte abfällig, "...sind sie spätestens nach zwei Tagen wieder verschwunden."
Sie atmete einmal tief durch und rieb ihr schmerzendes Knie, "Und ich kann einfach nicht mehr so wie ich will!" Sie zeigte auf eine Kaffeemaschine in der Ecke, in der schon frisch gebrühter, kochend heißer, starker Kaffee auf morgenmüde, gähnende Lebensgeister wartete. Zwei geblümte Keramikbecher standen schon auf der hellgrünen Wachstischdecke. Eilig schenkte Madita ein und setzte sich zu ihrer Chefin an den kleinen runden Tisch. Angela nahm einen kräftigen Schluck des dampfenden Gebräues und verzog keine Miene beim Runterschlucken. *Offensichtlich hatte ihre neue Chefin nicht nur Hornhaut an den Händen, sondern auch in der Speiseröhre!*
Madita schwächte ihren Kaffee mit etwas Milch ab und schaute Angela erwartungsvoll an. Diese beugte sich etwas nach vorne, darauf achtend ihr Knie nicht allzu stark zu knicken, "Also Madita...meine größte Sorge ist mein Lieferdienst. Wir haben zwar nicht jeden Tag und auch nicht unbedingt Unmengen zum ausliefern...in der heutigen Zeit muss man halt flexibel sein...", sie musterte Madita mit zusammengekniffenen Augen, "...aber ich muss wissen ob du auch bereit bist, auszuliefern."
Madita hielt dem stechenden Blick stand, "Haben sie denn einen Wagen, mit dem ich fahren kann, Frau Wesely?" Angela nickte.
"Nun denn...dann kann ich auch ausliefern!" Madita nahm einen großen Schluck Kaffee und verbrannte sich prompt die Kehle. Hustend fächelte sie sich Luft in den Mund, was natürlich völlig zwecklos war. Lachen hievte sich Angela auf, füllte ein Glas mit kaltem Leitungswasser und reichte es Madita, die es in einem Zug runterstürzte.
"Dann los, Mädchen...ich besorge gleich den Vertrag und du kannst dich derweil hier umschauen und dich mit allem vertraut machen."
Angela Wesely griff nach ihrer Jacke, die an der Garderobe neben einem kleinen, mit Comicaufklebern übersäten Kühlschrank hing, drehte sich noch einmal kurz um und schnaubte kurz amüsiert "Und nenn mich um Himmels Willen Angela!" Sie schnaubte amüsiert, "Tzzz...Frau Wesely! So was aber auch!" Dann schwankte sie seemännisch zur Tür hinaus.

Madita grinste in sich hinein.
Der Laden gefiel ihr und ihre Chefin schien unter ihrer leicht burschikosen Schale ein wahrer Engel zu sein. Schnell trank sie aus, suchte und fand eine, natürlich grüne, Arbeitsschürze und zog sie probeweise an. 'Angela's Blumenwunder' prangte schräg über der Brust. Die Halsschlaufe und die seitlichen Bänder zum zubinden bestanden aus aneinandergereihten Margeritenblumen. Natürlich keine echten.
Wissbegierig betrat sie den Verkaufsraum und durchstöberte ihren neuen aber dennoch vertraut wirkenden Arbeitsplatz. Sie nahm den gesamten Blumen und Pflanzenbestand unter die Lupe. Nichts dabei was ihr fremd war. Alles war außerordentlich gut gepflegt. In der Ecke stand eine kleine, alte Holztheke. Dort befand sich auch die Kasse. Die interessierte sie allerdings nicht sonderlich. Was ihr Interesse geweckt hatte, war ein kleines Regal dahinter, an der Wand. Zwei wunderschön gestaltete Ordner lagen darauf.
Madita nahm einen zur Hand und blätterte kurz durch. Traumhafte Blumengebinde und florale Geschenkkörbchen waren als Muster abgebildet. Preis auf Anfrage. Aha!
Völlig vertieft setzte sie sich auf den Kassentresen und blätterte weiter. *Ihre Chefin besaß wohl nicht nur einen grünen Daumen (kleine Wortspielerei, haha), sondern auch viel Phantasie.*
Für alle Gelegenheiten gab es ein, dazu passendes Gebinde. Sogar für Kinder war einiges dabei. Wer jetzt denkt, auf Kindergeburtstagen oder anderen Kinderveranstaltungen hätten Blumen nichts zu suchen, der kannte die durchgeknallten Städter nicht und hatte auch noch nicht diese witzige Kreativität ihrer Chefin noch nicht zu Gesicht bekommen. Madita war zutiefst beeindruckt. "Gefallen sie dir?"
Erschrocken fuhr Madita hoch, klappte den Ordner zu und schwang sich sofort von der Theke runter. Sie hatte gar nicht mitbekommen, dass Angela schon zurück war. "Das ist fantastisch!". Sie schlug mit der flachen Hand auf den Deckel der Mappe, "Das ist wirklich fantastisch!"Irrte sich Madita oder bekam Angela wirklich rote Bäckchen?
Offensichtlich verlegen grummelte sie Madita's Lob einfach weg, "Komm, ich zeig dir die Bestellbücher, den Auftragskalender und alles andere was du wissen musst. Und dazu zwängen wir uns, natürlich nur sehr widerwillig und unter Protest...", sie strich über ihren runden Bauch und lachte herzhaft, "...einen Kirschkäsekuchen rein!" Madita wurde schlagartig ernst, " Aber bitte nur zwei schmale Stücke für mich, ich bin allergisch gegen

Käsekuchenkalorien!" Prompt prusten beide drauflos. Sich noch die Lachtränen aus dem Gesicht wischend fragte Madita, "Hören wir eigentlich die Türbimmel, wenn wir hinten im Büro sind?"
"Ach Schätzchen, heute ist Montag...Ruhetag!"
"Ach so!" Das musste sie in ihrer Aufregung völlig übersehen haben.

Um vier Uhr nachmittags wankte sie leicht benommen nach Hause. Ihr Schädel vibrierte von den ganzen Zahlenkolonnen, Bestellzettel, Bestellanzahl, Abrechnungen und Auftragsbearbeitungen. Von wegen Floristin. In diesem Fall war sie auch Lieferservice, Ideenumsetzer, Tippse, Saftschubse, Buchhalter und ganz nebenbei halt auch Blumenverkäuferin. So viele Aufgaben hatte sie an ihrer alten Arbeitsstelle nicht gehabt...aber sie war Feuer und Flamme und vor allem Willens zu ackern.
Todmüde bog sie um die Ecke und stolperte prompt über Hallodris Krempel. So ein Blödmann!
Oben angekommen, sperrte sie die Haustür auf und horchte. Nichts. Entweder schlief Lisa oder sie war gar nicht da. *Hoffentlich hatte sie an die Milch gedacht, die sie hatte kaufen sollen. Ein heißer Kakao wäre jetzt wirklich das einzig wahre.* Langsam schob sich Madita in den Flur, schnalzte ihre Schuhe in die Ecke und ging auf Socken in ihr Zimmer, in dem es noch immer nach frischer Farbe und neuem Teppich roch. Erschöpft, aber doch irgendwie aufgekratzt fiel sie auf die Schlafcouch, nur um gleich darauf wieder aufzuspringen. *Nee, schlafen konnte sie jetzt nicht. Sie brauchte jemand zum Quatschen. Apropos quatschen...ihre Mutter musste sie auch dringend anrufen!!!*
Also streckte sie den Kopf wieder aus ihrem Zimmer, "Lisa?" *Vielleicht war sie ja doch da?* "Lisa, bist du da?" *Keine Antwort. Schade*! Vorsichtshalber suchte Madita einmal die Wohnung ab.
Aber kein Stück Lisa in Sicht! Aber an die Milch hatte sie gedacht. *Hm...Kakao...oder doch heiße Milch mit Honig. Da würde sie heute Abend bestimmt schlafen wie ein Baby!*
Sie schaute sich um. Zuvor hatte sie aber doch noch einiges zu erledigen. Wenn schon keiner zum Labern da war, konnte sie sich wenigstens anderweitig nützlich machen. Und später würde sie auch noch ihre Mutter anrufen. Versprochen!
Drei Stunden später kam Lisa nach Hause. Hastig sperrte sie die Tür auf. Die Pizzaschachtel mit dem Abendessen für sie beide, verbrannte ihr fast die Fingerkuppen.

Trotzdem blieb sie erst einmal fassungslos stehen und starrte den Flur an. Sie schnupperte unsicher. Irgendein Fleur de Dingsbums-Raumduft waberte durch den klinisch reinen Flur. Verdutzt klimperte sie mit den Augen, aber der heiße, fettige Karton erinnerte sie sehr schnell wieder an ihre schmerzenden Finger. Eilig hastete sie in die Küche und stellte die Schachtel schnell ab. Dann ging sie zurück ins Wohn-, Esszimmer. Selbst dort verschlug es ihr die Sprache. Keine vollen Aschenbecher. Kein herumliegender Müll. Kein schmutziges Geschirr. Keine Krümel auf dem Boden, die bei jedem Schritt unter den Schuhen geknirscht hatten. Kein Staub...sogar die Pflanzenblätter erstrahlten in einem satten Grünton. Noch nicht mal ein einziges Kleidungsstück lag herum. Halt. Stopp. Doch. Dort, auf der Couch lag noch was. Aber da steckte Madita noch drin. Sachte geht Lisa rüber, beugte sich zu ihr runter und rüttelte Madita sanft an der Schulter, " Wach auf, kleine Heinzelfrau. Essen ist da!" Unter lautem Gestöhne, Geächze und Gestrecke schlug Madita die Augen auf und blickte in ein paar äußerst belustigt dreinschauender Augen, "Ich glaube, ich muss dich doch heiraten!" Lisa sprang auf, beugte sich etwas nach vorne und fuhr probeweise mit dem Finger über den weißen Bilderrahmen über der Couch, auf der Madita gerade lag. Nichts. Staubfrei! Sie sah sich um. Wie offensichtlich auch der Rest der Wohnung! Kein einziges Staubkörnchen war zu entdecken. "Wann hast du denn das alles gemacht? Ich dachte, du warst arbeiten?"

"War ich auch", Madita gähnte ausgiebig, "Angela hat mich aber um vier nach Hause geschickt. Da waren wir schon fertig. Eigentlich hatte der Laden ja auch zu. Ruhetag!" Sie streckte und dehnte sich, "War eigentlich auch gut so. So konnte sie mir in aller Ruhe alles zeigen." Sie wurschtelte sich von der Couch hoch und gähnte nochmals, "Und da keiner da war, der mit mir reden wollte, habe ich kurzerhand eine heftige Diskussion mit dem Putzeimer und dem Wischer angefangen", sie blinzelte Lisa zu, "Und ich kann dir sagen, dass beide erstaunlich engagiert waren...du kannst **sehr** stolz auf sie sein!"

Ein freundschaftlicher Rempler beförderte Madita wieder zurück auf die Couch. Lisa plumpste unsanft neben sie, "Das ist ja irre...danke...aber...", verlegen kratzte sie einen imaginären Fleck mit dem Fingernagel von ihrer Jeans, "...du...ich weiß...ich bin etwas schlampig...!" Madita kaschierte ein aufkeimendes Lachen unter einem kräftigen Räusperer und nimmt Lisa spontan in den Arm, "Du bist nicht schlampig...nur etwas...naja...sagen wir...etwas chaotisch Unorganisiert...sonst nichts!"

Madita stand auf und strich sich das vom Schlaf verwuschelte Haar glatt,

„Du kannst die Wäsche nachher aufhängen, wenn die Waschmaschine fertig ist." "Wir haben eine Waschmaschine?"
Madita griff sich lachend ein Sofakissen und ging damit auf Lisa los. Kichernd hielt sich Lisa die Arme vors Gesicht, "WAR NUR EIN SCHERZ...NUR EIN SCHERZ! ICH HABE ESSEN MITGEBRACHT.... FRIEDEN, FRIEDEN..."
Und während beide sich das mittlerweile lauwarme italienisch belegte Fladenbrot zu Leibe führten, hörten sie durch das gekippte Esszimmerfenster einen aufheulenden Motor vorfahren. Neugierig lugten sie aus dem Fenster nach unten. Ein kleiner alter Sprinter mit undefinierbarem Schriftzug an der Seite war herangerauscht. Hallodri am Steuer (armer Sprinter). Nun denn! Hallodri kam wohl endlich mal seinen Schrott abholen. Wurde ja auch Zeit! Lisa und Madita warfen sich einen belustigten Blick zu, fingen gleichzeitig an zu lachen, klatschten sich ab und aßen dann gemütlich weiter.

Am nächsten Morgen, punkt halb neun, stand Madita geschniegelt und gestriegelt, umrahmt von einer gestärkten Schürze, im Laden. Angela saß hinten im Büro und erledigte ein paar Schreibarbeiten. Madita schaute sich im Laden um, "**Angela...hast du gestern die Efeuampeln im Schaufenster gegossen?**" "**Nein, ich bin mit meinem blöden Knie das Trittleiterchen nicht raufgekommen!**" "**Ok, ich mach's dann gerade!**"
Madita schnappte sich das kleine Dreierstüfchen unter dem Kassentresen, nahm die immer gefüllte blaue Gießkanne aus der Ecke und krabbelte nach oben. Mitten im Gießen ertönte das Türglöckchen.
"Guten Tag! Hallo?" Eine sonore Männerstimme.
"Ja, Moment, ich bin hier oben!"
Schritte hinter ihr. Ein paar kräftige Männerhände schlossen sich plötzlich fest um ihre Taille, "Immer vorsichtig, junge Frau. Die meisten Unfälle passieren im Haushalt!"
Madita lachte, "Ich bin nicht zuhause, sondern auf der Arbeit...", stieg dann aber doch mit der männlichen Unterstützung in ihrem Rücken, die drei Stufen nach unten und drehte sich noch immer lachend zu dem zuvorkommenden Kunden um.
 "Womit kann...", sie stockte mitten im Satz. Zack! Ein Blitz. Ein Donner! Fantastische, hellgraue, unglaublich faszinierende Augen schienen sie festzunageln. Der eindringliche Blick versengte förmlich ihre Haut. Seine Hände, die noch immer leicht ihre Mitte umfassten, brannten durch den Stoff auf ihrer Haut. Ein wohliger Schauer überlief sie, eine Gänsehaut zog

sich über ihren Rücken und ein umwerfendes Lächeln traf sie mitten ins Herz, "...ich ihnen helfen?", vervollständigte sie hauchend ihren Satz. Heiße Röte schoss ihr in die Wangen. Dieser Mann...Wow...der haute sie glatt vom Sockel.
Er ließ sie los, so als hätte er sich verbrannt und trat hastig einen Schritt zurück, "Ähm...eine Baccararose...mit etwas Krautgedöns." Er fummelte wirr mit seinen Händen in der Luft herum, "Oder wie sie das Zeugs halt nennen." „Ja...natürlich!"
Mit zitternden Fingern fischte sie eine der edlen, langstieligen Rosen aus einem Wassereimer, "Ist die recht?"Ein kritischer Blick, "Ist die auch frisch?" Empört richtete Madita sich auf, "Wir haben nur frische Blumen!"
Abwehrend hob er lachend beide Hände, "Ich weiß, ich weiß...Angela hat immer herrliche Blumen...und auch immer frische...ich wollte sie nur etwas aufziehen." Er zwinkerte ihr zu. Auf wackeligen Beinen stakste Madita steif neben die kleine Holztheke. Dort befand sich eine alte Arbeitsplatte, an der große und kleine blumige Grüße zu einem liebevollen Kunstwerk geschnürt wurden. "Sie kennen Angela?" Beiläufig gefragt.
Automatisch begannen ihre zierlichen Hände damit, die einzelne Blume künstlerisch gekonnt, in Szene zu setzen. Sie konnte seinen Blick wie Nadeln im Nacken spüren.
"Ja sicher...ich komme fast jede Woche oder alle zwei...und sie? Sind sie eine neue Angestellte?" Er schnaufte kurz, ohne ihre Antwort abzuwarten, "Hoffentlich bleiben sie länger als all die anderen Faulenzer. Angela braucht dringend jemand der ihr unter die Arme greift und zuverlässig ist...zumal sie endlich mal ihr Knie in Ordnung bringen lassen sollte!"
Entrüstet wirbelte Madita mit ihrem fertigen Kunstwerk herum.
"ICH bin keine Faulenzerin! Und JA, ich BIN die neue Angestellte!"
"Ups...", leicht betreten blickte er runter auf seine glänzend, polierten Lederschuhe, "...da bin ich wohl mit beiden bestrumpften Füssen in einem Fettnapf gelandet...tut mir leid...", er strich sich durch das fast schwarze Haar, „...ich mache mir nur etwas Sorgen um Angela...", er schaute sich in dem kleinen Geschäft um, "...wäre echt schade, wenn sie ihren Traum hier...", er zeigte auf die Blumenpracht, "...aufgeben müsste!"
Etwas besänftigt legte Madita die Blume auf den Tresen und wickelte sie in hübsches, zartrosa gestreiftes Papier ein, "Schon gut...aber ich sag ihnen was...ich mag Angela und ihre herrlichen Arbeiten und ich mag diesen Laden und ich habe ganz sicher nicht vor, einfach zu verschwinden und Angela hängen zu lassen...das ist nämlich nicht meine Art! So!

Das macht dann vierfünfzig!"
Er lachte und legte fünf Euro auf den Tresen, "Das glaub ich ihnen sogar. Mit ihrer reizenden kratzbürstigen Art passen sie hervorragen zu Angela."
Madita's Puls stieg sofort auf hundertachtzig, "Ich bin nicht...", er hob leicht den Finger, schüttelte grinsend den Kopf, lupfte einen imaginären Hut und verabschiedete sich, "Sagen sie Angela einen schönen Gruß." Und weg war er. „ So ein Schnösel, so ein...", wutentbrannt wirbelte sie herum und rannte dabei fast ihre Chefin über den Haufen, "...hast du das mitbekommen...dieser...eingebildete...hach...!" Angela lachte laut auf, "Ach Madita, reg dich doch nicht auf. Das war Dr. Kramer. Er ist Kinderchirurg im St. Joseph Krankenhaus. Ein seeehr netter Mensch. Hat unglaublich viel Humor!" Lachend wackelte sie an Madita vorbei.
Madita schnaubte, "Hat er nicht...er ist...er ist...", die Stelle an ihrer Taille, wo seine Hände gelegen hatten, brannte noch immer. Das Bild hellgrauer Augen, die lustig blitzten, erschien vor ihrem inneren Auge. Heiße Röte kroch ihren Hals hinauf, als sie des wachen, aufmerksamen und auch ahnenden Blickes ihrer Chefin gewahr wurde. Schnell flüchtete sie aufs Klo. Oh, oh, oh.
Da musste Angela aber schnell eingreifen, bevor es zu spät war, "**Du Madita..., wenn du willst, bediene ich ihn ab jetzt. Er kommt nämlich einmal die Woche oder so, zu uns...**", sie lauschte, "...**seit drei Jahren**", sie lauschte wieder, "...**und kauft immer eine Rose für seine Frau!**" Peng! Die Klotür wurde leise aufgesperrt, "Er ist verheiratet?"Mitfühlend nickte Angela. Madita straffte ihren Rücken, atmete einmal tief ein und wieder aus, "Ist schon gut...alles kein Problem...ich mach das schon." Sie schluckte trotzig, "Aber ein bisschen eingebildet ist er schon!" Angela lachte herzhaft, nahm sie in den Arm und schob sie in den Verkaufsraum zurück, "Ja, Mädel...vielleicht ein klitzekleines bisschen...!"

Den Rest des Tages war Madita stellenweise allerdings doch recht schweigsam. Diese Schweigsamkeit hätte am Abend auch Lisa mitbekommen...wenn sie denn da gewesen wäre. War sie aber nicht. So bekam sie auch den unruhigen Schlaf ihrer Mitbewohnerin nicht mit, die sich im Traum von hellgrauen, hypnotisierenden Augen und großen warmen Händen verfolgt sah.
Die nächsten vier Wochen hatte sie allerdings Glück. Kein einziges Mal lief ihr dieser arrogante Kerl über den Weg. Der Gedanke, dass ihre Chefin sie vielleicht just zu dem Zeitpunkt, als er kam, wegen einer Lieferung

fortschickte, kam ihr gar nicht. Naja...ahnen tat sie es schon...aber das war auch gut so. Somit konnte ihr Herz, zusammen mit ihrem überaus realistischen Verstand, die aufflammenden und verwirrenden Gefühle in aller Ruhe zusammenlegen, verschnüren und verpacken und anschließend in einer gut verschweißten Kiste in die hinterste Ecke ihrer Seele verfrachten.
Was sie nicht ahnte, dieser Tag war der Startschuss für ihr Schicksal.

Gegenwart (2011)
Madita

Ein ziehender Schmerz im Rücken zupft Madita überraschend aus ihren Erinnerungen. Die Nachtluft hatte merklich abgekühlt. Der Schweißfilm auf ihrer Haut ist mittlerweile getrocknet und hat einer feinen Gänsehaut, die sich über ihren ganzen Körper zieht, Platz gemacht. Leicht fröstelnd zieht sie die Schultern hoch. Vorsichtig schält sie sich langsam aus dem Ohrensessel. Mit kleinen Schritten schlurft sie, ihre beiden Hände in ihr schmerzendes Kreuz gedrückt, zur Schlafzimmertür, an deren Innenseite ihr Morgenmantel hängt. Eines der wenigen Kleidungsstücke zurzeit, dass ihren unförmigen Körper problemlos aufnehmen kann, ohne gleich hilflos in den Nähten zu ächzen. Leise raschelt der weiche Stoff, als sie hineinschlüpft. Behutsam öffnet sie die Tür. Das leise knarren der Scharniere lässt sie kurz innehalten. Sie wirft einen Blick zurück auf das Bett.
Tiefe Atemzüge und die unveränderte Liegeposition verraten ihr, dass Andreas noch immer tief und fest schläft. Schnell huscht sie nach draußen und zieht die Tür gefühlvoll hinter sich zu. Nur das leise klicken des einrastenden Schlosses ist zu hören. Ein weiterer ziehender Schmerz! Leise schnaufend stützt sie sich an der gegenüberliegenden Wand ab... bis der Schmerz abgeklungen ist. Dann watschelt sie, leicht schwankend, den Flur entlang, an dem noch jungfräulichen Kinderzimmer vorbei, bis in die Küche. Sie knipst das Licht über dem Herd an, dreht sich um und watschelt an den Schrank gegenüber. Mit der einzelnen, winzigen Lichtquelle im Rücken, erhascht sie einen Blick auf ihren wankenden und mächtigen Schatten. Ein leichtes Lächeln kräuselt ihre Lippen. *Genauso hatte Angela's Gang vor der Knie- OP ausgesehen. Damals hatte sie sich noch liebevoll darüber lustig gemacht und heute? Heute läuft sie selbst so! Ihr Lächeln vertieft sich. Angela! Im Laufe der Zeit hat sich die anfängliche Sympathie rasch vertieft und ist gewachsen.*

Heute ist sie zwar auch noch ihre Chefin, aber sie ist auch mittlerweile fast zu einer Ersatzmutter geworden. Da sie selbst unverheiratet und kinderlos ist, ist es ihr offensichtlich nicht schwergefallen, ihre ganze Zuneigung Madita zukommen zu lassen.
Madita's Mutter, Lieselotte, von allen aber nur Lotte genannt, ist darüber sehr froh. So weiß sie ihrer Tochter in liebevollen mutterähnlichen Händen. Schließlich kann Lotte sich nicht so um ihre Tochter kümmern, wie sie das eigentlich wollte. Zu einen war die Entfernung doch etwas zu groß, um mal eben einen Sprung rüber zu machen und zum anderen ist da Heinz. Ihr Mann. Madita's Vater. Er leidet an Demenz und sie lässt ihn nur ungern alleine zuhause. Eigentlich LÄSST sie ihn nicht alleine zuhause. Im Augenblick ist es noch nicht so schlimm, Zumindest war es das die ganze Zeit nicht. Bisweilen hat er nur kurze Gedächtnisaussetzer aber nun? Immer häufiger entfallen ihm die Namen einzelner Gegenstände und einmal fand Lotte ihn im Garten und er wusste nicht was er dort sollte, geschweige denn wie er dorthin kam. So traut sie sich nicht mehr weg. Lotte hat das eine ganze Zeit versucht vor Madita zu vertuschen, aber Madita ist schließlich nicht auf den Kopf gefallen und die Gespräche mit ihrem Vater am Telefon verlaufen schon lange nicht mehr so wie früher. Es tut schon weh zu sehen, wie der eigene, immer so lebenslustige, Vater langsam zerfiel und ihre Mutter darunter leiden musste. Umso mehr schätzt sie die wenigen, spärlichen Besuche ihrer Mutter.
Madita nimmt einen Becher aus dem Schrank, Milch aus dem Kühlschrank, geht mit beidem zum Herd, füllt einen viertel Liter Milch in den Milchtopf und erhitzt ihn.
Gedankenverloren starrt sie in die weiße Brühe. Ganz plötzlich hat sie das Bedürfnis mit jemandem zu reden. Sie schaut auf die Küchenuhr über der Tür. Kurz nach zwei. *Nee, da kann sie keinen anrufen. Lotte, ihre Mutter, würde wohl einen Herzanfall bekommen, wenn auf einmal mitten in der Nacht das Telefon klingeln würde. Außerdem könnte sie ihren Vater wecken und das will sie nicht. Und Lisa? Die würde wahrscheinlich panisch mit Froggie (ja, der lebt immer noch) hierher gerast kommen und alles rebellisch machen. Die stellte sich in den letzten Wochen wie eine Mutterglucke an. Angela? Ja, die könnte sie anrufen! Die hat die Ruhe weg! Aber Angela ist im Moment auf einer zweiwöchigen Kreuzfahrt im Mittelmeer unterwegs und wird erst in vier Tagen wieder hier sein. Tja, Pech halt!*
Die Milch köchelt langsam hoch und Madita nimmt sie rasch vom Herd. Sie füllt ihren Becher, süßt mit Honig, den sie in letzter Zeit immer griffbereit

auf der Arbeitsfläche, neben dem Kaffeeautomaten stehen hat. Sie ist im Augenblick verrückt nach Honig. *Honig und diese abgefahrenen Minifleischklopse mit Senffüllung! Da könnte sie drin baden!* Ein prüfender Blick in den Kühlschrank...*schade...keine da!*
Zusammen mit der heißen Milch schlendert sie in das neue Kinderzimmer. Im fahlen Mondlicht kann man die Farben nicht erkennen, aber Madita weiß, dass hier gelb und grün vorherrscht. Bis auf die rechte Seitenwand. Die ist weiß! Nur das winzige Kinderbett, mit dem Bärenhimmel und der Bärenbettwäsche, und ein Riesenteddy mit gelber Schleife um den Hals, stehen dort. In der gegenüberliegenden Ecke ruht ein uriger Schaukelstuhl auf einem grünen, extraflauschigen Teppich.
Genau dort setzt sie sich hin. Leicht schaukelnd betrachtet sie die weiße Wand vor sich. Die hatte sie reserviert. Je nach dem, was das Baby wird, kommt dort das handgemalte Bild eines lustigen, knuffigen Autos oder eine entzückende, tanzende Ballerina hin. Liebevoll streichelt sie ihren großen, runden Bauch. Sie selbst tendierte zu der putzigen Ballerina. Na klar!
Das Ziehen in ihrem Rücken verschlimmerte sich langsam. Aber noch ist es nicht so schlimm, dass sie Andreas wecken müsste. Sie hat noch Zeit. Versonnen lehnt sie sich im Schaukelstuhl zurück, nippt an ihrer gesüßten Milch, vertieft sich in die, im Mondschein funkelnden Knopfaugen des großen Teddybären und versinkt langsam wieder in der Vergangenheit.

Gastgeberin:

Und dort gönnen wir ihr dann auch mal Ruhe. In ihrem Zustand sollte sie noch etwas Kraft tanken. In ein paar Minuten wird sie auch etwas eindösen. Versprochen! Lassen wir sie...

Jetzt hast du zumindest mal einen kleinen Einblick erhalten, wer Madita ist. Kleine verrückte Nudel, nicht wahr? Wenden wir uns nun Andreas zu. Dem Hauptakteur dieser Geschichte.

Ups...der schläft noch immer. Macht nix. Kramen wir einfach mal etwas in seinen Kartons herum. Die hier, da stehen seine Namen darauf. Was haben wir den hier? Ist er das? Warte! Mein erstes Fahrrad? Nein! Und dieser? Klassenfahrt nach Tirol? Auch nicht! Weihnachten '90? Nee! Ah hier...jetzt habe ich den richtigen Erinnerungskarton. Warte! DEN nehmen wir auch und DEN.

Und DEN auch!So! Komm, lass uns anschauen, was in
Andreas Köpfchen so abgespeichert ist. Also...Andreas...

Erinnerung (2008)
Andreas

Ssssssssst....sssssssst....sssssssst....das Handy vibrierte auf dem blitzsauberen
Glastisch im Wohnzimmer. Andreas sang lautstark unter der Dusche und
bekam davon nichts mit. Heiße Dampfschwaden waberten durch das
Badezimmer und beschlugen den Spiegel. Die Dusche wurde abgedreht.
Das Rauschen des Wassers und der schräge Gesang verstummten. Die
Schiebetür wurde aufgeschoben und tropfnass stieg Andreas heraus. Gut
gelaunt rubbelte er sich mit einem großen, flauschigen Badetuch trocken
und marschierte in seinem ansehnlichen Adamskostüm nach nebenan, ins
Schlafzimmer. Leise summend suchte er ein blaues Hemd, eine legere
Jeans, Strümpfe und ein paar engen Shorts, die Marianne, seine Frau, sehr
an ihm mochte, aus ihrem gemeinsamen, begehbaren Schrank heraus.
Heute war Sonntag und er wollte seine Frau mit einem Picknick im Park
überraschen. Ein paar Stunden Schlaf nach der Nachtschicht hatte er ja
bekommen. Marianne hatte sich heute Morgen still und heimlich aus dem
Haus geschlichen, um ihn nicht aufzuwecken. Wie immer Sonntagmorgen.
Den Sonntagmorgen verbrachte sie, auch immer, im 'Berlinium', das Lokal
ihrer Eltern. In den letzten Jahren hatte sich diese Lokalität zu einem
richtigen Geheimtipp gemausert und konnte sich schon fast den Titel
'Szenelokal' an die Brust heften. Ihr Bruder Antonio, ein, dem Aussehen
nach, italienischer Adonis, und sie halfen dort. Naja...eigentlich schmissen
sie den gesamten Laden alleine. Ihre Eltern hatten sich in Hamburg
eingenistet und genossen so etwas ähnliches, wie einen Ruhestand und
kamen nur noch selten für eine kurze Stippvisite vorbei. Antonio machte
überwiegend die Buchhaltung, half aber beim Bedienen (und flirten) aus,
wenn Not am Manne war und Marianne war für die Live Akts
verantwortlich. Die ganze Woche über hängte sie im Internet rum, immer
auf der Suche nach coolen Musikbands. Der Sonntagmorgen hatte sich im
Laufe der Zeit zum Probevorspieltag entwickelt. Marianne war da echt gut
darin und hatte ein Händchen mit den empfindlichen Musikern und traf
auch immer den richtigen Ton bei denen...und der Musik. So fand sie immer
richtig gute Newcomer, die dann Samstagabend im 'Berlinium' ihre Live-
Auftritte hatten. Mit nassem, straff zurück gekämmtem Haar betrat Andreas
die hochmoderne, lackglänzende, Küche und inspizierte den großen,

doppeltürigen Kühlschrank. Alles da! Paula, die Seele des Hauses, ihres Zeichens Haushaltshilfe, war ein echter Juwel. Seit Mariannes und Andreas Hochzeit vor drei Jahren und dem gleichzeitigen Einzug in ihre kleine Villa hier, schwang sie nun das Zepter im Hause Kramer. Mit ihren tiefliegenden Augen, den Hängebäckchen und ihren ständig nach vorne gedrückten Schultern sah sie zwar immer wie eine angriffslustige Dogge aus, aber sie hatte ein Herz aus Gold. Und Andreas hatte es nie bereut sie eingestellt zu haben. Eigentlich hatte er Paula haben wollen, weil er dachte das er und Marianne bald einen Stall voll Kinder haben würden. Aber irgendwie hatte sich dieses Thema nie so richtig ergeben. Immer kam etwas dazwischen...entweder bei ihr mit der Arbeit oder bei ihm mit der Arbeit. Er seufzte. Er hätte ja schon ganz gerne ein Baby. Aber das hatte er nicht alleine zu entscheiden. Traurig verdrängte er den Gedanken und wand seine Aufmerksamkeit wieder dem Inhalt des Kühlschrankes zu. Vor ein paar Tagen hatte er Paula in seinen Plan eingeweiht und sie gebeten, die Leckereien so nach und nach, ganz unauffällig zu besorgen, so dass Marianne von alle dem nichts mitbekam. Das war ihr wohl gelungen. Sorgfältig packte er den runden Picknickkorb mit dem rotkarierten Futter, den Paula, in weiser Voraussicht, schon im Vorratsraum, neben der Küche parat gestellt hatte. Marianne würde Bauklötze staunen. Er war schon fast an der Haustür, als ihm die Decke einfiel. Wo sollten sie denn sonst drauf sitzen? Hastig eilte er ins Wohnzimmer und krallte sich eine kuschelige Decke von der Couch. Dabei fiel sein Blick auf sein Handy, das er in der Nacht, als er nach Hause kam, achtlos auf dem kleinen Glastisch neben der wuchtigen Ledercouch, abgelegt hatte. Es blinkte. Während er vollgepackt ans Auto trabte las er noch schnell die Nachricht.
*Soll ich uns was vom Chinesen mitbringen? Kuss *M* Ah, Marianne! Er grinste. *Nein, mein Engel. Der Essensexpress ist schon unterwegs!* Ohne zu antworten, steckte er das Mobilteil hinten in seine Jeanstasche, huschte zurück, sperrte die Tür hinter sich zu, schwang sich, mitsamt köstlichen Fressalienkorb in sein silbernes Cabrio und fuhr los. Punkt dreizehn Uhr stand er seitlich vom Eingang des 'Berlinium' und pünktlich um fünf nach eins kam Marianne heraus. Die Sonne blendete sie kurz. Sie schirmte die Augen etwas ab und starrte aufs Display ihres Handys. "Hallo, kleines Butterblümchen...Lust auf einen kleinen Imbiss mit einem einsamen Mann?" Verlockend schaukelte er mit dem Picknickkorb. Lachend drehte sie sich zu ihm um, zwinkerte kurz gegen das gleißende Sonnenlicht und fiel ihm um den Hals, "Ich habe gerade nachschauen wollen ob du

zurückgeschrieben hast...was für eine Überraschung", sie lachte und stopfte das Mobilteil achtlos in ihre kleine Handtasche zurück, die mit den niedlichen Nieten an der Seite, "Ich hätte doch was vom Chinesen mitbringen können!" Sie linste schnell unter den karierten Stoff des Korbes, "Aber das hier sieht eindeutig verlockender aus. Gehen wir zu meinem Park?" Sie zeigte über die breite, vielbefahrene Straße. Gegenüber lag eine kleine Grünanlage, die man mit viel Phantasie Park nennen konnte. Immerhin gab es dort ein paar Bänke zum hinsetzten, ein paar große Bäume die Schatten spendeten, eine halbwegs passable Wiese und einen kleinen Teich. Dort verbrachte sie oft nach der Arbeit mit dem ein oder anderen Angestellten die Mittagspause und hörte sich deren Probleme an. Er nickte, "Mit dir würde ich sogar auf einer Verkehrsinsel picknicken, wenn es sein müsste!" Sie hakte sich bei ihm unter und zog ihn übermütig mit sich. Mühsam, hielt er mit ihr Schritt. Leicht außer Atem blieben sie an der Ampelkreuzung steh, die sie noch von dem kleinen städtischen Park trennte.

"Man könnte meinen, du hättest Kohldampf!" Wie zur Bestätigung knurrte Mariannes Magen, "Und ob...ich hatte nur einen läppischen Kaffee heute Morgen. Nur e i n e n...." Als die Ampel grün zeigte, spurteten sie rüber, quer über den Gehweg, lachend ein paar Passanten ausweichend und stürmten über den Kiesweg, der sich durch die Anlage zog, auf die kleine Wiese. Zwischen zwei hohen Tannen ließen sie sich nieder, den Teich ein Stück vor sich im Blickfeld. Andreas breitete die gefaltete Decke auseinander, die er zuhause beinahe vergessen hätte und mit einem tiefen Seufzen ließen sich beide darauf sinken. Kichernd schoben sie sich die Schals enger um den Hals. Es war zwar temperaturmäßig schon etwas milder als noch vor ein paar Tagen, aber die Luft besaß noch einen winzigen Stich der bissigen Winterkälte. Obwohl es Sonntagmittag war und herrliches Wetter die Menschen nach draußen zu locken versuchte, war hier nicht sehr viel los. Das war ihnen nur recht. Lachend fütterten sie sich gegenseitig mit den verschiedensten Leckereien und turtelten wie frischverliebte Teenager. Ein alter, weißhaariger, gebeugter Mann, mit einer kleinen Plastiktüte in der Hand, kam ihnen auf dem Kiesweg von der anderen Seite her, entgegen. Sein trauriger Blick streifte sie kurz, dann wendete er sich dem Ententeich zu. "Oh, oh, ich glaube, das ist für den alten Herrn etwas zu heftig!" Lachend richtete sich Andreas auf und knöpfte sein Hemd wieder zu. Marianne steckte sich noch eine der köstlichen, süßen Trauben in den Mund und schaute rüber zu dem Alten.

Der hatte sich mittlerweile am Teichufer niedergelassen und warf kleine Brotbrocken, die er aus seiner mitgebrachten Tüte fischte, ins Wasser. Obwohl "Enten füttern verboten" war, wie ein kleines verblasstes Schild drohte. In Windeseile schwammen ein halbes Dutzend Enten herbei und fielen zankend und laut schnatternd über das gespendete Futter her.
"Der ist fast jeden Tag hier!" Mariannes Blick wirkte etwas nachdenklich, "Er ist alleine!" Verdutzt über den melancholischen Tonfall seiner Frau stutzte Andreas, "Woher willst du das wissen?" „Babette, unsere Küchenhilfe, kennt ihn. Sie fährt oft im selben Bus mit ihm hierher und da ist sie irgendwann mal mit ihm ins Gespräch gekommen. "Seufzend lehnte sie sich zurück, steckte sich einen langen Grashalm in den Mundwinkel und erzählte mit leiser Stimme weiter, "Vor ungefähr dreißig Jahren ist seine Frau gestorben...", sie richtete sich wieder auf, schlang die Arme um ihre Knie, "...und seitdem ist er alleine!" Etwas unsicher lachte Andreas, "Er wird doch zwischendurch mal eine Freundin gehabt haben?" Marianne schüttelte den Kopf, "Nein...er hatte nie eine andere Frau...seit er Rentner ist, sitzt er fast jeden Tag hier und füttert diese dämlichen Enten." „Dann muss er sie aber wirklich sehr geliebt haben...ich meine nicht die Enten, sondern seine Frau!" Sein Blick wanderte von dem alten Mann rüber zu Marianne. Die funkelte ihn erbost an, "Ich finde das doof!" Fragender Blick seinerseits, " Warum findest du es doof, wenn man sich bis in den Tod treu ist?" Trotzig erwiderte sie seinen Blick, "Ich finde es nicht doof, wenn man zusammenlebt und sich dann bis in den Tod treu ist...ich finde es doof, wenn man alleine alt wird und denkt man müsste alleine bis in den Tod treu bleiben", sie schnaubte erregt, "Denkst du, seine Frau hätte gewollt, dass er dreißig Jahre und noch länger, seines Lebens alleine verbringt? Nein!", hilflos wedelte sie mit den Armen, "Ich glaube nicht, dass sie so egoistisch gedacht haben wird!" Sie atmete einmal heftig aus und beruhigte sich wieder. Zärtlich nimmt sie seine warmen Hände in ihre, "Andreas, Schatz..., wenn mir etwas passieren würde...ich weiß nicht...", sie zuckte mit der Schulter, "...morgen vielleicht...glaubst du, ICH würde von dir verlangen alleine zu bleiben oder würdest du wirklich die nächsten d r e i ß i g , v i e r z i g oder sogar f ü n f z i g Jahre alleine verbringen wollen?" Stumm starrte Andreas auf ihre ineinander geschlungenen Hände. Er schluckte, "Warum haben wir eigentlich kein Kind, Marianne!"
PENG!!! Baff, mit offenem Mund glotzte sie ihren Mann an. Er zog ihre Hand an seine Lippen und hauchte einen Kuss darauf.

"A....Andreas", stotternd klappte ihr Mund auf und zu. Sein Grinsen fiel etwas schief aus, "ich weiß, das ist es ein blöder Zeitpunkt...und ich weiß, wir haben da nie so richtig drüber gesprochen...aber...!" Sein flehender Blick kreuzte den ihren, "Was hältst du davon?"
Sie zog ihre zitternden Finger aus seiner Hand und räumte langsam und bedächtig die Reste des Picknicks zusammen.
"Marianne? Schatz?" Seine Stimme schwankte ängstlich.
Sie wendete sich ihm zu, hob den Blick, in ihren Augen schimmerten ungeweinte Tränen und ein breites, unsicheres Grinsen erschien auf ihrem Gesicht, "Dann sollten wir machen, dass wir heimkommen und keine Zeit verlieren!" Überglücklich riss er sie in seine Arme, übersäte ihr Gesicht mit tausend kleinen Küssen. Lachend wehrte sie ihn ab und strich sich hastig und leicht verlegen, dass leicht zerzauste, blonde Haar wieder glatt. Ein ernster Schatten huschte so schnell über ihr Gesicht, das man ihn hätte übersehen können...Andreas übersah ihn...
Fröhlich half er ihr geschwind beim Zusammenpacken, "Dann wäre ich auch nicht alleine...", er schaute zu dem alten Greis rüber, sein Blick wurde weich "...so wie er!"
"Ja!" Auch ihr mitfühlender Blick senkte sich dem alten Mann zu.
Und trotzdem war da dieser kleine Dorn, der sich Zweifel nannte, denn tief in ihrem Herzen wusste sie gar nicht ob sie für ein Baby schon bereit war....

Gastgeberin:
Hach, sind sie nicht ein schönes Paar, die beiden Turteltauben? Wie, aber was? Du willst mehr über Madita und Andreas erfahren? Warum Madita so überhastet nach Berlin ging, obwohl ihr Vater zu diesem Zeitpunkt schon leicht kränkelte? Und überhaupt...warum Marianne und Andreas? Ist der Marianne-Andreas auch der Madita-Andreas? Du würdest auch gerne erfahren wollen, wann sich der Nachwuchs bei Andreas einstellte? Bei welchem? Marianne-Andreas oder Madita-Andreas? Was? Ich bringe dich völlig durcheinander? Na, na, na...alles der Reihe nach. Nun...dann lasst uns erst mal zurück in die Gegenwart ins Kinderzimmer rüber schleichen. Aber...psssst...leise! Wir wollen Dornröschen doch nicht aufwecken.
Ah...hoppla...ist gar nicht nötig. Madita ist wach.

Ok...Bleib hier stehen. Ich durchforste mal schnell in Gedächtnis-Deponie hier am Boden und suche das richtige für dich. Nein, keine Panik. Du wirst ALLES erfahren. Dir wird keine Erinnerung durch die Lappen gehen. Und wenn wir mit diesen fertig sind, räumen wir die Kartons, mit denen wir fertig sind, fein säuberlich wieder in die Regale und bringen uns Nachschub. In der Kammer stehen ja genügend herum. So. Du musst mir aber dann beim Tragen helfen. Hmmm, vielleicht sollten wir die Kartons besser auf den Tisch stellen…nur zur Sicherheit? Ach egal jetzt…ich such mal den nächsten...Hmmm, ja... Moment... nein...nein, hmmm, ich suche einen ganz bestimmten...ah...da ist er ja. Björn! Da steht es.
 Ups, wie originell...sieh mal...Madita hat einen Stinkefinger draufgemalt. Ob das was zu heißen hat? Egal...ich finde es lustig.
Dann schauen wir mal rein...

Erinnerung (2009)
Madita

"Guten Morgen, Mama! Für mich bitte keinen Kaffee...ich bin eh schon spät dran!" Madita sauste, schon in voller Montur, die vollgestopfte Umhängetasche schon über der Schulter baumelnd, die enge Treppe nach unten, schnappte sich das nichts ahnende Käsebrot aus Lottes Hand, küsste sie rasch auf die Wange und verschwand Richtung Haustür, "SAG PAPA NOCH EINEN SCHÖNEN GRUSS! BIS HEUTE ABEND!" Die Haustüre schlug zu und weg war sie.
Verdutzt starrte Lotte auf ihre leere Handfläche, wo gerade eben noch ihr Frühstück geruht hatte, "Auch einen schönen guten Morgen, Kleines...und alles Liebe zu deinem Geburtstag!" Etwas enttäuscht ließ sie ihren Blick über den liebevoll gedeckten Frühstücktisch wandern. Sogar mit der ätzenden Saftpresse hatte sie heute Morgen schon aufs übelste gekämpft, um ihrer Tochter wenigstens einmal im Jahr ein Glas frisch gepressten Orangensaft anbieten zu können. Sie hatte sich so auf das gemeinsame Frühstück mit ihrer Tochter gefreut. Und ihr Geschenk hatte sie auch nicht ausgepackt. Dabei hatte Lotte mit einer explodierenden Lachsalve bei Tische gerechnet, wenn Madita den Inhalt des liebevoll verpackten Päckchens zu Gesicht bekam.

Lotte hatte ihr einen knatternden Wecker in Motorradform mit einem johlenden Biker obenauf besorgt. Und wie man sah...Lotte schaute kurz auf die Uhr am Herd und schüttelte lächelnd den Kopf...wie man sah, hatte Madita einen zuverlässigen Wecker auch bitter, bitter nötig. Der alten Ticker, neben ihrem Bett, piepste sich morgens mit der Macht eines heiseren, altersschwachen Frosches, verzweifelt die Seele aus dem Leib...ohne Erfolg, wie man soeben miterleben durfte. Vielleicht erweckte der neue Wecker ja mehr Verständnis auf die Notwendigkeit des pünktlichen Aufstehens, seitens seiner neuen Besitzerin. Hahaha! Zusätzlich zu dem Wecker gab's natürlich auch eine witzige Glückwunschkarte. Wenn sie geöffnet wurde, sang sie, ziemlich schräg:
Happy Birthday to you...!
Ein extrem unnötiger Schnickschnack. Lotte verzog missbilligend den Mund, aber Madita fand so etwas urig und lustig. Einen verschrobenen Geschmack hatte das Kind. Bestimmt von ihrem Vater vererbt. SIE fand so was einfach nur blöd!
In dem Umschlag steckten zusätzlich noch fünfzig Euro. Da würde Madita bestimmt wieder schimpfen. Madita mochte es nicht, wenn ihre Eltern ihr nicht eben fettes Monatsbudget überstrapazierten, nur um ihr, Madita, Geld zuzustecken (was ungefähr zweimal im Monat vorkam).Doch Lotte und Heinz wussten, dass Madita auf ein Auto sparte (was ihr sichtlich schwer fiel, das sparen, sonst hätte sie nämlich schon längst eins). Warum sie allerdings unbedingt ein Auto wollte, war Lotte schleierhaft. Die Busverbindungen waren völlig in
Ordnung und außerdem fuhr sie sowieso überall mit ihrem Fahrrad hin. Und Björn, ihr Freund hatte ja ein Auto. Er würde sie überall hinfahren...wohin sie auch wollte. Schlimm genug das sie schon zweitausend Euro in den Führerschein investiert hat (und ungefähr die gleiche Summe in Schnickschnack und Tamtam). Aber das zählte ja alles nicht... Madita war halt ein Sturkopf und wollte partout ein eigenes Auto!
Heute war Samstag, letzter Arbeitstag der Woche. Madita schaute auf ihre zierliche Armbanduhr. Bis vierzehn Uhr müsste sie es schaffen aus dem Laden raus zu sein. Dann könnte sie noch kurz shoppen gehen...sie brauchte UNBEDINGT (!) dieses neue, heiße Top, das sie im Schaufenster in der 'Glamour Boutique' gesehen hatte. Es kostete zwar ein kleines Vermögen...siebzig Euro, um genau zu sein...unverschämt teuer...aber auch so unverschämt cool und sexy. Und betonte genau die Stellen die so ein Top eben betonen sollte. Das wollte sie, das musste sie heute Abend tragen,

wenn Björn sie zu ihrem alljährlichen Geburtstagsessen abholte. Der Anblick soll so heiß sein, dass sein Kühler heiß lief und ihm der Dampf aus den Ohren quoll. Etwas Feuer könnte ihre langwierige und zurzeit etwas eingefahrene Beziehung ja schon vertragen.Na ja, aber immerhin waren Björn und sie seit über zehn Jahren zusammen...da war das Feuerwerk ausgebrannt...die Luft war raus... Bequemlichkeit machte sich breit...man zieht sich noch nicht einmal mehr diskret zurück, wenn man sich eigentlich die Zähne putzen oder pupsen will, und/oder der andere gerade auf dem Thrönchen pullert...das gelegentliche Kribbeln im Bauch diagnostiziert man höchstens als angehende Verstopfung...und körperliche Begierde und Erotik beschränkte sich auf die Frage: *Willst du wirklich heute Abend Sex oder willst du lieber die Reportage über die Nudelfabrik in Schleswig Holstein gucken?* Und Komplimente wurden so selten wie ein Hagelschauer im Sommer. Aber sie wollte sich nicht beschweren. Hauptsache war doch, dass sie beide sich mochten und GUT miteinander auskamen! Solide eben!
Der Vormittag ging dann doch noch relativ schnell vorbei. Die vielen Kunden und deren verschiedenste Wünsche hielten sie ganz schön auf Trab. Gut so. Das ließ die Zeit wie im Fluge vergehen. Und selbst der alte, knauserige Kauz mit der unmöglichen Krawatte (darauf kleine steppende Schuhe), der das Schleierkraut umsonst zum Blumenstrauß wollte, konnte ihr nicht die Laune vermiesen. Das anschließende reinigen, wässern und umräumen des Blumenladens nervte sie allerdings etwas. Sie wurde richtig ungeduldig und konnte den Feierabend kaum abwarten. Viertel vor zwei zitierte der Chef sie dann auch noch zu sich, quetschte ihr mit einem warmen, leicht feuchten (hoffentlich Blumenwasser) Gratulationshändedruck die Finger ein, drückte ihr eine Flasche billiges Brizzelwasser in die eine Hand und einen kleinen Strauß Rosen, den er selbst gebunden hatte in die andere (gequetschte) und wurde nach Hause entlassen. Artig danke sagen und weg! Schnell den Sekt in die Umhängetasche gestopft, die Blumen auf den Gepäckträger ihres Fahrrades gepetzt...uih...gar nicht gut für die zarten, floralen Seelchen...ging aber nicht anders...und dann los.
Ein supersüüüses, zischschschheißes Glitzeroberteil wartete bereits seit Stunden auf eine neue Besitzerin. Als sie später in der Boutique dann die siebzig Affen hinblätterte, hatte sie schon ein mulmiges Gefühl in ihrer Magengegend. Sooo verschwenderisch! Das war sonst gar nicht ihre Art (da war ihre Mutter allerdings anderer Meinung)! Aber auch sooo heiß! Heute gönnte sie es sich!
Sie seufzte leise...das wäre fast ein Autoreifen von ihrem erträumten Wagen

gewesen. Was tat man nicht alles um nicht wie eine Vogelscheuche rumzulaufen.

Mit quietschenden Reifen (Fahrradreifen!) bremste sie vor ihrem Zuhause und schob den altersschwachen Drahtesel in die Garage. Sie kontrollierte ihre Umhängetasche...alles trocken. Also hatte die Sektflasche die turbulente Heimfahrt schadlos überlebt. Den Rosen erging es allerdings nicht so gut. Völlig zerfleddert und in der Stielmitte plattgedrückt, gaben sie ihren Unmut durchhängende Köpfe kund. Egal.

Für Mitgefühl fehlte Madita die Zeit. Sie hatte nur noch vier Stunden um sich von einer, in ihren Augen, durchschnittlichen Landpomeranze in eine wahre, sexy Diva zu verwandeln. Schnell rein ins Haus. Ihr erster Weg führte in die Küche.

Der schön gedeckte Frühstückstisch war natürlich verschwunden...sie hatte ihn heute Morgen sehr wohl bemerkt, so wie auch die gefühlten 120 ausgepressten Orangen, deren Säuregeruch es hinauf bis zu ihrem Zimmer geschafft hatten...aber wie so oft, hatte sie ein **kleines** bisschen verschlafen und wie so oft war die Zeit dann eben halt ein **bisschen** knapp. Aber ihr Geschenk stand noch auf ihrem Platz. Neugierig riss sie das bunte Geschenkpapier runter und biss sich auf die Zunge um nicht laut aufzulachen. Das war mal wieder typisch ihre Mama. Cooles Teil! Sie öffnete die Karte, fing reflexartig den Geldschein auf und las, während die Karte sich musikalisch in ihrer Hand austobte, die Glückwünsche ihrer Eltern:

Alles Liebe zu deinem Geburtstag, kleines Häschen. Wir dachten, ein kleiner Zuschuss für dein Auto würde dich freuen! Wir haben dich ganz doll lieb.

Mama & Papa

Ah, Kohle für ihr Traumauto!
Aber sie wussten doch, dass sie ihr kein Geld schenken sollen. Die haben es beide eh nicht so Dicke. Gerührt schlug sie die Karte zu und drehte damit dem mechanischen Rumgedudel den Saft ab.

"HALLO MAMA...PAPA? WO SEID IHR? HAAALLOOOO?"

"Wir sind im Garten, Liebes."

Den Blumenstrauß schnell notdürftig verarztet, die Tasche an den Stuhl gehängt, springt sie die Verandastufen nach unten in den kleinen Garten hinter dem Haus. Dort, unter einem Pavillon saßen ihre Eltern und spielten

Karten. Als Heinz, ihr Vater, sie erblickte, schmiss er sein Blatt achtlos auf die Tischplatte und breitete lachend seine Arme aus, "Komm her, meine Große...alles Gute zu deinem Geburtstag...wie alt wirst du? Achtzehn? Neunzehn?" "Ach Papa...", sie knuffte ihn spielerisch in die Rippen, "...achtundzwanzig, das weißt du doch!"
Sie übersah absichtlich den warnenden Blick ihrer Mutter (mein Gott, ihr Vater litt an beginnender Demenz...sie sollte sich nicht so anstellen, er war doch schließlich nicht meschugge), drückte ihren Vater herzlich und warf ihrer Mutter einen Kuss zu, "Danke für das Geschenk...hab euch lieb...muss mich aber jetzt fertigmachen!"
Heinz schaut Lotte an. Lotte schaut Heinz an. Beide schauen Madita hinterher, "DU WIRST DOCH ERST UM SIEBEN ABGEHOLT!" "**ICH WEIIIß...das wird echt eng...!**"
Oben in ihrem Zimmer strippte sie sich erst einmal die verschwitze Arbeitskluft vom Leib, schleuderte einfach mal alles in die Ecke und sprang unter die Dusche. Haare waschen. Beine rasieren und…und…und…
Es war viertel vor vier als sie endlich, mit blank geschrubbter Haut, porentiefrein, die Dusche verließ. Unten, im Flur klingelte das Telefon. Das schrille Läuten kroch unbarmherzig in ihre Ohrmuschel. Warum stellten ihre Eltern nicht endlich einen anderen Klingelton ein, der hier war echt einer der übelsten Sorte! Ohrwurmtöter! Oder warum besorgten sie sich nicht mal wenigstens einen Anrufbeantworter? Nur einen klitzekleinen? Und **warum** ging nicht endlich jemand an diesen fiesen Apparat um dieses penetrante Geräusch endlich und endgültig abzuwürgen?
 Ach ja, ihre Eltern saßen ja im Garten! Also warf sie sich ihren sackförmigen, grauen, verwaschenen Bademantel um, auf dessen rechter Brusthälfte eine lachende, schon etwas mitgenommen aussehende, Minnie Mouse posierte und hechtete nach unten.
"**Kellermann**!" Den leicht genervten Tonfall musste dieser Anrufer jetzt einfach mal aushalten. Schließlich fror sie, war noch nicht ganz trocken gerubbelt und außerdem hatte sie Geburtstag...da durfte man sich solch schnöde Allüren erlauben.
"Hallo Madita...hier ist Björn!" Schlagartig änderte sie ihre Stimmung. Von genervt zu...HEY... erfreut. Als ob man einen automatischen Schalter betätigen würde,
" Oh, hi Schatz...tut mir leid, ich wollte dich nicht anblaffen...aber ich komme gerade aus der Dusche und meine Eltern sitzen im Garten auf ihren Ohren und sind am zocken und...ach egal...was gibt's?"

"Erst mal...herzlichen Glückwunsch zu deinem Geburtstag, liebe Madita!" Täuschte sie sich oder klang seine Stimme irgendwie komisch, "Du lieber Himmel, warum so förmlich...du hättest mir doch auch nachher gratulieren können...du kommst doch hier vorbei!" Eine kleine pikante Stille trat ein. Kaum wahrnehmbar und dennoch kreischend wie Fingernägel auf einer Schiefertafel.

"Du Madita...nee...ich meine, deswegen ruf ich ja an...du, mit heute Abend...", eine steile Falte erschien zwischen ihren Augenbrauen, "Was ist los, Björn...ist das Auto kaputt...ist die Reservierung geplatzt...oder hast du dein Konto überzogen?"

Madita lachte gekünstelt. Ihre Knöchel traten weiß hervor, so fest quetschte sie den leicht ächzenden Hörer. *Björn würde niemals sein Konto überziehen. Dafür war er viel zu penibel. Sie wusste es schließlich. Sie kannte ihn In- und auswendig!*

Erstens waren sie schon eine halbe Ewigkeit zusammen und zweitens kannte sie auch seine ganzen Kontoauszüge, inklusive Kontostand!

Björn hatte noch nichts erwidert. Seine Antwort ließ auf sich warten. Ein lautes Räuspern drang an ihr Ohr.

"Björn, Schatz...", ein schriller Unterton schlich sich in ihre Stimme, wie immer, wenn sie feststellte, dass irgendetwas nicht so in einer Bahn lief wie sie es plante, "...was ist los?"

Sie hörte ein leichtes schnaufen, "Ach Madita...ich wollte eigentlich...", er stockte, "...ach, Scheiße... ich mach Schluss!" Ihr Schädel fühlte sich an wie eine leere Hülle, "Wie Schluss? Willst du später anrufen?" Er stöhnte laut auf, "Madita...es ist aus mit uns...verstehst du...ich...ich...es tut mir leid...ich leg jetzt auf!" Klack.

Mit dem Hörer in der Hand, rutschte sie rücklings an der Wand hinab. Ihr ungläubiger Blick streifte ihre nackten (aber rasierten), kraftlosen Beine, dann starrte sie den Hörer in ihrer Hand an. Langsam streckte sie den Arm nach oben aus und legte ganz sachte den Hörer auf der Station ab. "Aber wieso...?"

Vorsichtig faltete sie die Hände im Schoß und wartete.

Wann stellte sich der Schmerz ein? Erstaunt horchte sie ins sich hinein. Und horchte...und horchte... bis...

"MADITA...WER WAR DENN AM TELEFON?" Noch über einen Scherz lachend, den ihr Vater wohl gerade erzählt hatte, betrat Lotte kichernd das Haus. Ihre Augen brauchten ein paar Sekunden um sich vom hellen Sonnenschein draußen, an das schattige Dämmerlicht im Haus zu gewöhnen. Sie ging ein paar Schritte durch die Küche und spähte in den Flur. Ein paar ausgestreckte, nackte Beine jagten ihr einen Heidenschreck ein, "MADITA!" Rasch schob sie sich am Küchentisch vorbei und schmiss im vorbeischrauben noch eine kleine Glasvase darauf um. Mit einem leisen klirren zerschellte diese am Boden. Feine Glassplitter, Wasser und kleine Blümchen lagen verstreut vor dem Tisch. Aber all das bekam Lotte nicht mit. Besorgt stieg sie über die ausgestreckten Beine ihrer Tochter und beugte sich zu ihr runter, "Madita, Kleines?" Mit staunenden Augen schaute sie hoch zu ihrer Mutter, sieht deren besorgten Blick und bricht in schallendes Gelächter aus. So sehr lachte sie, dass ihr die Tränen in die Augen schossen. Dabei sollte sie doch eigentlich am Boden zerstört sein. Verlassen! Am Geburtstag! Das klang doch wie aus einem schlechten Groschenroman. Aber Madita lachte...bis sie sich vor lauter Lachschmerzen den Bauch halten musste."Madita...was ist denn?" Ängstlich weicht Lotte zurück. Der Ausdruck in Madita's Gesicht gefiel ihr nicht.

Mit einem breiten Grinsen rappelte sich Madita auf, strich sich den Bademantel glatt, nahm ihre Mutter in den Arm, "Nichts Mama...alles in Ordnung...ich gehe jetzt hoch und mache mich fertig...geh raus zu Papa...", sie tätschelte Lotte kurz die Wange, wischte sich selbst eine Lachträne aus dem Gesicht und schob ihre Mutter zurück in die Küche, "Geh...ich wische das hier weg...", sie zeigt auf das kleine Malheur vor dem Tisch! Beunruhigt windet Lotte sich in ihrem Griff, "Ist wirklich alles in Ordnung?" "Ja, Mama...geh, Papa wartet schon auf dich...", "Sie kicherte leise, "...du weißt das er schummelt, wenn keiner hinschaut!" Lotte gibt sich seufzend geschlagen, "Na gut...aber...!"

"Jaaa Mama, wenn was ist, sag ich dir Bescheid!" Leicht verstört schüttelte Lotte leise vor sich hin nuschelnd den Kopf und ging nach draußen zu ihrem demenzkranken Mann.

Langsam und mittlerweile nachdenklich stieg Madita die Treppe nach oben. In ihrem Zimmer sank sie erst einmal auf das Bett. Eine kleine Biene summte durch das geöffnete Fenster hinein, umkreiste zweimal ihr frisch gewaschenes Haar und ließ sich von dem nächsten lauen Lüftchen wieder zum Fenster hinaustragen. Madita schaute ihr hinterher.

Warum kamen kein Schmerz und keine Tränen? Sie war doch gerade abserviert worden! Sitzengelassen. Ausgemustert. Verlassen. Verstoßen. Ausrangiert wie ein alter Laster. Ihre Augen wanderten durch ihr Zimmer. Seit achtundzwanzig Jahren bewohnte sie nun diesen kleinen, putzigen Raum. Klar, im Laufe der Jahre hatte er ein paar Veränderungen

durchgemacht (wechselnde Poster, neue Tapeten und sogar die
Sockelleisten waren vor zehn Jahren ausgetauscht worden, weil sie, Madita
unbedingt schwarze haben wollte). Aber dies war das einzige Heim das sie
kannte. Björn und sie wollten eigentlich im nächsten Jahr anfangen zu
bauen und dann heiraten. *So der Plan*. Ihr Blick fiel auf ein Poster mit dem
Berliner Fernsehturm, aufgenommen an einem wunderschönen, klaren
Sommermorgen. Sie mochte Berlin...sie war zwar noch nie dort
gewesen...aber sie mochte es. Für sie war es das Mekka schlechthin! Ihre
Hochzeitsreise sollte auch nach
Berlin gehen. *So der Plan*. Sie stand auf, strich durch ihr Haar das
mittlerweile fast trocken war, ging zum Poster und fuhr andächtig mit der
Kuppe ihres Zeigefingers die Umrisse des Gebäudes nach.
Scheiß auf den Plan! Scheiß auf Björn!
Mit leicht geneigtem Kopf betrachtete sie das Bild. Versank förmlich darin.
Ein leichtes Lächeln erschien auf ihrem Gesicht.
*Ja. Genau. Das war nun **ihr** Plan!*

 Gegenwart (2011)
 Madita und Andreas

Im dunklen Schlafzimmer herrscht angenehme Stille. Und doch schreckt
Andreas plötzlich auf. Schlaftrunken reibt er sich die Augen, "Madita?"
Seine Stimme dunkel und rau vom Schlaf. Suchend gleitet seine Hand über
die rechte Seite ihres Bettes. Außer einer zerknüllten Decke, nichts. Der
Schlaf zieht sich langsam aus seinem Kopf zurück. Sein Verstand rappelt sich
mühsam auf und beginnt sich warmzulaufen. Er knipst sein kleines
Nachtlicht auf der Kommode neben seinem Bett an und schaut sich fragend
um. Keine Madita. Wo ist seine Frau?
Er schlüpft aus dem Schlafzimmer, "Madita?" Seine Stimme ganz leise.
Toll, geflüstertes Rufen...genauso sinnvoll wie ein Auto ohne Lenkrad.
In der Küche brennt ein winziges Licht. Offensichtlich das Lämpchen über
dem Herd. Also ist Madita zumindest mal hier gewesen oder vielleicht ist sie
es noch. Er streckt seinen Kopf mit dem schlafwirren, schwarzen Haar kurz
in die Küche und wirft einen prüfenden Blick durch den Raum. Nichts.
Lediglich ein kleiner Topf steht auf dem Herd. Daneben die halbvolle
Honigflasche. Und eine umgefallene Milchtüte...offensichtlich leer...wie die
Küche. Ein weiches Lächeln huscht über sein jungenhaftes Gesicht.

AH, da hatte sich wohl jemand einen kleinen Mitternachtsschlummertrunk genehmigt.
Leise zieht Andreas die Küchentüre wieder bei und schaut den düsteren Flur hinab. Aber auch unter der Badezimmertür schimmert kein Lichtstreifen durch. Also war Madita somit mal nicht auf dem Klo.
Viel bleibt ja nicht mehr übrig. Seinem Bauchgefühl folgend schiebt er sachte die Kinderzimmertür auf. Ein silberner Mondstrahl weist ihm den Weg zu ein paar Puschen in denen kleine, zierliche Füße stecken. Sein Lächeln vertieft sich. Da ist sie ja. Auf Zehenspitzen huscht er zu dem Schaukelstuhl, auf dem es sich seine Frau ganz offensichtlich bequem gemacht hat. Langsam schält sich ihre Silhouette aus dem Schatten. Sein Blick wandert zu ihrem Gesicht. Das glitzernde Augenpaar überrascht ihn doch etwas, "Ich dachte, du schläfst?" Er sinkt neben ihr auf den Boden und legt seinen Kopf auf ihren Knien ab. Eine seiner Hände schiebt sich hoch und legt sich zärtlich auf ihren runden Bauch, "Was macht ihr beiden denn hier...mitten in der Nacht?"
Sie lächelt madonnenhaft und flüstert, "Wir haben schon mal angefangen!" Etwas begriffsstutzig glotzt er sich an. Dann hellt sich seine Miene aufgeregt auf, "Du meinst...", er streichelt sanft über ihren Kugelbauch, "...unser Baby ist soweit?" Ein leises Kichern, fast wie ein gurren, erklingt.
"Wir bereiten uns schon seit Stunden vor, während der Herr Papa im Land der Träume weilt", vorsichtig streicht sie eine vorwitzige Haarsträhne aus seiner Stirn. Er schluckt. "Soll ich deine Tasche holen?"
"Nein, nein...", sie lacht leise in der Dunkelheit, "...wir haben noch Zeit!" Der Stuhl knarzt etwas, als sie sich in eine bequemere Position schiebt. Eine kleine Hand greift nach seiner. Sie ist eiskalt. "Hast du Angst?", Andreas nimmt die suchende Hand fest zwischen seine und wärmt sie."Etwas!" Sie seufzt, "Erzähl mir was...lenk mich ab!" Andreas überlegt und überlegt und überlegt...
"Woah...nicht so viel auf einmal...", sie kichert belustigt. Er schmunzelt, "Ja doch...ich muss doch erst mal nachdenken!" Er bläst kurz ein wenig warmer Atem auf ihre kalte Hand, die er noch immer hält, "Erinnerst du dich eigentlich noch an unser zweites Treffen?"
Sie schnaubt ziemlich undamenhaft, "Und ob...glaub mir, ich erinnere mich an **jedes** Treffen zwischen uns." Sie drückt liebevoll seine Hand, "Ich fand dich so...so...überheblich...!" Er gluckst kurz, "Ja, und du hattest den Charme eines Kaktusses!" "Hey!" "Ist doch wahr...du hast mich immer angegiftet, wenn du mich gesehen hast!"

Sie lehnt den Kopf zurück an die Lehne und starrt in die Nacht hinaus. Der Mond ist ein Stück weitergewandert und bestrahlt nun das kleine, liebevoll hergerichtete Kinderbettchen.
"Ach, Andreas...ich war damals schon bis über beide Ohren in dich verliebt...aber...da war Marianne...", sie rutscht vom Schaukelstuhl runter, in seine Arme, "...ich hätte mir eher die Zunge abgebissen als dir auch nur einen klitzekleinen Wink zu geben." Er schließt kurz die Augen, "Wenn ich ehrlich bin...ich hatte jede Woche Angst, DU würdest hinter dem Tresen stehen. Ich weiß nicht was es war, aber dein Anblick hatte mich jedes Mal wahnsinnig gefreut und gleichzeitig aber auch erschreckt. Gott, war ich immer froh, wenn Angela da war...und das war sie ja meistens." Er wiegt sie langsam, "Ich glaube, das hat sie mit Absicht gemacht...sie muss das knistern zwischen uns gespürt haben!"
Madita lacht hell auf. Er zieht seinen Kopf etwas zurück und schaut in ihre schimmernden Augen, "Was ist?"
"Ach, Schatz...Angela WUSSTE das ich in dich verliebt bin...seit dem Tag als du mich beim Gießen von der Leiter gepflückt hast. Und sie wusste doch auch, dass du verheiratet warst."
Sie zieht seinen Kopf wieder heran, "Schließlich kamst du fast wöchentlich eine Rose für deine Frau kaufen!" "Ja, monatelang ging alles gut...bis zu jenem Tag!"
"Ich hätte dich am liebsten erwürgt, als du zur Türe reinkamst. Und derweil lag die arme Angela im Krankenhaus und wurde gerade am Knie operiert. Wenn ich es mir recht überlege, hatte sie sich ganz schön Zeit gelassen mit dem OP-Termin. Ich schätze mal, wenn sie gekonnt hätte, dann hätte sie sich im Blumenladen operieren lassen...nur damit ich nicht auf dich treffe!" Er lacht herzhaft, "Das glaube ich auch!"
Madita kuschelt sich eng in seine warmen Arme, "Wie war das noch…"

Vergangenheit (2009)
Madita und Andreas

Das Türglöckchen bimmelte. Madita sprang leicht genervt auf. Sie ging gerade die Bestellung für die nächste Woche durch und die Unterbrechung kam ihr im Augenblick sehr ungelegen. Aber der Kunde ist König. Also ein nettes Lächeln aufgesetzt und raus, "Bitte? Womit kann ich ihnen helfen?" Das Lächeln fror ihr im Gesicht fest. *Das gab's doch gar nicht*! Aber warum wunderte sie sich eigentlich? Natürlich musste sie irgendwann noch mal auf

diesen Schnösel treffen. Vor allem jetzt, wo Angela in der Klinik war. Schließlich kaufte Herr Neunmalklug ja jede Woche Blumen für sein Frauchen. Sie schluckte eine bissige Bemerkung, die ihr fast quer im Hals steckte, wie ein zu großes Wurststück, runter, "Ah, sie sind es. Eine Rose für die Frau, wenn ich mich recht erinnere?"
Sein breites, gemeißeltes Grinsen zerrte an ihren Nerven.
"Nein, heute möchte ich einen Strauß. Geburtstag. Wissen sie!" Er schaute sich grübelnd um, "Was würde sie denn empfehlen?"
Einen Vorschlaghammer um dir das dämliche Grinsen aus dem Gesicht zu kloppen!
" Kommt darauf an, wie viel er kosten darf?" Sie lächelte gekünstelt liebenswürdig. Er winkte ab, "Egal!" Gemütlich lehnte er sich gegen den Tresen, "Wissen sie was...ich lasse ihnen freie Hand...pfriemeln sie mir irgendetwas Schönes zusammen!" *So ein Banause! Aber er hatte sooo wundervolle Augen! Reiß dich zusammen Madita!*
Madita lächelte weiter ihr höfliches und zuvorkommendes Lächeln, "Aber gerne!"
Sie kochte. Mit geschlossenen Augen, atmete sie einmal tief durch und machte sich an die Arbeit. Seine stahlgrauen Augen verfolgten jeden ihrer trippelnden, kleinen Schritte, "Wo ist Angela?" "Krankenhaus!" "Ah, lässt sie sich endlich mal ihr Knie machen...wurde ja auch Zeit!" "Hm!"
Madita suchte ein paar zartrosa und perlweiße Sweet- Avalanche Rosen heraus und legte sie neben sich auf die Arbeitsfläche. Sein Gespräch ging weiter, "Ich hätte nicht gedacht, dass sie noch hier sind." Sie biss sich auf die Lippe. Er kam zu ihr und sah sie von der Seite an, "Kommt davon auch etwas rein?" Er deutet auf eine kleine Blumenampel über ihr. Sie schaute hoch und rümpfte die Nase und sah ihn missbilligend an, "Vom Efeu? Wohl kaum!" Erneut durchstreifte sie mit zusammen gekniffenen Augen den Raum. Er bohrte weiter, "Sie sind heute etwas wortkarg, oder kommt mir das nur so vor?" "Nein!" Er blitzte sie schelmisch an. *Warum musste er sie denn so foppen?* Sie bückte sich...ja...diese Mini- Eden-Rosen müssen auf jeden Fall dazu. Sie liebte diese filigrane, paradiesische Vollkommenheit dieser Blüten mit ihrem rosa Farbverlauf ins creme hinein. Dazu noch ein paar lila Moody Blues. Sie grinste boshaft in sich hinein. So....und noch ein Paar dieser wunderschönen Red- Naomi- Rosen. Die üppigen Blütenköpfe verliehen dem Ganzen ein Hauch Extravaganz und außerdem waren sie auch recht teuer. Dann zupfte sie noch einige zartlila Gypso aus einem Wassereimer. Die kleinen Blüten würden das Bild wunderschön ergänzen.

Zum Schluss noch etwas Schleierkraut um das ganze abzurunden. Eifrig machte sie sich ans Werk. Schnitt. Bog. Band. Drückte. Zupfte. So lange, bis sie einen herrlichen Straus in der Hand hielt. Sie hatte den Schnösel völlig vergessen...zumindest bis jetzt, als sie sich rumdrehen musste.
Schade um den schönen Strauß! Aber was soll's!
Den besagten Strauß in feines, zart bedrucktes Papier gewickelt, ignorierte sie seine kleinen Grübchen an seinen Wangen und überschlug gedanklich den Preis, "Macht fünfundvierzig Euro!" Er zuckte mit keiner Wimper als er ihr einen Fünfzig Euroschein rüberschob, "Stimmt so!" *Sagte ich doch. Schnösel!*
"Danke und einen schönen Tag noch!" Zähneknirsch.
"Wünsch ich ihnen auch...bis demnächst!" Die Türbimmel klingelte und weg war er. Madita schnaubte, ging zurück an ihre Bestellliste und hakte wütend auf der unschuldigen Tastatur des Laptops ein. Verbissen starrte sie auf den Monitor. Sie verstand sich ja selbst nicht richtig. Ihr Herz klopfte wie wild, als sie an die gerade zurückliegende Begegnung mit dem Arzt dachte. Ihr dummes, dummes, kleines Herz!
Begriff es denn nicht, dass dieser Leckerbissen bereits auf einem anderen Teller lag? Ihn in Gedanken als Vollidioten und Deppen zu bezeichnen und sein dämliches Selbstbewusstsein zu verfluchen, verdrängte wenigstens jeden Gedanken an diese wunderschönen Augen und diesen, unglaublich sexy Timbre in seiner Stimme.
Das war auf jeden Fall gesünder für sie. Und auch für ihr Gefühlsleben. Energisch schüttelte sie den Kopf. Die Bestellungen warteten!

Gegenwart (2011)
Madita und Andreas

"Ach, mein armer Liebling...das muss ziemlich schwer für dich gewesen sein!" Sein Schmunzeln in der Stimme ist nicht zu überhören. Behutsam zieht er ihren Kopf an seine Schulter. Sie schnieft leicht, "Ja, das kannst du aber laut sagen...", sie dreht sich leicht zu ihm und versucht in der Dunkelheit seine Augen auszumachen, "...war es für dich nicht irgendwie blöd oder komisch."
Er überlegt kurz, "Ja...und...nein!" Sie stutzt. "Wie denn das?"
"Naja, auf der einen Seite hast du mich fasziniert und ich habe mich sehr zu dir hingezogen gefühlt...und auf der anderen Seite habe ich genau dasselbe getan wie du...!" "Hä?"

Er haucht ihr einen Kuss aufs Haar, "Ich habe meine Gefühle und meine Gedanken in einen großen Sack gestopft...alles gut verschnürt und in einem meiner tiefsten Traumseen versenkt." Er seufzt kurz, "Und das Angela sich als Puffer zwischen uns betätigt hat, war gut...damals, zu jenem Zeitpunkt...auf jeden Fall! So kam mir erst gar nicht der Gedanke, wie es wäre, mit DIR zusammen zu sein und nicht mit Marianne."
Madita nickt verstehend.
So sitzen sie gemeinsam auf dem hochflorigem, hellgrünen Teppich im Kinderzimmer, vor dem weißen Schaukelstuhl, halten sich in den Armen und hängen ein jeder seinen Gedanken nach. Sind einfach nur froh, dass sie **jetzt** aneinander haben und gedachten dem ein oder anderen Wunder, das sie zusammengeführt hatte. Eine sanfte Brise streicht durch das dichtbelaubte Geäst vom Baum vor dem Fenster (an dem sie irgendwann später, vielleicht in ein paar Jahren, eine Schaukel aufhängen würden).

Gastgeberin:
Hm...überleg, überleg...mit Faden hergestellte Verbindung...ach ja, Naht. Wasserstrudel mit Gegenströmung...der dritte Buchstabe ist ein E....ähm...Neer, jawohl...oh, lateinisch Erde...da muss ich kurz nachdenken...ich habe es...Terra...huch, herrje, schleich dich doch nicht so von hinten an mich ran. Siehst du nicht, dass ich gerade Kreuzworträtsel mache? Solltest du auch mal probieren. Das hält die kleinen, grauen Zellen im Oberstübchen geschmeidig. Obwohl...ich irgendwo mal gelesen habe, dass irgendein überschlauer Wissenschaftler behauptet haben soll, das Kreuzworträtsel gar nicht so gut für Gedächtnistraining ist, wie behauptet wird. Also, der Meinung bin ich nicht. Ich mache das jetzt seit ein paar Monaten und bin mittlerweile soweit das ich fast das komplette Rätsel lösen kann...naja, meistens jedenfalls. Wie? Das interessiert dich nicht. Ich labere mir da nen Wolf und du hast nix anderes wie die Kartons im Kopf. Aber mich erschrecken, dass ich fast einen Herzinfarkt krieg! Ach so, die Erinnerung ist schon fertig. Na, dann sag das doch gleich. Und? Einige Fragen beantwortet? Und wie ich dich kenne, willst du direkt die nächste Erinnerung. Willst natürlich wissen wie es mit den beiden

weitergeht...wie sie zusammengekommen sind? Und was
Marianne davon hielt und, und, und...
Keine Lust auf ein winziges Päuschen? Vielleicht ein
Tässchen Mokka? Nein? Okay, dann lass mich mal
schauen...rutsch doch mal ein Stück zu Seite, ich komme
ja gar nicht richtig an die Kartons
dran...ja...so...danke dir.
Hoppla, :-) Andreas verlorene Unschuld...fast wäre ich
draufgetreten. Die packen wir vorsichtshalber mal auf
das Sideboard. Schieb mal die mittleren Kisten, mit den
grauen Streifen herüber...noch ein Stück...so, habe es,
nochmals danke.
Also, was haben wir den hier:
Liaison mit Cassie (Kassandra) Steinbach...hm...war das
nicht seine Mathenachhilfe in der achten Klasse? Und sie
war doch in der Zehnten damals. Nana...vielleicht gehört
die verlorene Unschuld ja in diesen Karton...was meinst
du? Stell ihn mal neben die Unschuld auf den
Schrank...danke. Aber bring hier nichts durcheinander.
Wir sollten so wenig wie möglich rumkramen, sonst
bringen wir alles durcheinander und wenn die Leuteihre
Erinnerungen zurückbekommen, werden sie ja ganz kirre in
Birne. Also...wo ist er denn?
Februar? März? April? Ah...da ist er...Mai, nee...ah,
Juni...
So, bitte hinsetzten, die Rückenlehne in eine aufrechte
Position bringen und...nee warte...ich glaube, die
beiden waren noch gar nicht fertig. Da kommt doch noch
die Kennenlerngeschichte...du musst auch richtig
zuhören. Nicht alle Informationendurcheinanderwerfen,
immer der Reihe nach. Ich setz mich derweil auf den
Juni-Karton, damit er nicht verloren geht.

Gegenwart (2011)
Madita und Andreas

"Komm, Schatz...ich bringe dich rüber ins Bett. Da sitzt du bequemer und da
kann ich dich auch besser wärmen!" Er schiebt sie ein Stück von sich,
rappelt sich hoch und hievt die schwerfällige Madita mit sich, nach oben.
Leise stöhnend hält sie sich das Kreuz, "Oh, man...bin ich froh, wenn ich

wieder normale Ausmaße habe!" Er lacht, nimmt sie am Arm, "Du bist wunderschön, Liebling!" "Ja, ja, das musst du sagen, schließlich willst du ja deine Hemden gebügelt haben!" Kichernd knufft sie ihn scherzhaft in die Rippen. Langsam schlendern sie zurück ins Schlafzimmer und legen sich auf das Bett. Der warme Schein der Nachttischlampe, die noch immer brennt, hüllt beide in ein sanftes Licht und wirft diffuse Schatten an die Wand. Fürsorglich stopft er ihr beide Kopfkissen ins Kreuz und zieht ihr seine noch schlafwarme Decke über die Knie bis zur Hüfte. "Kann ich dir noch was bringen?" Lächelnd schüttelt sie den Kopf, "Nein...setzt dich einfach zu mir und erzähl weiter!" Er rutscht zu ihr unter die Decke, "Was willst du denn noch wissen?" Sie schaut an die Decke und kaut überlegend auf ihrer Unterlippe, "Erzähl mir von dir und Marianne!" "Was soll ich dir denn da erzählen?"
"Wie habt ihr euch kennengelernt?" "Wie wir uns kennengelernt haben? Na, ganz normal!" "Erzähl es mir!" "Okay! Wie du willst!"

Vergangenheit (2007)
Marianne und Andreas

Ding Dong!
Hektisch wurde die Tür von innen aufgerissen und ein roter, verschwitzter Schwarzschopf kam zum Vorschein, "Ah, endlich...Marianne! Gut, dass du endlich da bist."
"Ich bin fast hierher geflogen. Was ist denn Bruderherz. Du hast ja am Telefon geklungen, als ob dir die Bude überm Kopf abbrennt." Marianne schob sich an Antonio vorbei ins Haus, "Wie geht es denn Beatrice? Was machen die Kids?"
Mit einem leicht verzweifelten Blick schielte er hinter sich, wischte sich ein paar Schweißperlen von der Stirn und umarmte Marianne kurz, "Deswegen habe ich dich ja angerufen. Sie ist...sie sind...!"
Ein heiteres Lachen erscholl aus der Küche und gleich darauf erschien Beatrice, oder Bea, wie sie alle in der Familie liebevoll nannten, im Türrahmen. In der rechten Hand, ein zuckersüßes, rosa überzogenes, cremegefülltes Eclair und mit der linken Hand presste sie ein dickes Frotteehandtuch zwischen ihre Beine, "Sorry Marianne, Liebes...ich...", und wieder kam eine Unterbrechung. Diesmal in Form von Helen und Noah. Ihres Zeichens die zweieinhalbjährige Nichte und der vierjährige Neffe von Marianne. Beide kamen aufgeregt, lautstark plappernd, auf ihre Tante

zugestürmt, "Maijanne, Maijanne...Mama ist explodiert und hat ein Riesenpipi auf den Boden gemacht!" Noahs bildlich dargestellter Radius umfasste den gesamten, ziemlich großzügigen Vorraum. Wow!
Mit verschränkten Armen stampfte die kleine Helen erbost mit ihren Füßchen auf, "Baby hat Mama putt macht und jetzt tropft sie!"
Mariannes Bruder, Antonio, Vater dieser reizenden Brut und im Moment überforderter Ehemann von Bea, verdrehte stöhnend die Augen.
Schmunzelnd, die Ruhe in Person kam Bea schmatzend auf ihre Schwägerin zu gewatschelt. Lächelnd streckte sie die zuckerverklebten Hände nach ihrer Tochter aus, die sich schutzsuchend an Mariannes Bein geheftet hatte, "Komm mal her, Helen-Engelchen!" Vorsichtig lugte Helen hinter dem Bein ihrer Tante hervor und trat einen Schritt auf ihre Mutter zu. Argwöhnisch betrachtete sie das feuchte Handtuch im Schritt ihrer Mutter. Als Marianne sah, wie Bea verzweifelt versuchte, ihren aufgequollenen Körper in die Hocke zu bringen, riss ihr der Geduldsfaden. Sie machte einen Satz nach vorne, hob die kleine Helen auf den Arm, zog ihre Schwägerin hoch um sie wieder halbwegs aufzurichten und schnappte sich Noah, "SO, JETZT MAL ALLE HERHÖREN!"
Jeder verharrte in seiner ausgeführten Position und starrte sie mit weit aufgerissenen Augen an.
"DU...", sie zeigte auf ihren Bruder, "...nimmst das....", ihr Finger wies auf den gepackten Koffer neben der Haustür, "...und Die...", ihr Zeigefinger wanderte zu Bea, "...und verziehst dich in die Klinik und kommst erst wieder, wenn der ganze Spuk vorbei ist."
Antonio nickte erleichtert. Marianne drückte ihrer Nichte einen liebevollen Kuss auf die rosige Wange, strubbelte Noah durch die eh schon wirre braune Lockenpracht, "Und wir drei Hübschen, stellen jetzt mal euren Futtertempel auf den Kopf und schauen mal was wir uns zu essen zaubern."
"SPAGETTI! SPAGETTI!"
Sie setzte die zappelnde Helen ab und schon türmten die beiden quirligen Quälgeister jubelnd in die Küche. Lachend ging Marianne auf die unglücklich dreinschauende Bea zu, die sich, mit Tränen in den Augen, die klebrigen Finger ableckte, "Schau dir das an, Spagetti sind offensichtlich interessanter als ihre eigene Mutter!" Sie schniefte herzerweichend.
Antonio dribbelte etwas unentschlossen an der Haustür rum und warf seiner Schwester einen flehenden Blick zu. Marianne schloss ihre Schwägerin grinsend in die Arme, sorgsam darauf achtend, den klebrig verschmierten Händen nicht zu nahe zu kommen, hauchte ihr einen Kuss

auf die, erstaunlicherweise, zuckerfreie Wange und bugsierte sie in Richtung ihres Bruders, "Ach Beachen, jetzt fährst du erst einmal in die Klinik und bekommst in aller Ruhe euer Baby. Und wenn es da ist, ist dein Bauch weg, deine Hände sind sauber und deine Tränen getrocknet. Das verspreche ich dir!" Noch immer schmunzelnd schob sie beide, inklusive Koffer vor die Tür und ließ diese, mit einem leisen Aufseufzen laut polternd ins Schloss fallen. Quietschendes Gejohle beförderte sie allerdings sofort wieder in die Realität und auch rüber in die Küche, wo schon beide kleinen Helferlein emsig damit beschäftigt waren den kompletten Inhalt der Spagetti Dose in einen viel zu kleinen Topf zu befördern. Lachend griff Marianne ein. Mit kundigen Händen regulierte sie den Schaden, setzte die Nudeln auf und rührte fachmännisch die Tomatensoße an und nach zwanzig Minuten saßen alle am großen, blank gescheuerten Küchentisch und schaufelten vergnügt, in Tomatensoße ertränkte Pasta in sich rein. Man brauchte nicht zu erwähnen das Kinder und Küche anschließend einer gründlichen Reinigung bedurften!
Während das Badewasser langsam die Wanne füllte und Noah eine großzügige Portion Badezusatz mit Heidelbeerduft ins Wasser beförderte, begutachtete Marianne mit Helen das neue Kinderzimmer. Das zartgelbe Zimmer strahlte eine heimelige Wärme aus. Alles war fertig und schien nur auf den Startschuss und Kinderlachen zu warten.
Die Kommode war ebenfalls schon startklar eingeräumt, alle Wickelutensilien lagen griffbereit parat und am Kinderbettchen hing ein winziger Schlafoverall, mit lauter kleinen Luftballons darauf. Wehmütig strich Marianne über den Himmel des Bettchens. Kleine, fluffige Wölkchen tummelten sich, scheinbar schwerelos, auf dem Stoff. Hastig wischte sie sich eine Träne aus dem Augenwinkel. Eine kleine Hand zupfte an ihrem Blusensaum. Helen sah neugierig zu ihrer Tante hinauf, "Willst du nicht auch ein Baby, Tante Maijanne?" Marianne schluckte. Sie ging in die Hocke um ihrer Nichte auf Augenhöhe zu begegnen, "Doch, mein Engel...irgendwann einmal...", sie strich Helen eine feine, wellige Strähne aus dem Gesicht, "...so Gott will, bekomme ich auch irgendwann mal so eine süße Krabbe wie du es bist."
Sie hob Helen hoch, drückte ihr einen lauten Schmatzer auf die Wange, "Aber dazu brauch ich erst einmal einen Ehemann!" Helen kicherte, "So wie Papa?" "Ja, mein Schatz...so einen wie deinen Papa!"
"Tante Marianne...das Wasser ist fertig!"
"So, meine kleine Wasserratte...dann mal ausziehen und ab in die Wanne!"

Nach einer ausgiebigen Wasserschlacht, in deren Verlauf ein Zahnputzbecher das Zeitliche segnen musste und vier Badetücher die Überschwemmung eindämmten, packte sie, die mittlerweile müde Rasselbande vor das Fernsehen. Normalerweise hielt sie nicht viel vom Glotzen-Parkplatz, aber sie wollte noch mit Antonio telefonieren und sich auf den neuesten Stand bringen lassen. Wie sich herausstellte gab es nichts. Das hieß für sie...eine Nacht auf der Couch verbringen. Aber das machte Marianne nichts aus. Sie legte den Hörer wieder auf der Station ab und betrachtete die gähnende Meute, "So, auf...jetzt schrubben wir noch die kleinen Beißerchen auf Hochglanz und dann ab in die Koje. Mama und Papa schlafen heute im Krankenhaus und ich hier bei euch auf der Couch." Schon nach einer viertel Stunde herrschte angenehme Stille im Haus. Marianne öffnete sich eine Flasche lieblichen Rotwein, schenkte sich ein Glas voll ein, nippte und räkelte sich wohlig in die Decke und schlummerte bald darauf sanft ein.

"ICH WILL DIE MILCH REINTUN!"

"NEE...DU BIST JA NOCH VIEL ZU KLEIN...ICH MACH DAS!"

Lautes Geheul riss Marianne aus dem Schlaf. Erschrocken richtete sie sich auf und schaute sich leicht orientierungslos um. Das Geschrei aus der Küche verschärfte sich dramatisch. Noch leicht schlaftrunken wankte sie, mit wild zerzaustem Haar in die Küche, „WAS IST DENN HIER LOS?"

Schnell wischte sich Helen die kullernden Tränen von der Backe und strahlte ihre Tante an, "Guten Morgen, Tante Maijanne...wir frühstücken und wollten dich nich wachmachen!" Mariannes Blick wanderte über den Küchentisch der übersät war mit Frühstücksflocken.

Zwei bunte Schälchen standen in einem See aus Milch. Ertappt presste Noah die, mittlerweile, halbleere Milchtüte an sich, " Du kannst dich ruhig wieder hinlegen...wir können das schon!" Lachend zupfte sie ihm den Milchkarton aus den Armen, "Das sehe ich." Kopfschüttelnd wischte sie die Milch auf, strich die Frühstücksflocken zusammen und füllte dann die beiden Schälchen, "Wollt ihr noch frische Beeren hinein?" "Auja!"

Nachdem sie den Zutaten ein Milch- Bad verabreicht hatte, schob sie die beiden Schüsseln Noah und Helen zu, die gierig darüber herfielen, so als ob sie am Abend zuvor, keine Pasta Orgie veranstaltet hätten. Lächelnd beobachtete sie die beiden. Waren ja schon irgendwie richtig süß! Sie lächelte sanft.Das nervige Läuten des Telefons störte mit einem Male die Idylle. Schnell sprang sie auf und ging ran. Es war Antonio.

"Guten Morgen Marianne. Lebst du noch? Wie war die Nacht? Sind die Kids

schon im Kindergarten?" Mariannes entsetzter Blick wanderte zu Noah und Helen, "Kindergarten?" Antonio lachte, "Ja, was dachtest du denn? Lass mich raten... sie sind noch zuhause!"
Marianne schluckte laut, "Äh...ja...äh...wir sind noch nicht so weit!" Dröhnendes Gelächter erscholl aus dem Hörer, "Egal, dann lass sie heute daheim. Ist vielleicht auch gut so. Dann könnt ihr direkt kommen, wenn das Baby da ist!" Marianne schnaufte erleichtert, "Und...wie weit seid ihr?" Ein kurzes Rauschen unterbrach kurz die Leitung, dann war Antonio wieder klar und deutlich zu verstehen, "Wenn es heute nicht von alleine kommt, werden sie es am späten Nachmittag holen. Bea liegt jetzt schon die ganze Nacht in den Wehen und ist ziemlich geschafft. Und ehrlich...aber sag ihr das nicht...sie sieht zurzeit echt scheiße aus. Aber so richtig vorwärts geht es einfach nicht!" Betroffen betrachtete Marianne ihre rot lackierten Zehennägel, "Oh, das tut mir leid, aber die Ärzte werden schon wissen was sie machen." Sie schaute zu den kauenden Kids rüber, "Und mach dir keine Sorgen...hier ist alles okay...ich bin ja da!" "Gut, dann...ich muss wieder hoch...ich melde mich!" Kurzes Rauschen und weg war er.
Etwas ratlos schaute sie sich um. Was nun? Sie war noch nie in die Verlegenheit gekommen, so lange auf die Kinder ihres Bruders aufzupassen. Bis jetzt war Bea immer einsatzbereit gewesen. Was soll's! Konnte ja nicht so schwierig sein. Nach dem Frühstück räumten sie gemeinsam die Küche auf. Da draußen erstaunlich sommerliche Temperaturen für Anfang Mai herrschte, steckte sie die Kinder in Shorts und Shirts und verbrachte den Vormittag mit puzzeln, Legohäuser bauen und Barbie frisieren. Gegen Mittag stopfte sie die hungrigen Mäuler mit selbstgemachten Hot Dogs und schielte zwischendurch, immer besorgter zu Telefon, das allerdings beharrlich schwieg. Endlich, gegen fünfzehn Uhr unterbrach es ein Schweigegelübde. Etwas atemlos riss sie den Hörer ans Ohr. Antonio!
"Und?" Mehr brachte sie nicht raus.
"Tante Marianne...dürfen wir raus schaukeln gehen?" Leicht aus dem Konzept gebracht, nickte sie, "Aber zieht eure Sandalen an, nicht dass ihr mir mit nackten Füssen auf eine
Biene tretet!" Sie presste den Hörer wieder ans Ohr, "Und?", fragte sie nochmals.
"Sie werden wohl einen Kaiserschnitt machen...es geht weder vor noch zurück!"
"Oh...arme Bea!" Antonio seufzte, "Ja, sie ist untröstlich, aber sie ist auch froh, wenn es endlich vorbei ist. Du...ich melde mich nachher noch mal!"

"Okay, bis dann!" Sie legte auf.

Tiefes Mitleid stand in ihrem Gesicht. Arme Bea! Hoffentlich ging alles gut. Gedanken versunken legte sie den Hörer auf den Tisch, als ein wildes, mörderisches Geschrei sie alarmierte. Das klang nicht gut. Mit klopfendem Herzen raste sie durch die Küche, hinaus in den Garten. Mitten auf der Terrasse sprang Noah auf einem Bein herum, hielt sich den anderen Fuß, heulte laut und ließ sich, noch immer schreiend auf den Boden plumpsen, "**Mein Fuß....mein Fuß!**" Ängstlich stürzte Marianne zu ihm. Helen saß seelenruhig auf dem Boden und betrachtete mit großen, runden Augen das Spektakel. Schlitternd kam Marianne vor den beiden zum Stehen, "Was ist los? Was ist passiert?" Vor Aufregung überschlägt sich ihre Stimme. Fragend schaute sie, etwas hilflos von der ruhigen Helen zu dem weinenden Noah. Helen zeigte auf ihren weinenden Bruder, "Noah wollte mir bunten Käfer holen!" "Hä?" Helen deutete jetzt auf den Boden, auf eine sichtlich verschobene Steinplatte. D a s war definitiv nicht ihr angestammter Platz.

Entsetzt betrachtete Marianne den ausgehobelten, schweren Steinquader...musterte fragend das vergleichsweise mickrige Stöckchen daneben...dann den laut schluchzenden Noah...und dann die kleine Helen, die spielerisch einen bunt schillernden Käfer anschubste. Mariannes Herzfrequenz kletterte rasant in den roten Bereich. Das hatte ihr gerade noch gefehlt. Ein Unfall. Ihre Stimme klang schrill in ihren Ohren, "**Was ist denn nun?**"

Sie schnappte sich Noah und zog ihn sachte auf ihren Schoss. Ängstlich wischte sie ihm die Tränen von der Wange. Sie versuchte sich und gleichzeitig ihn zu beruhigen, "Was habt ihr denn gemacht?" Noah, der die liebevolle Zuwendung seiner Tante sichtlich genoss, schniefte kurz, "Ich wollte Helen nur den Käfer fangen...und dann ist er zwischen die Steine gekrochen..." er schniefte noch mal und wischte sich mit dem Shirt- Saum den Rotz von der Nase (bäh, Marianne rümpfte leicht angewidert die Nase), "...und dann haben wir den Stein hochgehoben...aber er war zu schwer...der Stock ist gebrochen...und der Stein ist gefallen...direkt auf meinen großen Zeh!" Als ob die Erinnerungserzählung den Schmerz magisch wieder heraufbeschworen hätte, flossen wieder in Strömen die Tränen, "Auja...das tut so weh, Tante Marianne!" Mitfühlend tätschelte Helen das Bein ihres Bruders. Marianne blickte fassungslos von einem zum anderen. Wie konnten zwei solche Schwächlinge diese schwere Steinplatte hoch hebeln? Der Schreck schlug ihr auf den Magen. Übelkeit stieg in ihr hoch. Ängstlich schluckte sie den Klos im Hals runter, "Lass mal schauen,

Kleiner!" Helen krabbelte neugierig näher heran. Vergessen war der Käfer. Dies hier war doch viel interessanter. Behutsam löste Marianne die Finger ihres Neffen von seinem malträtierten Zeh. Erschrocken zog sie unbewusst, tief die Luft ein. Noah blinzelte sie verschüchtert von unten herauf an, "Ist es schlimm?"
Helen stieß ein bewundertes Schnaufen aus, "Boah, Noah...alles Matsch!" Noahs Augen füllten sich wieder mit Tränen. Einige feine Löckchen klebten an seiner feuchten Wange. Beschwichtigend lehnte sie seinen Kopf an ihre Brust, streichelte tröstend sein weiches Haar und schüttelte heimlich den Kopf in Richtung Helen, "Nein mein Schatz...sieht nicht schlimm aus, aber zur Vorsicht sollte vielleicht doch mal ein Doktor sich das Ansehen!"
Himmel, er hätte sich die Birne mit dem Stein platt walzen können...Kinder!
Bevor sich geballter, verbaler Widerspruch bilden konnte, stand sie auf, mit Noah auf dem einen Arm, Helen an der anderen Hand und eilte mit beiden ins Haus. Antonio würde ihr den Kopf abreißen. Ihr Herz klopfte wild in ihrer Brust. Sie versuchte ihre Gedanken zu ordnen, "Helen, geh ins Bad und mach ein Handtuch nass...das bringst du mir. Ich bringe Noah schon mal ins Auto!"
Mit stolzgeschwellter Brust stampfte Helen ins Badezimmer an ihr Kinderwaschbecken, ersäufte kurzerhand ihr Ariel-Meerjungfrauen-Handtuch und schleifte das tropfnasse Frotteestück hinter sich her zur Haustür. Dort empfing sie Marianne, die einen leicht verzweifelten Blick auf die glänzende Wasserspur hinter Helen warf. Egal, das trocknete irgendwann. Geschwind packte sie ihre Nichte, mitsamt wassergeschwängertem Handtuch und bugsierte sie hinten in ihren Wagen, neben ihren Bruder. Schnell wrang sie die überschüssige Flüssigkeit raus und wickelte das kühlende Tuch vorsichtig um Noahs pochenden, bläulich angelaufenen, geschwollenen Zeh.
Du meine Güte. Warum musste ihr das passieren? Was für eine unfähige Mutter sie abgeben würde. Gut, dass sie noch keine eigenen Ableger hatte...damit würde sie definitiv noch warten...gaaanz lange warten.
Mit wackeligen Knien und zitternden Händen stieg sie in den Wagen, startete und fuhr los. Während der Fahrt in die Klinik, kasperten beide Kids schon wieder lustig auf dem Rücksitz herum und trällerten, nicht schön aber laut, einige verschiedene Kinderlieder.
Marianne warf einen Blick in den Rückspiegel. Noah trug wieder sein lausbübisches Grinsen zur Schau. Also konnte es nicht so schlimm sein! Er würde es wohl überleben und sein Zeh auch. Im Krankenhaus

angekommen, eilte sie im Laufschritt, den vergnügten Patienten auf ihrer Hüfte balancierend, Helen hinter sich her schleifend, in die Notaufnahme. Das klatschnasse Handtuch, kurzfristig missbraucht als Fußbandage, hatte ihre cremefarbene Bluse im Nu fast bis zum Hals durchweicht und nun offenbarte sich die überaus reizende Spitzenbordüre ihres Büstenhalters. In ihrer Aufregung bemerkte sie das allerdings nicht. Voller Nervosität fiel sie fast tollwütig die erste Krankenschwester an, die ihr über den Weg lief, "Ich brauch einen Arzt!" Lächelnd musterte die Schwester den tropfenden, provisorischen Verband, fasste Marianne am Ellenbogen und führte sie zu einer ledernen Sitzgruppe in der Nähe, die man in jedem Krankenhaus dieser Welt vorfinden kann, "Warten sie einen Augenblick, ich bin gleich wieder da." Sie verschwand hinter einer Tür mit der Aufschrift 'Aufnahme'.
"Helen, bleib hier...NICHT!" Helen hatte sich unbemerkt auf Entdeckungstour begeben und öffnete gerade eine der vielen Türen. Unschuldig in ihrer kindlichen Kleinmädchenart winkte sie hinein, "Hallo...bist du Doktor?" Ein tiefes Lachen erklang aus dem Zimmer, dem gleich darauf ein schwarzhaariger Kopf folgte, "Na, wer bist du denn, Kleine?" Ein strahlendes Lächeln wurde ihm gewidmet, "Ich bin Helen und mein Bruder hat schlimm Aua am Fuß. Aber dem Käfer ist nix passiert! Wie heißt du?" Etwas überrumpelt hielt er der kleinen Lady die Hand entgegen, "Ich bin Dr. Kramer. Und wo ist dein Bruder?" Stumm deutete Helen hinter sich. Dr. Kramer richtete sich auf und erblickte eine verschüchtert dreinblickende Blondine, an deren Hüfte ein grinsender Junge hing, der ihm vergnügt zuwinkte. Peinlich berührt eilte die junge Frau auf ihn zu, "Tut mir so leid. Wir wollten sie nicht stören. Die Schwester ist in der Anmeldung und die Kleine ist mir einfach entwischt!" Er lachte. Sein Blick streifte die halb transparente völlig zerknitterte Bluse und das nasse, bunte Handtuch, das vom Fuß des Jungen baumelte. Die junge Frau tat ihm leid. Offensichtlich war sie mit dieser Situation völlig überfordert.
Er grinste Noah an, "Dann komm mal mit...ich schau mir deinen Fuß mal an!" Verdattert wich Marianne ein Stück zurück, "Die Schwester sagte, wir sollen hier warten." Er zwinkerte ihr zu, "Und ich bin der Doktor und sage, sie kommen mit!"
Im Untersuchungszimmer setzte sie Noah erleichtert auf der Liege ab. Der Junge hatte schon sein Gewicht. Ächzend streckte sie den Rücken durch. In diesem Moment kam die Schwester mit dem Aufnahmeblatt herein. Schuldbewusst versuchte sich Marianne sofort zu verteidigen, "Der

Arzt hat uns einfach mitgenommen!"
Freundlich winkte die Schwester ab, "Dr. Kramer sieht sich jetzt den Fuß an und wir können das Formular zusammen durchgehen."
Sie zeigte auf einen unbequemen aussehenden Stuhl, der neben einem Acrylschreibtisch stand. Marianne setzte sich und schielte immer wieder zu den beiden Kindern rüber. Die Schwester legte ihr beruhigend die Hand auf den Unterarm, "Keine Sorge, die beiden sind bei Dr. Kramer sehr gut aufgehoben. Er kann wirklich gut mit Kindern! Wir nennen ihn hier den Kinderflüsterer." Sie lachte entspannt und nahm ebenfalls am Schreibtisch Platz, "So, dann fangen wir mal an." Die normalen Formalitäten waren schnell abgearbeitet.
Name, Geburtsdatum, Medikamentenunverträglichkeit, Allergien und dann kam die Frage: Was ist denn eigentlich passiert?
Unbehaglich wand sich Marianne auf dem Stuhl. Stockend erzählte sie dann doch, " Also...die beiden waren im Garten. Und Helen hat dann wohl einen bunten Käfer entdeckt. Noah wollte ihn für sie fangen, sagt er...und sie..., aber er krabbelte zwischen die Steine der Terrasse. Also haben die beiden wohl die Steinplatte mit einem Stock aufgehebelt...der Stock brach und der Stein fiel zurück...auf Noahs Zehe!" Glucksendes Gelächter erscholl hinter ihr. Sie warf einen bösen Blick über ihre Schulter. Die Schwester ignorierte geflissentlich den Heiterkeitsausbruch von Dr. Kramer und fragte weiter, "Und wo waren sie zu diesem Zeitpunkt?"
Ein interessierter Blick heftete sich auf Marianne. Sie schluckte kleinlaut, "Ich war drinnen, im Haus, ...!" Plötzlich öffneten sich sämtliche Schleusen und all die angestaute Angst bahnte sich ihren Weg nach draußen, " Ich war gerade am Telefonieren...mit Antonio, meinem Bruder, der Vater von den zwei..."sie deutete auf Helen und Noah und schluchzte laut, "...er ist mit Bea, seiner Frau, die Mutter, gestern Abend ins Krankenhaus gefahren und ich hab auf die beiden Kleinen aufgepasst....sie bekommen gerade ein Baby, nicht die Kleinen...Antonio und seine Frau...wissen sie...und...und....du liebe Güte...", ihr Kopf sank verzweifelt in ihren Schoß, "...ich hab schon vergessen die Kinder heute Morgen in den Kindergarten zu bringen...",ihr Blick hob sich. Gequält verdrehte sie die Augen, "...wenn mein Bruder erfährt, dass ich dafür verantwortlich bin, das sein Sohn sich den Fuß verstümmelt hat...dann...dann lyncht er mich!" Weinend schlug sie die Hände vor die Augen. Eine mitfühlende Hand legt sich auf ihr Bein, "Das sind gar nicht ihre Kinder?" Mit rotgeweinten Augen schielte Marianne hoch. Die Augen der Schwester blitzen amüsiert. Der weiße Kittel von Dr. Kramer schiebt sich in

ihr Blickfeld, "Gehen sie ruhig, Schwester Tina. Ich kümmere mich um den Rest!"
Nach einem ermunternden Schulterklopfen verschwand Schwester Tina. Er setzte sich ihr gegenüber und schob den Schreibtischstuhl dicht an sie ran. Schmunzeln ergriff er ihre Hände, "Jetzt atmen sie erst einmal durch...sie haben wohl ein paar ungewöhnliche Stunden hinter sich. Um eins vorweg zu nehmen...ich glaube nicht das der Zeh verstümmelt ist." Ein herzhaftes Lachen lässt weiße Zähne aufblitzen.
"Aber zur Vorsicht werden wir aber noch röntgen. Er wird ein bis zwei Wochen humpeln und nur offene Schuhe anziehen können...der Nagel wird sich vermutlich lösen...aber es ist nichts Ernstes. Okay?" Schniefend nickte sie. Gespielt streng wand er sich den beiden Kindern zu, "Und dem Käfer ist wirklich nichts passiert?" Mit ernster Miene verneinten beide. Er legte beide Hände auf seine Oberschenkel und stemmt sich hoch, "So, kleine Helen, dann nimmst du mal deine Tante, tröstest sie etwas und schwatz ihr ein Stück Kuchen für dich ab und schwatzt ihr eins auf...und ich und dein Bruder werden uns den Zeh' mal von innen ansehen." Lachend rutschte Helen von der Liege, klopfte ihrem Bruder ermunternd auf sein Knie und zerrte Marianne vom Stuhl, "Komm, Tante Maijanne...gehen wir Kuchen essen!" Mit einem schiefen Grinsen, roter Nase und verquollenen, tuscheverschmierten Augen ließ sie sich anstandslos abführen.
Einen mäßig warmen Cappuccino und einem Stück Käsekuchen später erschien Dr. Kramer. Noah saß in einem Rollstuhl und hatte den dick verbundenen Fuß weit von sich gestreckt.
 Lachend kamen beide vor Marianne und Helen zum Stehen, "So, meine Damen...", er setzte sich unaufgefordert an den Tisch, "...wie ich schon vermutet habe...es ist nichts gebrochen...aber...", er hob mahnend den Finger und schaute Marianne streng an, "...Noah und ich sind der Meinung, dass die Tante schon eine kleine Strafe verdient hat...immerhin ist ihm ein lustiger Kindergartenvormittag durch die Lappen gegangen...", er zwinkerte Noah verschwörerisch zu, "...zur Strafe muss sie mit dem behandelnden Arzt Essen gehen!" Belustigt, und vor allem froh, dass sie die verschmierte Wimperntusche beseitigt hatte, neigte sie überlegend den Kopf zur Seite, "Bist du derselben Meinung, Helen?" Diese schaute unschuldig, mit vom Stuhl baumelnden Beinen in die Runde, "Ja, er hat lustige Augen!" Schnaubend lehnte sich Dr. Kramer zurück, "Na, wenn das kein Argument ist." Er lehnte sich etwas vor, näher an Marianne heran, "Und was sagt die Tante?" Marianne lachte hell auf und hielt ihm die Hand hin, "Abgemacht!"

Vier Wochen später waren sie verheiratet!

Gegenwart (2001)
Madita und Andreas

"Ihr habt aber wirklich ziemlich schnell geheiratet!" Madita mustert neugierig ihren Mann. Sie legt ihm zärtlich ihre Hand an die raue Wange und streichelt ihn sachte, "Du musst sie sehr geliebt haben. IHR müsst euch sehr geliebt haben!" Er legt seine Hand auf die ihre, zieht sie an seine Lippen und haucht einen Kuss auf die Innenfläche, "Ach Madita, Schatz, ich war damals knapp über dreißig und fühlte mich sehr einsam und ich wollte endlich eine eigene Familie. Dann schneite auf einmal dieser blonde Wirbelwind in mein Leben und riss mich einfach mit...Liebe?"
Er schluckt, blickt auf ihrer beider Hände und massiert Gedankenversunken ihre Finger, "Nein, Madi...heute weiß ich, dass es keine Liebe war."
Erschrocken und auch ein bisschen verwirrt schaut sie ihren Mann an.
Er atmet einmal tief durch, "Nicht das du mich falsch verstehst. Marianne und ich waren nicht unglücklich oder so. Das Strohfeuer war halt nur sehr schnell erloschen...aber wir waren trotz allem ein gut eingespieltes Team. Eigentlich waren wir wie besten Freunde und...wir haben uns respektiert. Das ist schon mehr als es in vielen anderen Ehen der Fall ist." Er lacht kurz auf, "Es wurden schon Ehen mit viel weniger gemeinsamen Grundlagen geschlossen." Andreas rutscht hinter Madita und zieht sie dicht an sich heran, ihren Rücken fest an seinen warmen Brustkorb gepresst, "Ich glaube, Marianne und ich waren uns irgendwie sehr ähnlich. Beide wollten wir eine Familie...naja, dachte ich zumindest und beide haben wir uns von der Vorstellung der einmaligen, großen, alles verzehrenden Liebe verabschiedet. Realistisch wie wir waren, entschlossen wir uns halt einen annehmbaren, netten Kompromiss einzugehen. Also einen Menschen heiraten, den man mag, mit dem man lachen konnte und der fest zu einem steht! Was ich nicht wusste ist, dass sich unsere Vorstellung vom Zeitpunkt einer Familiengründung, völlig unterschied."
"Das klingt so traurig!"
"Ja, das weiß ich jetzt auch. Marianne hatte das viel früher als ich begriffen, wie sich später rausstellte! Aber das weißt du ja."
Madita rappelte sich ein Stück auf und drückte ihr schmerzendes Kreuz durch. Schnell kniet sich Andreas hinter sie, "Beug dich etwas nach vorne...ich massiere dir die Lendenwirbel etwas!"

Dankbar lächelt sie ihn über ihre Schulter an und stützt sich nach vorne ab. Entspannt lässt sie den Kopf zwischen ihren Schulterblättern hängen und stöhnt wohlig auf, als seine warmen Hände den schmerzenden Teil ihres Rückens sanft kneten. Doch die Neugier lässt ihr keine Ruhe, " Aber, wie kann man sich denn mit so wenig zufrieden
geben?" Andreas lacht laut auf, "DU hast doch das selbe getan, wenn ich mich nicht irre!"
Verlegen drehte sie sich zu ihm um und grinst schief, "Stimmt...", sie lacht ebenfalls, "...ich sollte lieber vor meiner eigenen schmutzigen Haustür kehren."
Ein ziehender Schmerz in ihrem Unterleib beendet abrupt ihr Gelächter. Fürsorglich nimmt Andreas sie an der Hand, "Wird es schlimmer? Sollen wir losfahren?"
Mit zusammengepressten Lippen schüttelt sie den energisch den Kopf, "Nein, wir haben noch Zeit!" Überraschend zieht er sie vom Bett hoch und schiebt sie sachte ins Badezimmer, "Wie wäre es mit einem schönen, warmen, entspannenden Aroma- Bad? Lavendel vielleicht?" Verlockend wedelt er mit einem kleinen Ölfläschchen vor ihrer Nase herum. Gleichzeit dreht er beide Hähne auf. Grinsend schält sich Madita aus ihrem voluminösen Morgenmantel und ihrem überdimensionalen Nachthemd, schmiss beides achtlos auf den Boden und stemmt wartend die Hände in die Hüften. Im Nu ist die Wanne voll. Andreas träufelte ein paar Tropfen des aromatischen Öles hinein und half seiner Frau vorsichtig in die Wanne. Bewundernd schweift sein Blick über den Körper seiner Frau, " Du bist wunderschön, weißt du das?" Seufzend sinkt sie in angenehmes, warmes Nass und schließt genießerisch die Augen. Andreas lässt sich auf dem Wannenrand nieder, nimmt den weichen Badeschwamm von der Ablage neben ihm und beginnt, mit langsamen, kreisenden Bewegungen ihren Bauch zu massieren.
 Sie lächelt ihn durch ihre halbgeschlossenen Lider an, " Wann wusstest du, dass du in mich verliebt hast?" Er hält kurz in seiner rhythmischen Bewegung inne, runzelt leicht die Stirn und betrachtet ihren glänzenden Leib, "Ziemlich schnell! Eigentlich...", er schließt kurz die Augen, "...hat es mich getroffen, als ich dich damals im Blumenladen von der Leiter gezupft habe."
Sie schlägt aufgeregt mit beiden Händen auf die Wasseroberflächen, "ICH WUSSTE ES!"
Grinsend wischt er sich ein paar duftende Wassertropfen aus dem Gesicht,

"Wie ich sehe, erinnerst du dich an diesen Zwischenfall!"
"OB ICH MICH ERINNERE...DU LIEBE GÜTE...", ihr Gesicht bekommt eine träumerische Note, "...natürlich erinnere ich mich...DA hat es nämlich auch mich erwischt!" „Ich weiß!"
Sie nickte und überlegte kurz, "Das war ziemlich am Anfang, als ich nach Berlin kam...", sie schmunzelt, "...ich weiß noch, dass ich dachte: Boah, eine Wohnung und einen Job gleich am ersten Tag und dann läuft dir auch noch die große Liebe über den Weg...", sie schnippt mit den Fingern, "...einfach so!"
Ein tiefes Seufzen löst sich aus seiner Brust, "Tja...und dann stellt sich raus, dass der Typ verheiratet ist!"
Leichte Betrübnis verschleiert ihren Blick kurzfristig, "Ja, das war echt ein Schock für mich. Ich hätte niemals eine Affäre anfangen können...dazu bin ich nicht fähig...aber Angela hat ja rechtzeitig geschaltet!" Sie schöpfte sich etwas warmes Wasser über ihren Babybauch, "Ich dachte, ich würde tausend Tode sterben."
Mitfühlend reibt er mit dem Schwamm über ihre ausgekühlten Arme, "Glaub mir...für mich war es auch ziemlich verwirrend." Er taucht den Schwamm ins Wasser und drückt ihn über ihrem Bauch aus. Warmes, duftendes Wasser plätschert wie ein kleiner Wasserfall auf ihren vorgewölbten Nabel, "Du hattest Gefühle in mir ausgelöst, die ich so nicht kannte. Meine Güte...", er schüttelt lachend den Kopf, "...tagelang bin ich wie Falschgeld rumgelaufen." Sein Blick wurde wieder ernst, " Aber ich war ja mit Marianne verheiratet und wollte sie nicht im Stich lassen. Ich fühlte mich einfach für sie verantwortlich. Sie war ja auch meine beste Freundin. Und eine Affäre mit dir?" Er schüttelte sich angewidert, " Nein, das wäre auch für mich nichts gewesen. Und du wärst mir dafür auch zu schade gewesen! Also tat ich, was ich tun musste...ich ging auf Abstand...", er nickt bekräftigend, "...und das Angela als Puffer herhielt, kam mir wirklich sehr entgegen...", er grinst Madita spitzbübisch an, "...auch wenn sie es nur für dich getan hat!" Er zwinkert ihr schelmisch zu, um gleich darauf wieder Ernst zu werden, "Ich beschloss dich und unser Treffen und meine Gefühle für dich, komplett aus meinem Leben zu streichen...einfach so tun, als ob nie etwas vorgefallen wäre."
Nachdenklich taucht er seine Hand ins Wasser und streicht sachte über Madita's Bein, "Ich dachte wirklich, ich tue das Richtige!"
Mit einem Mal steht er auf, nimmt ein großes, flauschiges Badetuch aus dem Regal neben dem Waschbecken und breitet es einladend aus,

"Komm, Schatz...das Wasser wird kalt. Ich packe dich warm ein!"Widerstandslos lässt sich Madita aus der Wanne ziehen um sich anschließend, genussvoll räkelnd von ihrem Mann trocken rubbeln zu lassen. Anschließend hüllt er sie wieder in den kuscheligen Morgenmantel und führt sie zurück ins Schlafzimmer.

Flugs kriecht Madita wieder in die noch lauwarme Höhle unter der Decke und schaut Andreas fragend an, "Und Marianne hatte nichts bemerkt?" Er schüttelt fürsorglich die Kissen hinter ihr auf und drückte sie sanft in die fluffige Federweichheit, "Natürlich...aber das habe ich erst später erfahren...", er reibt sich in schmerzhafter Erinnerung sein stoppeliges Kinn, "...von Antonio, ihrem Bruder..."

"Ich weiß!" Staunend weiten sich ihre Augen, "Eigentlich hätte er dich als anständiger Bruder vermöbeln müssen!"

"Nun ja, hat er ja auch...irgendwie!" Er rutscht zu ihr unter die Decke, ignoriert ihre fragenden Augen, verschränkt gemütlich die Hände hinter seinem Kopf und wirft seiner Frau einen warmen Blick zu, "Was hast du eigentlich gemacht...ich meine, als du rausgefunden hast, dass das mit uns nichts werden konnte?"

Sie schnaubt wie ein Walross, "Ich habe dich mindestens einmal am Tag als Vollidioten bezeichnet!" Sie lacht herzhaft, "Nein, im Ernst...", sie schließt die Augen, überlegt und kuschelt sich dicht an ihren Mann. Sie überlegt und gleitet immer tiefer in ihre eigene Erinnerung, bis...

Vergangenheit (2009)
Madita

Nach einem grandiosen Neuanfang in Berlin, immerhin konnte sie eine wunderschöne Unterkunft ihr Heim nennen, sie hatte einen tollen Job, der ihr wahnsinnig Spaß machte, mit im Gepäck, als Supersonderbonus sozusagen, eine Super-Chefin und eine echt nette, zuverlässige Freundin innerhalb kürzester Zeit gefunden, versank Madita dennoch so langsam aber sicher in Selbstmitleid. Sie hatte ihre Zelte ja ziemlich überstürzt zuhause abgebrochen, unter anderem weil Björn, ihr damaliger Freund und Fast-Verlobter und Vollidioten vor dem Herrn, sie schmählich sitzen ließ und ihr damit aber einen Tritt in eine neue Richtung gegeben hatte. Warum genau sie mit Björn nicht mehr zusammen war, wusste sie bis heute nicht so genau und es war ihr auch, ehrlich gesagt, ziemlich schnuppe. Auf jeden Fall hatte der liebe Gott es wohl gut mit ihr gemeint und hatte ihr prompt einen adäquaten Ersatz geschickt. Nicht dass sie einen gebraucht hätte...aber wer würde schon freiwillig seine große Liebe von der Bettkante schubsen, wenn sie ihm auf einem silbernen Tablett gereicht würde. Da machte sie natürlich keine Ausnahme. Blöd nur, dass in diesem Fall die **große** Liebe einen **kleinen** Makel hatte...nämlich in Form einer, bereits vorhandenen, Ehefrau. Da hatte der Boss da oben wohl etwas geschludert! Männer halt...wäre Gott eine Frau, wäre das sicher nicht passiert.

So lag sie nun schon den ganzen Tag kraftlos und antriebslos in ihrem Bett, starrte Löcher in die Luft und hatte auch nicht vor, vor Montagmorgen (heute war Samstagnachmittag!) diesen kuschelig, warmen Mitleidstümpel zu verlassen. Wer brauchte schon eine Dusche? Wird völlig überbewertet! Mit dem trägen Elan einer Weinbergschnecke wänzelte sie sich in ihrem Bett herum und glotzte gelangweilt die Wand vor sich an. Die Reliefmaserung der Raufasertapete erschien so groß wie eine durchfurchte Mondlandschaft. Nur halt lachsfarben!

Vom bloßen Nichtstun erschöpft fielen ihr langsam die Augen zu und sie versank im stumpfsinnigen Dösen. Es klingelte an der Tür. Madita zog sich die Decke über die Ohren. Lisa war ja da. Die würde bestimmt aufmachen. Munteres Geplapper drang durch ihre verschlossene Tür und schien sie zu verhöhnen. Madita zog sich tiefer in ihre, aus Mitleid und flauschigen Decken geschaffene Höhle, zurück. Das Zuschlagen der Wohnzimmertür schnitt das laute Geschnatter abrupt ab. Sie seufzte erleichtert und schob ihren Kopf wie eine Schildkröte langsam aus ihrem Deckenpanzer raus. Die Tapetenmaserung vor ihr hatte sich nicht verändert. Immer noch zerfurcht und lachsfarben. Schwungvoll wurde die Tür so plötzlich aufgerissen, dass sie lautstark an die Wand dahinter donnerte. "Steh auf, Faulpelz...komm mach hinne...wir gehen aus!"

Gefühllos wurde ihre Mitleidshöhle vernichtet als Lisa, Schwups, einfach die Decke runterzerrte. In ihrem blauen Flanellpyjama, mit lauter kleinen, spielenden Eisbären darauf, bot Madita wahrlich keinen sonderlich verlockenden Anblick. Mürrisch grunzte sie in ihr zerknautschtes Kissen und rollte sich wie ein Fötus zusammen. Männliches, amüsiertes Gemurmel veranlasste sie dann doch, ihre Augenlider ein klein wenig zu öffnen um die Quelle dieses der Stimme und den Duft von Aftershave zu lokalisieren, der ihr durchdringend in die Nase stieg, "Wer issn das? Doch nicht etwa Hallodri?"

"Nein!" Lisa zerrte Madita in eine halbwegs sitzende Position und zeigte auf den großen, muskulösen Mann in enger Jeans und noch engerem, an den

Ärmeln hochgekrempeltes Hemd, vielleicht Ende zwanzig, tätowiert, kahlgeschoren und unglaubliche tiefblaue Augen. Nein, stimmt. Das war nicht Hallodri! Lisa rüttelte sie etwas, "Das, Schätzchen ist Raimund, mein Chef!"
Mit einem strahlenden Lächeln trat Raimund auf Madita zu, griff nach ihrer verschwitzten Hand und schüttelte sie kräftig, "Und du musst Madita sein. Lisa hat mir schon viel von dir erzählt. Wie geht's denn so?" Er schielte zu Lisa rüber und flüsterte, "Ist das die Maus, die etwas Aufheiterung braucht?" Gott, wie taktvoll!
"Ich bin ungeduscht und depressiv, aber nicht taub!" Verstimmt fixierte sie Lisa. Die verhielt sich einfach so als wäre nichts und durchstöberte Madita's Kleiderschrank. Triumphierend präsentierte sie eine verwaschene Röhrenjeans und ein sexy Glitzertop. Als Madita das sah, prustete sie unkontrollierbar los. Verständnislose Blicke wandern zwischen Raimund und Lisa hin und her. Raimund räusperte sich, "Ich denke, wir sollten sie alleine lassen, damit sie sich anziehen kann! Und ein paar Tropfen Wasser würden bestimmt auch nicht schaden." Nach einem unsicheren Blick auf Madita, die noch immer dümmlich grinsend ihre Klamotten betrachtete, verließ Lisa hinter Raimund das Zimmer. Madita saß, noch immer grinsend, auf ihrem zerwühlten Bett.

Das Glitzertop, das Lisa an die Stuhllehne gehängt hatte, funkelte sie an...
Na, wir kennen uns doch...erinnerst du dich an mich?
Madita streckte sich, zog das Top von der Lehne und betrachtete die glitzernden Pailletten. Damit hatte alles angefangen! Nein, natürlich nicht mit dem Top selbst, sondern mit dem Tag an dem sie es gekauft hatte. Ihrem Geburtstag. Es war ein Samstag gewesen und so ganz nebenbei war sie an diesem Tag von ihrem Lala-Freund (**la**ngjähriger, **la**usiger Freund) verlassen worden. Sie strich sachte über den Saum. Eigentlich hatte sie ihn mit diesem sexy Teil überraschen und ihre zugegebenermaßen etwas eingefahrene Beziehung etwas aufmöbeln wollen. Sie legte das Kleidungsstück ausgebreitet auf ihre Matratze und betrachtete es belustigt. Warum nicht?
Der eine Mann mochte sie nicht...den anderen konnte sie nicht haben...also, soll ihr dieses vermaledeite Teil wenigstens zu einem amüsanten Abend und vielleicht sogar zu einem heißen Flirt verhelfen. Mit neuer Energie schnappte sie sich die Klamotten, düste im Flur an der verdutzten Lisa vorbei und verschwand im Bad.
Keine zwanzig Minuten später, tuschte sie sich noch die Wimpern

tiefschwarz, trug etwas Lipgloss auf, zwinkerte ihrem Spiegelbild zu und trat huldvoll lächelnd in den Flur hinaus.
"WOW!" Raimunds Kinnlade machte Bekanntschaft mit dem zweiten Knopf seines Hemdes. Lisa pfiff anerkennend durch die Zähne, "Sieh mal einer an...'Aschenputtel are retourn' ...und hat heute ihren Auftritt!" Sie boxte ihrem Chef zwischen die Rippen, "Gaff nicht so...", hakte sich bei Madita unter, "...dann lasst uns mal eine ganz charmante Sause veranstalten...", und knallte geräuschvoll die Haustüre hinter ihnen allen zu.

Das Tollhaus, berühmt für seine Mega- Lasershow, empfing sie mit lauten, rhythmischen Stampfen der Bässe. Nachdem sie sich an dem massigen Türstehen, den Raimund offensichtlich sehr gut kannte und der nicht gerade diskret ihre Hinterteile begutachtete, vorbeigeschoben hatten, versanken sie im Nachtleben Berlins. Wobei, versumpfen wohl der richtigere Ausdruck wäre. Mit einem Brummschädel so groß wie das Brandenburger Tor, erwachte Madita am nächsten Morgen. Allerdings ließ der Stand der Sonne eher auf einen fortgeschrittenen Vormittag schließen.
Ihre Zunge fühlte sich so pelzig, widerlich, wie ein ersoffener Biber an, ihr Verstand stand noch auf Stand-By-Modus und ihr Handgelenk brannte höllisch. Verschlafen rieb sie sich erst einmal die Augen. *Nanu? Was war denn das?* Vage Erinnerungen stiegen in ihr hoch, als sie das Stück Frischhaltefolie, das auf ihr Handgelenk geklebt war, unter die Lupe nahm. Nein, einen Unfall hatte sie nicht gehabt. Laut hörbar sog sie scharf die Luft ein. Natürlich! Sie waren nur kurz im Tollhaus gewesen (naja, kurz im Vergleich zum Ausfüllen eines Steuerbescheides) und sind danach... langsam knibbelte sie den Klebestreifen, der die Folie hielt, ab. Eine leuchtend gelbe, tätowierte Blume schielte ihr lieblich entgegen. *Eine außerordentlich hübsche Blume. Es müsste eine...!*
"Madita?" Völlig zerknautsch und zerzaust schneite Lisa in ihr Zimmer und ließ sich Saft- und Kraftlos auf ihr Bett fallen.
"Boah...schau mal, ich habe ein Tattoo!" Staunend musterte sie ihr neues Tattoo, " Cool, das ist ja eine fast lebensechte Sonnenblume!" Bewundernd hielt sie die Hand nach oben und dann Lisa vor die Nase.
"Ich weiß!" Gähnend wuschelte sich Lisa durch die rote Mähne. "Ist sie nicht schön?" Madita betrachtete verträumt die filigrane Blüte die nun ihr Handgelenk zierte. Lisa schaute sie amüsiert an. Sie schob ihren, bis zum Schulterblatt tätowierten Arm vergleichsweise neben Madita's Arm, "Wir könnten glatt als Schwestern durchgehen!"

Ironisch zog sie eine Augenbraue nach oben.
Das vernehmliche Rauschen der Dusche würgte Madita's Antwort im Keim ab.
"Ist noch jemand in der Wohnung?" Ihr Blick nagelte Lisa fest. Diese windet sich etwas unbehaglich, "Du weißt doch...Raimund...mein Chef...!" "Ja?" "Nun, ja...", Lisa druckste herum wie ein kleines Kind, "...er war über Nacht hier...und wir...naja...und jetzt weiß ich nicht, ob wir...du weißt schon...ob wir fest zusammen sind...oder ob ich nun meinen Job los bin." Unglücklich schaute Lisa zum Fenster raus.
"Magst du ihn?""Und wie!""Dann frag ihn doch einfach."
"Bist du wahnsinnig", Lisa richtete sich empört auf, "Das geht doch nicht. Ich kann ja schlecht einfach ins Badezimmer platzen und fragen: Du, Raimund, sind wir jetzt ein Paar? Du hast sie doch nicht mehr alle!" Demonstrativ tippte sie sich an die Stirn.
Madita grinste, "Warum eigentlich nicht!" Sie sprang auf und schlüpfte rasch aus ihrem Zimmer, eine verdutzte Lisa zurücklassend.
Beherzt riss sie die Badezimmertür auf und betrat unaufgefordert den dampfgeschwängerten Raum. Mühelos zerrte sie den Duschvorhang zurück und fand sich einem wahren Adonis gegenüber, der sie mit seinen tiefblauen Augen belustigt und fragend anschaute. *Du liebe Güte! Keine Spur von Scham! Warum sollte er auch? Wenn sie solch einen Prachtkörper hätte, würde sie den ganzen Tag nackt herumrennen.* Energisch rief sie ihre unflätigen Gedanken zur Ordnung.
"Hallo Raimund. Alles klar?" Die Hände hinter ihrem Rücken verschränkt, wippte sie schwungvoll auf ihren Fußballen.
"Äh...ja? Kann ich dir irgendwie helfen?" Langsam seifte er sich die Brust ein und schaute demonstrativ fragend in Richtung abwartender Madita.
 "Ja, kannst du!"
Sie wippte weiter, seinen fragenden Blick und seinem wohlgeformten Körper ignorierend. "Magst du Lisa?"
Sein erstaunter Gesichtsausdruck sprach Bände, "Äh...aber was...?" Mit einer schnellen Handbewegung schnitt sie ihm das Wort ab.
"Seid ihr jetzt ein Paar?" Er stutze, "Äh...?"
"Ja oder nein!" "J...ja?" Madita kniff die Augen zusammen und musterte ihn. Ein strahlendes Lächeln erhellte langsam verstehend seine Züge, "Ja, das sind wir...das heißt wenn sie möchte...", er warf einen erheiternden Blick hinter Madita auf Lisa, die mittlerweile mit hochrotem Kopf, ähnlich ihrer Haarfarbe, im Türrahmen stand.

Seine Augen ruhten liebevoll auf ihr, "Und ich kann nur sagen...endlich...Gott sei Dank...du machst mich schon seit einem Jahr völlig wuschig...du glaubst ja gar nicht...!" Mit einem Zug zerrte Madita den Duschvorhang wieder zu, "So genau wollte ich das nun wirklich nicht wissen...ich geh jetzt Kaffee kochen!" Beim Rausgehen kniff sie Lisa grinsend in die Wange, "So einfach ist das!"
"Blödes verrücktes Huhn!" Aber das selige Lächeln sagte etwas anderes. Leise fällt die Badezimmertür ins Schloss und Madita stand alleine im Gang. Ist Liebe nicht was Wunderbares? Versonnen strich sie über ihr neues Tattoo. Das Frühstück würde wohl noch etwas warten müssen.
Nach einem kleinen spontanen Spaziergang, der ihre leicht ramponierten Gehirnzellen erfrischte und ausreichend Sauerstoff zu scheffelte, betrat Madita die Wohnung und wurde von aromatischem Kaffeeduft empfangen. Munteres Gelächter schlug ihr entgegen als sie in der Küche erschien.
"Ah, hallo Madita. Wo warst du? Wir haben Frühstück gemacht und Kaffee gekocht!" Raimund schmierte sich sein Nutella Brot fertig, schob es sich hungrig zwischen die Zähne, nahm seinen Jeansparka von seiner Stuhllehne und schlüpfte hinein, "Muss los, ihr Lieben!" Er bückte sich, drückte Lisa einen lauten Schmatzer auf die Lippen wobei er einen kleinen Schokoschnauzer bei ihr hinterließ. Erschrocken schaute Madita Raimund an, "Nee, bleib doch. Du musst wegen mir nicht gehen!"
Er schenkte ihr ein gutgelauntes Lächeln, "Würde ich ja, hab aber noch einen Termin, wegen meinem Bike, "er legte Lisa die Hand auf die Schulter und schob sich das letzte Stückchen Brot in die Backen, "Sehen wir uns heute Abend?" „Ja klar!"
"Okay, Mädels, dann lasst es euch noch schmecken...bis später!" Ein schmachtender Seitenblick auf Lisa und weg war er. Seufzend schälte sich Madita aus ihrer Jacke und setzte sich an den reichhaltig gedeckten Tisch. Ihr Magen grummelte laut und vorwurfsvoll. Schnell machte sie sich eine Käsestulle. Das Wasser lief ihr im Mund zusammen und sie biss herzhaft hinein. Genießerisch schloss sie die Augen als das Klingeln des Telefons sie in ihrer dringend benötigten Nahrungsaufnahme so lieblos unterbrach. Da Madita mit ihrem Stuhl näher an der Tür saß, sprang sie, noch kauend auf und stürzte in den Flur. Etwas unwirsch riss sie den Hörer ans Ohr, "Berger und Kellermann!" Lisa kippelte mit ihrem Stuhl um einen neugierigen Blick auf Madita zu erhaschen.
Madita's Augen leuchteten erfreut auf, "Hallo Mama! Schön, dass du anrufst. Wie geht es dir?""Ach, mein Rücken bringt mich um und ich habe

zwei Brandblasen an den Händen. Ich habe gestern den ganzen Tag Marmelade eingekocht."
"Oh man, Mama...für wen denn?" Madita verdrehte die Augen in Richtung Lisa, die munter kauend auf sie zukam und es sich im Flur auf dem Boden bequem machte. Ihr leuchtend rotes Haar stand im krassen Gegensatz zu ihrem bleichen Gesicht. Nur die Augen funkelten lebhaft und zurzeit auch belustigt. Madita kauerte sich neben sie, mit dem Rücken an der Wand und biss grinsend in deren Marmeladenbrot. Dabei lauschten sie und Lisa den ausgiebigen Schilderungen ihrer Mutter, über die Vorteile von kleinen und großen Einmachgläsern. Als Lotte dann doch mal Luft holte, nutzte Madita die Gunst der Stunde, "Und wie geht es Papa?" Beim Gedanken an ihren Vater meldete sich jedes Mal ihr schlechtes Gewissen, weil sei nicht zu Hause bei ihrer Mutter war und half. Schnell biss sie noch ins Marmeladenbrot, das Lisa ihr hinhielt.
Lotte stöhnte, "Ach du lieber Himmel, deswegen rufe ich eigentlich an!" Lisa stand auf um in der Küche noch eine Leberwurststulle zu schmieren. Madita schaute ihr nach, runzelte die Stirn, wand ihre Aufmerksamkeit wieder dem Telefonat zu und krampfte den Hörer so fest in ihrer Hand, dass die Kunststoffschale bedenklich knackte und ihre Fingerknöchel weiß hervortraten, "Was ist mit Papa? Hatte er wieder einen Schub?"
"Nein, nein, Kleines. Keine Angst, ihm geht es gut!" Im Hintergrund hörte sie die Stimme ihres Vaters nuscheln..."Ja, ja, ich sag's ihr...ich soll dich ganz lieb von Papa grüßen und ich soll dir sagen das er dich liebhat!"
Madita schluckte gerührt, "Sag ihm, dass ich ihn auch ganz doll liebhabe!" Wie befohlen echote Lotte die Nachricht nach hinten weiter. Nervös knabberte Madita an ihrem Daumennagel, "Und warum hast du nun angerufen?" „Ach ja...dein Vater...! *Also doch!*
Lotte nahm tief Luft und begann noch einmal, "Dein Vater hat eine kleine Dummheit gemacht...nichts Schlimmes...wirklich nur eine klitzekleine Dummheit!" Lisa kam zurück, setzte sich wieder neben Madita und hielt ihr fragend das Leberwurstbrot hin, aber Madita schüttelte leicht angewidert den Kopf. Warum konnte ihre Mutter nicht endlich zum Punkt kommen..., dass sie immer sooo weit ausholen musste, "Wenn es nicht so schlimm ist, kannst du es mir ja ruhig sagen!"
„Also...gestern, ich saß gerade auf dem Klo, da klingelte es an der Tür!"
"Ja, und?" Langsam wurde Madita ungeduldig. Toll. Klogeschichten von den eigenen Eltern. Wer stand nicht auf so was?
"Dein Vater wollte schon aufmachen, aber ich war Gott sei Dank schneller!"

"Aber das ist doch kein Grund sich so aufzuregen!"
Sie hörte ihre Mutter in den Hintergrund wettern, "...doch Heinz, das hättest du nicht tun sollen!"
"MAMA...was hätte Papa nicht tun sollen?"
"Oh, Schatz...es tut mir ja so schrecklich leid!"
Madita's Blutdruck sieg gefährlich in die Höhe und kleine, hektisch rote Flecken erblühten ausschlagartig auf ihren Wangen und Hals. Sie liebte ihre Mutter wirklich, aber manchmal trieb sie einen echt zur Weißglut, "MAMA...!"
"Also, ich schickte deinen Vater wieder zurück auf die Terrasse, zu seinem Kreuzworträtsel, du weißt ja, er liebt diese Dinger und dann öffnete ich die Tür, ...naja...da stand dann halt Björn!"
Madita setzte sich mit einem Ruck auf. Sie hatte seit Wochen nicht mehr an ihren Exfreund oder Fast-Exverlobtem gedacht. Die plötzliche Erwähnung seines Namens brachte sie doch etwas aus der Fassung. Lisa betrachtete aufmerksam Madita's Gesicht. Deren wechselndes Mienenspiel verhieß nichts Gutes. Madita fasste sich wieder, "Ich nehme an, DU hast dann mit Björn gesprochen?"
"Äh...ja zuerst, doch dann klingelte das Telefon...ich dachte DU wärst dran, aber es war dann doch nur die Nachbarin, die mich nach dem neuen Apfelkuchenrezept fragen wollte, dass ich ihr versprochen hab! Das könntest DU übrigens auch mal versuchen! Wirklich lecker!" "MAMA!" Madita klang etwas genervt. Lotte schnaufte kurz, "Ist ja schon gut...auf jeden Fall wollte Björn sich auch nur noch kurz von deinem Vater verabschieden. Er war schon so gut wie weg...und als ich zurückkam, ging er auch gleich!" Madita atmete kurz erleichtert auf, "Das ist doch nicht so schlimm, Mama!"
"Doch...", Lottes Stimme zitterte weinerlich, "...dein Vater hat Björn deine Telefonnummer UND deine Adresse gegeben!""WAS?"
"Ach, Kleines...er hat es bestimmt nicht böse gemeint...ich habe ihn auch arg ausgeschimpft, aber irgendwie war er noch immer der Ansicht, ihr beide wärt noch ein Paar!" Lottes Stimme wurde immer leiser, "Ach, Schätzchen...du weißt doch das dein Vater nichts dafür kann? Das weißt du doch, oder?"
Resignierend schloss Madita die Augen und ließ den Kopf zurück an die Wand sinken. „Ja, ich weiß Mama...ich bin ja auch nicht böse!"
Shit, ausgerechnet Björn!
"Madita?" Die flehende Stimme ihrer Mutter holte sie in die Wirklichkeit

zurück, "Ja, Mama...ist nicht schlimm. Papa kann ja nichts dafür und du auch nicht. Ist alles halb so wild. Alles easy." Madita lacht kurz auf, "Was soll denn schon passieren? Er könnte hier anrufen und sehr wahrscheinlich bin ich dann gar nicht zuhause und einen AB haben wir auch nicht...", Madita hatte keine Lust mehr zum Telefonieren, "Du Mama, ich muss auch jetzt los...Lisa wedelt die ganze Zeit schon mit meiner Jacke vor meiner Nase rum...!" Lisas erstaunter Blick traf Madita.
"Ach so...nun...dann will ich dich nicht aufhalten...ich wollte dir auch nur Bescheid sagen, damit du nicht aus allen Wolken fällst, wenn der Wurm sich meldet!"
Madita rang sich ein Lächeln ab, Ich weiß Mama...mach dir keine Sorgen. Ich ruf dich nächste Woche an, da habe ich mehr Zeit... dann kannst du mir auch das Rezept für deine
weltberühmte Johannisbeermarmelade durchgeben. Lisa steht auf so Einmachzeug. Sag Papa noch einen lieben Gruß. Hab euch lieb. Tschühüß!" Klack. Aufgelegt.
Mit stumpfem Blick starrte sie an die Wand gegenüber. Vorsichtig beugte sich Lisa zu ihr rüber, "Alles in Ordnung?"
"Klar...außer das mein demenzkranker Vater meinem Lala- Freund (noch immer: **la**ngweiliger und **la**usiger Freund) meine Telefonnummer und meine Adresse gegeben hat, weil er vergessen hat, dass dieser Blödmann mich abserviert hat." Sie stand schnaubend auf, "Der soll sich bloß nicht wagen sich hier zu melden...der kann sich dann was anhören!"
Tröstend nimmt Lisa sie in die Arme, "Ich werde auf dich aufpassen, mein kleines, wütendes Land Pflänzchen!" Madita konnte sich ein Grinsen nicht verkneifen, "Vielleicht ist ja Raimund dann zufällig da, wenn er sich wirklich traut bei mir zu klingeln." Sie hielt sich vor Lachen den Bauch, "Stell dir mal sein Gesicht vor, wenn ihn so ein tätowierter Muskelberg empfängt und ihn anknurrt!" Diese Vorstellung war wirklich sehr erheiternd!
Die nächsten Tage vergingen, ohne dass ein überraschendes Telefonat oder ein unangekündigter Besuch kam. So vergaß Madita die Sache dann auch ziemlich schnell wieder.
Ein paar Tage später war Madita gerade dabei, ihr und Lisas Wohnzimmer mit einer dschungelähnlichen Fototapete zu verschönern. "Verflixt, wer hat sich nur diese dämliche Fototapete ausgesucht?"
Lisa, kämpfend, bis zu den Ellenbogen mit dem Kleistereimer verstrickt, lachte laut auf, "Na, du...", sie betrachtete die Abbildung auf der Verpackung, "...sieht wirklich toll aus...", ihr Blick wandert zu der kahlen

Wand vor ihr, "..., wenn sie denn mal hängt!"
Madita krabbelte auf die kleine Leiter, die eigentlich für diesen Zweck etwas zu niedrig war. Ausgestattet mit einem fetten, triefenden Pinsel in der einen und einem kleinen Eimer Kleister in der anderen Hand, betrachtete sie ebenfalls die nackte Wand. Beherzt klatschte sie den trüben Schleim darauf...patsch... und begann großzügig, nach allen Seiten spritzend, alles einzukleistern. Zum Glück hatten sie daran gedacht die herumstehenden Möbel mit Folie abzudecken, sonst würden sie bei dieser Aktion wohl ziemlich in Mitleidenschaft gezogen und/oder schlimmstenfalls ebenfalls, zusammen mit der Tapete an der Wand kleben.
"Reich mir mal die erste Bahn rüber!" Lisa quetschte sich vor Madita und streckte die Rolle nach oben. Madita nahm den Anfang und klebte sie vorsichtig an die obere Kante, rollte vorsichtig die Rolle weiter auf, sorgfältig darauf achtend die klebrige Wand nicht zu berühren. Mitten im äußerst konzentrierten Schaffen, ziehen und schieben, klingelte es plötzlich an der Haustüre. Erschrocken zuckten beide junge Frauen zusammen, "Erwartest du jemanden?" Madita schielte zwischen ihren nach oben ausgestreckten Händen, die gerade mit glattstreichen beschäftigt waren, nach unten zu Lisa.
"Nein...Raimund ist heute nicht da...", erneut schellte es, "...ich geh dann mal schnell aufmachen." Umständlich wurschtelte sie sich unter Madita heraus und eilte zur Tür. Erneut schrillte die Klingel. "Ja, ja...ich komme ja schon!"
Madita lauschte angestrengt, "WER IST ES DENN?" Keine Antwort. Neugierig drehte sie sich rum, um einen kleinen Blick in den Flur zu erhaschen. Wie vom Blitz getroffen zuckte sie zurück. Im Türrahmen standen Lisa und direkt hinter ihr...Björn! Unsicher grinsend winkte er zu, "Hallo Madita. Wie geht es dir?"
Eine unangenehme Stille breitete sich wie eine dunkle Wolke aus. Kleister tropft hörbar zu Boden. Lisa schaute unsicher abwechselnd zwischen den beiden hin und her und räusperte sich, "Möchte jemand Kaffee?" Stumm starrten sich Madita und Björn an.
Lisa wich einen kleinen Schritt zurück und deutete mit dem Daumen hinter sich, "Ich geh dann mal in die Küche...Kaffee aufsetzten oder so...!"
Björn folgte ihr kurz mit einem hilfesuchenden Blick, schob verlegen seine Hände tief in seine Jeanstaschen und wand sich wieder Madita zu, "Willst du nicht wenigstens Hallo sagen?" Madita stieg steif die drei Stufen der Leiter herunter und sah ihn weiter stumm an.

Man konnte erkennen, dass Björn sich in seiner Haut alles andere als wohl fühlte. Er nickte in Richtung der bearbeitungsdürftigen Wand, "Sieht bestimmt gut aus, wenn's fertig ist!" Er betrachtete die hohe Decke, die kleine Leiter und dann die zierliche Madita vor ihm. Schnurstracks entledigte er sich seiner Jacke, griff sich den kleinen Kleistereimer mit dem buschigen Pinsel aus Madita's Hand, stieg die kleine Leiter nach oben und fing an die nächste Bahn einzupinseln. Dann korrigierte er etwas die erste Bahn, stieg runter und schnitt die Tapeten unten, wo sie eh hinter der Fußleiste verschwand, gerade ab.

"Die zweite bitte!" Wortlos reichte Madita ihm die Nummer zwei. Mit verschränkten Armen schaute sie zu, wie das Bild langsam Gestalt annahm. Lisa kam mit einem Tablett, beladen mit drei Tassen, Milch, Zucken und einer vollen Kaffeekanne ins Wohnzimmer. Sie hatte sich ganz schön Zeit gelassen. Mittlerweile war Björn schon an Bahn Nummer vier. Und das in frostig-eisigem Schweigen.

"Wow, das ging aber fix!" Bewundernd betrachtete Lisa die bis jetzt entstandene Arbeit. Die Hälfte pappte malerisch an der Wand und man konnte sich mittlerweile ein Bild von der zukünftigen fertigen Wand machen. Zwei Tassen Kaffee und etwas über eine Stunde später waren alle acht Bahnen an der besagten Wand. Ein idyllischer Tropenwald hatte Einzug in die Frauen- WG erhalten.

Und ein unerwünschter Ex-Freund. Klasse. Kann ein Tag noch mieser werden?

Leicht verschwitzt saßen Björn und Lisa auf der mit Folie abgedeckten Couch. Beide ließen das riesige Foto auf sich wirken, "Das sieht echt wunderschön aus!" Madita saß auf dem Boden. Aber sie betrachtete nicht das tolle Bild, sondern Björn. Die Spannung zwischen den beiden könnte man förmlich mit den Händen kneten. Lisa versuchte die Situation etwas zu entschärfen, "Danke Björn. Du hast wirklich tolle Arbeit geleistet. Findest du nicht auch, Madi?" Der Hochgelobte sandte flehende Dackelblicke an Madita. Übernervös drehte er die, mittlerweile leere, Kaffeetasse in seiner Hand, "Seit ich hier bin, hast du noch nichts gesagt, Madita!"

"Was willst du hier?"

Nicht das sich ihre Stimme irgendwie kühl oder schneidend angehört hätte...nein...eher emotionslos. Was für Björn eigentlich noch viel schlimmer war.

Er rutschte unruhig auf der Folie herum, was ein knisterndes Geräusch in der hier herrschenden Stille erzeugte.
"Ich glaube, ich muss mich zuerst einmal bei dir entschuldigen. Es tut mit wahnsinnig leid. Ich habe mich echt wie ein Volltrottel verhalten. Madita, ich weiß nicht was damals in mich gefahren war, dass ich eine so tolle Frau wie dich verlassen habe...", er schluckte laut, "...Mensch, wir waren doch schon so viele Jahre zusammen. Wir kannten uns In- und Auswendig...", er strich sich durchs Haar, "...für dich war immer alles so einfach und geradlinig. Du wusstest immer was du wolltest und hattest für alles einen Zeitplan...", Madita schwieg weiter, "...ich weiß nicht...auf einmal kam mir das alles so engstirnig und festgefahren vor...das ganze Leben so...vorbestimmt...ich habe Panik gekriegt...!"
"Pah...", Lisa lachte leicht höhnisch, "...ist es nicht so, dass du Angst hattest, was zu versäumen? Oder wolltest du dir vielleicht noch mal kurz die Hörner abstoßen?"
Björn schwieg betroffen. Madita beugte sich neugierig vor, "Und...war es so?"
Björn sprang auf, stemmte die Hand in die Hüften und fuhr sich erregt das Haar aus der Stirn, "Nur einmal...und es war...naja...es war nix!"
Madita lehnte sich zurück und horchte in sich hinein. Nanu. Kein Schmerzensschrei von ihrem Herzen? "Und was soll ich nun tun? Björn, was erwartest du jetzt von mir?"
"Eine zweite Chance!"
"WAS???" Wie im Duett sprang dieses Wort gemeinsam aus Madita und Lisas Mund. Björn setzte sich wieder, atmete einmal durch und wischte seine, wohl verschwitzten oder auch verkleisterten Handflächen, an seiner Jeans ab, "Tut mir leid. Vielleicht habe ich mich etwas unglücklich ausgedrückt. Madita...ich erwarte nicht von dir, mich mit offenen Armen zu empfangen. Ich bitte dich um eine Chance, dir zu beweisen, dass ich meinen Fehler erkannt habe und dass ich ihn wieder gut machen möchte. Ich möchte dir beweisen, dass du dich auf mich verlassen und auf mich bauen kannst. Ich möchte dir beweisen, wie viel du mir bedeutest und...und wie sehr ich dich noch liebe!"
Wow, das war mal eine Ansprache! Klang ja fast ehrlich.
Madita horchte wieder in sich hinein. *Hallo? Emotionen? Wo seid ihr? Nichts!*
Erschüttert stand sie auf und trat zum Fenster.
"Madita?" Er wartete auf eine Antwort.

Gott, sie konnte ihm doch schlecht an den Kopf schmeißen, dass nichts was er gerade gesagt hatte, sie auf irgendeine Art und Weise sie berührt hatte. Okay! Er hatte sich entschuldigt und seinen niedlichen Dackelblick hatte sie schon früher immer gemocht. Klar...aber ihn deswegen noch mal zurück in ihr Leben lassen. Wollte sie das wirklich?
Sie schaute runter auf die belebte Straße. Ein großer, schwarzhaariger Mann, in einem dunkelgrauen Trenchcoat hastete vorbei. In der Hand hielt er eine wunderschön gebundene Baccara-Rose. Er wand das Gesicht kurz zum Himmel, wetterprüfend, schloss einen silbernen Mercedes auf, stieg ein und fuhr davon. Andreas Kramer!
Schmerz durchflutete sie augenblicklich. *Hallo, Emotionen. Da seid ihr ja!* Tränen stiegen ihr in die Augen, die sie allerdings schnell zurückdrängte. Sie drehte sich um...zu Björn...der sie noch immer abwartend musterte.
"Okay, du bekommst deine zweite Chance!", Lisa, die gerade damit beschäftigt war, das Geschirr zusammenzuräumen, hielt mitten in der Bewegung inne und schaute Madita mit einem unergründlichen Gesichtsausdruck an. Madita schaute zurück und straffte die Schultern. Sagte aber nichts dazu.
Ein paar Tage später hatte Madita dann Gelegenheit diese unglaubliche Neuigkeit ihrer Mutter zu berichten.
Gegen Abend klingelte das Telefon. Lisa hechtete mit einem Satz von der Couch, „Das ist bestimmt Raimund!" Madita horchte vom Sessel aus. Gelangweilt zappte sie durch das langweilige Fernsehprogramm. Nachrichten. Nachrichten. Doku über Heilkräuter. Albernes Quiz. Noch alberner Zeichentrick.
„MADITA...IST FÜR DICH!" Lisa schlurfte enttäuscht zurück zu Sofa, „Deine Mutter!"
Oje...das hatte ihr gerade noch gefehlt!
Mühsam klappte sie ihr Fahrgestell aus und hievte sich schwerfällig und faul aus dem gemütlichen Polstersessel. Im Flur griff sie sich den Hörer, lehnte sich an die Wand und rutschte rücklings zu Boden. Ein Gähnen unterdrückend, musterte sie ihre Hauspuschen an den Füssen, „Hallo Mama. Wie geht's?"
„Gut, mein Schatz...ausgesprochen gut. Die Anfälle bei deinem Vater halten sich in letzter Zeit wirklich in Grenzen. Er wirkt fast wieder wie der Alte. Wie geht's dir, mein Mäuschen. Du klingst so müde. Alles in Ordnung? Isst du auch genug?"
Madita verdreht die Augen, setzte sich aufrecht und verlieh ihrer Stimme

einen leichten Sorglos-Touch, „Nö...alles prima. Lisa und ich haben heute nur unser Faulenzerabend."
„Ah...", Lottes Tonfall verriet absolutes Nichtverstehen. Faulenzertage? Gab's bei ihr nicht. „Ich wollte mich nur mal melden und schauen, ob alles in Ordnung bei dir ist!" Madita lachte, „Warum soll nicht alles in Ordnung bei uns sein, Mama?" Ein kleines zischendes Seufzen erklang durch die Leitung, „Najaaa...du weißt schon...die Sache mit deinem Vater und Björn...wegen der Adresse von dir...!"
Hachherrje! Immer diese unvollendeten Bruchstück-Sätze ihrer Mutter. Konnte sie denn nicht einfach fragen, ob Björn sich gemeldet hatte? Nein. Da redete sie um den heißen Brei herum...oh...oh...apropos Björn. Da war doch was. Hoppla!
„Achja, Björn?!" Nervös kaute Madita an ihrem Daumennagel, „Da muss ich dir was erzählen...!" „ICH HABE ES GEWUSST...der Schlawiner hat sich wirklich bei dir gemeldet!"
Madita nickte (das konnte Lotte natürlich nicht sehen).
„Und? Du hast ihm hoffentlich die Leviten gelesen!" Lotte schnaufte empört. Madita knetet mittlerweile hilflos an ihren flauschigen Hausschuhen herum, „Naja, irgendwie schon...so ähnlich...am Anfang jedenfalls...so was in der Art...!" *Gott, sie klang ja wie ihre Mutter!* „Ja, was denn nun. Kind, drück dich doch anständig aus."
„Okay, Mama. Björn war hier, hat sich entschuldigt und versucht alles zu erklären. Hat sich noch mal entschuldigt. Hat dann unsere Wand fertig tapeziert und hat mich dann um eine zweite Chance gebeten!"
„Und du hast nein gesagt!"
„Nein!" „Ja wie jetzt?" „Nein...ich habe NICHT nein gesagt!" So, jetzt war's raus!

Gegenwart (2011)
Madita und Andreas

"Du hast dich also nur noch mal mit ihm eingelassen, weil du mich damals mit Blumen auf der Straße gesehen hast?" Madita nickte kläglich, " Ja, und ich bin wirklich nicht stolz darauf...ich meine...egal was Björn auch getan haben mag...so was hatte er nicht verdient."
Tröstend legt Andreas ihr den Arm um die Schulter, "Verstehen kann ich es schon irgendwie. Obwohl es sich schon etwas meschugge anhört, aber Björn war halt etwas Vertrautes...etwas was du kanntest und auch

einschätzen konntest...und immerhin wart ihr...", er schaut sie fragend an, "...wie lange wart ihr eigentlich zusammen?"
"So ungefähr zwölf Jahre!"
Andreas pfeift erstaunt durch die Zähne, "Und da habt ihr NIE mal in Erwägung gezogen mal zusammen zu wohnen?"
"Nein, das hat sich irgendwie nie ergeben." Sie überlegt kurz, " Seine Eltern hatten ja ein relativ großes Haus mit einer winzigen, aber unglaublich süßen Dachstudiowohnung. Die hatte er sich, als er achtzehn war, in die Reihe gemacht und alles schön und für sich selbst, komfortabel eingerichtet. Allerdings war sie für zwei Personen definitiv zu klein. Und überhaupt...", sie betrachtet trotzig ihre Fußnägel, "...ich habe mich zuhause sehr wohl gefühlt. Meine Eltern haben meine Privatsphäre immer respektiert."
Andreas zieht neckend am Ärmel ihres Nachthemdes, "Ja, aber mit über zwanzig zuhause wohnen...", er schnaubt lachend, "...ich weiß nicht...mit seinem Freund im heimischen Kinderzimmer schlafen, geschweige denn Sex zu haben...", er schüttelt grinsend den Kopf, "...das kann ich mir irgendwie nicht vorstellen." Liebevoll streicht er Madita über das braune, seidige Haar, " Ich hätte dich nie für einen Nesthocker gehalten!" Amüsiert zieht er sie an sich und haucht ihr einen Kuss auf die Stirn. Madita funkelt ihn leicht entrüstet an und boxt ihm spielerisch an den Oberarm, "Wir waren ja auch meistens bei ihm...nur das du es weißt!"
Grinsend reibt er sich übertrieben die getroffene Stelle, "Nicht böse sein...und sooo genau will ich es auch gar nicht wissen...aber die Tatsache, dass du b i s achtundzwanzig NUR zuhause gewohnt hast, wohlbehütet und dann von jetzt auf gleich alle Brücken hinter dir abbrichst um in der Fremde ein komplett neues Leben anzufangen...das passt irgendwie nicht so richtig zusammen."
Madita mustert grüblerisch die Bettdecke und fährt langsam mit dem Fingernagel die Struktur nach, "Ich glaube, es war einfach nur Gewohnheit und auch etwas Bequemlichkeit." Versonnen schmust sie sich an ihren Mann, "Als er damals Schluss gemacht hatte, war es fast so als ob jemand den Startknopf für mein Leben gedrückt hätte. Und immerhin...nur so konnte ich dich kennenlernen!"
"Ja, das stimmt. Gott sei Dank." Er drückte sie kurz an sich, "Wie **habt** ihr euch eigentlich kennengelernt?""Och...normal halt...nichts Spektakuläres."
"Erzähl doch!"
"Willst du das wirklich hören?" Skeptisch beäugt sie ihren Gatten. "Na klar...ich habe dir ja auch meine Geschichte erzählt, oder?"

"Okay...dann lass mich mal überlegen...wie war das damals noch mal gewesen?" Sie rollt sich schwerfällig auf die Seite damit sie ihn besser sehen kann, knautscht sich das Kissen bequem unter den Kopf und lässt ihre Gedanken zurückwandern...genauer gesagt ins Jahr 1997... zu einer fragwürdigen Halloweenparty...

Vergangenheit (1997)
Madita und Björn

Es läutete schrill und durchdringend an der heimischen Haustür.
"MAMI, KANNST DU MAL AUFMACHEN...DAS SIND BESTIMMT DIE ANDEREN...ICH KANN IM MOMENT NICHT!"
Bewaffnet mit einem tiefschwarzen Kajalstift, lauschte sie kurz zur Badezimmertür hinaus...ja, das konnten bestimmt nur ihre Freundinnen sein. Sie hörte ihre Mutter die Tür öffnen und kehrte zufrieden zum Spiegel zurück, um ihr feudales Werk zu beenden.
Lautes Füße Getrappel erklomm polternd die Stufen nach oben, schwabbte in einer Welle am Badezimmer vorbei und endete im letzten Zimmer des Flures, genau hinter ihrer Zimmertür. Grinsend klaubte sie ihre Schminkutensilien zusammen und stürmte gutgelaunt ebenfalls in ihr Zimmer.
"Was für ein aufgescheuchter Hühnerhaufen!" Brummelnd faltete Heinz die Zeitung unten im Wohnzimmer wieder sorgfältig zusammen.
"Ach, lass doch...sie haben doch nur etwas Spaß!" Schmunzelnd sammelte Lotte ihre beiden Kaffeetassen ein und brachte sie in die Küche, "Möchtest du noch eine Tasse?"
Ein lauter, dumpfer Knall aus der oberen Etage ließ beide erschrocken zusammenfahren. Heinz trottete in die Küche zu seiner Frau, inspizierte den Inhalt des Kühlschrankes und warf einen gespielt verzweifelten Blick zur Decke, "Was treiben die denn da oben? Hört sich ja an, als ob sie Bude abreißen wollten!"
Die Tür im oberen Stockwerk wird heftig aufgerissen und eine toupierte, braune Mähne erschien im oberen Flur, "NIX PASSIERT. WAR NUR DIE SCHUBLADE!" Die gekreischte Aussage schlängelte sich in Windeseile die Treppe nach unten in die Küche und endete unangenehm zerrend am Trommelfell von Madita's Vater. Rums! Die Tür wird wieder zugeworfen.
Lotte wirft ihrem Mann einen belustigten Blick zu, fing an die Pellkartoffeln zu schälen und verkniff sich ein schelmisches Grinsen.

Heinz schüttelt den Kopf, setzte sich an den Küchentisch, warf einen theatralischen Blick hoch und stand wieder auf um es sich im Ohrensessel im Wohnzimmer gemütlich zu machen. Er beugte sich tief über das Kreuzworträtsel auf der letzten Seite der Zeitung.
Doch Lotte konnte trotzdem ein verschmitztes Schmunzeln erkennen. Lotte widmete sich wieder ihren Kartoffeln. Eine halbe Stunde später... "Heinz?" Ihre warme Hand rüttelte sanft an seiner Schulter, "Heinz, wach auf...das Abendessen ist fertig." Die Uhr im Wohnzimmer schlug sechs. Er rieb sich über die Augen, "Bin wohl etwas eingenickt."
Laute Musik schallt noch immer vom Obergeschoss herab. "Sind die...", er deutete mit seinem Zeigefinger nach oben, "...sind die noch immer da?" Als ob dieser kleine unbedeutende Fingerzeig den Startschuss gegeben hätte, wurde oben die Türe aufgerissen und Madita's Zimmer spuckte eine schrill giggelnde Gestalt nach der anderen aus. Lotte stellte sich todesmutig der jungen Meute in den Weg, "Lasst euch doch zuerst mal anschauen. Wollt ihr noch was essen?" Vier wilde Haarmähnen verneinen artig. Der Duft von aromatischen Bratkartoffeln waberte durch das Esszimmer. Aber die Aussicht auf eine ausgelassene Party, killte jeden Appetit bei den jungen Damen. Außerdem hatten sie vor die Hüften kreisen zu lassen und nicht eine Bratkartoffelwampe vor sich her zu schaukeln. Heinz saß schon am Tisch und schaufelte gerade eine große Gabel Kartoffeln in den Mund, als Madita und ihre Freundinnen zur Musterung antraten.
"DU MEINE GÜTE!" Er hustete den Inhalt seines Mundes geradewegs zurück auf seinen Teller, "SO WOLLT IHR GEHEN?" Vier paar schwarzumrandete Augen in kalkbleichen Gesichtern grinsen ihn an. Überdimensionale Haartürme krönen die Häupter der jungen, übermütigen Mädchen. Schwarze, zerrissene, löchrige Kostüme, scheinbar nur von tausenden, silbrigen Sicherheitsnadel zusammengehalten, schmiegten sich hauteng an jugendlich, schlanke Körper. Er zeigte mit der Gabel auf die wirklich äußerst knappen Kostüme, "Ihr holt euch doch so eine Lungenentzündung!" Madita tänzelte auf ihren Vater zu und haucht ihm vorsichtig, um ihren roten Lippenstift nicht zu verschmieren, einen Kuss auf die kratzige Wange, "Aber Papa, wir haben doch Jacken an!" Er beäugte die freiliegenden Beine seiner 16-jährigen Tochter, die unter einem engen Minirock hervorschauten und in zerrissenen Netzstrumpfhosen steckten, "Eine Hose würde auch nicht schaden!"
"Ach Papa...!"Lotte mischte sich ein, "Heinz, lass doch die Mädels...", sie schaute sich amüsiert eine nach der anderen an, "...das sieht doch wirklich

furchteinflößend aus!" Sie ging zum Küchenbuffet, griff nach ihrem Geldbeutel und zückte einen Zwanziger, "Hier...und wenn was sein sollte, rufst du an...okay?" Heinz stemmte sich mit erhobenem Zeigefinger auf und öffnete den Mund um eine seiner väterlichen Belehrungen los zu werden, aber Lotte bugsierte ihn kurzerhand in den Keller, "Geh du mal Getränke hoch holen...ich mach das hier schon!"Bedeutungsvolle Blicke wanderten zwischen den Freundinnen hin und her. Vor Dunja's Mund erschien eine riesige, rosa Kaugummiblase, die mit einem lauten Knall platze und wie eine zweite Haut an ihren rot geschminkten Lippen hängenblieb.
Dunja! Wenn damals jemand gewusst hätte, dass Dunja ein Jahr später tot ist... eine schwere Form von Leukämie...aber das wusste damals noch keiner. Noch nicht mal sie selbst! Nach ihrem Tod, zerfiel die Clique auch langsam. Aber an diesem Abend sprühten alle vier vor Lebenslust. Kichernd stürmten sie zur Tür.
"Sei pünktlich zuhause!"
Peng! Die Tür knallte ins Schloss.
"Puh, ich hatte schon Angst, dass dein Vater uns in dämliche Rollkragenpullis steckt!" Madita hakte sich lachend bei Sybille unter, "Ach was, Hunde die bellen, beißen nicht!"
Dunja kaute energisch auf ihrem Kaugummi herum, "Meinst du, Björn bemerkt dich heute?" Sybille und Saskia betrachteten nun ebenfalls neugierig Madita. Die lachte laut auf und strich über ihr Kostüm, "Also..., wenn nicht heute, dann nie!" Dunja zwinkerte ihr zu, "Soll ich zurückgehen und deinem Vater sagen, dass du noch nicht mal einen BH anhast?" Madita drohte ihr scherzhaft mit der Faust, "Untersteh dich...ich bin froh, dass er mich nicht SO genau gemustert hat!"
Eine Horde Jungs kam ihnen entgegen, im Schlepptau eine große, graue, mit Klopapier umwickelte Mülltonne. Aber heute war ja auch Hexennacht...also kein wirklich ungewöhnlicher Anblick.
So erreichten sie spaßend und giggelnd die Gemeindehalle. Drinnen herrschte die passende, gespenstische Atmosphäre. Düstere Ecken, ausgeschmückt mit faserigen, weißen Spinnweben und leuchtenden, widerlichem Getier, lockten zum Kuscheln und Knutschen ein, was auch mittlerweile von vielen jungen Leuten ausgiebig genutzt wurde.
"Da...da hinten...", Saskia stupste Madita unauffällig in die Rippen, "...da hinten steht ja dein Traumprinz!" Madita folgte Saskias Blick und tatsächlich...mitten in einem Pulk von Jungs alberte Björn herum. In seinem straff zurückgekämmten Haar klebte großzügig glänzendes Gel. Wie cool!

Seine unglaubliche Verkleidung bestand aus aufgemalten Blutstropfen in den Mundwinkeln und einem riesigen, schwarzen Satincape. Genau wie bei den anderen in seiner Clique, die um ihn herumstanden und seinen stets lustigen Erzählungen lauschten. Was sich bei dieser Musiklautstärke allerdings als ziemlich schwierig gestaltete.
"Schau ihn dir an...!" Schwärmerisch himmelte Madita ihren angebeteten Schwarm von weitem an. Sibylle und Dunja verdrehten die Augen, "Komm, lass uns was zu trinken holen. Bier für alle?" Zustimmende Kopfbewegungen obwohl nicht einer von ihnen wirklich auf das Gebräu stand. Aber niemand würde zugeben, dass dieses Gesöff wahrlich absolut ekelhaft bitter war. Nur der leichte, danach entstehende 'Watteeffekt' im Hirn fühlte sich toll an.
Madita drehte sich zu ihren Freundinnen um und lachte urplötzlich laut provozierend auf. "Was war **das** denn?" Sybille beäugte Madita zweifelnd von der Seite.
"Und? Hat er hergesehen?" Saskia schielte über Madita's Schultern, "Nee, keine Reaktion." Enttäuscht nahm sie einen großzügigen Schluck aus der Flasche. Nach einer halben Stunde saß Madita wie ein Häufchen Elend am Rande der Tanzfläche. Der Beat hämmerte in ihrem Schädel. Alle Versuche, Björns Aufmerksamkeit zu erregen waren fehlgeschlagen. Dunja drückte ihr mitfühlend eine zweite Flasche Bier in die Hand und rutschte näher an sie heran. Ihr Makeup und die wilde Mähne waren schon ziemlich lädiert. Eigentlich fand sie die Party ja echt super. Aber Madita's Anblick erweckte Mitgefühl in ihr. Der Krach war wirklich ohrenbetäubend. Zu laut um sich normal zu unterhalten.
Sie schob sich dicht an Madita's Ohr, "**Komm Madi...hör auf Trübsal zu blasen...**", sie zeigte mit dem Flaschenhals auf die Jungengruppe gegenüber, "**..., wenn er dich sooo nicht wahrnimmt, dannhat er dich eindeutig nicht verdient!**" Sie ließ den Blick durch den schummrigen Saal wandern und rempelte Madita kurz an, "**Was ist mit dem an der Theke...der ist doch ganz süß und er hat dich den ganzen Abend schon im Visier.**" Saskias Stimmbänder rebellierten etwas und sie spülte schnell mit Bier nach. Nein, zum Unterhalten war diese Lautstärke nicht gedacht.
Madita's traurige Augen suchten den Unbekannten an der Theke. Okay, er sah gut aus und machte einen netten Eindruck...aber...er war nicht Björn. Madita seufzte herzzerreißend. Saskia rappelte sich auf, "**Komm, du Träne...jetzt lass dich nicht hängen.**" Sie hob Madita's Flasche an deren Lippen, "**Trink!**"
Madita tat vier kräftige Schlucke. Das warme Wattegefühl im Kopf

verstärkte sich etwas. Sie stand auf, "**Hast recht...lass uns tanzen!**"
"**Yeah...geht doch!**"
Der DJ drehte den Bass auf Maximum. Madita's Mageninhalt (Bier!) vibrierte. Die laute Musik dröhnte in ihren Ohren. Sie beobachtete Saskia und Sybille, die ausgelassen ihre Hüften im Rhythmus kreisen ließen, als ob es keine Bandscheibenvorfälle geben würde auf dieser Welt. Die vielen Sicherheitsnadeln an ihren Kostümen blitzten gefährlich im Laserlicht. Die gute Laune ihrer Freundinnen färbte langsam auf Madita ab. Der Beat hämmerte unaufhörlich und langsam entspannte sie sich und fühlte mit geschlossenen Augen den Rhythmus. War es der Alkohol im Blut oder das Pulsieren in der Luft das sich bis tief in die Eingeweide grub? Sie wusste es nicht. Und es war ihr auch egal. Sie wollte Spaß. Mit Schwung knallte sie die Flasche auf den Tisch neben sich und sprang zurück auf die Tanzfläche. Lachend umschlang sie Dunja, warf ihre wirre Mähne in den Nacken und legte los. Die Tanzfläche schien zu brodeln. Madita's Blutdruck stieg rasant. Ihre Wangen glühten. Saskia und Sybille wirbelten wie Derwische im Takt der lauten Musik um sie herum. Madita schloss erneut die Augen und fing an, sich ebenfalls wild im Kreis zu drehen.
Kreischend riss sie übermütig die Arme nach oben und schlängelte sich rhythmisch zuckend an Dunja vorbei.
Das kurze, heftige Zerren an ihrem Oberteil bemerkte sie l e i d e r zu spät. Eine von Dunjas Sicherheitsnadeln hatte sich unglücklich mit einer Nadel an Madita's Träger vom Oberteil verhakt. Riiitschschsch!
Der schwache, ohnehin sehr dünne Stoff gab nach.
Ganz plötzlich stand sie mit bloßem Oberkörper und blanken Brüsten mitten auf der Tanzfläche. Gelähmt vor Schreck bedeckte sie noch nicht einmal ihre Blöße. Dunja starrte sie schockiert an. Ein großer Teil von Madita's Oberteil hing schlaff an der Sicherheitsnadel an deren Rücken herunter.
Die Musik wummerte unbeirrt weiter.
Warum hatte sie nicht doch einen BH angezogen? Scheiße!
Endlich hatte sie wieder Gewalt über ihre Hände und riss sie vor sich. Allerdings blieb ein nackter Busen in der Öffentlichkeit, ihr nackter Busen in der Öffentlichkeit, nicht unbemerkt.
Lautes Gelächter drang an ihre Ohren. Tränen schossen in ihre Augen. Den Blick hartnäckig auf den Boden gerichtet. Schamesröte kroch ihren Hals hinauf. Noch immer schnappte Dunja betroffen nach Luft und starrte sie fassungslos an.Kühler Stoff legte sich überraschend um ihre Schultern und hüllte sie ein. Starke Arme hoben sie hoch und betteten ihren Kopf an eine

warme Schulter. Tränen liefen unkontrolliert ihre Wangen herab.
Schutzsuchend klammerte sie sich an den Fremden, der sie vorsichtig nach
draußen in die frische Nacht, trug und auf einer Motorhaube absetzte. Der
kühle Umhang wurde durch eine warme Jacke ersetzt, die fürsorglich von
fremder Hand geschlossen wurde. Madita traute sich noch immer nicht,
ihren Blick zu heben."Alles okay?"
Eine bekannte Stimme. Schüchtern hob sie dann doch den
tränenverschleierten Blick.
Björn! Na Bravo. Das hatte ihr gerade noch gefehlt."J...j...ja!"
Sein liebvolles Lächeln und sein warmer Blick hüllten sie irgendwie tröstend
ein. Er strich ihr zärtlich über das haarsprayverklebte Haar, "War 'ne klasse
Showeinlage!" Ein verschmitztes Grinsen zog sich über sein jungenhaftes
Gesicht. Gelöst lachte Madita auf, "Ja, nicht wahr? So habe ich dich endlich
mal kennengelernt!" *Ups...so was nannte man: Mit der Tür ins Haus fallen.*
Sein Lachen mischte sich mit ihrem. Dann wurde sein Blick wieder ernst,
"Wenn das so ist...Hallo, ich bin Björn!" Er hielt ihr die Hand hin. Madita
ergriff sie, "Ich weiß!"

Gegenwart (2011)
Madita und Andreas

"So lernten wir uns dann doch kennen!"
 Sie lacht als er ihr sanft die Hand auf ihren, mittlerweile vollen Busen legt.
"Also hast du alles deinen wundervollen Brüsten zu verdanken."
Gespielt ernst schnippt sie seine Hand von ihrer Brust, "Lass das."
Sie räuspert sich und fährt fort, "Nicht ganz. Später stellte sich heraus, dass
er schon eine ganze Weile auf mich scharf war. Er war nur zu schüchtern um
mich anzusprechen."
Madita lacht herzhaft, " Aber den Blick meines Vaters werde ich nie
vergessen, als wir losgezogen sind. Die Mädels und ich. Ich dachte echt er
würde mir und meine Freundinnen wirklich jegliche Partyerlaubnisse für die
nächsten zwei Jahre entziehen." Sie knibbelte grüblerisch an dem Zipfel
ihres Kissens herum, "Dann wäre alles ganz anders gekommen! Ich wäre
wohl nie mit Björn zusammengekommen. Er hätte mich nicht abservieren
können und ich wäre wohl nie nach Berlin gekommen...und du wärst mir
dann nicht über den Weg gelaufen." Sie schielt ihn grinsend von unten
herauf an, "Aber ich muss wirklich sagen, der Umhang seines
Vampirkostüms verlieh ihm eine unglaubliche animalische

Aura...okay...Kostüm ist vielleicht etwas übertrieben...aber immerhin hatte er aufgemalte Blutspuren im Mundwinkel...was ich richtig h e i ß fand...", sie linst amüsiert zu Andreas, "...damals!"
Er nickt gespielt und übertrieben beschwichtigend und schmiegt sich an sie, "Jaaa...Blut im Mundwinkel törnt die meistens Mädels an!" Leicht verlegen stupst sie ihn an, "Ich war sechzehn!"
"Okay, ich verzeihe dir." Er küsst sie auf den Scheitel.
Gespielt theatralisch lässt Madita sich zurücksinken, "Ich vergaß völlig die Zeit und kam prompt zu spät nach Hause. Um zwei Uhr nachts!"
Bedeutungsvoll tippt sie auf eine imaginäre Armbanduhr, "Ein Megadonnerwetter von meinem Vater musste ich über mich ergehen lassen und ich bekam zwei Wochen Hausarrest...den meine Mutter aber vor lauter Mitleid, sie hatte von der unglückseligen Geschichte natürlich auch prompt erfahren, in der Bäckerei (!), nach einer Woche wieder aufgehoben hat." Sie lachte, „Man, ich war ziemlich lange DAS Dorfgespräch."
Andreas Augen blitzen belustigt und Madita grinst ihn schelmisch an, "Tja...und Björn? Der rief mich jeden Tag an und als mein Arrest rum war, waren wir ein Paar. Bis...naja...bis zu meinem schicksalsgeschwängerten Geburtstag 2012."
Sie faltet die Hände über ihrem Bauch und schaut ihren Mann an, "Das war's!"
Sie verzieht kurz das Gesicht als ein heftig ziehender Schmerz ihren Rücken durchzuckt. Sofort richtet sich Andreas besorgt auf, "Alles in Ordnung? Sollen wir los?"
Beruhigend tätschelt sie seine Hand, "Nein, Schatz. Wir haben noch immer Zeit!"

Gastgeberin:
Hey, hey...warum zoppelst du so an meinem Ärmel? Siehst du nicht, dass ich gerade die Wäsche zusammenlege? Was ist? Hast du Durst? Musst du aufs Klo? Dann geh doch! In der Zwischenzeit räume ich den Wäscheberg weg und schau mal im Keller nach, was ich noch zu trinken habe, okay? Gut, dann durch den Flur, die zweite Tür links und nachher bitte den Klodeckel wieder runterklappen. Klar? So, jetzt schnell in den Keller.Puh, herrje, immer diese anstrengenden Besuche. Irgendwie ist man doch nie so richtig vorbereitet. So, mal schauen. Wein? Sekt? Nee, dann verschnarcht sie auf einmal noch den Schluss der

Geschichte. Also doch lieber Wasser oder Tee.
Autsch, mein Zeh! Mist. Ich sollte doch mal eine hellere Funzel hier im Keller anbringen, sonst breche ich mir womöglich noch das Genick…! So, und wieder hoch ins Wohnzimmer…
Ah, da bist du ja wieder. Hast du dir auch die Hände gewaschen? Gut. Dann setzt dich. Ich brühe dir einen wunderbaren Pfefferminztee mit braunem Kandiszucker. Das ist der beste Zucker für alle möglichen Teesorten. Musst du dir unbedingt merken! Alles andere ist Mumpitz! Scheint dich nicht sonderlich zu interessieren, was? Okay, dann lass mich mal nachschauen.
Hm, du hast alle Kisten gesehen, die ich für angeschleppt habe und ich müsste auch noch einkaufen gehen. Ich brauch noch ein paar Sonnenblumen und mein Handy muss ich auch noch von der Reparatur abholen. Vielleicht solltest du doch morgen lieber noch mal kommen? Dann hätte ich auch etwas mehr Zeit, um die Kartons etwas zu sortieren.
Wie? Was? Von wem? Ist nicht dein Ernst. Oder doch? Neugierig bist du ja gar nicht. Aber warum eigentlich nicht. Hm, aber dann muss ich kurz mal überlegen...ich glaube...warte mal...bin gleich zurück...
So, da bin ich wieder.
Na, na, na, schubs mich doch nicht so zur Seite. Gut, dann schau halt. Und? Ist es das was du wolltest? Ja? Wo ich das her habe? Abstellkammer, weißt du doch! So...nun zufrieden? Gut!
Also, dann mal los mit Mariannes Erinnerung...

Vergangenheit (2009)

Marianne

"**Paula, hat mein Mann sich schon gemeldet?**" Marianne stand in der Küche und überprüfte zum dritten Mal den schon ziemlich krossen Braten im Ofen. Paula streckte den Kopf in die Küche, "Nein, Frau Kramer, aber ich war heute Nachmittag auch einige Zeit unten in der Waschküche. Möglich das ich das Telefon nicht gehört habe. Vielleicht ist ja eine Nachricht auf dem Anrufbeantworter? Ich kenn mich ja mit so einem neumodischen

Schnickschnack nicht aus." Paula prustete missbilligend und verschwand wieder in der Waschküche.

Marianne rührte noch kurz die Soße um und stürmte zum Anrufbeantworter. Nichts blinkte. Also keine Nachricht. Besorgt runzelte sie die Stirn. Wo blieb er nur? Sie hatte heute extra das Kochen übernommen und wollte ihn damit überraschen. Hoffentlich positiv. In letzter Zeit hatte sie den Eindruck, dass er etwas neben sich stand. Immer schien er mit seinen Gedanken weit weg zu sein. Naja, wenn sie ehrlich war, trug SIE ihren Teil dazu bei. In den letzten Wochen hatte sie sich nicht wirklich besonders kooperativ in ihrer Beziehung verhalten. Sie wusste ja auch nicht so genau...irgendwie...hatte sie so eine innere Unruhe...die sie zu einer launischen und unberechenbaren Zicke mutieren ließ. Wahrscheinlich ging das ihrem Mann schon ziemlich auf den Keks. Also hatte sie beschlossen, heute Abend mal eine längst überfällige Kuschelstunde mit ihrem Mann einzulegen. Das tat sie eh viel zu selten, ihrer Meinung nach (und bestimmt auch seiner Meinung nach). „Paula, wenn sie mit der Wäsche fertig sind, können sie gehen. Wir sehen uns dann übermorgen wieder.""Mach ich." Mit einem Korb voll frisch gewaschener Handtücher machte sie sich auf den Weg ins Badezimmer. Frau Kramer, ihre Chefin stand etwas verloren im Wohnzimmer, kaute unschlüssig auf ihrer Unterlippe herum und starrte den stummen Telefondiener an, "Alles in Ordnung, Frau Kramer?"

Zerstreut fährt sich Marianne durch das lange, glatte Haar, "Ja, ja, alles okay. Ich gehe mal in die Küche!" Sie drehte sich auf dem Absatz rum und verschwand. Paula blickte ihr etwas besorgt nach. In letzter Zeit herrschte hier im Haus eine leicht unterkühlte Stimmung (das war milde ausgedrückt). Vielleicht irrte sie sich aber auch. Schließlich war Dr. Kramer ein sehr guter, aber auch vielbeschäftigter Kinderchirurg. Bestimmt war in der Klinik im Augenblick eine Menge los. Paula zuckte die Schulter und räumte die letzten Wäschestücke weg. Das hatte sie im Grunde genommen auch nicht zu interessieren. Dann schlüpfte sie im Flur in ihren Mantel, **"Ich gehe dann Frau Kramer. Brauchen sie wirklich nichts mehr?"**

"Nein, nein, gehen sie nur. Ich wünsch ihnen einen schönen freien Tag morgen!"

Paula warf noch einen unsicheren Blick den langen Flur entlang, zuckte kurz mit den Schultern und ging.

Marianne stand in der Küche und hielt krampfhaft die Tränen zurück. Die Kerzen auf dem liebevoll gedeckten Esstisch waren schon fast halb abgebrannt. Sie schaute wohl zu hundertsten Mal auf ihre goldene

Armbanduhr. Acht Uhr. Um sechs war er normalerweise zuhause. Normalerweise...
Außer ihm kam was dazwischen. Dann rief er aber immer an, damit sie sich keine Sorgen machte. Sie ging zum Telefon und begann die Nummer der Klinik zu wählen. Schon bevor das erste Klingeln ertönte, legte sie hastig wieder auf. Die Blöße wollte sie sich vor den Schwestern nicht geben. Was, wenn er schon lange nicht mehr da war? Dann wäre der Klatsch schon vorprogrammiert. Sie kannte doch das Schwesterngeschwader! Vielleicht suchte er ja Trost bei einer anderen Frau? Oder? Neee! Sie war sich hundert Prozent sicher, dass er keine Freundin hatte. Woher sie das wusste? Warum sie sich da so sicher war? Das wusste sie selbst nicht so genau. Er war da einfach nicht der Typ dafür. Dafür war er ZU Familienmensch! Aber irgendetwas lag in der Luft...
Unglücklich, nachdenklich und hippelig stromerte sie ziellos durch das mittlerweile dunkle Haus. Ihre Gedanken fuhren Karussell. War ihre Ehe gefährdet?
Ja...ihr Bauchgefühl...psst...bist du wohl ruhig!
Andreas liebte sie, da war sie sich sicher. Urplötzlich hielt sie in ihrem Herum Gerenne inne. Liebte sie ihn eigentlich noch? Ihr Blick wanderte aus dem Fenster auf die leere Straße.
Ja! Doch! Sie liebte ihn noch. Irgendwie! Auf ihre Art! Und trotzdem war sie sich nur allzu deutlich bewusst, dass sich in den letzten Monaten, vielleicht sogar im ganzen letzten Jahr etwas zwischen ihnen geändert hatte. Sie wusste jedoch nicht genau was es war. Es lag ihr auf der Zunge, zappelte am Rande ihres Wissens herum, ließ sich aber nicht greifen. Schlüpfte immer wieder, wie ein glibberiger Fisch durch ihre Finger.
Marianne seufzte verzagt und schlich zurück in die Küche, in der ein wunderschönes Abendessen langsam aber sicher ungenutzt verbrutzelte. Um nicht alles zu ruinieren, stellte sie den Herd ab. Den gefüllten Semmelknödelbraten konnte man morgen auch noch kalt essen, wenn es sein musste. Müde setzte sie sich an den blank gewienerten Tresen, öffnete die Flasche Portwein, der eigentlich für ihr Diner gedacht war und goss sich ein bauchiges Glas mit dieser aromatischen, dunkelroten Flüssigkeit voll. Ohne wirklichen Genuss leerte sie mit einem Schluck das halbe Glas. Sofort breitete sich eine angenehme Wärme in ihren Eingeweiden aus, die jedoch nicht ihre Seele erreichte. Mittlerweile hatte die Nacht ihren Mantel über der Stadt ausgebreitet. Marianne saß weiter im Dunklen und nippte bereits an ihrem zweiten, fast leeren, Glases Portwein. Grübelnd nahm sie das Glas

in die Hand und drehte es nachdenklich zwischen ihren Fingern. Langsam schwenkte sie den Wein im Glas und schlenderte zum Fenster. Unter der Straßenlaterne breitete sich ein heller, warmer Fleck aus...dahinter nichts als Finsternis.
Sie schaute auf das leuchtende Zifferblatt ihrer Armbanduhr. Fast halb zehn! Müde schüttete sie den letzten kleinen Rest Wein in den Ausguss und schlich leicht beschwipst, nach oben in das Schlafzimmer. Sie knipste das Licht an. Kalte, weiße, nüchterne Möbel und neutrale, hellbraune Wände empfingen sie. Sie schaute sich um. Frustriert löschte sie wieder das Licht und schälte sich aus ihren Kleidern, die sie achtlos am Fuße des großen Polsterbettes auf dem Boden liegen ließ. Matt kroch sie ins Bett und zog die Decke bis zu ihrem Kinn hinauf. Fröstelnd und ohne wirklich etwas wahrzunehmen, starrte sie zur Decke. *Morgen!*
Morgen würden sie und Andreas reden müssen! Es war allerhöchste Eisenbahn!
Mit dieser Erkenntnis schloss sie die Augen und schlief ein. Das leise Knacken des Türschlosses, eine Stunde später, weckte sie nicht. Auch nicht das sanfte Schnarren der Schlafzimmertür, als ein junger Mann einen prüfenden Blick hineinwarf. Sie wurde auch nicht wach, als im Badezimmer, gegenüber dem Schlafzimmer, das Licht angemacht wurde und die Klospülung ging. Selbst als sich der junge Mann vorsichtig zu ihr ins Bett legte, zuckte sie mit keiner Wimper.
So verging die Nacht und der Morgen brach heran.
Das gleichmäßige Rauschen und Prasseln von Wasser weckte Marianne. Verschlafen rieb sie sich die leicht verquollenen Augen und warf einen Blick neben sich. Die zerwühlte Seite neben ihr entlockte ihr ein kleines Grinsen. Andreas! Er muss ziemlich spät nach Hause gekommen sein und hat aufgepasst, dass er sie nicht weckte. *Wie rücksichtsvoll! Halt typisch Andreas!* Bestimmt war ein schwieriger Notfall der Grund für sein verspätetes Heimkommen. Trotzdem hätte er ihr eine Nachricht zukommen lassen können. Warmer Wasserdampf quoll aus dem Spalt der halbgeöffneten Badezimmertür. Sie überlegte. Das Kinn auf ihren angezogenen Knien abgestützt.
Sollte sie? Sollte sie nicht? Ach papperlapapp...schließlich war er ihr Mann...(noch)! Damit warf sie kurzerhand die Decke zurück und schwang sich aus dem Bett. Schnell entledigte sich von dem kleinen mickrigen Rest ihrer Unterwäsche und schlich auf Zehenspitzen aus dem Schlafzimmer, durch den kühlen, schmalen Flur. Langsam schob sie die Badezimmertür

weiter auf und erblickte eine schemenhafte, nackte (sexy) Männergestalt hinter der angelaufenen Glastür der Duschkabine. Grinsend ließ sie die Badezimmertür hinter sich zu schwingen...
"Kaffee, Schatz?"Nein danke, ich muss noch mal in die Klinik!"
Er nahm einen Schluck aus ihrem Becher, drückte ihr hastig einen Kuss auf die Wange, rückte seine Krawatte vor dem Flurspiegel zurecht, schnappte sich seine Tasche und schon fiel die Haustür ins Schloss. Zurück blieb eine verwirrte Marianne.
Was war nur los? Eben noch das Badezimmer (sie grinste) *und nun **das*** (sie grinste nicht mehr). *Also gut! Dann halt nicht*!
Entschlossen stellte sie den Becher in der Küche auf der Spüle ab, zog sich noch kurz die Lippen nach und schnappte sich ebenfalls ihre Handtasche und verließ das Haus. Sie hatte jetzt keine Lust nachzudenken. Also fuhr sie hinüber ins ‚Berlinium'. Vielleicht war ihr Bruder Antonio schon da. Mit ihm konnte sie immer ein bisschen quatschen.
So vergingen die nächsten Wochen. Sprachlos lebten sie nebeneinander her. Immer in dem Wissen das etwas in der Luft lag aber niemand hatte den Mumm dieses Etwas zwischen ihnen zu packen und zur Sprache zu bringen.
Irgendwann, an einem dieser schweigsamen Morgen, spähte sie zufällig zum Kalender, den sie mit einem Magnet am Kühlschrank befestigt hatte und schon heiterte sich ihre Stimmung auf. Ihre jüngste Nichte, Antonios Tochter Romina, genannt Romi, wurde am 04. Mai ganze drei Jahre. Das war in fünf Tagen! Die kleine süße Romina!
 Marianne grinste in sich hinein, als sie an den Tag und das Chaos dachte, als Romina zu Welt kam. Sie musste bei den zwei älteren Kids, Noah und Helen, babysitten und das wurde damals ein echtes Fiasko. Das Ende vom Lied war der Aufenthalt in der Notaufnahme, weil Noah sich den Zeh fast zermatscht hatte. Gott sei Dank fanden Bea und Antonio die Geschichte trotz allem sehr amüsant. (Zumindest im Nachhinein!) Zumal an ihrem männlichen Spross kein bleibender Schaden haften blieb.
An diesem Tag lernte sie auch Andreas kennen...
Hachja, Andreas...da war doch noch was...aber nicht jetzt.
Energisch wischte sie den Gedanken an ihren kommunikationslosen Mann beiseite und konzentrierte sich wieder auf das Wesentliche. Nämlich den Geburtstag von Romi.
Der wurde groß geplant. Die Organisation lag diesmal ganz allein in ihrer Hand. Sogar hübsche Blumendekoration sollte die Kleine bekommen (Idee von Hannelore, ihrer Mutter). Romina mochte, wie so viele kleine Mädchen,

Sonnenblumen (die waren ja auch wirklich hübsch und passte hervorragen zu ihr...die kleine Maus mit ihrem sonnigen Wesen!)! Also klemmte sie sich in dem kleinen Büro hinter dem Tresen ans Telefon, kramte die Telefonnummer von 'Angela's Blumenwunder' aus dem Telefonbuch (toll, im Büro hätte sie die Nummer) und wählte.
"Angela's Blumenwunder. Einen wunderschönen guten Tag!"
"Guten Tag. Hier Kramer. Ich wollte eine Bestellung für den vierten Mai aufgeben."
"Einen kleinen Augenblick!" Marianne hörte das Rascheln von Papierblätter im Hintergrund und dann wieder die junge Stimme die sich auch so freundlich gemeldet hatte. "So, jetzt habe ich den Kalender. Wie war ihr Name noch mal? Kramer, nicht wahr?"
"Ja, genau. Ich bräuchte drei Arrangements für das ‚Berlinium' in der..."
"Oh, dass ‚Berlinium' ich glaube, das kenn ich. Da liefern wir doch zwischendurch immer wieder mal was an...und...ich liebe ihre überbackenen Sandwiches! Die sind echt der Brüller...da könnte ich mich glatt reinsetzen."
Marianne lachte herzlich, "Danke, das freut mich aber, ich werde es dem Koch ausrichten!" Die junge Stimme am Telefon lachte ebenfalls, "Wissen sie denn schon was sie möchten? Ist es ein bestimmter Anlass?"
"Meine Nichte wird drei und sie liebt Sonnenblumen. Deswegen möchte ich ihren Geburtstagtisch mit einigen kleinen, wunderschönen Gestecken verschönern!" Sie hörte einen Stift über Papiere kratzen und leises Gemurmel. Die junge Stimme kehrte zurück, "Dann sind die Gestecke für ein Kind?""Ja, ist das ein Problem?"
(*War es nicht egal, für w e n die Blumen waren?*)
Ein glockenhelles Lachen erklang auf der anderen Seite, "Aber nein, nur für Kinder richten wir sie dann doch etwas spielerischer her. Das ist ihnen doch recht?"
"Oh, ja...deswegen wende ich mich ja auch an sie. Ich bekomme seit Jahren Blumen von ihnen. Mein Mann besorgt sie mir immer. Und ich bin restlos begeistert. Und auch mein Mann schwärmt in den höchsten Tönen von Angela. Das sind doch sie?"
"Oh, nein, das ist meine Chefin, mein Name ist Madita...das kleine unsichtbare Helferlein sozusagen!" Ein fast kindliches Kichern folgte.
Ach Gott, wie lieb! Marianne grinste ebenfalls, "Nun denn, kleines Helferlein namens Madita...der Preis spielte ehrlich gesagt keine Rolle, aber ich müsste sie geliefert bekommen. Ich habe leider keine Zeit sie selbst

abzuholen und mein Mann muss arbeiten und kommt erst später dazu, das könnte knapp werden."
"Das ist kein Problem, Frau Kramer. Bis wann soll die Lieferung denn spätestens da sein?"
"Wäre dreizehn Uhr machbar?"
"Kein Problem! Dann bin ich zwischen zwölf und dreizehn Uhr da!"
"Das machen **sie** auch?" Noch einmal erklang das sympathische und ansteckende Lachen, "Jawohl...das kleine Helferlein für alles!"
"Also gut, Madita...ich habe das Gefühl, das ich dann ja in guten Händen bin. Soll ich vorher vorbeikommen um zu bezahlen?"
"Nein, nein, erst am Tag der Lieferung. Das ist vollkommen ausreichend!"
"Okay, dann bis zum vierten! Vielen Dank!"
"Keine Ursache Frau Kramer, ich habe zu danken! Bis zum vierten. Auf Wiederhören!" Klack!
Madita stand in ihrem duftenden Laden und schaute kurz runter zu dem grasgrünen (natürlich) Telefon, "Was für eine nette Frau!"
Marianne stand in ihrem Wohnzimmer und schaute kurz runter auf das schwarzgraue Telefon, "Was für eine nette Frau!"
Schicksal, Schicksal...ick hör dir trapsen! (Anmerkung der Gastgeberin!)
Zufrieden sackte Marianne auf die Couch und hakte in ihrem Notizbüchlein den Punkt 'Deko' ab. Dann blätterte sie kurz weiter und stutzte. Ach herrje...Schweiz! Sie schaute auf ihre teure Armbanduhr. Da musste sie sich sputen! Hätte sie beinahe vergessen. Und als ob das noch nicht genug wäre. Sie hatte ja auch noch Geburtstag, wie ihr eine kleine Randnotiz in ihrer kleinen Gedächtnisstütze verriet...morgen! *Wie konnte ihr das nur entfallen?* Hoffentlich schaffte sie das zeitmäßig. Andreas wollte bestimmt mit ihr Essen gehen...so wie jedes Jahr! *Hatte sie ihrem Mann überhaupt Bescheid gesagt, dass sie heute in die Schweiz flog?* Sie überlegte kurz...*oje...keine Ahnung!* Hastig klappte sie das Buch zu und lief eilig nach oben um ein paar Utensilien und Wechselkleider in eine Reisetasche zu stopfen. *Dann würde sie ihn halt später anrufen! Das dürfte ja kein Problem sein!*
Aber jetzt musste sie dringend los. Der Flieger wartete nicht.
Kurze Zeit später saß sie schon im Flieger Richtung Schweiz um eine grandiose Gruppe für das 'Berlinium' zu buchen, die sie zufällig auf einer Internetplattform ausfindig gemacht hatte. Echt coole Jungs mit echt cooler Mucke! Die Live Akts in ihrem Lokal, samstags abends, kamen echt gut bei

den jungen Leuten an und diese Gruppe war echt der Hammer. Die wollte sie sich, ums Verrecken, nicht durch die Lappen gehen lassen. Bevor sie sich mit den Musikern traf musste sie sich noch rasch bei Andreas melden. Der Ärmste! Sicher hatte er schon irgendwo einen Tisch reserviert für den nächsten Abend (ihrem Geburtstag). Eigentlich hatte sie vorgehabt heute Abend noch zurückzufliegen... aber nach einiger Überlegung...nö...das wurde ihr dann doch zu stressig. Und ein paar Stunden Auszeit würden ihr vielleicht mal ganz guttun.

Als sie ein paar Stunden später im Hotel in der Schweiz ankam, nahm sie ihr Handy und wählte die ihr so vertraute Nummer. Es klingelte.

"Hallo Schatz, na, wo treibst du dich denn herum? Bestellen wir heute Abend Pizza?"

Sie biss sich verlegen auf der Unterlippe rum, "Du, es tut mir leid. Ich hoffe, du hattest nichts geplant für morgen Abend. Hab völlig vergessen dir zu sagen, dass ich noch eine Band caste. Ich bin gerade in der Schweiz. Ich schaffe es nicht rechtzeitig nach Hause. Es gab leider für morgen Mittag keinen freien Platz mehr im Flugzeug. Der früheste geht erst gegen 21 Uhr! Bis ich dann zuhause ankomme ist es wohl irgendwann mitten in der Nacht." *Okay, das war geflunkert...natürlich hätte sie für mittags einen Flug bekommen können, aber sie hatte ausnahmsweise mal keinen Bock auf ihren Mann. So! Mal ein bisschen Freiraum für sich selbst....das fühlte sich einfach suuuper an!*

"Oh! In der Schweiz? Also keine Pizza heute Abend!"

"Ist doch nicht schlimm, oder? Sorry, ich hatte diesen Termin fast völlig vergessen und ich hatte auch keine Zeit mehr, dir heute Morgen noch einen Zettel zu schreiben, sonst hätte ich meinen Flug verpasst. Du bist doch nicht böse?" Andreas betrachtete den Blumenstrauß auf der Küchentheke. Die letzten Sonnenstrahlen tauchten ihn in goldenes Licht. "Nein, nein, dann verschiebe ich die Reservierung. Das ist kein Problem! Trifft sich eigentlich auch ganz gut. In der Klinik ist im Augenblick die Hölle los. Da werde ich meine Kollegen halt bei einer zusätzlichen Nachtschicht unterstützen können!" Kein Problem? Ausnahmsweise hatte er mal keinen Tisch für den Geburtstagsabend reserviert. Stattdessen hatte er geplant mit ihr zusammen in ihren Geburtstag reinzufeiern. Das war dann wohl ein Satz mit X, das war wohl nix!

Naja, eine Nacht im Krankenhaus war auch nicht schlecht. Zur Not konnte er sogar dort pennen. Was sollte er auch zuhause? Alleine?

"Du bist ein Schatz. Ich muss los. Die Band wartet schon auf mich. Lieb dich.

Bis morgen!" Marianne legte hastig auf (ein bisschen hatte sie ja schon ein schlechtes Gewissen...aber nur ein bisschen und das würde sie jetzt mit ein paar Cocktails runterspülen). Vergnügt krallte sich ihre Strickweste und verschwand erleichtert aus ihrem Hotelzimmer.
Andreas betrachtet lange den nervend, tutenden Hörer in seiner Hand, "Bis morgen." Er legte den Hörer sachte neben den Strauß Blumen, nahm seine Autoschlüssel und brauste nachdenklich mit unbekanntem Ziel davon.
Am späten nächsten Abend, beziehungsweise schon Nacht (und ihr Geburtstag war eigentlich auch schon rum), kam eine völlig übermüdete Marianne nach Hause. Die Band war echt DER BURNER und sie hatte einen Vertrag für d r e i Auftritte in der Tasche. Allerdings waren die Jungs auch ziemlich trinkfest und Marianne war erst gegen fünf Uhr in der Frühe (mehr als nur beschwipst) in ihr Hotelbett geplumpst. Um zehn hatte der Wecker schon wieder gerappelt. Dann hatte sie (mit einem Brummschädel, so groß wie das Brandenburger Tor!) den Vertrag unter Dach und Fach gebracht und war anschließend im Spa- Bereich des Hotels verschwunden um sich die unzähligen Tequilas gekonnt aus dem Körper walken zu lassen (dabei schlief sie sogar ein). Gegen neun Uhr abends saß sie dann endlich, völlig kaputt und gerädert, im Flieger.
Gähnend ließ sie ihre Reisetasche einfach fallen, wo sie geradestand, knallte ihren Schlüssel im Flur auf das kleine Beistelltischchen, schob sich die hochhackigen Schuhe von den schmerzenden Füssen und schlich barfuß in die Küche um sich eine Kopfschmerztablette einzuverleiben. Und Andreas war wohl noch in der Klinik. Zumindest war sein Auto noch nicht da. Da könnte sie sich ja schon mal aufs Ohr hauen. Kaum, dass sie die Küche betreten hatte, blieb sie wie angewurzelt stehen.
Ein riesiger, bunter Blumenstrauß weilte auf der Küchentheke und lies traurig die üppigen Köpfchen hängen. Schuldbewusst hob sie ihn an, schnupperte daran (duften taten sie noch immer), legte ihn wieder ab, kramte im Küchenschrank nach einer Vase (vielleicht konnte man sie ja noch retten) und suchte gleichzeitig die Karte. Da war sie ja. Neben dem ehemals, traumhaften Blumengebinde lag eine Karte auf einem kleinen Kästchen. Schnell füllte sie die Vase unter dem Wasserhahn auf und stellte den traurigen Blumengruß hinein. Dann schlug sie das Kärtchen auf und überflog es. Natürlich von Andreas. Von wem auch sonst!

Alles Liebe zu deinem Geburtstag.
Andreas

Neugierig schnappte sie sich das kleine Etui und betrachtete den fein geschwungenen, goldenen Schriftzug eines Juweliers auf dem Deckel. Aufgeregt spitze sie hinein. Entzückt stockte ihr kurz der Atem und schon fingerte sie vorsichtig das dünne Goldkettchen mit dem Blütenanhänger aus der Schachtel. Wunderschön. Das gelbe Edelmetall funkelte im kühlen Licht der Küchenlampe, ebenso wie der kleine Diamant in der Mitte der Blüte. Vorsichtig legte sie die Kette um ihren Hals, schloss umständlich den winzigen, filigranen Verschluss (normalerweise hätte Andreas das ja getan) und bewunderte das kostbare Geschmeide im Flurspiegel. Ehrfürchtig strich sie über die zart gearbeitete Blüte. Wirklich wunderschön. Nach einem letzten bewunderten Blick gähnte sie herzhaft, wand sich ab und stieg die Treppe hoch ins Schlafzimmer. Völlig bekleidet ließ sie sich einfach auf das Bett fallen und verschwand ins Reich der Träume.
Eine Stunde später kniete sie würgend vor der Toilette. Mist, den letzten Tequila, oder war es doch Martini gewesen, hätte sie wohl lieber sein lassen sollen. Nachdem sie mit Mundwasser gegurgelt hatte, kroch sie zurück ins Bett und schlummerte wieder ein.
Vom lauten röhren des Staubsaugers wurde sie schließlich am nächsten Morgen wach. Paula! Prüfend analysierte sie ihr Wohlbefinden. Bauchschmerzen? Nein. Übelkeit? Nein. Zufrieden schwang sie sich aus dem Bett, prüfte Andreas Bettseite (unbenutzt!) und huschte unter die Dusche. Mit frisch gewaschenen Haaren und munteren Lebensgeistern lief sie in die Küche und schenkte sich die erste Tasse Kaffee für diesen Morgen ein. Hervorragend. Sie schlenderte ins Wohnzimmer und dann runter in die Waschküche, in der sie den Geräuschen nach zu urteilen, Paula vermutete. Dort fand sie sie auch. "Guten Morgen, Paula!"
"Guten Morgen, Frau Kramer. Soll ich ihnen ein Frühstück machen?"
"Nein danke", sie hielt ihre Kaffeetasse nach oben, "Habe ich schon."
"Ach, das ist doch kein Frühstück. Sie sollten lieber was Anständiges essen. Wie wäre es mit ein paar Rühreiern?"
"Lieber nicht", sie strich über ihren Magen, "Ich hatte gestern wohl das ein oder andere Glas Zuviel. Mein Magen ist noch etwas empfindlich. Aber ich werde mir zum Mittagessen ein Riesensandwich genehmigen. Versprochen!"
Paula schaute skeptisch auf Mariannes schmale Hüften, "Wenn sie meinen."
"Hat mein Mann vielleicht heute Morgen schon angerufen?"
Paula seufzte bedauernd, "Nein, kein Anruf heute Morgen!"

Gespielt unbekümmert zuckte Marianne mit der Schulter und nahm noch einen kräftigen Schluck Kaffee, "Macht nix. Hat bestimmt viel um die Ohren. Sie brauchen dann auch nichts zum Abendessen vorzubereiten. Ich bin heute den ganzen Mittag im 'Berlinium'. Da bring ich von dort etwas zu Essen mit."
Missbilligen schnurrte Paulas eine Augenbraue nach oben, "Fastfood?" Marianne lachte, "Nein, Max kann mir zwei schöne saftige Cordon Bleu und etwas Salat mitgeben, okay?"
Paula schnaubte, "Wenn ihnen das schmeckt, von mir aus." Energisch schüttelte sie ein Handtuch auf und legte es anschließend, sorgfältig gefaltet zu den anderen bereits zusammengelegten Handtüchern, "Ich gehe nachher noch einkaufen. Soll ich noch etwas, außer den Sachen auf der Liste in der Küche, noch etwas mitbringen?"
"Nein danke", Marianne schüttelte den Kopf und wandte sich zum Gehen, "Wenn sie eingekauft haben, können sie dann auch Feierabend machen. Tschüss, dann!"
"Tschüss, bis morgen! Ach ja...und noch nachträglich, herzlichen Glückwunsch zum Geburtstag. Hoffentlich erholen sich die Blumen von ihrem Mann. Wäre echt schade um den teuren Strauß!"
"Vielen Dank Paula! Ja, ich habe leider vergessen sie ins Wasser zu stellen!", sie lachte leicht gekünstelt, "War ein bisschen stressig die letzten zwei Tage!" Paula schüttelte voller Unverständnis den Kopf, "Tzzz...diese jungen Leute heutzutage!"
Mit roter, verlegener Birne (sie haste es, zu schwindeln) stieg Marianne wieder die Treppe nach oben, stellte ihren leeren Kaffeebecher auf die Spüle, zog sich ihre Strickweste über, schnappte sich ihre Handtasche und fuhr mit dem Auto in die Stadt.
Mit Schwung betrat sie das 'Berlinium', "Hallo, Allerseits! Antonio? Bist du da ?Mama?Papa?"
"Ich bin hier!" Antonios schwarzer Schopf tauchte hinter der Theke auf. "Mama und Papa sind bei uns zuhause und eifrig mit den Partyvorbereitungen von Romina beschäftigt!" Antonio schnaufte gespielt genervt und lachte dann aber gutmütig, "Meine Güte, die beiden stellen seit einer Woche unsere Bude auf den Kopf. Die Kleine wird **drei** und nicht achtzehn. Aber du weißt ja wie sie sind! Ich liebe sie wirklich...aber ich bin froh, wenn der ganze Spuk hier endlich vorbei ist und sie wieder nach Hause fahren!" Marianne schmunzelte, "Ja, als Enkel steht man hoch im Kurs bei ihnen!"

Er polierte weiter seine Gläser, "Und, wie war es in der Schweiz? Musstest du wirklich an deinem Geburtstag dorthin? Mama hat sich furchtbar deswegen aufgeregt. Was hat Andreas denn eigentlich dazu gesagt? Er hatte doch bestimmt was geplant? Die Gruppe ist hoffentlich gut? Wie heißen die eigentlich?"
Marianne lümmelte sich auf einen der bequemen Barhockern, "Die Jungs sind echt super...nennen sich 'Die Knallerbsen'!" Antonio hob verdutzt den Blick. Marianne lachte, "Ich weiß. Der Name ist nicht unbedingt das Gelbe vom Ei...aber glaub mir...die Musik ist echt heiß! Ach ja...Andreas war nicht sauer. Er kennt mich doch. Hat sich dann einfach selbst mal eine Nachtschicht aufgebrummt!" Sie zwinkerte Antonio schelmisch zu, "Und seinen Ehrentag mal alleine zu verbringen kann auch sehr amüsant sein." Antonio hielt kurz mit dem polieren inne, "Sag mal, ist alles in Ordnung bei euch?" "Klar, warum nicht? Nur weil ich an meinem Geburtstag mal nicht im Lande war, geht doch die Welt nicht gleich unter."
"Naja, kleine Schwester. Dein Wort in Gottes Gehörgang. Dann vertraue ich mal deinem Urteil! Sowohl was die Band angeht, als auch die Sache mit Andreas. Du musst es ja wissen! Er beweist echt eine Engelsgeduld mit dir! Ich kenn dich ja lange genug und weiß ja wie du tickst." Er stellte die sauberen Gläser ins Regal und drehte sich wieder zu ihr um, "Aber du hast ja ein Händchen für so ziemlich alles und kriegst das schon irgendwie hin! Wer könnte DIR auch böse sein?" Marianne schnappte sich eine Brezel vom Ständer der oben auf der Theke stand, biss herzhaft hinein und machte sich auf den Weg nach hinten ins Büro, "Du sagst es Bruderherz!" Dann schloss sie die Tür hinter sich. Das Lächeln erstarb auf ihren Lippen.
Lustlos betrachtete sie die Brezel, legte sie auf die Schreibunterlage und setzte sich an den Schreibtisch. In den nächsten zwei Stunden arbeitete sie sich durch verschiedene Papiere, kontrollierte diverse Zahlenkolonnen, bis auf einmal ihr Handy summte. Völlig aus der Konzentration gerissen, öffnete sie die Nachricht.

`Bin gegen acht Uhr zuhause. Andreas`

Mit einem Schlag kamen all die Gedanken von den letzten Tagen zurück. Nachdenklich schaute sie zum Fenster raus. Sie musste eine Entscheidung treffen. Mit einem Ruck zog sie ein leeres Blatt Papier aus dem Rollcontainer neben dem Schreibtisch, griff nach einem Kugelschreiber und fing an. Erst zögernd und stockend, dann immer flüssiger und schneller. Je länger sie schrieb umso klarer wurden ihre Gedanken. Ja, sie tat das richtige!

Als sie fertig war und ihren Brief noch einmal durchlesen wollte, wurde die Tür aufgerissen, "Ich will dich ja nicht stören. Mama ist dran und will mit dir reden!" Unauffällig zog sie eine Rechnung über ihren Brief. Antonio kam auf sie zu und reichte ihr sein Telefon. Lachend verdrehte er die Augen zur Decke und verschwand wieder. Marianne lächelte gequält.
"Hallo Mama?"
"Schatz, alles Liebe zu deinem Geburtstag. Ich habe gestern dauernd versucht dich anzurufen. Aber immer ging dieser blöde Automat dran!"
"Das war die Mailbox, Mama. Da kann man Nachrichten hinterlassen!" "Ich unterhalte mich doch nicht mit einem
Computer, tzzz." Marianne verdrehte genervt die Augen, "Ich bin am Arbeiten. War sonst noch was?" "Ja, warte...ach so...ich wollte auch wissen ob die Blumen bestellt hast und...?"
"Ja, Mama und beim Bäcker habe ich auch den Kuchen bestellt und der Clown weiß auch Bescheid! Und Luftballons und Süßigkeiten habe ich auch schon besorgt!"
"Ach, du bist ein Schatz. Wir sind ja schon so aufgeregt! Dein Vater ist schon ganz hibbelig!"
"Mama", Marianne lächelte nachsichtig, "Es ist doch nur Romis dritter Geburtstag! Sie geht nicht heiraten!"
"Ich weiß, Schatz. Aber sie wird doch nur einmal drei. Wenn du und Andreas mal Kinder haben werdet, werden wir uns genauso anstellen. Das sind doch schließlich unsere Enkel!"
Marianne nickte krampfhaft. Wie gut, dass ihre Mutter sie nicht sehen konnte. Ihr Blick wanderte zu dem Brief. Sie schob ihn, mitsamt den Rechnungen in die rote Ablage. Nach Rominas Geburtstag wollte sie ihn Andreas geben. Bis dahin konnte sie ihn hier liegen
lassen. Da sie für die Rechnungen zuständig war, konnte sie sicher sein, dass niemand hier in der roten Ablage rumwühlte."Ich leg jetzt auf." "Ist gut, Schatz. Arbeite nicht so viel und sag Andreas einen schönen Gruß!" Klack!
Mit einem müden Seufzer ließ sie sich auf den Schreibtischstuhl sinken, massierte sich den Nacken und atmete einmal kräftig durch. Dann ging es weiter. So plätscherten die nächsten Tage, bis zur Kinderparty vor sich hin. In der ganzen Planung, Arbeit und in ihrem Alltag (und ihrem Mann aus den Füssen gehen!) geriet der Brief langsam in Vergessenheit.
Dann war der vierte Mai. Rominas Geburtstag. Den ganzen Morgen glühte bei Marianne zuhause schon der Telefondraht. Beim fünften Klingeln schloss Marianne genervt die Augen und stand kurz davor,

das Telefonkabel aus der Wand zu reißen. Stattdessen hob sie den Hörer ans Ohr, "Was ist denn noch, Mama?"
"Oh, woher weißt du, dass ich dran bin?"
Marianne verdrehte die Augen, "Weil du in der letzten Stunde schon sechsmal angerufen hast!""Sechs Mal? Echt? Ach, Schatz, ich weiß, ich nerve ein bisschen...!" *Ein bisschen?*
"Ich wollte auch nur fragen ob wir genug Limo und Kakao haben."
"MAMA...wir feiern in unserem Lokal...schon vergessen...natürlich haben wir Limo und Kakao. Soviel können die Kids gar nicht in sich reinschütten." Sie seufzte leicht und schaute auf die Uhr. Gerade erst viertel nach acht. Andreas müsste gleich von seiner Nachtschicht kommen. Bis dahin wollte sie eigentlich schon verschwunden sein.
"Vertrau mir, Mama. Es wird alles perfekt. Wie immer!"
"Ja, ich weiß, Schatz. Dann sehen wir uns heute Nachmittag."
"Bis nachher!" Sie legte auf. Schnell verschwand sie ins Bad um ihr Makeup aufzulegen. Unten klickte ein Schlüssel im Türschloss. *Shit...zu spät!* Einige Minuten später erschien Andraes, "Man, bin ich geschafft. Ich leg mich direkt hin!"
"Tu das, Schatz. Soll ich einen Weckruf starten?"
"Nein...", er gähnte, "...ich stell mir meinen Wecker auf eins. Dann bin ich pünktlich da und kann vielleicht noch etwas helfen."Marianne ging zu ihm und strich ihm über die leicht stoppelige Wange, "Die Feier fängt doch erst um drei an. Es macht doch nichts, wenn du später kommst."
Er tätschelte leicht ihre Hand, "Schauen wir mal." Dann zog er das Fensterrollo nach unten, kroch er ins Bett und schloss augenblicklich die Augen. Leise ging Marianne hinaus und löschte das Licht.

Im 'Berlinium' herrschte schon emsiges Treiben. Tische wurden verschoben. Kleine bunte Küchlein und Schalen, gefüllt mit Lutschern und anderen zuckrigen Köstlichkeiten (dem Zahnarzt sein Dank) wurden verteilt. Lustige Pappteller und Becher zierten den Tisch (wer gibt kleinen Kindern schon richtiges Geschirr?) und riesige, bunte Luftballons waberten unternehmungslustig durch den Raum.
"MARIANNE! MARIANNE! DA BIST DU JA ENDLICH!"
Marianne warf einen demonstrativen Blick auf die große Bahnhofsuhr an der Wand über
dem Tresen."Mama, wir haben doch erst elf Uhr. Vor drei kommen die Kids nicht!"

Diese Frau trieb sie noch in den Wahnsinn. Sie zog die Jacke aus und hängte ihn an die Garderobe. Dann schnappte sie sich ihre Tasche und verschwand nach hinten ins Büro. Ihre Mutter rannte ihr nach, "Aber es fehlen noch der Geburtstagskuchen und die Blumendeko!" Außer Atem ließ sich ihre Mutter in den Stuhl vor dem Schreibtisch fallen. Nachsichtig lächelnd kniete sich Marianne vor sie und tätschelte ihr Knie, "Das wird doch alles geliefert." Sie zog ihre Mutter hoch, "Geh nach draußen und deck den Tisch weiter, trink einen Kaffee oder besser einen Cognac und wenn eine Lieferung kommt, rufst du mich einfach, okay?" Mit diesen Worten schob sie ihre Mutter aus dem Büro und schloss aufatmend die Tür hinter ihr.
In der nächsten Stunde saß sie vertieft in Unterlagen und Kontoauszüge. Lautes Geschrei und platzende Luftballons rissen sie unsanft aus ihrer Arbeit. Verärgert zog Marianne die Augenbrauen zusammen und schaute auf die Uhr. Kurz nach zwölf.
Die Party ging doch erst um drei los. Warum tobten den jetzt schon Kinder hier herum?
Energisch riss sie die Bürotür auf und stürmte nach vorne.
"Ja, Onkel Andreas. Schneller. Du musst schneller laufen!" Mit Helen auf der Schulter stürmte ihr Mann schnaubend wie ein Stier hinter Noah her, der kreischend Reißaus nahm. Die armen Luftballons, die es wagten diesem übermütigen Trio in die Quere zu kommen, hauchten leider, laut platzend, ihr Leben aus. Hinten in der Ecke standen Beatrice und Antonio, die Eltern dieser quietschenden Brut, und unterhielten sich mit Garry und Hannelore, ihren Eltern, die allerdings kaum auf das Geplapper ihrer Schwiegertochter achteten. Viel mehr waren sie damit beschäftigt an der kleinen Romi herum zu zupfen und das arme Kind voll zu texten. Romina ignorierte ihre Oma so gut sie konnte und beobachtete mit großen neugierigen Augen über die Schulter ihres Vaters, das laute Treiben ihrer Geschwister und ihres Onkels. Marianne schüttelte grinsend den Kopf und zog sich still wieder zurück. Schnell schenkte sie sich noch ein Glas Wasser ein und wollte wieder zurück ins Büro.
"OH, DIE BLUMEN KOMMEN!" Ihre Mutter stürmte nach vorne. Instinktiv wollte Marianne ihr folgen und verschüttete prompt etwas Wasser auf dem Boden. Manchmal konnte sie aber auch ein echter Tollpatsch sein. Ungeduldig griff sie nach einem Küchentuch und wischte schnell auf, bevor noch jemand darauf ausrutschte und sich alle Knochen brach. Sie vernahm eine helle, freundliche Frauenstimme, "Wo soll ich die Blumen hinstellen?" Sie stand auf und lugte über den Tresen.

Die junge, braunhaarige Frau hielt lächelnd ein lustiges, kleines
Sonnenblumengebinde mit lauter kleinen, tanzenden Feen, die emsig,
gehalten von einem dünnen Draht, um die großen Blüten schwirrten, vor
sich. Sie wollte schon nach vorne eilen, da fiel ihr Blick rein zufällig auf
Andreas. Stumm stand er da, noch immer Helen auf der Schulter und folgte
jeder Geste der jungen Frau. Seine Augen saugten sich förmlich an ihr fest
und hatten diesen unbeschreiblichen warmen Glanz, den sie selbst früher
immer so geliebt hatte. *Wann hatte er sie das letzte Mal so angesehen?
Hatte er sie überhaupt jemals SO angesehen?*
Die junge Frau lachte über irgendeine Banalität ihrer Mutter, bemerkte den
faszinierenden Blick ihres Mannes gar nicht, stellte das Gesteck auf den ihm
zugewiesen Platz und verschwand nach draußen um die anderen zwei
Gestecke zu holen. Ihre Mutter hechtete hilfsbereit hinterher. Marianne
betrachtete nachdenklich ihren Mann. Noch immer stand er wie
festgewurzelt am Platz und konnte seinen Blick nicht von der jungen
Blumenlieferantin losreißen. Selbst das Gezerre an seinen Haaren,
ausgeführt von der ungeduldigen, nach Luftballons schnappenden Helen,
schien er gar nicht zu registrieren.
Unbemerkt von allen anderen, die in diesem Trubel wie koffeinsüchtige
Ameisen herumwuselten, zog Marianne sich langsam zurück.
 Sie bekam gerade noch mit wie die junge Frau Romina gratulierte und ihr
einen glitzernden Feen- Stab in die Hand drückte, dann schloss sie die Tür.
Langsam stakste sie rückwärts bis sie unsanft von der Schreibtischkante
aufgehalten wurde. Verwirrt strich sie sich das akkurat frisierte Haar aus der
Stirn, als die Tür aufgerissen wurde.
"Schatz, die Blumengestecke sind da! Du musst ihr noch das Geld geben!"
Marianne setzte ein gekünsteltes Lächeln auf, ging um den Schreibtisch und
zog aus der Schublade ein Bündel Scheine und schob ihn an die
Schreibtischkante. Ohne ihrer Mutter in die Augen zu sehen, setzte sie sich
und zerrte irgendeinen der herumliegenden Stapel Papiere zu sich, "Bezahl
sie. Das müsste reichen!" Dann senkte sie den Kopf über die Papiere und
hoffte, dass ihrer Mutter nichts auffallen würde.
Das tat es auch nicht. Fröhlich trällern, die Scheine munter schwenkend
verließ diese das Büro und ließ eine nachdenkliche und auch wehmütige
Marianne zurück. Sie lehnte sich im Schreibtischstuhl zurück und versuchte
in sich hinein zu horchen. Müde schloss sie die Augen und lies die Situation
von eben wieder und wieder Revue passieren. Sie hatte keinen Stich ins
Herz gefühlt. Keine Eifersucht. *War das möglich?* Sie öffnete die Augen

wieder. *War es schon so weit gekommen?*
Offensichtlich ja! Natürlich war sie verletzt, aber letztendlich hatte sie wohl doch die richtige Entscheidung getroffen! *Der Brief den sie letztens geschrieben hatte? Wo war der nur?* Marianne durchforstete nacheinander die Ablagekörbchen. Im Roten wurde sie fündig. Ernst überflog sie ihre eigenen Zeilen. Dann schob sie das Blatt in den Schredder unter dem Schreibtisch, nahm ein neues Blatt Papier und begann entschlossen einen neuen Brief zu schreiben. Dafür brauchte sie in der Tat nicht länger als zehn Minuten. Diesen Brief schob sie an denselben Platz, wo zuvor der Alte gelegen hatte. In die rote Ablage. Den würde sie heute Abend mit nach Hause nehmen! *Wann sie ihn Andreas gab? Tja! Wie gesagt. Erst NACH Rominas Geburtstag!* Dann kramte sie das olle (aber extrem wichtige) Kassenbuch heraus und machte sie sich wieder an ihre eigentliche Arbeit.
Punkt drei Uhr kam Rominas Kitagruppe. Die Party ging los.
Mechanisch dirigierte Marianne die Spiele, sang und bastelte mit den Kleinen. Niemandem fiel etwas auf. Auch Andreas nicht, der sich allerdings auch schon gegen fünf verabschiedete, weil er auch diesen Abend Nachtschicht hatte und zuhause noch ein bisschen relaxen wollte.
Spät am Abend, als alle Aufräumarbeiten erledigt waren, sie hatte sich länger als nötig dafür Zeit gelassen, fuhr sie nach Hause. Ihre Füße qualmten und ihr Rücken brachte sie fast um. Aber der Gedanke an die völlig übermüdete, aber glücklich lächelnde Romina versöhnte sie mit ihrem Schmerz. Sie war ja auch ein wirklich süßer Fratz.
Zufrieden schlich sie in ihr dunkles, stilles Haus, schleuderte die Schuhe im Flur von sich und begab sich, ohne Umwege hinauf ins Schlafzimmer. Völlig geschafft schälte sie sich noch gerade aus den Kleidern, fiel ins Bett und schloss mit einem tiefen Seufzen die Augen.
Kurz vor dem Eindösen überlief es sie siedend heiß. Erschrocken riss sie die Augen auf. Mist! Sie hatte den Brief im Büro vergessen.
Nicht das ihn jemand fand. Obwohl...sie schloss wieder die Augen...der lag, gut versteckt zwischen den Papieren in der roten Ablage. Und dort ging nur sie ran. Also bestand keine Gefahr. Zufrieden kuschelte sie sich in die seidene Bettwäsche. Kurz darauf war sie eingeschlafen!

Am nächsten Morgen wachte sie völlig gerädert auf. Es war der fünfte Mai 2009, 7.20 Uhr.
Von einer Sekunde auf die nächste würde sie grün im Gesicht, wechselte zu grau, presste die Hand auf ihren Mund, hastete nach nebenan ins

Badezimmer und übergab sich laut würgend in die Kloschüssel. Mit einem leisen Klicken öffnete sich die Haustür unten.
"Marianne? Bist du da?"
Die Klospülung wurde betätigt. Müde streifte Andreas seine Jacke ab und hängte sie an der Garderobe auf. Seine Tasche stellte er achtlos darunter ab. Völlig übernächtigt schleppte er sich nach oben ins Schlafzimmer und zog sich aus. "Marianne?"
Leicht wankend kam sie aus dem Badezimmer, "Boah...", sie wischte sich über die schweißnasse Stirn, ...entweder habe ich was Falsches gegessen oder ich habe mir einen Virus eingefangen. Ich glaub, ich gehe lieber mal zu Dr. Krauser."
Besorgt eilte Andreas zu ihr und fühlte automatisch nach ihrer Stirn, "Was ist denn, Schatz?"
"Ich habe mich übergeben und mir ist ganz flau im Bauch!" Sie setzt sich abgeschlafft auf das Bett und ließ die Schultern und den Kopf hängen.
Prüfend betrachtete Andreas seine Frau, "Durchfall?"
"Nein, das nicht...Gott sie dank." Sie rang sich ein schiefes Grinsen ab, "Aber ich lass es mal lieber checken. Nicht das ich noch die halbe Kita ansteckt habe! Oder DIE mich!" Sie ging zum Schrank, nahm sich ein paar Klamotten raus und drehte sich zu Andreas um, "Leg dich nur hin. Du musst müde sein. Schlaf gut!"
"Wirklich?" Sie nickte mit Nachdruck. Andreas sah sie noch ein bisschen zweifelnd an, "Na gut...", er musterte sie kurz und nahm sie dann in den Arm, "...das werde ich bestimmt. Geh du jetzt erst einmal zu Dr. Krauser und sag ihm einen schönen Gruß von mir."
Er kroch völlig gerädert und total übermüdet ins Bett und zog die kuschelige Decke über sich. Marianne löschte das Licht, "Mach ich", und schloss leise die Tür. In der Praxis von Dr. Krauser herrschte reges Telefontreiben. Es war 8.50 Uhr. Das permanente Gebimmel zerrte an den Nerven, allerdings war das Wartezimmer nicht so voll wie sie anfangs befürchtet hatte.
Die Sprechstundenhilfe, 'Silvia' prangte auf dem kleinen Namensschildchen an ihrem rosafarbenen Kittel, sprang auf und reichte Marianne die Hand, "Guten Morgen Frau Kramer. Sieht man sie auch mal wieder. Wie geht es ihnen? Was macht ihr Mann?"
"Der liegt völlig geplättet zuhause im Bett. Nachtschicht!"
"Ja, die Nachtschichten sind immer am anstrengendsten. Möchten sie zu Dr. Krauser rein oder brauchen sie nur ein Rezept?"

„Ich möchte zu ihm rein..., wenn das geht. Ich fühl mich heute nicht so gut und wollte mal klären ob ich ansteckend bin oder nicht." Sie lächelte höflich.

"Kein Problem. Nehmen sie dann im Separee noch etwas Platz. Es dauert ungefähr eine halbe Stunde."

"Danke!" Marianne ging am Wartezimmer vorbei in eine kleine, angrenzende Kabine, griff nach einer leicht zerfledderten Zeitschrift, die wohl jemand hier vergessen hatte und vertiefte sich im nächsten, eigentlich völlig uninteressanten Artikel über die Trennung eines berühmten Schauspielers. Also nichts Neues, zur Ablenkung aber gut genug.

"Frau Kramer?"Schnell legte sie das Klatschheft zur Seite, sprang auf und folgte Silvia. Im Untersuchungszimmer kam ihr Dr. Krauser, ein schon etwas älterer Herr mit randloser Brille, entgegen, "Guten Morgen, Frau Kramer. Sie habe ich ja schon lange nicht mehr gesehen."

"Tja, bin halt gesund wie ein Ackergaul!"

"Und heute?"

"Naja, heute nicht so. Ich musste mich heute Morgen übelst übergeben und wollte einfach mal nachschauen lassen ob ich mir etwas eingefangen habe oder ob ich mir vielleicht nur den Magen verdorben habe!" Sie grinste leicht, "Allerdings genehmigte ich mir vorhin ein klitzekleines Laugenbrötchen und das hat sich, Gott sei Dank, noch nicht den Weg nach draußen gebahnt!"

"Dann setzten sie sich! **Silvia**?" Er wartete kurz bis die Gerufene mit raschelndem Kittel, dienststeifrig erschien, „Bereiten sie ein Blutbild vor. Frau Kramer kommt gleich." Silvia verschwand. Nach ein paar üblichen Untersuchungen erschien Marianne im Labor und ließ sich etwas Blut abzapfen. Dann wartete sie wieder in dem kleinen Kämmerlein, allerdings ohne den vorher angefangen Artikel fertig zu lesen (wie gesagt...absolut uninteressant). Nach einer viertel Stunde wurde sie wieder zu Dr. Krauser zitiert. Grinsend saß er mit gefalteten Händen an seinem Schreibtisch. Marianne Herzklopfen beruhigte sich etwas.

Sie ging nicht wirklich gerne zum Arzt. Immer hatte man das Gefühl, mit einer schrecklichen Hiobsbotschaft die Praxis verlassen zu müssen oder ein paar der unerwünschten, widerlichen Bazillen als Gastgeschenk mit nach Hause zu nehmen.

"Setzen sie sich!" Dr. Krauser wies auf den ledernen Stuhl vor ihm, nahm ein

Blatt Papier zur Hand und studierte es aufmerksam. Marianne ließ ihn nicht aus den Augen, "Und?"
Er legte den Zettel zurück auf die Schreibunterlage, "Alles in Ordnung. Mit leichter Schonkost und ein paar zusätzlichen Vitaminen bekommen sie die Übelkeit in den Griff."
Marianne hakte nach, "Also nichts Ansteckendes?"
Dr. Krauser lachte dröhnend, "Nein, das ist nichts Ansteckendes!"
Ungeduldig bohrte Marianne nach, "Und was ist es?"
Dr. Krauser nahm seine Brille ab, schwang sie spielerisch in seiner Hand und lächelte ihr zu, "Sie sind schwanger. Herzlichen Glückwunsch!"
Völlig verdattert starrte sie den Arzt an. Unaufhörlich hallte dieses Wort in ihrem Kopf. *Schwanger. Schwanger. Schwanger.*
"Aber...aber...wie ist das möglich?"
Dr. Krauser lehnte sich zurück und lachte noch einmal schallend, "Nun ja...da sind die Bienchen und die Blümchen...!"
Marianne stimmte in sein Lachen ein, "Nein...entschuldigen sie, Dr. Krauser...ich bin nur so verwirrt." Ratlos hob sie die Hände, "Ich meine...Andreas und ich haben...ich meine, wir wollten die ganze Zeit...er wollte...", sie ließ die Hände hilflos wieder in den Schoß sinken, "...damit habe ich jetzt gar nicht gerechnet!" Ratlos schaute sie im Untersuchungszimmer umher und lenkte den Blick dann wieder zum Arzt, "Und nun?"
"Tja, unverhofft kommt oft! Nehmen sie sich einen Termin bei ihrem Gynäkologen und fangen sie mit den Vorsorgeuntersuchungen an!" Er stand auf und reichte ihr die Hand, "Da wird sich Andreas aber bestimmt freuen. Sagen sie meinem jungen Kollegen doch einen schönen Gruß und gratulieren ihm von mir!"
"Mach ich." Noch völlig verwirrt und neben sich stehend von der Nachricht, ergriff sie automatisch seine Hand und verabschiedete sich. Draußen, vor der Tür blieb sie erst einmal stehen. Es war genau 9.45 Uhr. Die Sonne lachte sie an und ein laues Lüftchen wehte.
Schwanger. Schwanger. Warum ausgerechnet jetzt? Ihr fiel der fragliche Morgen unter der Dusche ein...vor ungefähr vier Wochen. Das war die einzige Möglichkeit. Da hatten Andreas und sie zum letzten Mal miteinander geschlafen. Es konnte nur dann passiert sein.
Sie legte sanft eine Hand auf ihren noch flachen Bauch.
Eigentlich hatte sie doch andere Pläne gehabt. Gaanz andere Pläne. Und eine Schwangerschaft ist darin bestimmt nicht vorgekommen.

Dieses Kind warf alles über den Haufen. Leichte Angst keimte in ihr auf. Warum war dieses Kind nicht schon vor einem Jahr gekommen? Als noch alles so einigermaßen in Ordnung war. Vielleicht wäre dann vieles anders gelaufen. Vielleicht!
Warum gerade jetzt?
Erschrocken sog sie mit einem Mal die Luft ein. *Der Brief! Scheiße! Der lag noch immer frei zugänglich im Büro herum! Oh Gott...den musste sie unbedingt holen! Jetzt konnte sie ihn natürlich nicht mehr Andreas geben. Jetzt hatte sich alles geändert! Jetzt war da dieses Kind! Andreas durfte nie erfahren wie nahe, dass Ende ihrer Ehe gewesen war.*
Für sie stand es natürlich fest, dass sie beide zusammenblieben und das Kind gemeinsam liebten und aufzogen. Nie wäre ihr etwas anderes in den Sinn gekommen!
Und Andreas liebte Kinder heiß und innig. Er hatte sich schon immer sehnlichst ein eigenes Baby gewünscht. Das wusste sie. Er würde aus dem Häuschen sein. Und sie würde das Baby auch lieben.
Vielleicht war dieses Kind das kittende Bindeglied um sie zusammenzuhalten. Vielleicht tat es ihrer Ehe gut. Vielleicht änderte dieses Kind alles. Vielleicht...
Fahrig strich sie sich durch das Haar und schaute nervös auf die Armbanduhr. Wenn sie sich beeilte, konnte sie vor Antonio im Büro sein und den Brief klammheimlich, wie den Ersten auch, im Schredder verschwinden lassen. Sie glaubte zwar nicht wirklich, dass Antonio in der Ablage rumkramen würde (das tat er nie...eigentlich), aber Vorsicht war die Mutter der Porzellankiste. Also...Hin!
Ihre Absätze klackerten auf dem grauen Asphalt. Vereinzelte Sonnenstrahlen stahlen sich durch eine dichte Wolkendecke. Die Luft war jedoch angenehm warm. Brummende Motorengeräusche drangen an ihr Ohr. Sie schaute sich um. Eine Mutter schob gerade ihren Kinderwagen über die Straße. Die kleinen, sportlichen Gummireifen surrten leise auf dem Asphalt. Gehetzt sah sie noch einmal auf ihre Uhr. Es war 10.01 Uhr. Sie musste sich beeilen. Antonio konnte jeden Moment im Lokal auftauchen. Weit hatte sie nicht zu gehen. Eigentlich nur noch über die Kreuzung der Hauptstraße, dann durch eine kleine, schmale Gasse und schon war sie fast da. Sie beschleunigte ihre Schritte. Ihr Telefon klingelte.
 Überrascht griff sie in ihre Umhängetasche. Andreas schlief noch. Wer sollte das sein? Sie zog und zerrte. Der Verschluss ihrer Armbanduhr hing irgendwo fest. Hatte sich im gerissenen Futter ihrer Lieblingshandtasche

verheddert. Mist, das hätte sie schon längst mal zunähen sollen. Nervös zerrte sie im Laufschritt weiter am Innenfutter und versuchte ihr Handgelenk frei zu bekommen. Das Telefon klingelte weiter. Laut. Schrill. Und penetrant. Unverhofft trat sie in ein Schlagloch. Es knackte laut als der Absatz brach. Ein zweites knacken. Ein Schmerzensschrei.
Und ein Handy, das im hohen Bogen durch die Luft flog, als das Innenfutter mit einem reißenden Laut nachgab.
Eine kreischende Frauenstimme hinter ihr.
Sie verlor das Gleichgewicht, ruderte mit einem verblüfften Gesichtsausdruck, wild mit den Armen und fiel...
Der Fahrer des weißen Sprinters biss gerade herzhaft in sein Schinkenbrot, als die heftig wankende blonde Frau am Straßenrand in seinem Sichtfeld auftauchte. Instinktiv riss er das Lenkrad herum. Das Schinkenbrot glitt aus seiner Hand und verteilte sich weitläufig
auf seinem Schoß und Fußraum des Wagens.
Ein dumpfer Knall.
Zu spät. Es war 10.03 Uhr.
Aus den Augenwinkeln sah er, fast wie in Zeitlupe, der schmale Körper wie eine überdimensionale Puppe empor schleuderte...den Kopf grotesk in den Nacken geworfen, die Augen weit aufgerissen, umgeben von fliegendem Haar (fast anmutig), den Mund zu einem lautlosen Schrei geöffnet. Eine rote Strickjacke flatterte in der Luft.
Dann schnurrte die Zeit wie ein Gummiband zusammen.
Rasend schnell sauste der Körper wieder Richtung Boden...und schlug hart auf. Dann stand der Sprinter. Hastig sprang der Fahrer aus dem Lieferwagen, drehte sich wild im Kreis, schaute und suchte die Frau.
Am Seitenrand des Gehweges kniete jemand. Im ersten Moment wollte er aufatmen, doch dann sah er ein blutendes, verschrammtes Bein daliegen. Eine Ecke der roten Jacke lugte unter der knienden Person hervor.
Der schrille Klang einer Stimme zerrte an seinen vibrierenden Nervenenden.
Hastig eilte er hin, "**Ich habe sie nicht gesehen...sie fiel mir einfach vor das Auto...**" Wie ein kopfloses Huhn rannte er hin und her.
"**Einen Krankenwagen...rufen sie einen Krankenwagen...!**" Die schrille Stimme! Zitternd klaubte er sein Telefon aus der Hosentasche, ließ es fast fallen, wählte den Notruf und betrachtete dabei die ganze Zeit die kleine, fein manikürte Hand, deren Finger leicht auf dem Asphalt zuckten.
Mariannes Augenlider zitterten.

Wo bin ich? Was ist passiert? Was rauscht hier so laut?
Sie öffnet leicht die Augen. Ein verzerrtes Frauengesicht, umrahmt von braunen Haaren blickte ihr geradewegs ins Gesicht.
Sie scheint zu schreien. Zumindest sehen ihre Mundbewegungen so aus. Vielleicht sagt sie auch nur was...aber ich verstehe nichts...was ist hier los? Wer sind sie? Moment mal! Das Gesicht kenne ich doch. Ist das nicht das Blumenmädchen, das ihr Mann so angehimmelt hatte? Was für eine skurrile Situation. Sie grinste.
Andreas! Herrje, ihr Mann! Sie musste zu ihm! Nein, nicht Andreas...sie musste zuerst ins Lokal. Der Brief!
Jetzt fiel es ihr wieder ein.
Sie war auf dem Weg ins Lokal gewesen und ihr Telefon hatte geklingelt. Dann ist sie gestolpert. Offensichtlich ist sie hingefallen. Kann aber nicht so schlimm sein. Ihr tut ja nichts weh. Vielleicht sollte sie endlich einmal aufstehen. Sie fror doch ein bisschen.
Noch immer schreit die Frau über ihr. Eine ihrer Tränen tropfte ihr direkt auf das Kinn. Warum heulte sie überhaupt? Was hatte denn das Blumenmädchen?
Sie versuchte ihre Beine anzuziehen. Ohne Erfolg. Sie konnte sie nicht spüren. Ein metallischer Kupfergeschmack in ihrem Mund ließ Marianne würgen. Sie hustete.
Das Blumenmädchen beugte sich zu ihr runter und sagte etwas. Marianne konnte sie kaum verstehen. Es war, als ob sie Watte in den Ohren hätte. Und dann dieses unablässige Rauschen.
Was sagte sie? Krankenwagen? Oh, Gott, brauchte sie etwa einen Krankenwagen.
Eine Erinnerung blitzte in ihrem Kopf auf.
Sie blickte auf einen weißen Lieferwagen herunter. Sogar den Fahrer konnte sie erkennen. Ein belegtes Brot, das durch den Innenraum segelte...den Boden tief unter sich...schwerelos...
Dann war der Gedanke weg.
Hatte sie etwa einen Unfall? War sie schwer verletzt?
Sie schaute wieder hoch.
Offensichtlich. Das Blumenmädchen weinte noch immer und strich ihr immer wieder über die Wange. Blut klebte an ihrer Jacke. Etwa ihr Blut? Musste sie sterben? Was war da auf ihrem Handgelenk...eine Sonne...nein, das war...
Der Gedanke verschwand so schnell wie die Hand auf ihrer Wange.

Sie musterte die junge Frau über ihr.
Ein wirklich liebes Gesicht. Wusste sie, dass ihr, Mariannes Mann sich in sie verliebt hatte. Kannte sie Andreas? Bestimmt! Andreas hatte ihr doch jede Woche Blumen aus diesem Laden mitgebracht. Hatten die beiden eine Affäre? Nein, so sah das Blumenmädchen nicht aus. Sie wusste auch bestimmt nicht, dass sie, Marianne, die Ehefrau von Andreas war. Wenn sie wirklich sterben sollte, könnten doch die beiden...ach was, selbst wenn sie nicht starb. Sie hatte doch schon geplant wegzuziehen und Andreas frei zu geben. Und auch sich selbst wieder die Freiheit zu schenken. Andreas und sie waren vielleicht kein Ehepaar mehr, aber Freunde. Wirklich gute Freunde. Und was konnte sich ein Kind schon besseres wünschen, als Eltern die sich verstehen. Kind? Was dachte sie denn da?
KIND? Oh, Gott, sie war ja schwanger! Sie wollte leben. Ihr Kind sollte leben!
Ihre Augen klebten flehentlich an dem Blumenmädchen. Mühsam versuchte sie mit ihren tauben Lippen Worte zu formen.
Offensichtlich bemerkte das Blumenmädchen ihre Bemühungen. Sie brachte ihr Ohr näher an ihren Mund.
"Ba...by..."
Ein fragender Blick trifft sie. Wieder schrie die junge Frau etwas hinter sich. Das konnte Marianne an der Mund- und Kopfbewegung erkennen. Aber sie hörte nichts. Außer diesem unablässige Rauschen. Sie versuchte es noch einmal. Aber plötzliche Müdigkeit überfiel sie.
Ach was soll's. Sie versteht mich nicht. Und ich bin auch sooo müde. Und es ist sooo schrecklich kalt. Vielleicht schließe ich nur mal kurz die Augen. Ein bisschen ausruhen. Der Krankenwagen müsste ja bald eintreffen. Sie durfte nur nicht vergessen, ihrem Mann einen Schubs in die richtige Richtung zu geben. Das Blumenmädchen gefiel ihr. Und sie würden bestimmt ein hübsches Pärchen abgeben. Und sie selbst könnte reisen...in ferne Länder...irgendwohin...wo...es..........warm.................war.............. . . . . . .
Urplötzlich wurde sie von einer gigantischen Woge von Bildern, Erinnerungen und vertrauten Gerüchen überschwemmt. Staunend riss sie die Augen auf...dann wurde es
dunkel.......
Es war 10.14 Uhr. Und die Sonne schien.

Gastgeberin:

Was ist? Heulst du etwa? Hier hast du ein Taschentuch.
Ja, Marianne starb. Na und? Meinst du, sie tat es
freiwillig? Unfälle passieren eben. Jeden Tag. So was
nennt man Schicksal.
Du findest das schrecklich? Naja, schön war das nicht,
da hast du recht. Schließlich war sie schwanger. Aber im
Leben läuft es nie so, wie man es geplant hat. Hier,
schnäuz einmalkräftig...bäh...okay...
Geht's wieder? Schau mal...in jedem Schlimmen steckt
doch auch was Gutes. Immerhin...dies ist schließlich die
Geschichte von Andreas und MADITA und nicht die
Geschichte von Andreas und Marianne.
Und wenn du aufmerksam warst, hast du ja bemerkt, dass
selbst Marianne ihre Ehe für sich selbst, mehr oder
weniger schon beendet hatte. Sie wäre also so oder so
gegangen. Soll ich dir jetzt nicht doch einen
Kamillentee aufbrühen...mit lecker Kandiszucker?
Ja?
Dann entspann dich mal etwas, ich bin gleich wieder da.
Was ist denn? Du willst trotzdem weitere Erinnerungen
sehen? Hm...
Naja, du hast recht. Dieser fünfte Mai hat ja mehr
Menschen betroffen. Ich denke, ich zeige dir dann zuerst
mal Madita's Erinnerung.
 Schließlich war sie diejenige, die bei Marianne war,
als sie starb. Und dann direkt im Anschluss die von
Andreas, okay? Und dann die von...ach, warte es einfach
ab. Nun denn...dann los...

Vergangenheit
Madita

Fünfter Mai 2009, 9 Uhr morgens.
"Guten Morgen Angela!" Madita schälte sich aus ihrer alten, verblichenen
Jeansjacke. Obwohl der Himmel ziemlich bewölkt war, herrschten doch
milde Temperaturen. Kein
Vergleich zu der Woche davor. Da wehte noch ein minimales, eisiges

Lüftchen. Aber heute sah es fast so aus als ob es noch ein schöner, sonniger Tag werden würde.
"Guten Morgen Madita. Frischer Kaffee steht im Aufenthaltsraum. Ich komme gleich!" Schmunzelnd wickelte sie ihren leichten Schal vom Hals, den sie doch vorsichtshalber angezogen hatte und betrat die kleine Küche. Aromatischer Duft von gerösteten Kaffeebohnen stieg ihr in die Nase, "Hmmm...!"
Schon erschien Angela, ihre Chefin, auf der Treppe. Obwohl ihr Knie mittlerweile operiert war, humpelte sie noch immer ein klein wenig. Aber vielleicht war es auch nur Angewohnheit.
"Ach, Kindchen. Ich überfalle dich nicht gerne so früh am Morgen, aber...", sie schwenkte das schnurlose Telefon in ihrer Hand, "...ein kurzfristiger Eilauftrag!"
Madita nahm vorsichtig einen Schluck heißen Kaffee, „Kein Problem. Was soll es denn werden?"Angela ließ sich auf einen Stuhl plumpsen, „Vergessener Hochzeitstag Die glückliche Ehefrau (Angela setzte das Wort 'glücklich' mit ihren Fingern in imaginäre Gänsefüßchen) arbeitet in der Kanzlei Hauser und musste ohne Blumenstrauß und ohne Küsschen heute Morgen zur Arbeit."
Madita lachte, "Aber das Küsschen übernehme ich nicht."
Angela stimmte in das herzliche Lachen mit ein, "Nein, nein, wir sollen aber ein nettes Kärtchen dazu packen. Würdest du das übernehmen?"
Madita nahm den noch fast vollen Kaffeebecher und machte sich auf den Weg nach vorne ins Blumengeschäft, "Wird erledigt, Boss. Wie teuer?"
"So um die fünfzig. Aber nicht das du bei der armen vergessenen Frau abkassierst!" Sie schnaubte grinsend. "Ihr Mann kommt um zehn, in seiner Frühstückspause hierher bezahlen!"
Grinsend machte sich Madita an die Arbeit.
Hochzeitstag...Rosen...klar...hmmm, welche? Madita schaute sich um. *Ah, ja...ein paar Sweet- Avalanche- Rosen. Deren zartrosa und weißen Blüten strahlen wunderbar die Unschuld der Liebe aus. Dazu ein paar Red -Naomi-Rosen. das kräftige rot der extrem üppigen Blütenköpfe stach wunderbar von den kleineren weiß/rosa Blüten ab. Das ganze abgerundet mit Schleierkraut. Et voila! Klassisch, aber wirkungsvoll!*
Ihre geübten Hände hatten im Handumdrehen einen hinreißenden Strauß gezaubert. *Nun noch die Karte.* Sie besah sich ihr Karten Repertoire.
Schnell entschied sie sich für ein schlichtes, weißes Kärtchen mit einem goldenen 'Danke'- Aufdruck. Grübelnd schraubte sie den Füllfederhalter auf.

Ja, das ist gut.

Danke für die wundervolle Zeit mit dir und Danke für die kommende wunderschöne Zeit mit dir! Alles Liebe zum Hochzeitstag.

Sie nahm Karte hoch und blies vorsichtig die Tinte trocken. Das wäre doch mal eine gute Geschäftsidee. Kartenschreiber für vergessliche oder schreibfaule Ehemänner. Ha!
Sie besah sich noch einmal den Karteninhalt. Perfekt.
Oh! Halt! Stopp! Die Unterschrift fehlte ja noch. Sie wand sich etwas um und fragte laut in Richtung Küche: "ÄH, WIE HEISST DENN UNSER KLEINES MÄNNLICHES VERGISSMEINNICHT EIGENTLICH?"
"WEISSHAUPT!"
"ICH KANN DOCH SCHLECHT MIT DEM NACHNAMEN UNTERSCHREIBEN."
Madita schüttelte lachend den Kopf.
"ACHSO...WARTE MAL...." Papiergeraschel, "...MARCEL!"
"DANKE!"
Also, *Marcel.*

Sie pustete noch einmal kurz drüber (nur nichts verschmieren), steckte die Karte in ein kleines Kuvert und befestigte das Ganze mit einer kleinen, roten Herzklammer am Strauß. Rundum gelungen. Gefiel ihr.
"FERTIG!"
"Oh, gut...lass mal schauen...ooojaaa...sehr schön. Hier ist die Adresse."
"Okay, dann mach ich mich mal auf den Weg. Soll ich noch was mitbringen? Brauchst du noch irgendwas? "Nein danke! Fahr vorsichtig. Bis nachher!"
Schnell schlüpfte sie wieder in ihre Jeansjacke, stieg in den schwarzen Polo, gab die Adresse in das Navi ein, so gut kannte sie sich in Berlin noch nicht aus und fuhr, leise vor sich hin summend, los.
Es war genau 9.42 Uhr.
Genau eine viertel Stunde später, quetschte sie das Auto in eine winzige (wie soll es auch anders sein) Parklücke, die soeben (!) frei wurde. Was für ein Glück. Sie musste vielleicht nur noch hundert Meter gehen. Okay, vielleicht waren es auch zweihundert Meter. *Fix die Parkscheibe eingestellt...eine halbe Stunde reichte dicke und los.*
Nach ungefähr zehn Metern fiel ihr auf, dass die Karte nicht mehr im Strauß steckte. *Mist! Also wieder zurück zum Wagen. Muss wohl während der Fahrt irgendwie abgefallen sein.*
Schnell wurde sie fündig, in der Polsterritze auf dem Beifahrersitz.

Ruck zuck die Karte wieder dran geklemmt und weg.
Es war genau 10.01 Uhr. Der Himmel riss auf und ließ die ersten Sonnenstrahlen durch.
Aus den Augenwinkeln sah sie eine junge, gutaussehende Frau auf die Kreuzung zueilen. Deren rote Jacke leuchtete im Sonnenlicht. Ihre Hand steckte fast bis zum Ellenbogen in ihrer Umhängetasche. Offensichtlich suchte sie etwas. Ihr Gesichtsausdruck und ihre Mundbewegung ließen auf einen ziemlich unfeinen Fluch schließen. Madita musste schmunzeln.
Immer mit der Ruhe. Rom wurde auch nicht an einem Tag erbaut! Aber wirklich hübsche rote Strickjacke. Edel! So was sollte sie sich vielleicht auch mal zulegen.
Gerade als sie sich dann umschauen wollte um die Aufschrift der Kanzlei zu suchen, hörte sie einen Schrei. Erschrocken drehte sie sich um und bekam gerade noch mit wie die junge, eben noch so hastig eilende Frau, umknickte, die Arme nach oben warf und direkt in den fließenden Verkehr fiel.
Ohne etwas dagegen machen zu können und auch ohne Zeit einen Warnruf abzugeben, wurde die Frau schon von einem schmutzig weißen Lieferwagen erfasst und durch die Luft geschleudert. Mit offenem Mund starrte Madita ihr nach. Sprachlos, mit offenem Mund, was ihr gar nicht wirklich bewusst war, ließ sie den Blumenstrauß fallen und hechtete schon los. Im Laufen bemerkte sie skurriler Weise die flatternde, rote Strickjacke, die sie eben noch bewundert hatte. Dann schlug die Frau hart auf. Madita war noch ein paar Schritte entfernt, aber sie konnte das Brechen der Knochen genau hören. Ein Geräusch das sie wohl niemals in ihrem Leben vergessen würde. Wie wenn man im Wald über ein paar dürre Äste läuft.
 Dann war sie da und kniete sich sofort neben die junge Frau. Der Lieferwagen kam quietschend zum Stehen und sie hörte eine Autotür zuknallen. Hastige Schritte hinter ihr.
"Ich habe sie nicht gesehen…sie fiel mir einfach vor das Auto…"
"Einen Krankenwagen…rufen sie einen Krankenwagen…!"
Maditas Stimme überschlug sich fast.
Der Fahrer zückte sein Handy aus der Hosentasche und wählte.
Ein frischer, verschmierter Ketschupfleck zierte sein Hosenbein. Madita ignorierte ihn. Sie wand sich wieder der schwerverletzten jungen Frau zu. Eine Blutlache hatte sich unter ihrem Kopf gebildet. Ihr rechtes Bein lag in einem unnatürlichen Winkel von ihr gestreckt. Eine große Beule verunstaltete den Oberschenkel. Madita schluckte und zog vorsichtig den

Rock der am Boden liegenden Frau, etwas runter. Die verschrammte, blutende weiße Hand neben ihr, zitterte leicht. Unbemerkt kullerte eine Träne aus Madita's Augen und fiel der jungen Frau vor ihr auf das Kinn. Schnell wischte Madita sich über das Gesicht.
"Hallo? Hallo? Keine Sorge...der Krankenwagen ist schon unterwegs. Hallo? Hören sie mich?" Unbeholfen zog sie die rote Strickjacke der Frau vorne zu und schaute ihr wieder ins Gesicht. Große, angsterfüllte Augen blicken ihr entgegen. Offensichtlich wusste die Frau, dass sie schwer verletzt war. Madita wand sich kurz nach hinten zum Fahrer des Lieferwagens, "WIR BRAUCHEN EINEN KRANKENWAGEN!"
Der Fahrer kniete weinend auf dem Gehweg, "Ich habe einen gerufen...er müsste gleich da sein...oh Gott...ich habe sie nicht gesehen...sie fiel..." Schluchzend zog er beide Hände vor das Gesicht.
Immer mehr neugierige Gaffer blieben mit offenem Mund stehen. Madita schluckte weitere Tränen herunter und wand sich wieder der jungen Frau zu. Sie versuchte offensichtlich was zu sagen. Ihr Mund bewegte sich leicht. Madita beugte sich weiter nach vorne...brachte ihr Ohr dicht vor diese flüsternden Lippen. Der Geruch von Blut stieg ihr in die Nase. Sie musste ein Würgen unterdrücken.
Da...ganz leise...was? Be....be...? Fragend schaute sie die Frau an. Oh Gott, sie wollte ihr was sagen und sie verstand es nicht. Immer wieder formten die Lippen dieselben
Buchstaben. *Be...be...*
Dann schloss die junge Frau vor ihr die Augen. Panik erfasste Madita. Sie blickte sich hektisch um. *Wo blieb denn der Krankenwagen?*
Plötzlich riss die junge Frau die Augen weit auf, nahm einen tiefen Luftzug...atmete wieder aus... und dann nichts mehr...
Langsam sackte der Kopf zur Seite. Aus dem halbgeöffneten Mund rann Blut und bildete schnell eine kleine rote Pfütze neben dem Kopf. Madita warf den Kopf in den Nacken und schrie. Von Ferne erklang ein Martinshorn. Es war genau 10.14 Uhr.
Ein Rettungssanitäter half ihr einige Minuten später beim Aufstehen und zog sie weg. Wie in Trance ließ sie sich an den Krankenwagen führen. Ein Polizist wartete schon auf sie und stellt ihr Fragen. Unbeholfen wischte Madita an ihrer blutverschmierten Jacke herum. Blut von dieser jungen Frau. Die jetzt tot war. Gestorben. In ihren Armen. Automatisch beantwortete sie alle Fragen, ohne wirklich eine davon auch nur ansatzweise zu verstehen.

Ein anderer Polizist kniete bei dem Unglücksfahrer des Lieferwagens und redete auf ihn ein. Von dem Gespräch bekam sie nichts mit... nur das der Mann immer wieder den Kopf schüttelte und unaufhörlich weinte. Der Ketschupfleck auf seinem Hosenbein leuchtete in der Sonne."Kann ich jetzt gehen?" Madita schaute den älteren Polizisten vor sich an.
"Ja, wenn wir noch Fragen haben, melden wir uns bei ihnen! Wir haben ja ihre Personalien aufgenommen."
Madita nickte und stand auf. Im Weggehen zog sie ihre blutbefleckte Jeansjacke aus und knüllte sie unter ihrem Arm zusammen. Nach etwa zwanzig Metern trat sie fast auf einen Blumenstrauß, der einsam auf dem Gehweg lag. *Ach ja, ihre Blumenlieferung!*
Sie betrachtete den Strauß. Er war völlig in Ordnung. Auch die Karte steckte noch. Sie hob ihn hoch und presste ihn an sich.
"Entschuldigen sie...", sie hielt einen Passanten an, "...wo finde ich die Kanzlei Krauser?"
Der Mann musterte sie und ihre ebenfalls blutverschmierte Bluse und zeigte auf ein fünfstöckiges Gebäude, genau drei Häuser von der Unfallstelle entfernt. Madita nickte automatisch, "Danke!"Sie schlich an der Menschenmenge und den Sanitätern vorbei.
 Ein paar Blicke streiften sie neugierig, aber sie stakste schnurstracks in die Kanzlei, gab wortlos die Blumen ab, ignorierte die entsetzten Blicke der Angestellten und verschwand. Wie sie zurück ins Blumengeschäft kam, wusste sie später nicht mehr. Aber der schwarze Polo von Angela stand auf jeden Fall vor dem Haus.
Völlig verwirrt stand sie im Laden, inmitten der herrlich duftenden Blumen.
"Hast du die Kanzlei gefunden?" Angela trat aus dem Hinterzimmer, wischte sich gerade die Hände an der Schürze ab, sah Madita, stockte erschrocken und eilte auf sie zu, "Kleines...was ist passiert...bist du verletzt...hattest du einen Unfall? Kind...so rede doch endlich...!"
Madita's Unterlippe begann zu zittern. Mit einem lauten aufschluchzen warf sie sich in die Arme ihrer Chefin.
"Schscht...Kleines...Madita...schscht...beruhig dich!" Mitfühlend strich Angela Madita immer wieder über das Haar. Langsam führte sie sie nach hinten und setzte sie wie eine kaputte Marionette auf einem Stuhl ab. Schnell füllte sie einen Becher mit heißem Kaffee, griff nach oben in den Schrank, hinter die Kaffeefilter und beförderte einen kleinen Flachmann zu Tage, kippte einen ordentlichen Schluck in den Becher und drückte ihn Madita in die Hand, "Trink!"

Gehorsam setzte Madita an und nahm einen kräftigen Schluck. Das Zeug brannte wie Feuer in ihrer Kehle. Hustend stellte sie den Becher ab und atmete einmal tief durch.
Angela musterte verstohlen das Blut auf Madita's Bluse, "So, und jetzt erzähl. Was ist passiert?"
"Eine Frau hatte einen Unfall. Sie ist gestorben. In meinen Armen...!" Erneut flossen bittere Tränen. Angela lehnte sich betroffen zurück und ließ Madita erst einmal ausweinen. *Du liebe Güte. Was für ein Schock! Das arme Mädchen! Kein Wunder...*
Die Türglocke bimmelte. Angela rappelte sich auf, tätschelte Madita's Schultern, "Trink den Becher leer." Sie droht mit dem Zeigefinger, "Gaaanz leer! Wenn ich draußen fertig bin, bringe ich dich nach Hause!"
"Aber...!" "Kein Aber!"
Nach einer viertel Stunde kam sie zurück. Der Becher vor Madita war in der Tat leer. Sanft zog sie Madita hoch, legte ihr eine leichte Windjacke von sich selbst, um die zitternden Schultern, schob sie nach draußen, sperrte ab und brachte Madita nach Hause, legte sie ins Bett, gab ihr ein Glas Wasser und eine leichte Schlaftablette, die Madita auch gehorsam schluckte und wartete still bis sie eingeschlafen war. Bevor sie ging, legte sie noch eine kurze Notiz für Lisa, Madita's Mitbewohnerin, auf den Tisch. Dann ging auch sie. Am nächsten Tag erschien Madita wieder bei der Arbeit. Angela wollte sie zwar heimschicken, aber das wollte sie partout nicht.
Alleine zuhause hielt sie es nicht aus, da fiel ihr die Decke auf den Kopf. Und außerdem verfolgte sie das Geräusch von brechenden Knochen und die gehauchten Silben 'Be be', wenn es zu still um sie herum war. Im Laden konnte sie sich ablenken, was ihr nur allzu Recht war.

Zwei Tage später stürmte Angela am Nachmittag völlig aufgelöst in den Laden. Eigentlich wollte sie nur ein paar Erledigungen auf dem Markt machen aber der Einkaufskorb an ihrem Arm war leer. Besorgt ging Madita ihr entgegen, "Was ist los Angela. Du bist ja ganz blass. Komm setzt dich erst mal." Fast ein Déjà-vu! Wie zwei Tage zuvor Angela Madita in den Hinterraum geführt hatte, führte nun Madita Angela nach hinten und setzte sie auf den Stuhl. Angela betrachtete ihre junge Angestellte. *Sollte sie? Sollte sie nicht?* Ihr Verstand sagte nein. Ihr Bauchgefühl sagte ja! Manchmal ist es besser auf seine Gefühle zu hören. also griff sie nach Madita's Hand und zog sie neben sich auf den Stuhl.
"Kleines, ich muss dir was sagen!"

Erstaunt zog Madita die Augenbrauen nach oben, "Was denn?"
Angela kaute nachdenklich und sichtlich nervös auf ihrer Unterlippe herum.
Wie sollte sie DAS formulieren? Ach egal!
"Ich habe heute eine Kranzbestellung bekommen...für eine Beerdigung."
"Wo? Auf dem Markt?" Sie stutze als Angela heftig nickte. "Ja und? Das ist
doch nicht der erste Beerdigungskranz den wir anfertigen. Okay, vielleicht
der erste der während eines Einkaufes auf dem Markt bestellt wird, aber
sonst? Was ist daran so schlimm?" Madita stand nervös auf, " Doch nicht
etwa für ein Kind?" Solche Kränze verabscheute Madita zutiefst.
"Er ist für die Frau die vor zwei Tagen in deinen Armen gestorben ist."
"Oh!" War das einzige was ihr einfiel...und plumpste auf den
gegenüberliegenden Stuhl ihrer Chefin. Angela beugte sich etwas vor,
"Weißt du wer diese Frau war?"
Madita zuckte mit den Schultern, "Nein!?"
"Ihr Name ist...war Marianne Kramer!"
Madita überlegte. Dann riss sie die Augen auf, "Herrje, das ist doch die Frau
die einen Tag zuvor die Sonnenblumengestecke für den Kindergeburtstag
bekommen hat. Ich habe noch mit ihr telefoniert. Ach du liebe Güte, sie
klang doch so nett am Telefon."
Angela musterte Madita. Offensichtlich stellte diese so gar keine
Verbindung her.
"Weißt du wer Marianne Kramer war?"
"Nein?" Langsam wurde ihr etwas mulmig zumute. Sie kam sich ja vor wie
bei einem Kreuzverhör. Angela seufzte. Der Groschen fiel ja gar nicht.
"Erinnerst du dich an den jungen Mann den du kurz nach deinem Einzug
hier in Berlin kennengelernt hast?" Madita schwieg.
"Komm schon. Ich weiß, dass du dich erinnerst. Schwarze Haare, hellgraue
Augen? Na...fällt der Groschen jetzt!" Madita schaute unter sich.
"Er hatte jede Woche eine Rose für seine Frau gekauft, aber das wusstest
du damals nicht und hast dich prompt in ihn verliebt!" *So jetzt war es raus.*
Trotzig verschränkte Madita die Arme vor sich, "Habe ich nicht!"
"Hast du wohl. Und ich habe dann dafür gesorgt, dass ihr euch nach
Möglichkeit nicht mehr über den Weg lauft." Sie beugte sich vor und hob
Madita's Kinn an, damit sie ihr in die Augen sehen konnte, "Ich hatte
einfach nur Angst, dass dein Herz gebrochen wird!"Madita schwieg.
Angela ließ ihr Kinn los und lehnte sich erschöpft zurück, "Marianne Kramer
war seine Frau gewesen!"Madita schwieg weiter.
Mühsam stemmte Angela sich auf und drückte kurz ihre Hand, "Ich fand,

dass du das wissen solltest!" Dann ging sie zurück in den Laden und ließ eine verstörte und tief betroffene Madita zurück!
Was war denn DAS für eine gequirlte Kacke? Andreas Frau und die nette Blumenbestellerin waren ein und dieselbe Person? Was hatte das Schicksal eigentlich für einen kranken Humor?

Vergangenheit
Andreas

Ebenfalls der fünfte Mai 2009, 7.25 Uhr.
Müde und abgekämpft wie so oft nach einer aufreibenden Nachtschicht, schloss Andreas die Haustüre auf.
"Marianne? Bist du da?" Die Haustür fiel klappernd hinter ihm ins Schloss. Langsam streifte er seine Jacke ab und hängte sie sorgfältig auf einen Bügel im Flur an der Garderobe auf. Oben rauschte die Klospülung. *Aha, dann ist Marianne wohl eben aufgestanden. Gut, dann weckte er sie nicht.*
Seine Tasche kickte er zusammen mit seinen Schuhen unter die Jacke. Auf Socken huschte er leise die Treppe nach oben, "Marianne?" Suchend schaute er ins Schlafzimmer. Nichts. Da öffnete sich gegenüber auch schon die Badezimmertür und seine Frau kam heraus. Blass, mit kleinen, glitzernden Schweißperlen auf der Stirn, wischte sie sich über ihren Mund, schlurfte in einem dünnen Nachthemdchen an ihm vorbei und ließ sich auf das Bett fallen, „Boah...entweder habe ich was Falsches gegessen oder ich habe mir einen Virus eingefangen. Ich glaub, ich geh mal lieber zu Dr. Krauser." Sie seufzte zitternd.
Andreas ließ sich besorgt neben ihr nieder und befühlte ihre kalte, feuchte Stirn, "Was ist denn Schatz?"
"Ich musste mich übergeben und mir ist ganz flau im Magen." Wie ein Häufchen Elend drückte sie die Hand auf ihren Magen und rollte sich wie ein Igel auf dem großen Ehebett zusammen. Andreas betrachtete ihren gekrümmten Rücken, "Durchfall?"
Sie rollte sich wieder auf und starrte mit rotgeränderten Augen an die Decke, "Nein, das nicht...Gott sei Dank." Langsam setzte sie sich auf und schaute ihrem Mann ins Gesicht. Dunkle Augenringe und der Schatten eines Bartes zeugten von einer langen Nacht. Mitfühlend strich sie ihm über die Wange.
"Aber ich lass es mal lieber checken. Nicht das ich noch die halbe Kita angesteckt habe. Oder d i e mich!" Beruhigend lächelte sie ihm kurz zu,

stand auf, ging zum Schrank, schnappte sich ein paar Klamotten und wand sich, noch immer kläglich lächelnd zu Andreas um, „Du siehst müde aus. Leg dich hin! Schlaf gut!" Sie lächelte den zweifelnden Blick ihres Mannes weg.
"Na gut...", Andreas zerrte sich fahrig seine Kleider vom Leib, ließ alles an Ort und Stelle fallen und umarmte Marianne flüchtig, "..., dass werde ich bestimmt. Geh du jetzt erst einmal zu Dr. Krauser und sag ihm einen schönen Gruß von mir!"
Er schlüpfte gähnend unter die noch warme Decke. Marianne löschte das Licht, "Mach ich", drückte den Stapel Kleider an sich und schloss die Tür. Augenblicklich trat Stille ein. Noch keine fünf Minuten später zeugten die langsamen Atemzüge von Andreas von einem bereits herbeigeeilten Schlaf. Das Rauschen der Dusche, das Surren der elektrischen Zahnbürste und das Klappern von Geschirr hörte er nicht mehr.
Leise tickt die Uhr im Zimmer. Aber selbst das bekam er nicht mit.
Es war 7.47 Uhr.
Er befand sich mitten in einem gelben Blumenfeld. Der Wind rauschte sanft. Von irgendwoher erklang glockenhelles Lachen. Das Lachen kannte er doch. Das war doch...nein verflixt, es fiel ihm nicht mehr ein. Wieder ertönte das liebliche Gelächter. Fasziniert drehte er sich und schaute sich um. Von irgendwoher musste dieses Lachen doch kommen. Wer war das?
"Andreas...!"Jetzt rief ihn diese Stimme auch noch.
"Wo bist du?" Unsicher, mit klopfendem Herzen durchforsten seine Augen das Blumenmeer.
Na, hier...!""Wo?"
Er drehte sich wieder um die eigene Achse. Da! Dort hinten huschte doch etwas. Eine Frau. Ihr schulterlanges, braunes, glattes Haar flog in der Sommerbrise. Er konnte ihr Gesicht nicht erkennen. Sie war zu weit weg. Das war aber nicht Marianne. Die war ja blond.
Es läutete. *Die fremde Frau hob die Hand. Irgendetwas befand sich darin.* Es läutete noch mal. *War das eine Glocke? Er kniff die Augen zusammen. Sie schwenkte was, aber er konnte nicht erkennen was...dann der leichte Wind...ein sanftes Hauchen..."*
Es läutete zum dritten Mal. Die Wiese verblasste schlagartig. Er schlug die Augen auf. Und zum vierten Mal läutete es.
Die Haustür! Schnell schwang er sich aus dem Bett und taumelte die Treppenstufen nach unten, "JA, JA...ICH KOMME JA SCHON!" Noch schlaftrunken riss er die Tür auf.
Nur mit der Unterhose blinzelte er ins gleißende Tageslicht.

Der Anblick zweier Polizisten holte ihn augenblicklich in die Gegenwart.
"Ja, bitte?""Herr Kramer? Andreas Kramer?" Er nickte automatisch.
"Dürfen wir einen Moment reinkommen?" Wortlos trat er zur Seite.
Der älter der beiden Polizisten musterte seine knappe Bekleidung,
„Vielleicht möchten sie sich etwas anziehen?" Andreas schaute verdutzt an
sich herunter, bemerkte beschämend seine fehlenden Textilien und nickte,
„Bin sofort wieder da. Nehmen sie doch schon einmal Platz!" Er wies ihnen
den Weg ins Wohnzimmer und eilte dann schnurstracks nach oben. Sein
Herz raste. *Polizei? Was wollte denn die Polizei von ihm?*
Verwirrt schlüpfte er in seinen alten Jogginganzug und eilte noch immer
barfuß wieder nach unten. An der Wohnzimmertür verharrte er kurz. Die
beiden Polizisten standen noch immer, etwas verloren wirkend, mitten im
Raum. Die Mütze, scheinbar verlegen, in ihren Händen drehend. Sie
schienen sich sichtlich unwohl zu fühlen. Sein Herz polterte in seiner Brust
wie eine überlastete Turbine. Er trat ein, „Was gibt es denn?"
Der jüngere der beiden scharrte verlegen mit dem Fuß auf dem kostbaren
Teppich. Der ältere ergriff das Wort, „Kennen sie eine Marianne Kramer?"
„Ja, das ist meine Frau. Aber wieso?" Sein Herzschlag setzte mit einem Mal
kurz aus und ein knüppeldicker Knoten formte sich in seinem Magen.
„Herr Kramer. Ihre Frau hatte einen Verkehrsunfall!" Sämtliche Farbe wich
schlagartig aus seinem Gesicht. Suchend tastete Andreas nach der
Sofalehne und ließ sich kraftlos ins dicke Polster sinken, ohne die beiden
Polizisten aus den Augen zu lassen.
Einen Unfall? Wo? Wie ging es ihr? Was hatte sie? Wo war sie?
Aber keine Silbe stahl sich aus seinem leicht geöffneten Mund. Stumm
harrte er der unausweichlichen Dinge. Der Knoten in seinem Magen
verursachte ihm Übelkeit. Er hatte das Gefühl gleich kotzen zu müssen.
„Herr Kramer?"
„Ja?" Seine Stimme kiekste. Den Blick flehend auf die beiden Männer
gerichtet. Sein Adamsapfel hüpfte nervös auf und ab. Er schluckte. Die
Polizisten warfen sich einen unsicheren Blick zu.
„Herr Kramer…wir müssen ihnen mitteilen, dass ihre Frau bei dem Unfall
leider verstorben ist!"Vor Andreas Augen erschien ein Blumenfeld….
„Herr Kramer? Haben sie uns verstanden?"
Andreas wankte leicht, „Ja!" In seinen Ohren rauschte es. Er hörte seine
eigene Stimme. Hörte sich Fragen stellen. Sah, wie die Münder der beiden
Uniformierten antworteten. Er sah sich einen Stift holen und irgendwelche
Notizen machen, die er später bestimmt brauchen würde.

Er schüttelte beiden automatisch die Hand und begleitete sie auf tauben, eiskalten Füssen nach draußen. Die Tür fiel ins Schloss. Seine Frau war tot. Es war 11.43 Uhr.

Die nächsten Tage verschwammen zu einem undefinierbaren grauen Stundenbrei. Wirre Gedanken versuchten sich irgendwie zu ordnen. Erfolglos. Er bekam mit, wie er mit seiner Klinik, seinem Chef sprach, nahm dessen Bestürzung und Beileidsbekundung zur Kenntnis und wurde gleichzeitig von seiner Arbeit freigestellt. Er solle sich erst einmal in aller Ruhe um alles kümmern...solle den Schock erst einmal verdauen...er solle sich alle Zeit nehmen die er bräuchte...*aber wie lange war das?*

Bea, die Frau seines Schwagers und ihre gute Hausseele, Paula, kamen zwischendurch vorbei und brachten ihm Essen und nutzlose Trostversuche. Sprachen ihm gut zu. Versuchten ihn, trotz ihrer eigenen Trauer, aufzubauen. Aber er konnte sie nur stumm ansehen. Verstand den Sinn ihrer Worte einfach nicht. War froh, wenn sie wieder gingen. Wenn wieder Ruhe herrschte. Dann konnte er in aller Ruhe in sich rein horchen und seinem Unterbewusstsein lauschen. Bilder eines gelben Blumenfeldes erschienen dann vor seinen Augen und eine brünette Frau winkte ihm aus der Ferne zu. Mittlerweile wusste er wer diese Frau war. Es war die kleine Blumenfee, die in sein Herz mit der Wucht eines Vorschlaghammers rein gedonnert war.

Und er, Dreckskerl, **träumte** von dieser Frau an dem Tag, vielleicht sogar zu der Zeit, zu der Minute, als seine Ehefrau ihr Leben aushauchte. Man, er war wirklich das Allerletzte! Die Zeit rieselte unaufhörlich vor sich hin, bis auf einmal...der Tag der Beerdigung da war.

Die ganze Nacht davor hatte er ihm Wohnzimmer auf dem Sessel verbracht. Eigentlich wie all die anderen Nächte und Tage auch. Dunkle Schatten bedeckten seine leicht eingefallenen Wangen. Schwerfällig erhob er sich und schlurfte nach oben, vorbei an dem Telefon und dem Anrufbeantworter, der wild vor sich hin blinkte. Alles, nicht abgehörte Nachrichten, verhallt in der düsteren Stimmung des Hauses, die scheinbar alles zu verschlucken schien. Erstaunt betrachtete er das rote, eifrige Lämpchen.

Komisch...er hatte es gar nicht klingeln hören.

Sein Zeigefinger bewegte sich in Richtung des Gerätes und hielt mitten in der Bewegung inne. Bewegungslos verharrte er in dieser Stellung...einige Sekunden? Minuten? Dann wand er sich abrupt ab und marschierte hinauf ins Badezimmer. Zurück blieben all die Worte, die ein Stück Technik,

dienstbeflissen für ihn aufbewahrt hatte. Verhallender Trost von Menschen die ihn mochten und sich um ihn sorgten. Einfach versickert in der Welt der Glasfasern. Dabei hatte er ihr Mitgefühl gar nicht verdient. *Denn **wenn** diese Menschen wüssten, was für ein Scheißkerl er war, wäre der Anrufbeantworter bestimmt leer...niemand würde sich die Mühe machen ihn anzurufen...er wäre ein Geächteter...*
Langsam ließ er die Badezimmertür aufschwingen. All die Cremetiegel und Parfümflacons ignorierend, den Blick fest auf die Bodenfliesen gerichtet, kleidete er sich aus und stieg in die großzügige Duschkabine. Unter heißem, fließendem Wasser schabte er sich penibel seine Bartstoppeln mit seinem Rasierer von Kinn und Wange. Dann stand er einfach eine Zeitlang regungslos unter dieser warmen, angenehmen Regendusche, die seine verkrampften Muskeln entspannten. Dichte, feuchtwarme Dunstschwaden waberten durch den Raum und verschleierten gnädig den Blick auf Mariannes Utensilien. Tropfnass, das Handtuch hinter sich her schleifend ging er über den Flur, ins Schlafzimmer, griff in seinem Kleiderschrank nach einem grauen Hemd und einem dunklen Anzug, warf ihn achtlos auf das seit Tagen unbenutzte Bett, trocknete sich ab und schlüpfte dann in seine Kleider. Mechanisch ging er die Treppe nach unten, griff nach seinen Autoschlüsseln und fuhr, mit noch feuchtem Haar, zum Friedhof.

Alleine betrat er die kleine Kapelle. Er stockte am Eingang. Vorne stand ein weißer Sarg, bedeckt mit Blumen. Wunderschönen Blumen. Ihr betörender Duft drang bis zu ihm hinüber. Sein Magen rebellierte. Tapfer schluckte er die Übelkeit einfach hinunter. Die kleine Kapelle war schon fast voll mit Menschen. Langsam setzte er einen Fuß vor den anderen und bewegte sich, die Augen krampfhaft auf den Sandsteinboden gerichtet, nach vorne zu den anderen Familienangehörigen. Bea lächelte ihm leicht aufmunternd zu (was er aus den Augenwinkeln wahrnehmen konnte), winkte ihn herbei und rutschte ein Stück zu Seite um ihm Platz zu machen. Völlig unerwartet (auch für ihn) lenkten ihn seine Füße auf die andere Seite des Mittelganges und verfrachteten ihn auf die vorderste Bank, wo er sich niederließ. Alleine. Er hatte kein Mitgefühl verdient.
Aus den Augenwinkeln sah er, wie Bea irritiert den Kopf schüttelte und Antonio etwas ins Ohr flüsterte, denn Antonio warf ihm aus rotgeränderten Augen einen kurzen Blick zu und wand sich dann aber wieder sofort nach vorne. Das Räuspern und Rascheln der vielen Menschen im Raum verstummte augenblicklich als der Pfarrer den kleinen Altar betrat.

Andreas schloss die Augen. Sofort erschien dieses gelbe, wogende Blumenfeld in seinem Kopf.

*In der Ferne stand die brünette Frau. Nur diesmal winkte sie nicht. Sie stand einfach nur da. Ihre Arme hingen lasch herunter. Das Gesicht war ihm abgewandt. Sogar sie verachtete ihn. Se*in Gesicht verzog sich schmerzvoll. Man könnte es auch für Trauer halten, aber er wusste es besser. Gott, er fühlte sich so schlecht! Ein Gong ertönte...
Erschrocken riss er die Augen auf und wand sich um. Antonio starrte ihn wieder an.

Irrte er sich oder funkelte ihn sein Schwager wütend an? Wütend? Aber warum? Er schaute noch einmal. Doch Antonio hatte sein Gesicht wieder nach vorne zu der geistlichen Ansprache gewandt.

Nein! Er hatte sich bestimmt geirrt. Warum sollte ihn Mariannes Bruder böse ansehen? Er wusste doch von gar nichts. Er hatte mit niemandem gesprochen.

Er drehte sich wieder nach vorne und versuchte den Worten des Pfarrers zu lauschen. Sein Blick wanderte zu dem weißen Sarg. Mariannes Sarg.
Und er versank wieder (hilfesuchend?) in dem gelben Blumenfeld.
Plötzliche Bewegung hinter ihm und lautes Kleiderraschen riss ihn unsanft aus seinem Tagtraum. Die Sargträger hatten sich ihre schwere Last schon aufgebürdet und gingen in diesem Moment langsam an ihm vorbei.
Automatisch schloss er sich ihnen an und folgte ihnen. Sein Blick blieb auf dem üppigen Blumengesteck auf dem Sarg haften. Er schaute genauer. Was war das? Sonnenblumen? Wer um Himmels Willen nahm zur Beerdigung Sonnenblumen?

Er musste nachher bei Bea mal nachfragen, wer dieses Gesteck bestellt hatte. Denen würde er aber was erzählen!

Er schaute noch einmal hin. Die üppigen Blütenköpfe wippten sanft bei jedem Schritt. Fasziniert vertiefte er sich in diesen Anblick. Leuchtend gelb, stachen sie heraus und
schienen ihm scheinbar aufmunternd zuzunicken. Inmitten der anderen üppigen Blütenköpfe strahlten sie wie kleine Sonnen. Eine sanfte Brise strich sachte über sein Gesicht. Sein Geist tauchte wieder ab und verschwand wieder in 'seinem' Blumenfeld. Er kam erst wieder zu sich, als ihm die Hand geschüttelt wurde. Männer und Frauen
zogen wie ein graublauschwarzes Band an ihm vorbei, drückten ihr Mitgefühl aus oder nickten ihm nur schniefend mit verweinten Augen zu.

Er dankte, er nickte, er umarmte automatisch und ließ sich umarmen aber er fühlte sich innerlich leer. Wie eine seelenlose Marionette die genau das ausführte was sein Puppenspieler wollte. Seine Augen suchten Mariannes Familie. Diese stand in diesem Moment eng zusammen und sprachen mit Mariannes Freunden und Arbeitskollegen. Warum kamen sie nicht zu ihm? Der Gedanke, dass SIE vielleicht auf IHN warteten, kam ihm gar nicht. Eigentlich kam ihm der Gedanke schon...kurz...aber er ignorierte ihn...gefangen in seinem eigenen schlechten Gewissen, strafte er sich damit selbst ab und wälzte es auf die anderen...
Er war ein Widerling...ja...aber er hatte Marianne sehr gemocht und sie hatten sich beider sehr geschätzt und respektiert. Das war mehr als es in vielen anderen Ehen gab. Zählte das denn überhaupt nicht? Und überhaupt! Es wusste doch keiner wie es in ihrer Ehe zuging.
 Wenn SIE nicht kommen wollten, gut, denn sein Verlangen nach Kommunikation hielt sich sowieso in Grenzen und er beschloss, klammheimlich zu verschwinden. Sein Blick suchte Antonio. Aber Antonio hatte ihm den Rücken zugewandt. *Okay. Dann halt nicht.*
Andreas trat etwas unsicher von einem Fuß auf den anderen. Sollte er nicht vielleicht doch? Sollte er lieber nicht? Gerade als er sich dann endlich entschlossen hatte zu gehen, kam Dr. Krauser auf ihn zu. Väterlich legte er den Arm um seinen jungen Kollegen und entfernte sich, ob bewusst oder unbewusst, zusammen mit ihm, von den anderen.
"Ein schwerer Verlust!"
Andreas nickte. Er wollte nicht reden. Und eigentlich auch gar nicht zuhören. Er hatte das Gefühl das er seit Tagen nichts mehr gesagt zu haben (was auch so war). Konnte er überhaupt noch reden? Er räusperte sich umständlich, "Ja!" Seine Stimme klang rau und fremd in seinen Ohren. *Vielleicht sollte er sie heute Abend mal mit einer Flasche Scotch ölen? Oder er könnte auch seinen guten Freund 'Jack Daniels' einladen.*
Dr. Krauser musterte ihn ausführlich.
"Wie geht es ihnen?"
Andreas lächelte mechanisch, "Normalerweise müsste ich ja sagen 'Gut', aber das wäre wohl, in Anbetracht dieser Situation, ganz offensichtlich gelogen." Er schaute sich um, betrachtete den Friedhof, das offene Grab, das soeben gierig den weißen Sarg seiner
Frau verschluckt hatte und die trauernden Menschen, "Im Moment habe ich das Gefühl, in einem schlechten Film mitzuspielen." Er wies auf die ganze Szenerie, "**Nichts** von all dem kommt mir real vor. Ehrlich gesagt,

habe ich noch nicht verstanden, dass da unten...", er deutete auf das offene Grab, "...Marianne liegen soll. Ich habe einfach das Gefühl, das sie jeden Moment um die Ecke kommt und mich nach Hause bringt und wir...", er schluckte noch mal, "...naja, ist ja auch egal!"
Verständnisvoll nickte der ältliche Kollege, "Ja, das verstehe ich...und wenn man bedenkt, dass es eigentlich ein doppelter Verlust ist...", er machte eine hilflose Pause, schaute betreten zu Boden und scharrte etwas, wie es schien, verlegen mit dem Fuß auf der Erde.
Verwirrt schaute Andreas hoch, "Doppelter Verlust? Ich verstehe nicht ganz...!"
Die buschig grauen Augenbrauen des älteren Kollegen zogen sich unsicher zusammen,
"Dr. Kramer...Andreas...Junge...ich...ich dachte sie wüssten das...., dass Marianne schwanger gewesen ist...war...!"
Andreas keuchte auf. Alle Farbe wich aus seinem Gesicht. Er wankte. Bestürzt ergriff ihn Dr. Krauser am Arm, "Du liebe Güte...ich dachte wirklich sie wüssten es...Marianne war bei mir...am Tag des Unfalles...ich bin davon ausgegangen, dass sie sie direkt nachdem sie meine Praxis verlassen hat...naja..., dass sie sie direkt angerufen hat...Andreas...das tut mir so leid..., wenn ich gewusst hätte...!"
"Nein...nein...", unterbrach Andreas seinen aufgewühlten Kollegen, "...das ist schon in Ordnung...", er schluckte, "...ich nehme an, dass es eine Überraschung hätte sein sollen."
"Dann wissen die anderen auch nichts davon?" Dr. Krauser nickte mit seinem Kinn Richtung Familie. Andreas Blick folgte ihm, "Nein, ich denke nicht."
Er richtete sich auf, sein Blick verschleiert, blickte er Dr. Krauser in die Augen und schüttelte ihm warm die Hand, "Ich danke ihnen. Ich danke ihnen sehr. Ich bin froh, dass ich es weiß. Wirklich...", er nickte langsam und traurig, "...froh und auch tief betroffen!" Sein Blick senkte sich zu Boden und er wand sich zum Gehen.

Gastgeberin:

Was glotzt du so? Nein, ich heule nicht. Mir ist nur eine kleine Mücke ins Auge geflogen. Mistige Obstfliegen. Ich geh mal kurz ins Badezimmer und wasch mir das Vieh aus der Linse. Aber lass den kleinen,

schwarzen Karton noch zu...wir sind mit Andreas noch nicht fertig.
Ach, weißt du was? Guck schon mal weiter...ich kenne die Erinnerungen ja schon. Bin gleich wieder da...

Vergangenheit (2009)
Andreas Teil zwei

Im Haus war es düster. Sehr düster. Andreas saß in seinem klobigen Fernsehsessel und prostete in dieser Dunkelheit seinem augenblicklich besten Freund zu: Jack Daniels.
"Auf dein Wohl...und ich hoffe, wenn wir noch auf drei, vier Drinks zusammensitzen,
kannst du mir sagen, wie es weitergehen soll." Er trank in einem Zug sein Glas leer und schenkte sich wieder ordentlich nach. "Ich habe nämlich keine blasse Ahnung. Ich war als Ehemann eine absolute Niete...meinst du, ich habe nicht bemerkt wie Marianne sich immer weiter von mir entfernt hat...hältst du mich für so blöde?" Sein Selbstmitleid verlangte nach einem weiteren Schluck, "...vor lauter Arbeit habe ich keine echten Freunde, nur Bekannte, die mich nicht verstehen würden... ...ja...Marianne war meine Freundin, meine beste sogar...die versteht mich...aber die ist ja jetzt weg...", wieder stürzte er den Inhalt des Glases auf ex runter. Er stand etwas unsicher auf, knallte den bauchigen Cognacschwenker (da passte ordentlich was rein) auf den Wohnzimmertisch und krallte sich die Flasche, setzte an und nahm einen weiteren tiefen Schluck. Etwas wankend ging er zum Fenster und schaute hinaus in die Dunkelheit der stillen Straße.
"Vielleicht sollte ich einfach verschwinden...mein Zeug packen und hui...was meinst du...", er lächelte die Flasche an und machte mit seiner freien Hand eine Fliegerbewegung nach oben, "...pschschsch...einfach weit weg."
Er nahm noch einen Schluck. Mittlerweile fühlte sich seine Zunge an wie ein tauber, filziger Waschlappen. Er schaute sich mit leicht verschwommenem Blick in seinem Wohnzimmer um...in ihrem Wohnzimmer. Extrem geschmackvoll und edel...mit Kunst an der Wand und all dem Schnickschnack, mit dem er kaum was anzufangen wusste. Aber Marianne mochte das. Genauso wie die gefühlten 328 256 Kerzen und Teelichter, die sie überall im Raum verteilt hatte. *Wer brauchte so was, um Himmels Willen?* Aber egal, seine Frau mochte es.

Er seufzte und nahm noch einen Schluck.
"Ach, Marianne...du konntest mir immer sagen was ich tun soll. Du warst immer so vernünftig und rational. Jetzt ist niemand mehr da..." Er stieß einen tiefen Seufzer aus, "Niemand der sich um mich schert...toll, was...keine Freunde und keine Familie...", er nahm noch einen Zug aus der mittlerweile fast dreiviertel leeren Flasche. Ein Rinnsal lief an seinem Mundwinkel herab und er wischte ihn fahrig mit dem Ärmel seines Beerdigungssakkos ab.
"Halt...stimmt ja nicht ganz...", er rülpste laut, "...immerhin gibt es da noch Toni, Bea und die Kids...", er grinste dümmlich und ließ sich auf den Teppich sinken, "...die mögen mich...!"
Urplötzlich schleudert er fuchsteufelswild die Flasche an die gegenüberliegende Wand,
knapp unter das Hochzeitsbild von ihm und seiner Frau. Der feuchte Fleck glänzte im hereinfallenden Licht der Straßenlaterne. Kleine Rinnsale, wie Tränen, rannen langsam die Wand herab. Sofort ist der Raum in scharfen Alkoholgestank gehüllt. Verzweifelt warf er den Kopf in den Nacken,
"WENN SIE MICH ALLE SO MÖGEN...WARUM REDET DANN KEINER MIT MIR... WARUM IGNORIEREN SIE MICH?"
Vielleicht weil du ein Arschloch bist?...ach, halt doch die Klappe...
Er sackte in sich zusammen und ein leises Schluchzen drängte sich rau aus seiner Kehle. Da läutete es an der Tür...
Orientierungslos und leicht erschrocken schaute Andreas hoch. Es läutete wieder. Mühsam rappelte er sich hoch und schlurfte durch den Flur, immer tastend (oder besser stützend) an der Wand entlang und öffnete schließlich umständlich die Haustür.
"Häh?"
Eine Faust erschien in seinem Blickfeld...und knipste ihm, einfach mal so, kurz die Lichter aus...

Gastgeberin:

So...hast du dir den Rest angesehen? Dann können wir ja gleich weitermachen. Wie es meinem Auge geht? Gut, warum?
Grins nicht so blöd...reich mir jetzt lieber den kleinen, schwarzen Karton...weißt du...in der Zeit, wo du dir diese Erinnerung reinziehst, könnte ich noch ein paar Muffins backen. Heute Abend kommen nämlich noch ein

paar Mädels zum Zocken rüber. Und die LIEBEN Schokoladen Muffins...ja, schon gut, du kannst dann auch einen haben. Aber jetzt setz dich hin. Wir müssen uns schon ein bisschen ranhalten, sonst werden wir nicht fertig. Also, dann viel Spaß...

Erinnerungen (2009)
Antonio

Bea schloss die Tür auf und wurde sofort von ihrem Göttergatten überfallen, "UND?"
Sie zuckte mit der Schulter, "Nix...er sitzt wie schon die letzten Tage, zuhause und macht...naja... n i c h t s....", sie zuckte wiederholt mit ihren Schultern, "...einfach nix." Sie streifte ihre Jacke ab. Antonio nahm sie ihr hilfreich ab und hängte sie an dem
Garderobenhaken auf.
"Das gibt's doch nicht." Besorgt ziehen sich seine Augenbrauen zusammen. "Warum gehst du nicht zu ihm und holst ihn ab. Mir ist gar nicht wohl bei dem Gedanken das er alleine zum Friedhof kommt."
"Nein!" „Was ist nur los mit dir...mal abgesehen das er dein Schwager ist, ist er auch dein besterFreund." Sie packte ihn am Arm, "Er braucht dich jetzt!" Antonios Kaumuskeln arbeiteten heftig, "Später...ich kümmere mich später um ihn." Er nahm Bea in die Arme, "Versprochen, Liebes. Jetzt müssen wir uns erst einmal um uns selber, aber vor allem um die Kinder und Mama und Papa kümmern! "Er hauchte ihr einen leichten Kuss auf die Stirn, "Wir schafft das schon! Vertrau mir! Ich regele das!"
Zwei Stunden später waren sie alle auf dem Friedhof. Die ganze Familie nahm ganz vorne in der kleinen Kapelle Platz. Antonio ließ den Blick über die vielen Köpfe schweifen, "Er ist noch nicht da!" Bea zupfte Helen das Mantelkräglechen glatt, "Keine Panik. Er wird kommen."
Sie hatte den Satz noch nicht richtig ausgesprochen da trat Andreas durch die Tür und stand etwas verloren am Anfang des Mittelganges. Einige drehten sich nach ihm um und musterten ihn neugierig. Auch Bea. Sofort knuffte sie ihren Mann in die Seite, "Da ist er. Wie blass er ist, der Arme." Antonio drehte sich kurz um, funkelte ihn an und wand sich direkt wieder nach vorne. Bea winkte ihm zu und zeigte auf den Platz neben sich. Aber Andreas starrte nur wie es schien, durch sie durch, setzte sich in Bewegung und schwenkte kurz vor ihrer Bank ab und ließ sich auf der anderen Seite

nieder. Seine Augen stur nach vorne gerichtet. Nur seine mahlenden Wangenknochen verrieten seinen inneren Aufruhr.
Bea sah noch einmal rüber und dann wieder zu ihrem Mann. Aber weder von dem Einen noch von dem Anderen bekam sie irgendeine Reaktion. Sie schnupfte kurz, zoppelte umständlich die Kleidung ihrer Kinder in Form und wandte sich dem Geistlichen zu, der gerade den Raum betrat.
Später, als dann alles rum und überstanden war (zumindest mal der ganze Menschenstrom der mit Beileidswünschen an ihnen vorbeigezogen war), standen die Familie und ein paar der engsten Freunde noch zusammen. Einige schnieften noch ein paar Tränen zurück. Andere räusperten sich verlegen und wünschten sich überall zu sein, nur nicht hier. Die Kinder wurden unruhig. Verstanden, was heute hier passiert, eh nicht so richtig. Ja, ihre Tante war tot und sie würden sie eine lange Zeit nicht mehr sehen. Aber dass **lange** eigentlich für immer ist, das begriffen sie noch nicht wirklich.
"Eine wirklich schöne und gefühlvolle Messe!"
"Der weiße Sarg war wirklich wunderschön. Sehr liebevolle Schnitzereien."
"Die Blumen sind aber auch herrlich. Und so viele Kränze."
"Das hätte Marianne bestimmt gefallen!"
Beatrice schüttelte unmerklich den Kopf und flüsterte ihrem Mann zu, „Das ist ja nicht zum Aushalten. Als ob wir auf einer Gartenparty wären. Ich bringe deine Eltern und die Kinder jetzt ins 'Berlinium'...", sie warf einen Blick über ihre schmalen Schultern, „...Dr. Krauser steht bei Andreas." „Ja und?" Ihre Augen blitzten, „Bringst du ihn mit?"
„Wen? Dr. Krauser?" Bea blitzte ihn streng an und er tätschelte sanft ihren Arm,„Ich weiß, du meinst Andreas. Mal sehen...aber geh jetzt...die Kids werden ganz hippelig...und ich will sie endlich hier vom Friedhof weghaben...wir sehen uns gleich!" Er küsste sie leicht auf die Lippen und schob sie Richtung Parkplatz. Nachdem sich seine Eltern, die ohnehin kaum ansprechbar waren, und seine eigene Familie ein paar Schritte entfernt hatten, seufzte er kaum hörbar. Kurz scharrte er mit der polierten Schuhspitze im Kies, fasste sich endlich ein Herz (schließlich war er sein Freund) und drehte sich zu Andreas um. Aber der war weg. Na toll.
Eine halbe Stunde später fuhr er (alleine) den Wagen in den Hinterhof und blieb (alleine) eine Weile, vielleicht fünfzehn, sechzehn Minuten, regungslos darinsitzen.

Musste einfach mal nachdenken. Dazu ist er in letzter Zeit ja nicht ein einziges Mal gekommen. Er ließ die letzten Tage mal in Ruhe Revue passieren:

Wie konnte es sein, dass er hier und heute solch ein Chaos in seinem Leben vorfand? Wie konnte es sein das seine Schwester Marianne jetzt tot in diesem vermaledeiten, weißen Sarg in der kalten, feuchten Friedhofserde lag? Letzte Woche noch, hatte sie lachend im 'Berlinium' auf der Kinderparty rumgealbert. Und Andreas. Der war damals voll in seinem Element. Die Kids beteten ihn förmlich an...sie waren sein Leben. Und dann...

dann klingelte damals das Telefon...und ausgerechnet Andreas sagte ihm, dass seine Schwester tot sei. Er ließ alles stehen und liegen und raste ins Krankenhaus. Aber er durfte seine Schwester zu diesem Zeitpunkt noch nicht einmal sehen. Ihre persönlichen Sachen haben sie ihm in die Hand gedrückt. Ihre Handtasche mit der Geldbörse, den Schminksachen, ihre schmale Armbanduhr und das kaputte, völlig zerkratzte Handy. Alles fein säuberlich in einem durchsichtigen Plastikbeutel aufbewahrt. Er wusste noch, dass er völlig betäubt zurück zum Wagen ging und versucht hatte Andreas anzurufen. Aber der meldete sich nicht. Also brauste er zurück ins Lokal und sperrte sich im Büro ein. Dort legte er erst einmal den Beutel auf den Schreibtisch, setzte sich vorsichtig auf den Stuhl davor und starrte das durchsichtige Ungeheuer an, als ob es gleich explodieren würde. Wie lange er dagesessen hatte, konnte er heute nicht mehr sagen. Aber irgendwann streckte er dann doch die Hand aus und schüttete den Beutelinhalt auf die leere Schreibunterlage. Ihre Lieblingshandtasche, die er immer verspottet hatte, weil sie schon so alt war. Marianne nannte das 'Vintage'! Er lugte vorsichtig hinein...sogar das Futter innen war völlig zerfleddert. Und doch wollte sie sich von diesem Schräbbchen einfach nicht trennen. Ein wehmütiges Lächeln zog damals über sein Gesicht. Seine kleine Schwester...mit ihrem abartigen Taschenspleen. Hauptsache alt und Geschichtsgeschwängert. Sorgsam räumte er den Beutel wieder ein, nahm sie vorsichtig, als ob sie aus Porzellan wäre, hoch, trat zum Tresor und schloss alles ein. Dann setzte er sich wieder an den Schreibtisch und versank wieder für einige Zeit in den Tiefen seiner Gedanken.

Dabei ließ er ziellos die Augen im Raum herumwandern...Mariannes Arbeitsbereich. Hier hatte sie viele Stunden verbracht...hier hatte sie geflucht wie ein Kesselflicker...hatte mit Lieferanten verhandelt wie eine bäuerliche Magdfrau...auf diesem Stuhl hatte sie sich oft zurück gelehnt und ihre nackten, schuhlosen Füße auf genau diese Schreibunterlage gepackt...hier hatten sie so manchen Abend das ein oder andere Gläschen italienischen Wein gesüffelt (den mochte sie am liebsten) und hier hatten sie liebevoll über ihre jeweiligen Partner abgelästert. Hier hatte sie ihm auch das erste Mal von Andreas erzählt. Andreas, den er auf Anhieb so richtig gemocht hatte. Die Erinnerung tat weh. Sein Blick wanderte zu der kleinen roten Ablage...die Lastminute-Ablage, wie Marianne zu sagen pflegte. Hier kam das hin was sofort oder am besten schon gestern erledigt werden musste. Er grinste leicht. In diesem Fach war nie viel los... Marianne war äußerst penibel und arbeitet alles immer schnell ab. Es lagen vielleicht nur sieben oder acht Zettel drin. Aber EINER stach ihm ins Auge. Er konnte Mariannes Schrift darauf erkennen. Das war schon etwas eigenartig. Normalerweise lagen hier Rechnungen oder Bestellungen, aber kaum etwas Handgeschriebenes. Neugierig zog er das Blatt raus. Ja...eindeutig Mariannes Handschrift. Automatisch wanderten seine Augen zum Anfang. Es schien ein Brief zu sein. Ein Brief, wie er sah, an Andreas. Und er las ihn...wieder...und wieder...

Völlig aufgewühlt öffnete er mit zitternden Händen noch einmal den Tresor und warf den Brief hinein, als ob es ein Stück glühende Kohle wäre. Dann ging er nach Hause und knipste sich erst einmal gehörig, seine Frau ignorierend, mit einem halben Kasten Bier und drei Kurzen, die Lichter aus und schlief dann erst einmal den Schlaf der Gerechten. In den folgenden Tagen hatte er so viel um die Ohren, dass er manchmal nicht wusste ob er Männlein oder Weiblein war. Nachdenken war da schon mal gar nicht drin. Das 'Berlinium' wurde für drei Tage geschlossen. Dann folgten die ganzen Behördengänge. Gott sei Dank war der Schriftkram noch nicht ganz so schlimm, da das 'Berlinium' offiziell noch immer seinen (oder besser, ihren) Eltern gehörte. Es war zwar irgendwann (in naher Zukunft) einmal geplant, dass er und seine Schwester das Geschäft auf den Namen holen sollten, aber das war noch nicht geschehen. Trotzdem war es eine nicht enden wollende Lauferei und Telefoniererei.

Andreas kümmerte sich damals um den ganzen Beerdigungsablauf, Hut ab. Antonio wusste nicht ob er diese Dinge hätte erledigen können. Andreas suchte den Sarg und die Kleider, in denen sie beerdigt werden sollte, aus. Und informierte ihrer beider Versicherungen. Halt der übliche Wahnsinn, den man einem Trauernden ja ohne weiteres einfach mal so abverlangen kann. Ha! Als ob den Menschen in diesem Moment nichts anderes durch den Kopf gehen würde.

Typisch, deutsche Bürokratie. Bea fuhr jeden Tag zu Andreas, brachte ihm Essen und schaute nach den Rechten. Und wenn sie nicht da war, kam Paula, die Haushaltshilfe und übernahm. Er selbst brachte es einfach nicht über sich zu seinem Schwager und auch Freund zu fahren. Dann die Beerdigung. Was war da nur los mit ihm? Sicher, er hatte ziemlich scheiße ausgesehen, aber das war in so einer Situation doch völlig normal. Warum ist er nicht zu ihnen gekommen? Naja...irgendwie hatte er das Gefühl gehabt, das Andreas gar nicht richtig anwesend war. Und überhaupt...was sollte das mit dem Brief? Was war los mit den beiden?
Herrje, den Brief! Den hatte er ja fast schon vergessen. Nein nicht vergessen...er hatte ihn nur zeitweise aus seinen Gedanken verbannt. Aber ewig konnte er ja nicht weglaufen. Es wurde Zeit für einen Besuch...
Mit neuer Kraft stieg er aus dem Wagen und betrat durch den Lieferanteneingang das Lokal. Im Inneren herrschte eigenartige Ruhe. Aus dem Gästeraum, in dem normalerweise ein Stimmengewirr wie auf einem Bahnhof herrschte, drangen heute nur gedämpfte Laute. Er atmete einmal tief durch und begab sich in die Höhle des Löwen. Sofort wurde er überfallen. Bea hechtete auf ihn zu, „Wo ist er?" Sie schaute hinter ihn, „Hast du ihn mitgebracht?"
„Nein." Seine Mutter rümpfte die rot geriebene Nase, „Nee, mein Junge...dat macht man nich! Der arme Bub gehört zu seiner Familie! Nee, dat macht man wirklich nich!" Ihre verweinten Augen nagelten ihn schuldbewusst fest. Sein alter Vater, der in der letzten Woche um weitere zehn Jahre gealtert schien, trat auf ihn zu, „Warum?"
Antonio zuckte hilflos, wie ein kleiner Junge, der verbotenerweise das Bonbonglas leer gefuttert hatte, mit den Schultern und starrte unter sich, „Er war nicht mehr da!"
„Wie...nicht mehr da?" Seine Mutter glotzte ungläubig.
„Er war weg. Ganz einfach! Aber ich fahre jetzt zu ihm!" Bea lächelte ihm aufmunternd zu, „Das war auch längst überfällig." Sie sprang auf, „Warte...", und hechtete in die Küche, „Nimm was zum Essen mit!" Er hörte Alufolie rascheln und schon erschien sie mit zwei gelben Tubberschüsseln, „Da eine ist hausgemachte Lasagne und das andere, da ist Tomatensalat drin. Das liebt er. Und pass auf das er auch isst! Der Arme war so blass und eingefallen...!" Er nahm die Schüsseln in Empfang und ging nach hinten ins Büro. „Was willst du denn noch im Büro?"
„Ich habe Mariannes Sachen vom Krankenhaus...ihre Tasche und so...noch im Tresor. Die wollte ich mitnehmen und ihm geben!"

Beim Namen 'Marianne' öffneten sich wieder die Schleusen bei seiner Mutter.

„Geh...ich kümmere mich schon um alle!" Bea drückte ihn kurz an sich, „Ich lieb dich!" Dann nahm sie ihre Schwiegermutter in den Arm und auch den Rest unter ihre mütterlichen Fittiche und ließ Antonio alleine, mit den gelben Tubberschüsseln in der Hand, zurück. Er stellte das Essen kurz auf dem Boden ab, öffnete den Tresor, nahm die prall gefüllte alte Lieblingshandtasche seiner Schwester raus, stellt sie zu dem Essen und starrte auf eng beschriebene DIN A 4 Blatt, das oben auf den Papieren lag und ihn höhnisch anzugrinsen schien. Schnell griff er zu, faltete es und ließ es eilig in seiner Jackeninnentasche verschwinden. Dann nahm er Handtasche und Essen und schlüpfte wieder zum Hintereingang hinaus.

Was sollte er Andreas sagen? Seinem Freund! Ach, darüber kann man sich Gedanken machen, wenn es soweit ist. Schließlich waren sie Männer. Die brauchten nicht viele Worte.

Schon kurvte er sein Auto aus dem Hinterhof heraus, setzte den Blinker, fädelte sich in den scheinbar ständig fließenden Strom von Autos ein und brauste los. Als er in die stille Seitenstraße einbog kam er sich vor wie auf einem anderen Stern. Völlige Stille. Kein Verkehr. Und keine einzige Menschenseele war unterwegs. Er parkte vor dem Haus, direkt hinter Andreas Wagen, einem schnittigen, aber völlig familienunfreundlichen Sportwagen. Er beugte sich etwas vor und musterte die dunkle Häuserfront. Kein Licht. Nirgends. In keinem Zimmer. War er überhaupt zuhause? Sein Herz klopfte. Ihm war schon etwas mulmig zumute...

...aber das musste er hinter sich bringen. Entschlossen riss er die Wagentür auf und eilte im Stechschritt die steinerne Treppe nach und läutete. Er wartete. Schaute noch mal prüfend an den dunklen, von Efeu umrankten Fenstern nach oben. Er läutete noch einmal. Und wartete. Da. Er hörte etwas. Nervös knetet er seine Finger und trat einen Schritt zurück. Die Haustür wurde aufgerissen. Ohne großartig zu überlegen, schwang er seine Faust und streckte seinen Freund und Schwager mit einem gezielten Kinnhaken nieder.

Andreas fiel um wie ein gefällter Baum und blieb stöhnend, gekrümmt am Boden liegen. Erst jetzt fiel Antonio die immense, alkoholische Dunstglocke auf, die Andreas vor sich her zur Tür geschoben hat und nun wie eine widerliche, Übelkeitserregende Wolke über den beiden schwebte.

Mit einem Ruck packte er Andreas am Schlafittchen und schubste ihn äußerst unsanft zurück in Richtung Wohnzimmer.

Andreas torkelte, völlig neben sich, an der Dielenwand entlang, fuchtelte wie wild mit seinen Armen um sich und stieß unartikulierte Laute aus, die sehr an das grunzen einer Sau erinnerten. Im Wohnzimmer gab es den nächsten Schwinger. Aber Andreas stolperte über die Teppichkante und so streifte die geballte Faust nur seine Schulter. Trotzdem schmerzhaft. Er drehte sich im Kreis um seinem Angreifer auszuweichen, sah ihn, blieb stehen und seine Kinnlade fiel schlaff herab, „Antonio? Du?" Der dritte Treffer saß...mitten in der Magengrube. Die Luft puffte mit einem Schlag aus seinen Lungen und er klappte in sich zusammen, „Antonio, was soll das?" Nur ein atemloses Krächzen.

„DU BIST EIN SCHEISSKERL...WEISST DU DAS?" Ein harter Stups beförderte Andreas vor die Couch. Er versuchte sich irgendwo festzuhalten und riss die Glasschale mit dem winzigen Zen-Garten vom Wohnzimmertisch. Feiner Sand rieselte zu Boden und sickerte in den dicken cremefarbenen Teppichflor.

Antonio hatte sie wohl nicht mehr alle. War er denn jetzt völlig übergeschnappt?

Wut kochte in ihm hoch und er rappelte sich auf, „**Du willst dich also Prügeln**?" Er riss seine Fäuste nach oben, „**Dann komm, du Blödmann!**" Antonio schnaufte wie ein Stier und stürmte los. Beim heftigen Zusammenprall kippte die Couch nach hinten und zerrte dabei einen langen Gazevorhang von der Schiene. Kleine Plastikröllchen spritzen nach allen Richtungen. Schnaufend, ineinander verschlungen wogten sie, fast tanzend, durch den Raum. Blut tropfte aus Andreas Nase und Antonios Augenbraue zierte eine kleine Platzwunde. Niemand sagte was. Nur das angestrengte Keuchen, das splittern von Glas und das rumsen umfallender Möbelstücke begleiteten diesen unverständlichen Akt. Eine scheinbare Ewigkeit droschen beide wie wild auf sich ein, aber im Grunde genommen waren es vielleicht nur zehn Minuten. Völlig außer Atem ließen sie, wie auf Kommando voneinander ab und sanken, mittlerweile in der Küche angekommen, vor dem Frühstückstresen auf den Boden. Sie sahen sich an. Keiner sagte was. Andreas hievte sich mühsam hoch, schlurfte humpelnd am Schrank entlang, bis zur Spüle, klaubte umständlich nach der Küchenrolle, riss ein paar Blätter ab, ging langsam zurück und warf sie Antonio in den Schoß, dann bediente er sich selbst an den Papiertüchern. Leise stöhnend wischten sich beide den Schweiß und das Blut von ihren Gesichtern und Händen. Andreas sackte neben Antonio auf den Fußboden und musterte seinen Freund, „Arschloch!"

Antonio grunzte, „Selber Arschloch!" Andreas beäugte seinen Schwager und zeigte auf dessen malträtierte Braue, „Muss wohl genäht werden!" Antonio beäugte seinerseits Andreas und deutete auf dessen blutende Nase, „Muss wohl gerichtet werden!" Dann blickten beide wieder stumm vor sich.
„Was sollte das, Dicker?"
„Ich war sauer!" „Warum?" „Weiß nicht." Andreas schnaufte, „Na dann, danke für das aufschlussreiche Gespräch!" Antonio, alias Dicker (weiß der Geier wie Andreas damals auf diesen Spitznamen kam, denn Antonio war eigentlich gertenschlank) tupfte weiter an seiner Augenwunde herum. Andreas schielte rüber und beugte sich vor, „Lass mal sehen!" Gekonnt drückte er kurz um die Wunde, begutachtete sie und untersuchte oberflächlich das Auge, „Muss nicht genäht werden...ein Klammerpflaster tut's auch...hab dich nicht richtig erwischt!" Antonio schmunzelt und verzog gleichzeitig schmerzlich das Gesicht, "Bist halt ein Weichei, Doc." Andreas grinste, rappelte sich hoch und hielt Antonio die Hand hin, „Komm mit nach oben...da kann ich dein Glubscher wieder zurechtrücken...vielleicht siehst du dann sogar besser aus wie vorher." Antonio lachte kurz und krümmte sich sofort schmerzhaft, die Hand fest auf seine rechte Rippe gepresst, zusammen, „Au!"
„Warte!", Andreas schob das in Mitleidenschaft gezogene Jackett zu Seite und hob vorsichtig das halb zerrissene Hemd an. Ein schmaler, rötlicher Bluterguss zierte die unteren Rippen. Behutsam untersuchte er die lädierte Stelle, „Stell dich nicht so an. Da ist schon nichts gebrochen. Komm, lass uns endlich nach oben, bevor wir hier noch alles mit Blut voll tropfen und Paula morgen einen Schlag bekommt, wenn sie die Wohnung betritt!"
Antonio starrte seinen Schwager ungläubig an und konnte sich ein prustendes Lachen, trotz Schmerzen, nicht verkneifen, „Gott, Doc...aua...", und grinsend, „...schau dich mal um!" Andreas ließ den Blick schweifen. Er musste selber grinsen. Die paar Blutstropfen auf dem Fußboden machten den Kohl auch nicht fett. Dann schürzte er die Lippen, wie ein kleiner Junge, „Aber du musst mir nachher beim Aufräumen helfen." Lachend, sich beide aufeinander aufstützend schleiften sie sich gegenseitig nach oben ins Badezimmer.
„Setz dich auf den Hocker!" Andreas kramte im Erste-Hilfe-Schrank in der Ecke an der Wand herum. Derweil fielen Mariannes Kosmetikutensilien in Antonios Blickfeld. Er schluckte leicht und wand die Augen schnell in die leere Badewanne. Andreas kam mit einer kleinen Schachtel in der Hand

zurück und kniete sich vor ihn. Vorsichtig desinfizierte er die Augenwunde. Zischend stieß Antonio die Luft aus.

„Stell dich mal nicht so an, Dicker...bekommst auch einen Lutscher, wenn ich fertig bin." Konzentriert beendete er sein Werk und befestigte zum Schluss vorsichtig das kleine Klammerpflaster an der Braue. Dann besah er sich die kleinen Ritzer an den Händen und begutachtete auch alle restlichen Schrammen und Blessuren.

„So....fertig!" Er gab Antonio einen Klaps auf die Schulter, „Du kannst schon mal anfangen unten Kultur zu machen. Ich verarzte mich auch noch und komme dann nach." Antonio blieb auf dem Hocker sitzen und starrte verlegen auf seine Füße.

„Was ist, Dicker?" Antonio hob den Kopf und sah ihn an, „Doc...", er schluckte laut, „...es tut mir leid!" Andreas schaute ein, zwei Sekunden still an ihm vorbei, nickte, „Ist schon gut!"

Wie gesagt! Männer verstanden sich halt! Er desinfizierte seine eigenen Kratzer und Schrammen, wusch sich die Hände und das Gesicht und stopfte sich zwei schmale Tamponaden in die Nasenlöcher.

Im Spiegel sah er, dass Antonio noch immer hinter ihm auf dem Hocker saß und ihn beobachtete. Er drehte sich um und erwiderte dessen schweigenden Blick. Dann erhob sich Antonio langsam, griff in die Innentasche seines zerrissenen Sakkos. Ein zusammengefaltetes Papierstück kam zum Vorschein. Sachte, als ob es ein rohes Ei wäre, legte er ihn auf dem Hocker ab und ging zur Tür. Dort blieb er noch einen Moment stehen, ohne sich umzudrehen, „Das habe ich gefunden...im Laden. Es gehört dir."

Erinnerung (2009)
Andreas (Fortsetzung von Antonius Erinnerung)

Dann ging sein Schwager nach draußen und schloss lautlos die Tür hinter sich. Verdutzt schaute Andreas auf das geschlossene Türblatt, dann zum Hocker mit dem Zettel und vom Hocker zur verschlossenen Tür.
Endlich kam er zu sich und stakste mit hölzernen Beinen durch das Badezimmer, hin zu diesem kleinen Hocker. Mit tauben Fingern griff er nach dem Papier und begann, es langsam, mit Bedacht aufzufalten. Mariannes Handschrift erschien...Stück für Stück...Wort für Wort. Seine Hände begannen zu zittern und er hatte Mühe die Buchstaben gescheit zu erkennen. Offensichtlich war es ein Brief an ihn.

Kraftlos ließ er sich auf den Boden sinken, robbte mit Tränen in den Augen an den Rand der Badewanne, wo er sich aufrecht, mit dem Rücken an den Kacheln, hinsetzte. Er hob das Stück Papier an...es schien aus Blei zu bestehen...und las:

~~Lieber Andreas...~~

Mein liebster, bester Freund,

du wirst dich wohl wundern, diese Zeilen von mir zu lesen. Aber ich gebe es zu...in Sachen, Tacheles reden, bin ich eine echte Niete. Aber das weißt du ja und deswegen werden dich diese Zeilen von mir vielleicht gar nicht SO erstaunen. Wenn du diesen Brief erhältst, werde ich nicht mehr da sein. Ich habe vor, einige Zeit ins Ausland zu gehen...meine beruflichen Perspektiven neu überdenken...neue Kontakte zu knüpfen und mich auch etwas in dieser wunderschönen Welt umschauen. Es gibt sooo vieles was ich noch nicht erlebt habe...es gibt sooo vieles was ich noch nicht gesehen habe.

Ich hatte nie vor mein ganzes Leben in Berlin zu verbringen, vor

mich hin zu vegetieren in einem starr strukturierten Alltag und mich irgendwann, wenn ich alt und grau bin, fragen: War das wirklich alles? Es tut mir einerseits weh, dir das zu sagen. Denn ich weiß, dass du dir die Schuld daran gibst, weil wir geheiratet haben und du mich, sozusagen, an die Kette vor dem Haus gelegt hast. Aber noch weher tut es mir, dir zu sagen, dass du damit nicht ganz unrecht hast...

Du darfst mich jetzt aber nicht falsch verstehen. Ich habe mich ja freiwillig an die Kette legen lassen. Ich habe dich ja freiwillig geheiratet.

Du warst damals so unkompliziert, so spontan und schienst mir auch das richtige Quäntchen Verrücktheit mitzubringen. Ich wollte mit dir reisen...die Welt ansehen...nein...ich wollte mit dir die Welt <u>erobern</u>!!! Aber ich habe dich auch geheiratet, weil ich dich geliebt habe. Wirklich! Das musst du mir glauben. Doch dann stellte sich irgendwann heraus: Du bist heimatverbunden...du liebtest Berlin, deine Arbeit hier in der Kinderklinik...und du wolltest auch niemals weg oder mal etwas anderes ausprobieren. Dein größter Traum war ein kleines Häuschen mit Garten und Kinder.

Ach, wie habe es geliebt, wenn deine Augen zu glänzen anfingen, sobald du mir davon erzählt hast. Und ich habe gelächelt. Aber ich hatte nie den Mut dir zu sagen, dass es nicht MEIN Traum ist.

Du bist ein wunderbarer Mann und ich liebe und schätze dich auch jetzt noch sehr. Es gibt keinen besseren besten Freund als dich. Du bist mir sooo wichtig, dass ich sogar dein Glück, über Meines stellen wollte. Ich hätte auf all meine Träume verzichtet nur um dich glücklich zu sehen. Aber ich bin sicher, ich wäre irgendwann daran zerbrochen.

Doch dann...an dem Tag als Romina Geburtstag gefeiert hat im Berlinium...da ist etwas geschehen. Erinnerst du dich? Du kamst morgens nach Hause, weil du Nachtschicht hattest und bist deshalb erst gegen Mittag zu uns gestoßen.

An diesem Tag kam meine Antwort einfach so

unverhofft ins Berlinium geschneit. Unfassbar.
Erinnerst du dich an die wunderschöne
Blumenlieferung? Nein? Aber ich bin sicher du
erinnerst dich an die bildhübsche Lieferantin! Guck
jetzt nicht so entgeistert. Ich kam aus dem Büro raus um
sie zu bezahlen (was aber nachher Mama erledigt
hat...oder war's Antonio...ach ist ja auch egal) Du hattest
gerade Helen auf deiner Schulter und bist wie wild mit
ihr durch das Lokal galoppiert...da kam SIE zur Tür
herein...
Du bliebst wie angewurzelt stehen und starrtest sie
ungläubig an. Selbst als Helen dir völlig ungeduldig fast
die Haare aus der Kopfhaut gerissen hat, bist du
einfach dagestanden und hast sie angeschaut. Warum
das keinem außer mir auffiel, ist mir absolut
schleierhaft. Aber es war nicht die Tatsache, DAS du sie
angeschaut oder besser angestarrt hast, sondern es war
die Art WIE!!
Deine Augen glänzten warm...sie leuchteten richtig und
dein Gesichtsausdruck war so...wie soll ich sagen...so
weich, irgendwie. SO hast du MICH noch kein einziges
Mal angesehen seit wir uns kennen. Ob ich nicht
eifersüchtig war? Na klar doch. Zuerst jedenfalls. Doch
nach langem nachdenken in meinem kleinen
„Hinterkämmerlein" (Büro), kam ich zu dem Schluss,
dass auch du insgeheim vielleicht schon mit unserer
Zukunft abgeschlossen hast. Kennst du die Aussagen:
Liebe auf den ersten Blick?
Ich glaube, das trifft bei dir so ziemlich zu.

Ich glaube in dem Moment hast du die Frau erkannt, die (hoffentlich) dieselben Träume und Ziele im Leben hat, wie du. Und deshalb werde ich das tun was für dich...nein, das wäre jetzt gelogen...was für <u>uns</u> beide wohl das Beste ist.

Ich gebe uns beiden die Freiheit wieder. Ich weiß, du wirst am Ende dieser Zeilen erst einmal alles abstreiten und du wirst wahrscheinlich auch ziemlich sauer auf mich sein. Aber ich bin mir sicher, dass du tief in deinem, wirklich edlen Herzen, weißt, dass ich recht habe. Und selbst wenn sie NICHT die Frau für dich sein sollte (was ich ehrlich gesagt bezweifele...eine Frau fühlt so was), weiß ich doch, dass du jemanden finden würdest (und vor allem auch verdienst) der dich ohne jegliche Kompromisse glücklich machen wird...also sei so gut, mir dasselbe zuzugestehen.

Du wirst immer ein sehr wichtiger Mensch in meinem Leben sein und ich würde mich unsagbar freuen, wenn wir anstatt einem Ehepaar, beste Freunde sein könnten. Ehrlich gesagt, könnte ich mir auch gar nicht vorstellen, dass du GARNICHT mehr in meinem Leben wärst...du gehörst doch schließlich irgendwie mit zur Familie. Und ich bin mir sicher, dass MEINE Familie das genauso sehen wird! Ach...und Antonio? Der wird sich furchtbar aufregen. Dieser aufbrausende Holzkopf! Aber du kennst ihn ja. So schnell wie der Sturm kommt, so schnell ist er auch wieder vorbei. So, das war's dann erst einmal. Ich bin mir sicher, dass wir uns irgendwann noch mal sehen werden. Bis dahin hast du

hoffentlich dein Glück gefunden. Und bleib an diesem
süßen brünetten Blümchen dran...
...ich habe da echt so ein Gefühl im Bauch...
In Liebe
Marianne

Der Brief in Andreas Hand sank langsam nach unten auf seinen Schoß. Tränen schossen ihm ihn die Augen und ein trockener Schluchzer würgte sich durch seine ausgetrocknete Kehle. Müde sank sein Kopf auf die angewinkelten Knie. Und so saß er da. Regungslos.

Ach, Marianne...warum hast du nicht mit mir geredet? Warum hast du mir nie gesagt was in dir vorgeht? Wir hätten doch bestimmt eine Lösung gefunden.

Andreas schaute noch einmal flüchtig über den Brief. Tja, seine Frau hatte eine Lösung gefunden.

Andreas hielt ja gerade den offiziellen Schlussstrich schwarz auf weiß in seinen Händen. Dieser Brief...er war ein Abschiedsbrief.

Und zwar in jeglicher Hinsicht. Nur dass es SO abschließend ist, hatte sich seine Frau bestimmt auch nicht vorgestellt. Andreas dachte an sein ungeborenes Kind. Erschüttert riss er den Brief wieder nach oben und überflog die Zeilen.

Er war sich sicher, dass Marianne zum Zeitpunkt, als sie den Brief verfasst hatte, bestimmt nicht gewusst haben kann das sie schwanger war. Den Brief schrieb sie, wenn er das richtig verstanden hatte, an Rominas Geburtstag. Beim Arzt war sie aber erst ein paar Tage später.

Was muss in ihr vorgegangen sein als Dr. Krauser ihr diese Nachricht eröffnete? Ihre ganzen Träume? Geplatzt. Oder? Hätte sie wirklich auf ihre Träume verzichten können?

Er las die betreffenden Zeilen noch einmal durch, legte den Kopf in den Nacken und dachte nach. Wahrscheinlich hätte sie verzichtet. Zumindest eine Zeitlang. Vielleicht sogar ein paar Jahre. Aber Andreas war sich sicher, dass sie irgendwann ausgebrochen wäre. Dazu war ihr Selbsterhaltungstrieb, ihre Neugier, ihre Lebenslust einfach zu ausgeprägt. Und doch wäre etwas zurückgeblieben, was er hätte lieben können. Ihr gemeinsames Kind. Sein Kind! Erschrocken fuhr er plötzlich hoch.

Antonio! Naja, jetzt konnte er wenigsten die Prügel von eben verstehen. Allem Anschein nach hatte sein Schwager den Brief nicht nur aufbewahrt, sondern ihn auch gelesen.

Und er wusste, dass Antonio über die Heirat seiner Schwester mit ihm sehr glücklich gewesen war, weil Antonio ihn überraschenderweise wirklich mochte (Warum auch nicht? Im Grunde genommen war er ja doch ein toller Kerl...meistens jedenfalls). Dann fand er einen Brief seiner Schwester in dem er lesen musste, dass die Ehe vorbei war...dazu kam dann noch das die Verfasserin des Briefes, seine geliebte Schwester, tot war. Nicht mehr in der Lage ihm Rede und Antwort zu stehen. Gott...Antonio wusste ja noch nicht mal von der Schwangerschaft.

Mit schmerzenden Knochen rappelte er sich auf und ging nach unten auf der Suche nach seinem Schwager. Der saß gerade auf dem Wohnzimmerboden und raffte heruntergefallenen Bücher vom Boden auf und schob sie in das Regal, das er ebenfalls wiederaufgerichtet hatte. *Wahrscheinlich war dieses Möbelteil der Übertäter, der für den Rippenbluterguss verantwortlich war.*

Andreas stand etwas unschlüssig im Wohnzimmertürrahmen. Unauffällig faltete er den Brief wieder zusammen und schob ihn vorne in seine Hosentasche. Stumm betrat er den Raum und half bei der gröbsten Beseitigung der Schlägerei. Nach einer halben Stunde hielt Andreas es nicht mehr aus. Die Pfütze aus der umgefallen Vase, die IMMER mit frischen Blumen auf dem Sideboard stand, war schon aufgewischt. Alle Möbelstücke die sich ihnen vorhin in den Weg gestellt hatten und auf irgendeine Art und Weise, brutal hatten weichen müssen, standen wieder an ihrem angestammten Platz. Die Blumen aus der Vase und ein kleiner Kaktus (der diesen unverhofften Übergriff leider nicht überlebt hatte) hatten schon ihren Weg in den Mülleimer gefunden.

Im Augenblick kruschte Antonio in der Besenkammer rum auf der Suche nach dem Staubsauger. Auf dem Boden und dem Teppich verteilt lag noch etwas Blumenerde und der Sand von Mariannes Zen-Garten, den es schon ziemlich zu Anfang gekostet hatte.

Andreas brachte gerade ein paar Scherben aus der Küche (leider waren auch ein paar Gläser zum falschen Zeitpunkt am falschen Ort gewesen) raus in die große Mülltonne, die seitlich am Haus stand. Als er wieder zurückkam, röhrte der Sauger und leises Gerassel deutete auf den Fund von Erdkrümel und Sand hin. Offensichtlich war sein Schwager bei der Suche nach dem elektrischen Allesfresser erfolgreich gewesen. Gut. Dann würde Paula morgen nicht gleich einen Herzschlag bekommen. Der Sauger beendete seine Arbeit mit einem satt klingenden Rrrrrrrrr und verstummt dann ganz. Andreas betrat das Wohnzimmer, „Wir müssen reden!" „Hm."

Antonio nickte kurz, „Ich räum den hier noch schnell weg."
Andreas richtete derweil die dicken Sofakissen. Auf einem prangte ein ziemlich großer nasser Fleck. Fragend blickte Andreas ihn an.
Woher? Keine Ahnung! Einfach umdrehen, dann bemerkt es keiner.
Schwups! Gesagt! Getan!
Antonio kam zurück und sie ließen sich gleichzeitig, in die, jeweils gegenüberliegende Sessel fallen und schauten sich an. Tja, einer musste den Anfang machen.
Beide räusperten sich. Reden war halt nicht so ihr Ding. Andreas nahm dann endlich tief Luft und fing an.
„Du hast den Brief gelesen, stimmt's?" Betroffen und auch irgendwie ertappt stierte Antonio krampfhaft an Andreas vorbei auf den halb getrockneten Fleck unter dem Hochzeitsbild von Marianne und Andreas.
„Hm."
„Und du warst sauer auf mich!?" Eher eine Aussage als eine Frage. Antonio raffte sich auf und setzte sich aufrecht hin, „Ja...und nein!" „Hä?"
„Ja, ich war sauer auf dich. Aber ich war auch sauer auf Marianne." Sein Kopf sackte nach vorne, „Ich vermisse sie!" Dann hob er seinen Blick und richtete ihn auf Andreas, „Und ich war sauer auf mich...obwohl...sauer ist nicht das richtige Wort...keine Ahnung...", er zuckte mit den Schultern, „...es war alles so viel auf einmal. Der Unfall. Der Laden. Meine Frau und Kinder. Die ganzen Anrufe. Meine Eltern und du...!" Er schaute Andreas fest in die Augen, „Und dann fand ich den Brief...ich bin einfach ausgetickt...ich wusste nicht wie ich mich verhalten sollte...was ich überhaupt tun sollte..."
Ein kleines ironisches Lächeln stahl sich auf Andreas Gesicht, „Cool, da dachtest du: fahr ich mal bei meinen Freund und Schwager und hau ihm die Fresse ein. Das hilft immer!" Verlegen wand sich Antonio,
„Nee...naja...obwohl...kann schon sein." Er zuckte mit den Schultern, „Ich dachte, du verstehst das schon! Wusste ja nicht das ich dich halb besoffen antreffen würde." Verlegen scharrte er mit dem Fuß auf dem teuren, hochflorigen Teppich.
Andreas konnte nicht mehr und sprang auf, „Du dachtest ich verstehe das?" Leicht aufgebracht verschränkte er die Arme hinter seinem Rücken und fing an Auf und Ab zu gehen. Fahrig strich er sich durchs Haar und blieb mit einem Mal abrupt stehen.
„Hör zu...was Marianna da geschrieben hat, ist auch für mich neu. Ich habe das alles nicht gewusst...das musst du mir glauben." Antonio nickte bedächtig, „Ich glaub dir ja...aber...Scheiße...ich dachte ihr wärt

beide so glücklich...ich dachte, dass unsere Kinder irgendwann einmal miteinander spielen würden...", er senkte den Kopf, „...ich dachte, es wäre alles perfekt!" Andreas setzte sich wieder hin und knibbelte nachdenklich an seiner Unterlippe herum, „Ja, das dachte ich auch...bis...", er verstummte.
Antonio packte den Stier bei den Hörnern, „Bis du diese junge Frau getroffen hast, oder?" Andreas erwiderte nichts.
„Doc...", er beugte sich näher zu Andreas, „...du hast dich doch verliebt, oder? Sogar Marianne hat das mitbekommen." Andreas erwiderte noch immer nichts.
„Hey...wir sind doch Freunde, du kannst es mir doch sagen." Er lehnte sich wieder in seinem Sessel zurück, „Und wenn ich den Brief richtig verstanden haben...ich weiß, ich hätte ihn eigentlich gar nicht lesen sollen...dann war DAS sogar die Lösung für Mariannes Misere." Sein Gesichtsausdruck kehrte sich nach innen, „Ich habe ja immer gewusst das Marianne raus wollte...hinaus in die weite Welt. Sie hatte als Kind schon dieses Zigeunerblut in den Adern. Aber ich dachte echt, als sie dich anschleppte, dass sie sich die Flausen endlich aus dem Kopf geschlagen hätte. Die bist sooo...bodenständig und vernünftig." Andreas schnaubte ironisch, „Toll! Bodenständig und vernünftig! Das ist genau das, was ein Mann hören möchte!" Doch Antonio nickte eifrig, „Ich hatte echt die Hoffnung, dass du Marianne irgendwie umstimmen könntest." Dann seufzte er, „Aber ich hätte wissen müssen, dass das nicht klappt. Marianne hatte schon immer ihren eigenen Sturkopf. Früher oder später wäre sie...puff...", er klopfte nachdrücklich mit der Faust in seine offene Handfläche, „...einfach weg!" Antonio stemmt sich ächzend hoch, „Ich mach uns mal einen starken Kaffee!" Im Vorbeigehen drückte er mitfühlend Andreas Schulter.
Dieser saß noch immer wie versteinert an seinem Platz.
„Marianne war schwanger!"**Zack!** Jetzt war es raus.
Antonio erstarrte mitten im Schritt, drehte sich unendlich langsam zu seinem Freund um und stierte ihn ungläubig an, „W....w....was?" Andreas schaute hoch zu seinem Schwager. Ungeweinte Tränen glitzerten in seinen Augen, „Sie hat ein Kind von mir erwartet!"
Mit einem lauten 'Uff' stolperte Antonio unbeholfen zurück zum Sessel und ließ sich kraftlos hinein plumpsen. Ungläubig schüttelte er immer wieder den Kopf und schnappte wie ein Fisch auf dem Trockenen nach Luft.
Wehmütig lächelte Andreas seinem Freund zu, „Und soll ich dir was sagen?" Er machte eine kurze Pause, „Ich glaube nicht, dass sie deswegen

bei mir geblieben wäre!"
Antonio dachte kurz nach, „Und soll **ich** dir was sagen? Ich glaube, du hast damit recht!" Er 'uffte' noch mal, „Ein Kind...ich fass es nicht!"
Eine Träne löste sich aus Andreas Auge, „Aber dann hätte ich wenigstens ein Kind!"
„Scheiße!" Das war das sinnvollste, was Antonio in diesem Moment einfiel. Er wusste wie sehr sich sein Freund eine eigene Familie gewünscht hatte. Und noch wünschte. Andreas stand auf und legte seinem Freund die Hand tröstend auf die Schulter, „Es bringt nichts, sich deswegen zu zerfleischen und zu verhackstücken. Was geschehen ist, ist geschehen."
Antonio nickte, und ließ nervös seine Fingerknöchel knacken, „Am besten behalten wir es für uns. Es weiß doch noch keiner, oder?" „Außer Dr. Krauser, du und ich? Nee!"
„Gut, dann lassen wir es auch so. Mama und Papa würde das wohl den Rest geben und Bea würde dich wahrscheinlich monatelang voll heulen." Er nickte wie bestätigend für sich selbst, „Es bleibt unter uns!"
Antonio schwang sich aus dem Sessel, zerrte Andreas ebenfalls hoch, schob ihn vor sich her in die Küche und parkte ihn am Küchentresen. Dann heizte er den Wasserkocher an, kramte scheppernd im Hängeschrank herum und zauberte ein angebrochenes Glas Instantkaffee hervor. Nachdem er in zwei Becher etwas Pulver geschüttet hatte, goss er kochend heißes Wasser darüber, „Voila! Nicht schön, aber selten! Prost!" Er schob Andreas den dampfenden Becher hin. Dann pflanzte er sich dazu.
„Willst du mir jetzt nicht doch etwas von der Blumenfee erzählen?" Er blies kurz über seine heiße Brühe und probierte vorsichtig.
Andreas drehte den Becher auf der Tresenplatte hin und her, „Was soll ich da erzählen. Da gibt's nichts zu erzählen!" „Ach komm...., „Antonio knuffte ihn spielerisch in die Seite, „...wer ist sie und wann hast du sie kennengelernt?" Andreas nippte vorsichtig an seinem Kaffee und stellte den Becher dann nachdenklich wieder ab, „Eigentlich habe ich sie gar nicht richtig kennengelernt. Ich weiß nur sie heißt Madita und sie arbeitet in Angela's Blumenladen...das ist der Laden, der euch auch immer die Blumen liefert fürs Lokal. Ich traf sie, als ich Marianne ihre wöchentliche Rose kaufte." Antonio pfiff durch die Zähne, „Oh...eine Schicksalsbegegnung!"
„Und?" bohrte Antonio weiter, „Mensch Doc...lass dir doch nicht immer die Würmer aus der Nase ziehen!"
„Andreas zuckte mit den Schultern, „Da gibt's nix zu erzählen...ich habe dort Blumen gekauft, hab meine Späßchen gemacht, wurde angezickt und

bin gegangen." Er trank noch einen kräftigen Schluck und verbrannte sich prompt die Zunge. *Tja, kleine Sünden straft Gott gleich!*
„Okay, Dicker...", er atmete einmal kräftig durch, „...ich kam in den Laden, sah sie und...BÄNG...ich versuchte mit ihr zu flirten, was aber irgendwie nicht sooo die Wirkung hatte." Er schloss kurz die Augen um sich diese Situation noch einmal vorzustellen, „Aber ich bin mir sicher, dass es bei ihr in diesem Augenblick auch irgendwie BÄNG gemacht hat...ich hab's in ihren Augen gesehen. Denke ich." „Ja und dann?" „Nix!" „Wie?" Ja, nix halt...hör mal ich bin doch verheiratet...ich war es zumindest. Und für eine Spielerei bin ich erstens nicht der Typ und zweitens, war sie mir dafür zu schade!" Antonio musterte seinen Freund, „Ich weiß, es klingt jetzt ziemlich herzlos...aber du bist nicht mehr verheiratet...klar...JETZT kannst du vielleicht noch nicht. Das wäre wohl ziemlich pietätlos, in Anbetracht der Umstände...meine Schwester und so...!"
Kurz verstummte er und schloss die Augen. Dann lachte er amüsiert auf, „Marianne hätte bestimmt versucht euch zu verkuppeln. Du weißt ja wie sie war. Bloß alles gut durchplanen und nichts dem Schicksal überlassen!" Antonio hob seinen Becher und prostete Andreas zu.
Der stieß mit einem schiefen Grinsen mit ihm an. Beide taten einen Schluck. Nachdenklich drehte Antonio seinen Becher dann in der Hand, „Aber sie etwas im Auge behalten, kann nichts schaden, oder...und dann...in ein paar Monaten...wer weiß."
Andreas stand auf und kippte den Rest der fürchterlichen Plörre in den Ausguss, „Nein!"
„Was nein?" „Ich werde niemanden im 'Auge' behalten. Ich werde mich mal eine Zeitlang selbst aus dem Verkehr ziehen...mich verdünnisieren!"
„Wie?" Andreas stellte den Becher in die Spülmaschine, wie er es schon so oft getan hatte. Dieser gewohnte Handgriff beruhigte ihn und schaffte Platz für einen klaren Gedanken, „Ich lasse mich morgen beurlauben und werde für ein paar Monate verschwinden!" Er verschränkte die Arme vor der Brust und bedachte seinen Schwager mit einem festen Blick, „Ich brauche Zeit! Punkt!"
Sein Schwager schluckte, „Verstehe." Dann stand auch er auf und stellte den halb vollen Becher **in die Spüle**, so wie **er** es zuhause auch immer tat, „Und was sage ich Bea und den anderen?"
„Dasselbe was ich dir gerade gesagt habe..., dass ich Zeit brauche und das ich mich melden werden...versprochen!" Er schaute auf die Uhr. Es war schon ziemlich spät, also bugsierte er Antonio ziemlich unhöflich einfach

hinaus in den Flur, „Junge, es wird Zeit das du heimfährst...kümmere dich um deine Familie. Ich ruf dich an...okay?"
Noch nicht so ganz überzeugt, nickte Antonio ergeben und kramte nach seinen Autoschlüsseln in der Hosentasche, „Okay dann", er zog Andreas unverhofft in die Arme, drückte kurz und ließ auch augenblicklich wieder los, „Warte...ich soll dir noch Essen geben! Das sollst du runter schlingen...Anweisung von Bea!" Er öffnete die Haustür, hechtete die Treppe hinab zu seinem Wagen, griff eilig die beiden Tubberschüsseln, rannte wieder hoch und drückte sie Andreas in die Hand. Der lachte, „Danke...kannst ausrichte: werde ich machen!" Antonio nickte und ging wieder runter zum Auto. Andreas schaute ihm nach. Dann fiel ihm noch etwas ein, **„Hey...wer kam eigentlich auf die Idee Sonnenblumen in den Kranz zu stecken?"** Antonio lächelte etwas wehmütig, „Helen...sie dachte, die würden ihrer Tante bestimmt gut gefallen!" Mit diesen Worten stieg er ins Auto und brauste nach Hause zu seiner Familie. Langsam ließ Andreas die Haustür ins Schloss fallen, stellte die Schüsseln in der Küche ab, ging nach oben und begann zu packen!

Gastgeberin:
Hoppla, jetzt wäre ich beinahe selbst auf einen Karton getreten. Du musst auch aufpassen wo du die Dinger hinstellst. Da sind kostbare Dinge drin, das weißt du doch. Hier...probiere mal einen Muffin...ob sie gut so sind! Lecker, nicht? Und dann kannst du mir helfen das ganze Zeugs wieder in meinen Abstellraum zu bugsieren. Wenn wir fertig sind muss ich alle wieder zurückbringen und es darf kein einziger fehlen.
Das wäre fatal...schließlich sind Erinnerungen unersetzbar. Aber weißt du was? Ich mach das....ich weiß ja auch wo sie hingehören...und du schaust mal nach was Madita und Andreas machen...okay?

Gegenwart (2011)
Madita und Andreas

„Schatz, soll ich dir deinen Föhn noch einpacken?" „MEINEN Föhn?", Madita rollt gequält mit den Augen, „IST MIR EHRLICH GESAGT SCHITTEGAL!" Besorgt rauscht Andreas ins Schlafzimmer, wo seine Frau gerade dabei ist, ihr Bewusstsein zu verhecheln, „Also kein Föhn?!"

Ein bitterböser Blick heftet sich auf ihren Mann, „Schuhe...", sie atmet kräftig aus, „Ich hätte nur gerne Schuhe an meinen Füssen...DAMIT WIR ENDLICH LOSFAHREN KÖNNEN!" Andreas kann sich ein Grinsen nicht verkneifen, „Die Dame ist wohl etwas unwirsch...", er schmunzelt verschmitzt, „...Schuhe...kommen sofort Mylady!" Und schon wirbelt er herum und kramt im Flur im Schuhschrank nach ein paar flachen Tretern die die geschwollenen Füße seiner heiß geliebten Frau aufnehmen konnten.
Mit ein paar roten, schon leicht ausgetretenen Mokassins kommt er zurückgeeilt und stülpt sie, bevor Madita rebellieren konnte, über die nackten Füße seiner Frau.
„Ausgerechnet die ollen Schlappen", sie verzieht schmollend den Mund.
Er küsst sie liebevoll auf die Stirn, ist doch egal, du kannst sie eh nicht sehen!" Er lacht glucksend.
Ein entrüsteter Aufschrei und ein Boxer auf den Oberarm sind die Antwort darauf, „Au...", er reibt sich noch immer lachend seinen Bizeps und hebt sie vorsichtig vom Bett hoch.
„Ich mach doch nur Spaß. Du weißt doch, wenn ich nervös bin, fange ich an Witze zu machen." Er setzt einen verzeihenden Dackelblick auf.
Madita kann sich ein schmunzeln nicht mehr verkneifen und streicht ihrem Mann über die raue Wange, „Ich weiß...du und dein Humor...", sie stöhnt leicht auf und hält sich ächzend den weit vorgewölbten Schwangerschaftsbauch, „Aber im Moment wäre es mir lieber, wenn du ihn kurzfristig knebeln würdest und mich dann in die Klinik bringen würdest. Denn weißt du...ich bekomme ein Kind...und würde es nur sehr ungern in deinem superschönen neuen Wagen auf den exklusiven Ledersitzen bekommen."
Andreas lacht, „Schatz, ich bringe die Tasche runter ins Auto und komme dich dann holen. Ist das okay?" Sie winkte ihn huldvoll, wie einen lästigen Lakaien zum Zimmer hinaus, „Ja, mach nur! In der Zeit suche ich mir ein Zelt in das ich mich einwickeln kann...meine Jacken passen ja nicht mehr!" Sein belustigtes Gelächter begleitet ihn mit hinaus und er bringt es sogar wieder mit zurück.
„Ach, Schatz...ich liebe dich!" Ein kleiner Kuss auf die Stirn.
Murrend watschelt sie an ihm vorbei und knufft ihn kurz, „Lieb dich auch! Komm jetzt!"
Behutsam geleitet er Madita zum Wagen und hilft ihr hinein, „Komm, ich helfe dir beim Anschnallen!" In diesem Moment ergreift eine Wehe Madita's Körper und verkrampfte sie von Kopf bis Fuß.

Hechelnd, das Kinn auf die Brust gepresst, stützt sie sich am Armaturenbrett ab, „Lass...den...Gurt...weg...puh...", die Wehe ebbte ab und sie lehnt sich etwas erleichtert zurück, „Der ist eh nicht lang genug...bitte fahr jetzt!"
Andreas streicht ihr besorgt (wie es für einen werdenden Vater üblich ist) das Haar aus der Stirn, schlägt die Wagentür mit einem lauten ‚Rums' zu, eilte ums Auto herum, stiegt ein und düst los. Hinein in den beginnenden Morgen, der im wahrsten Sinne des Wortes, neues Leben mit sich bringt. Elf Minuten und eine Wehe später hält er mit quietschenden Reifen vor der Klinik, „Warte, ich besorg einen Rollstuhl!" Madita nickt belustigt, „Mach nur...ich hechele dann einfach vor mich hin, bis du wiederkommst."
Noch keine dreißig Sekunden später kommt er mit einem rollenden Gefährt aus der Glastür gestürmt, kommt schlitternd an der Beifahrertür zum Stehen, reißt diese auf, verfrachtet wortlos seine verdutzt dreinschauende Madita hinein und düst mit kostbarer Fracht an Bord, wieder zurück. Vorbei an müden Schwestern und einigen frühen Besuchern. Sehr frühen Besuchern. Am Fahrstuhl angekommen hämmert er wie wild auf dem armen Knopf herum, „Komm schon!" Madita verbeißt sich krampfhaft ein Lachen, „Immer sachte mit den jungen Pferden...gib ihm doch auch eine Chance runterzukommen." Pling. Mit einem leisen Schschppp öffnet sich die Tür. Andreas schiebt sie hinein und drückt, diesmal gesittet und auch nur einmal, auf die zwei. Die Entbindungsstation. Mit einem weiteren sanften Schschppp schiebt sich die Tür nach ein paar Sekunden wieder auf. Steriler Krankenhausgeruch schlägt ihnen entgegen. Sofort nimmt er den linken Kurs, er kennt sich schließlich hier aus, bis er vor dem Schwesternzimmer steht. Eine dieser netten Pflegerinnen brütet gerade über irgendwelchen Papieren und macht sich an der Seite des Blattes Notizen.„MORGEN!" Erschrocken zuckt die Schwester zusammen und schaut sich um.
Oh...sie sind's, Dr. Kramer!" Ein lautes Aufstöhnen hinter Andreas. Er schaut sich besorgt um und wendet sich nervös wieder der Schwester zu, „Ist Bettina im Haus?"
„Warten sie, ich schaue mal auf den Plan." Sie dreht sich um und verschwindet im hinteren Teil des Büros und kommt ein paar Sekunden darauf wieder zurück, „In einer halben Stunde fängt ihre Schicht an...", sie linst hinter den Tresen zu Madita hinunter, „Keine Sorge...dass reicht!" Sie schlägt den Ordner zu, kommt heraus und greift sich den Rollstuhl mitsamt Madita, „Wir bereiten sie schon mal vor!"

Andreas trippelt etwas unbeholfen neben ihr her, „Reicht das auch wirklich? Soll ich sie nicht vielleicht mal anrufen, dass sie etwas früher kommen kann?" Ein vorwurfsvoller Blick aus fast stahlgrauen Augen, streift ihn, „Dr. Kramer...es reicht ganz bestimmt."
Routiniert öffnet sie die Tür zum Kreissaalbereich und schiebt Madita in ein kleines Untersuchungszimmer, „So....jetzt schauen wir erst einmal, wie weit sie sind Frau Kramer." Madita lächelt dankbar.
Mühsam stemmt sie sich hoch und schlurft zur Liege. Dort stützt sie sich kurz ab und schiebt sich dann, mit Hilfe der Schwester, in Position. Diese dreht sich um und mustert Andreas belustigt, „Sie können dann draußen warten!" Andreas öffnet verdutzt den Mund, „Hä? Äh...nö...", er zeigt auf Madita, „...sie braucht mich doch." Madita keucht kurz. Die Schwester kommt auf Andreas zu und schiebt ihn bestimmend und mit Nachdruck aus dem Kämmerlein, „Heute sind sie werdender Vater und KEIN Arzt. Klar? Also...", sie zeigte auf drei, verloren wirkende Chromstühle im dem breiten Gang, „...bitte setzen!"
Vor Andreas Nase wird die Tür geschlossen! Er versucht zu lauschen aber die Türen sind so dick isoliert, dass nur verschwommenes, dumpfes Gebrummel zu verstehen ist. Fluchend haut er mit der Faust auf die unschuldige Sitzfläche eines Stuhles ein, „Mist...Mist...Mistmistmist!" Völlig aufgewühlt fleddert er sich dann doch auf die Stühle, nur um gleich darauf wieder aufzuspringen und wie ein hungriger Tiger den Gang auf und ab zu laufen. Wie oft hat er Männer gesehen, die sich so aufführten wie er jetzt gerade. Die Schwester hat recht: Heute ist **er** der werdende Vater! Und genauso führt er sich auch auf! Trotz aller Aufregung muss er lachen. Ein paar Minuten später öffnet sich die Tür und die Schwester, mit Madita im Schlepptau erscheint, „So, meine Herrschaften. Dann auf in den Kreissaal!"
Sie wendet sich Madita zu, „Können wir?" Madita lächelt, „Ja...", sie hält ihrem Mann die Hand hin, „...dann mal los...lass uns ein Kind kriegen!" Langsam, einen Fuß vor den anderen setzend, betreten sie den, in grün gehaltenen Kreissaal. Dieser Raum strahlte nichts von dem aus was man früher in den Gebärkammern so zu sehen bekam. Hier war alles warm und freundlich. Die Farben aufeinander abgestimmt, gab es Hocker, Kissen, einen großen, roten Sitzball und eine ergonomisch geformte Liege. Vor den Fenstern mit Sichtschutz hängen geschmackvolle Gardinen. Die Angsteinflößenden Instrumente sind in wohnlich wirkenden Schränken untergebracht und sind somit netterweise dem Blickfeld der werdenden

Eltern entzogen. Madita steuert eine breite, bequem aussehende Liege an und lässt sich erleichtert darauf nieder. Andreas sieht den gestochenen Zugang auf ihrem Handrücken, den die Schwester eben gelegt hat.
„So, dann lass ich sie jetzt mal alleine. Bettina ist in ein paar Minuten da und wird den weiteren Ablauf dann mit ihnen beiden besprechen." Sie kommt noch mal zurück zu Madita, „Ich bringe ihnen noch etwas Tee...oder möchten sie lieber Wasser?"
„Wasser bitte!" „Ich bring es sofort!", sie dreht sich um zu Andreas, „Und nach Möglichkeit bitte nicht im Kreissaal telefonieren." Andreas grinst, „Aye, Aye, Chef!" Dann zieht er sich einen Hocker heran und setzt sich zu seiner Frau. Madita bricht in schallendes Gelächter aus. Verdutzt starrt er sie an, „Was ist denn so komisch?"
„Du sitzt auf dem Gebärhocker!"
Andreas schaut nach unten, „Stimmt!", und lacht mit.
Madita legt sich bequem hin, soweit das ihr Umfang überhaupt zulässt und atmet entspannt durch, „Erzähl mir noch was."
Andreas kuschelt sich an sie ran, „Was soll ich dir denn noch erzählen?" Er nimmt ihren Zeigefinger und führt ihn sanft über seine Lippen, „Fühlst du das....schon ganz ausgefranst." Madita lacht, „Och bitte, Schatz...lenk mich noch ein bisschen ab."
Er verdreht theatralisch die Augen und grinst dabei, „Na gut...also...

Gastgeberin:

Und? Wie weit sind sie? Ist der kleine Wurm schon da?
Nein? Uff, dann haben wir noch etwas Zeit. Die Kisten
sind auch alle ordentlich verstaut. Es fehlt auch nix.
Aber beinah hätte ich die verlorene Unschuld vergessen.
Die hattest du ganz oben aufs Regalgelegt...habe ich
fast `nen Karton
draufgestellt. Ist aber zum Glück nix passiert.
Es klingelt? Nanu? Ach ja die Mädels...sind aber früh
dran heute. Ich mach mal eben auf.
Kommt rein...nur herein in die gute Stube...setzt euch
einfach dahin wo Platz ist. Ja, ja...das sind Muffins
was du riechst...ihr kriegt gleich welche. Die müssen
noch etwas abkühlen und die Lasur fehlt noch...
Aber schaut mal, ich habe Besuch...sie schaut sich
gerade die Kartons an...genau... die Kartons voller
Erinnerungen von Madita und Andreas...ich weiß, die

kennt ihr schon. Wir haben noch ein paar zum durchwühlen...Ihr könnt mir ja in der Zeit in der Küche helfen!
Wie? Nein? Ihr wollt mitgucken? Schon wieder? Naja...warum nicht. Hier...das ist der nächste...

Vergangenheit (2009)
Andreas

Am nächsten Morgen stand Andreas auf. Die Nacht hatte er auf der unbequemen Couch verbracht. Alle Knochen taten ihm weh. Ob von der Prügelei oder der ungefederten Schlafunterlage konnte er nicht sagen. War ja auch egal...an den Schmerzen änderte sich deshalb nichts. Gekrümmt und leicht humpelnd kraxelte ins Badezimmer nach oben, verrichtet seine Morgentoilette und setzte sich in der großzügigen Duschkabine einem wohltuenden, warmen Schauer aus. Das tat gut!
Sein Gehirn lief mittlerweile auf Hochtouren. Er hatte einiges zu erledigen bevor er abreiste. Hoffentlich vergaß er nichts. Als erstes schlüpfte er mal in eine bequeme Montur. Jeans, T-Shirt und ein paar bequeme Sneakers. Dann zerrte er seinen schweren Koffer, den er gestern Abend noch gepackt hatte, nach unten und stellte ihn im Flur an der Garderobe, ab. Kaffee! Oh, Gott, er brauchte unbedingt einen anständigen Koffeinschub. Seine Kehle fühlte sich staubtrocken an. Kaffee! Sofort! Ohne den ging garnix. Also ab in die Küche, die hochmoderne Kaffeemaschine angeschmissen, eine Wurststulle schmieren, die im Stehen verdrücken, einen Becher mit Kaffee füllen, das Telefon schnappen und dann ab auf die Couch. Mit einer schnellen Bewegung schob er die zerknautschte Decke seines Bettprovisoriums zur Seite und verschaffte sich Platz. Er schaute auf seine funkelnde, schwarze TW Steel Armbanduhr. Es war kurz nach acht. Um neun würde Paula hier eintrudeln und um zehn wollte er schon unterwegs sein. Es gab noch viel zu tun. Er nahm den Hörer und wählte.
„Hallo Judith. Ist der Chef schon im Hause?" Er lauschte kurz, „Kannst du mich dann noch schnell rüber stellen zu ihm?" Er lauschte, „Okay, danke!" Er wartete. Dann meldete sich eine laute Stimme im Hörer. Sofort straffte Andreas seinen Oberkörper, „Hallo Dr. Schmitt. Guten Morgen. Hier ist Dr. Kramer!"
„Ah...Dr. Kramer...", sofort senkte sich die Stimme fünf Nuancen in den Keller hinunter, „...wie geht es ihnen?"

Andreas schluckte kurz, „Äh...den Umständen entsprechend."
„Ja, das kann ich mir vorstellen. Ich wollte gestern noch kurz mit ihnen reden aber sie waren auf einmal nicht mehr da. Übrigens, eine sehr ergreifende Beerdigung. Eine berührende Trauerrede von dem Pfarrer."
„Äh...ja fand ich auch."
„Sie wissen ja, ich hatte ihnen gesagt, dass sie sich Zeit nehmen sollen. Und das meinte ich auch so! So einen Verlust steckt man nicht so einfach weg. Wenn sie irgendeine Psychologische Betreuung benötigen, dann sagen sie es mir. Ich werde dann alles in die Wege leiten. Ich kenne da jemanden...Dr. Mehlborn...ein waschechter, klasse Spezialist auf seinem Gebiet. Da wären sie in ausgesprochenen guten Händen!" Andreas lächelte höflich, obwohl sein Gesprächspartner das ja gar nicht sehen konnte, „Äh...danke, dass ist nett gemeint...aber ich glaub nicht, dass ich so was brauch."
Er hörte ein missbilligendes Schnaufen am anderen Ende der Leitung. Schnell fügte er deshalb hinzu, „Aber wenn ich das Gefühl habe mit irgendwas nicht klar zu kommen, werde ich mich an den von ihnen empfohlenen Kollegen wenden!"
„Gut!", ein kurzes Räuspern, „Was kann ich denn für sie tun?"
„Ähm...", Andreas druckste etwas herum.
Was sollte das. Das war doch sonst nicht seine Art. Normalerweise packte er den Stier bei den Hörnern und sprach Tacheles.
„Also, was diese Zeit angeht, die sie mir so großzügig angeboten haben...die würde ich gerne in Anspruch nehmen. Ich würde gerne für ein paar Monate freigestellt werden."
Er machte eine kurze Pause, „Unbezahlt natürlich! Wie sie sich vorstellen können, muss ich in meinem Leben vieles neu überdenken und neu ordnen. In meiner augenblicklichen Verfassung wäre ich nicht in der Lage, meine hohen Ansprüche an mich selbst, an sie und an die Klinik zu erfüllen."
Er machte eine weitere kleine Pause um das Gesagte bei seinem Gegenüber kurz sacken zu lassen, „Aber ich liebe meine Arbeit in der Klinik und würde sie nur sehr ungern verlieren, also würde ich mir gerne die Option freihalten, wieder zurück zu kommen!" *So, den Brocken musste er seinen Chef erst einmal schlucken lassen.*
„Also...", wieder ein Räuspern, „...das wird nicht so einfach. Wir bräuchten eine adäquate Vertretung für sie...hmmm...an welchen Zeitraum haben sie den gedacht?"
„Sechs Monate?" „Sechs Monate! Hui...". Stille.

Andreas presste den Hörer ans Ohr und hielt die Luft an. Das leise Klicken von trommelnden Fingernägeln auf einer polierten Tischplatte drang in sein Ohr. Dann ein lautes schnaufen, „Ich sag ihnen was...sie sind ein hervorragender Kinderarzt. Eigentlich der Beste, den ich hier habe. Ich würde sie nur sehr ungern komplett verlieren...", Pause, „...ich gebe ihnen die sechs Monate! Ich muss das nur irgendwie der Personalabteilung verklickern. Das krieg ich, denke ich, irgendwie hin. Aber...", Andreas konnte geistig den erhobenen Zeigefinger seines Chefs sehen, „...sie kommen zurück...suchen sich nichts anderes und nehmen auch kein anderes Angebot an...versprochen?"
Die angehaltene Luft aus Andreas Lungen wich erleichtert, „Versprochen!"
„Und melden sie sich zwischendurch mal und bringen mich, sozusagen, auf den neuesten Stand!" „Versprochen!"
Ein unverständliches Gebrummel schlängelte sich durch die Leitung, „Dann wünsch ich ihnen alles Gute, Dr. Kramer!"
„Ihnen auch Dr. Schmitt...und vielen Dank auch!" Klack! Verbindung getrennt. *So, das war der erste Schritt.*
Er schaute noch einmal auf seine Uhr. Der Zeiger hatte sich mittlerweile bis zwanzig vor neun vorgekämpft. Paula würde gleich herkommen. Auch für sie würde sich einiges ändern. Er nahm einen kleinen linierten Schreibblock aus der Schublade vom Phonoschrank und machte sich eilig ein paar Notizen. Er durfte nichts vergessen. Alles musste für die nächsten Monate geregelt werden. Um kurz vor neun, Andreas war noch völlig vertieft in seine Schreiberei, klackte das Haustürschloss.
„GUTEN MORGEN! IST JEMAND DA? Huch...was ist denn das?" „JA PAULA...IM WOHNZIMMER!" Er hörte eilige Schritte auf Gummisohlen und dann stand seine besorgt wirkende Haushaltsperle auch schon vor ihm, „Guten Morgen, Dr. Kramer. Da steht ein Koffer im Flur." Sie zeigte mit dem Daumen hinter sich. Dann beugte sie sich zu ihm runter und legte mitfühlend eine ihrer stets eiskalten Hände auf seinen bloßen Unterarm, „Wie geht es ihnen...Schmal sind sie geworden! Wie ein Streichholz!" Sie stutzte und nahm ihn genauer unter die Lupe, „Was haben sie den im Gesicht? Das ist ja ganz grün und blau...?"
Andreas winkte ab, „Bin nur gestern Abend in der Dusche ausgerutscht!" Paula hob den Kopf, schnüffelte und ließ ihren stechenden Radarblick durch den Raum gleiten. Dann ging sie zur Wand, wo das Hochzeitsbild hing, „Da ist ja ein Fleck!" Sie drehte sich fragend zu ihm rum, der Wohnzimmertisch kam in ihr Visier, „Und wo ist der Zen-Garten?"

Dann wurde ihr Blick zum Fenster gezogen, wo helles Sonnenlicht hineinfiel, „Herrje...die Gardinen. Wo sind denn die Gardinen", fassungslos eilte sie an den Platz ihrer Besorgnis, „Und die Pflanze...", sie zeigte auf die Fensterbank, „Wo ist die Pflanze?" Sie machte einen kleinen Schritt nach vorne. Leichtes Knirschen unter ihrem Schuh zog ihren Blick nach unten zum Boden. Ein paar kleine Erdkrümel lagen vor der Fensterbank. Verwirrt wand sie sich zu Andreas um, „Was ist denn hier passiert?"
Andreas stand eilig vom Sofa auf, legte beruhigend den Arm um Paula und führte sie sachte, wie ein kleines verwirrtes Kind, zum Sofa. Automatisch griff sie hinter sich um das große Rückenkissen etwas aufzuschütteln und hatte prompt den nassen Fleck auf der Rückseite dieses einen bestimmten Kissens erwischt. Demonstrativ drehte sie die feuchte Seite nach außen und rutschte etwas weiter nach rechts. Aber sie sagte nichts. Ihre Lippen waren zu einem verkniffenen, schmalen Strich gepresst.
Andreas setzte sich ihr gegenüber, leicht angespannt und versuchte ein entspanntes und vor allem beruhigendes 'Es-ist-alles-in-Ordnung- Lächeln' rüberzuschicken, „Paula...wir müssen einiges klären!"
Sie nickte und straffte gespannt ihren Rücken.
Er setzte noch mal an, „Paula...".
Ihr durchdringender Blick machte ihn etwas nervös und er sprang auf. Er legte sich in Gedanken seine Sätze zurecht und begann langsam um den Sitzbereich zu gehen. Immer verfolgt von Paulas wachsamen Radar-Augen.
„Paula...ich werde für ein paar Monate weggehen. Allerdings komme ich auch wieder zurück und möchte hier natürlich keine zu gestaubte Ruine vorfinden. Ich möchte das sie weiterhin kommen, nach den Rechten sehen, die Post reinholen, mich anrufen, wenn was Wichtiges dabei ist...", er machte eine kurze Pause, „Meine Handynummer haben sie ja!" Er nahm einen tiefen Luftzug und setzte seine Ausführungen Punkt für Punkt fort, „Ich möchte das sie in dieser Zeit die Kleider von Marianne entsorgen...spenden...oder was auch immer. Ich möchte, dass sie sämtliche Bilder hier im Haus, wo sie drauf ist, in einen Karton packen. Ich möchte das sämtliche persönlichen Utensilien von ihr im Badezimmer wegkommen. Ich möchte, dass sie einen Maler beauftragen, der das Wohnzimmer umstreicht. Und ich möchte das sie neue Gardinen besorgen...nein...", er neigte überlegend seinen Kopf, „...nein...keine Gardinen. Besorgen sie Jalousien!" Er hob mahnend den Zeigefinger, „Und ich möchte, dass sie das Bett entsorgen...zu gegebener Zeit werde ich mir ein neues besorgen!" Er dachte kurz nach.

Hatte er noch was vergessen. Nein, er glaubte nicht. Oh doch!
„Ihr Gehalt wird natürlich wie immer überwiesen und in der Haushaltskasse ist noch ausreichend Geld drin."
Stumm hatte Paula sich seinem ausführlich Ich-möchte-Wortschwall ergeben und ihn einfach nur völlig entsetzt, als ob bei ihm mehr als nur EINE Schraube locker wäre, angestarrt. Er wusste ja selbst...., dass alles klang ziemlich herzlos. Also kniete er sich vor seine Perle,
„Paula...ich weiß, das klingt furchtbar...im Augenblick...aber ich...ich...ich kann es einfach nicht."
Er stand auf und wanderte weiter ziellos durch den Raum, „Das muss ja alles nicht sofort geschehen. Sie können sich damit Zeit lassen."
Er setzte sich wieder ihr gegenüber und faltete seine Hände, „Paula...das sind keine Anweisungen...das ist eine Bitte...eine Bitte von mir an sie...ich bitte sie, dass für mich zu tun!" Paulas Augen schwammen mittlerweile in Tränen. Sie wischte sie unbeholfen mit dem Ärmel ihrer leichten Sommerjacke weg und wippte verlegen mit ihren gummibesohlten Fersen auf dem Boden, „Ist gut!"
Erleichtert seufzte er auf, „Gut...dann also..., wenn irgendwas sein sollte, können sie auch Bea oder Antonio anrufen. Die wissen Bescheid! Ich werde mich dann mal auf den Weg machen." Sie sprang auf, „Jetzt schon...ich meine jetzt sofort?"
„Ja, Paula. Jetzt sofort!" Er nahm ihre eiskalte Hand in seine, „Und vielen Dank für alles, Paula!" „Es tut mir alles so schrecklich leid, Dr. Kramer!" „Mir auch, Paula...mir auch!" Er umarmte sie kurz, drehte sich um und ging. Zurück blieb eine verwirrte und völlig aufgelöste Paula. Sie schaute stumm aus der Tür als er sein Gepäck in den Wagen wuchtete, einstieg und losfuhr.
So! Punkt drei musste abgearbeitet werden. Antonio und seine Familie.
Eine halbe Stunde später stand er vor deren Haus. Er kam mit seinem Zeitplan etwas in Verzug, aber das war er seinen Leuten schuldig. Er stieg aus, ging zur Tür und läutete. Während er wartet, dass geöffnet wurde, betrachtete er das kleine, lustige Mobile aus den alten Kastanien vom Vorjahr, das rechts in der Ecke, über der Tür hing. Das hatten Helen und er gebastelt. Die Erinnerung daran, zauberte ihm ein kleines Lächeln ins Gesicht. Und genauso wurde er ertappt, als plötzlich die Tür aufging.
„Andreas!? Was ist?" Es war Bea und sie folgte seinem Blick, „Oh...das alte Mobile. Ich wollte es schon längst abhängen, aber Helen kriegt die Krise, sobald ich leitermäßig in die Nähe von diesem blöden Ding komme."

„HEY, das ist waschechte Kunst!" Bea lachte und umarmte Andreas, „Komm doch rein!"
„Ich habe nicht viel Zeit...wollte nur kurz mit dir und dem Dicken reden."
„Der ist oben bei den Kids...", sie senkte die Stimme, „...ich lasse sie den Rest der Woche aus dem Kindergarten und der Schule!" Andreas nickte, „Wie geht es ihnen?" Bea zuckte mit den Schultern, „Überraschend gut. Natürlich vermissen sie Marianne. Aber...ich habe ihnen erzählt, dass sie jetzt im Himmel auf einer Wolke sitzt, auf sie aufpasst und den ganzen Tag Eis essen darf. Das finden sie natürlich irgendwie cool. Naja...", sie schluckt, „...vielleicht nicht cool. Aber es tröstet sie, dass ihre Tante etwas machen darf, was sie halt nicht dürfen." Sie schiebt ihn in die großzügige Küche. Alles massiv Holz und urig/bäuerlich eingerichtet, bis hin zu den stilechten rot karierten Vorhängen. Andreas hatte diese Küche schon immer geliebt. Kein Vergleich zu dem Hightech-Ding das er Zuhause hatte. Eine knarzende Stufe (die dritte Stufe von unten, um genau zu sein) verkündete einen Ankömmling.
„Hi, Doc!" Antonio musterte Andreas Gesicht, „Schaut gut aus."
Andreas lacht, „Was macht dein Gerippe, alter Mann!" Dann stockte er erschrocken und schielte zu Bea. Die verkniff sich ein Grinsen, „Brauchst nicht aufzuhören. Ich weiß alles. Antonio musste es gestern Abend noch, notgedrungen, beichten. Das blaue Auge war ja wohl nicht zu übersehen!" Sie kommt, mit einem Becher frisch gebrühten Kaffee zu Andreas, drückte ihn in seine Hand, „Lass DICH mal anschauen!" Sie musterte ihn, „Nicht so schlimm. Bevor du Opa wirst, hast du das wieder vergessen. Ich geh mal hoch, bevor die Kids irgendetwas ausfressen!" Die Stufe knarzte wieder, als Bea nach oben ging.
„Du hast es ihr nicht gesagt?"„Nein!"„Danke!"„Du fährst?"
„Jep...Koffer liegt im Kofferraum und Paula hat ihre, oder besser gesagt, meine Anweisungen bekommen." Er nippte am starken, ungesüßten Kaffee, „Und mein Chef beurlaubt mich für ein halbes Jahr.
Antonio pfiff durch die Zähne, „Alle Achtung! Netter Zug! Weißt du schon wo du hin willst?"„Österreich...Skihütte!"
„Ach ja, das alte Schätzchen das ihr euch mal gekauft habt!"
„Hey...sag nichts Negatives über unsere Luxusimmobilie. Immerhin habe ich einen Stromgenerator im Schuppen und fließend Wasser ist auch vorhanden!" Antonio winkte lachend ab, „Du meinst doch nicht das Rinnsal, der daneben rumplätschert?" Andreas stimmte in das Lachen mit ein.
Knarz! Bea kam die Treppe wieder nach unten,

„Hey, was ist denn hier so amüsant?"
Antonio zeigte auf Andreas, „Der Herr zieht sich für ein halbes Jahr auf sein Chalet in den Bergen zurück!" Bea zieht eine Schnute, „Was? In diese alte Kaschemme? Du hast sie ja nicht mehr alle?" Sie zeigte ihm demonstrativ einen Vogel.
„Ich weiß nicht was ihr habt? Das ist eine ganz reizende Holzhütte und hat ihren ganz eigenen Charme!"
„Ja, den verlockenden Charme eines Feldbettes auf offener Wiese bei strömendem Regen!"
Antonio zog seinen Schwager mitleidig in den Arm, „Lass ihn, Schatz...dann wissen wir wenigstens das er ganz bestimmt zurück kommt."
„Darauf ein Halleluja", Bea hob prostend ihre Kaffeetasse.
„Aber eine Kleinigkeit wäre da noch!" Andreas wand sich an Bea, „Ich habe Paula einige Anweisungen gegeben...", er zog einen Umschlag aus seiner Jeanstasche, „...darin ist eine meiner Bankkarten und die Geheimnummer. Paula wird für meine Aufträge Geld brauchen. Wärst du so lieb, dass für mich zu übernehmen!"
„Oh...", sie fingerte am Umschlag herum und legte ihn dann doch auf den Küchenschrank, „Was hast du denn vor?" „Renovieren lassen!"
Bea warf ihrem Mann einen Blick zu. Der nickte und zwinkerte ihr zu.
„Okay, Chef...wir halten ein Auge darauf." „Danke...euch beiden!" Andreas stellte seine Tasse in die Spülmaschine der urig/rustikalen Küche, die er so mochte, „Ich würde mich gerne noch von den Kids verabschieden. Darf ich?"
Antonio winkte mit seinem Daumen die Treppe nach oben, „Nur zu...immer dem Gekreische nach, bis zum Pampersduft. Und dann links abbiegen!"
Andreas grinste schief und wand sich um. Plötzlich sprang ihm Bea in den Weg, umarmte ihn fest, klammerte schon fast, „Wir werden dich furchtbar vermissen...vergiss das nicht und komm bloß zurück!" Verlegen wischte sie sich eine Träne von der Wange und stellt sich (schutzsuchend) neben ihren Mann. Andreas nickte etwas verlegen und machte sich eilig auf den Weg ins obere Stockwerk um sich von seinen niedlichen Nichten und dem coolsten Neffen, den je jemand hatte, zu verabschieden.
Nach einer ungefähr fünfzehn Minuten stürmte er aus dem Haus. Blind vor Tränen stieg er in seinen Wagen und brauste los. Oh Gott, wie er diese kleine nervige Brut vermissen würde.
Er durfte den Eimer Tannenzapfen nicht vergessen den Helen wollte. Und einen Nussknacker für Noah.

Wo er den in Österreich auftreiben sollte, war ihm noch absolut schleierhaft. Dass das traditionelle Holzkunstwerk eher aus dem Erzgebirge kam, war seinem Neffen wohl noch nicht ganz so geläufig. *Wie kam der Bengel nur darauf das er aus ÖSTERREICH einen Nussknacker mitbringen konnte*. Andreas lachte. Und weinte. Gleichzeitig. Und die kleine süße Romina...die hatte sich eigentlich nur gewünscht das ihr Onkel an Weihnachten wieder da ist. Er schniefte. Tat er wirklich das Richtige? Er sah sich um. Wo fuhr er denn da eigentlich rum. Er besah sich das Straßenschild...Kastanienallee...die kannte er doch. Sein Herz klopfte. Er suchte sich eine enge Parklücke am Straßenrand aus, scherte gekonnt mit seinem Sportwagen ein und machte den Motor aus. Einige Minuten blieb er unschlüssig sitzen.

Dann schnallte er sich ab und stieg aus. Tief sog er die morgendliche Frühsommerluft in seine Lungen. *Nur mal schauen*.

Er ging auf die andere Straßenseite. Etwa hundert Meter von ihm ein rotes Haus. Langsam setzte er sich in Gang. *Vielleicht war ja keiner da*.

Ein kleines Schaufenster kam in sein Blickfeld. Er beschleunigte seinen Schritt. Jetzt stand er genau gegenüber...von dem Schaufenster...von diesem roten Haus. Die aufgehende Sonne blendete ihn etwas und er stellt sich in den Schatten einer der Bäume, Pappeln oder so was, die am Straßenrand standen. Hinter dem Fenster bewegte sich etwas. Oder besser gesagt, jemand. Er stellte sich noch etwas weiter links hinter einen giftgrünen Clio, so dass er halb verdeckt war. Doch das Schaufenster zog ihn magisch an. Wie in Trance ging er langsam über die Straße.

Eine junge braunhaarige Frau kletterte gerade hinter dem dicht bewachsenen Fenster herum, mit einer kleinen roten Gießkanne in der Hand und schien zu wässern. Andreas lächelte unbewusst. Jetzt stand er genau davor. Er steckte seine Hände in die Taschen und...ja...was machte er eigentlich hier? In diesem Moment hatte ihn die junge Frau bemerkt. Wie angewurzelt blieb sie auf der Leiter stehen, die Kanne regungslos in der erhobenen Hand und starrte durch die Scheibe zu ihm rüber.

Die Zeit schien stillzustehen.

Dann hob sie ihre andere Hand und legte ihre offene Handfläche auf das Glas. Ihr hübsches Tattoo, eine voll erblühte Sonnenblume leuchtete in der frühmorgendlichen Sonne. Fasziniert betrachtete er sich das Hautgemälde. Ein gelbes Blumenfeld schob sich für einen Moment in seine Gedanken und verschwand dann wieder. Langsam zog er eine Hand aus der Manteltasche und legte ebenfalls seine gespreizten Finger auf die Scheibe.

Genau auf Madita's Hand. Nur getrennt durch eine schmale Glasscheibe. Ihre Blicke trafen sich. Sein Herz wurde ihm schwer. Er schob seine Hand wieder in die Manteltasche zurück, drehte sich um und ging. Ohne einen Blick zurückzuwerfen. Und es tat weh! Verdammt weh!
Eine halbe Stunde befand er sich auf der Autobahn, gen Norden!
Abends um viertel nach acht bog er um die allerletzte Kurve. Der Kiesuntergrund knirschte unter den breiten Reifen und er rollte langsam vor die alte Holzhütte, die er vor ungefähr zwei Jahren gekauft hatte.
Andreas saugte die Umgebung mit den Augen förmlich in sich hinein. Sog tief die klare Bergluft in seine Lungen. Antonio hatte irgendwie recht. Es **war** ein altes Schätzchen. Marianne mochte zwar die Umgebung hier, aber nicht die, zugegebenermaßen bescheidene Blockhütte. Aber Andreas liebte das einfache Ambiente in der Natur. Und auch die Lichtung die seine Behausung umrahmte. Und das beruhigende Gurgeln des Baches neben seinem Haus. Das Rauschen der hohen Tannen am Rande der Lichtung. Die klare Luft. Die himmlische Ruhe.
Irgendwie erwartete man, dass gleich die wuchtige, hölzerne Tür aufgestoßen wurde und der bärtige Almöhi sich im Türrahmen breitmachte. Und dann würde Heidi mit dem Geißen- Peter im Schlepptau und seiner kleinen Ziegenherde über die Bergkuppe gerannt kommen.
Er schaute zum runter gekurbelten Fenster heraus und ließ die träumerische Atmosphäre auf sich wirken. Ja. Hier würde wieder zu sich kommen. Er sprang aus dem Wagen, ging um ihn herum zum Heck, öffnete den Minikofferraum und zerrte seinen Koffer heraus, der GERADE SO Platz darin gefunden hatte. Leicht schnaufend schleifte er das gute Teil auf die halbmorsche (müsste dringend mal repariert werden) Veranda und machte sich auf den Weg zum kleinen Anbau neben der Hütte. Hoffentlich war noch genug Sprit in dem Generator. Sonst würde er den ersten Abend in völliger Dunkelheit verbringen. Die Sonne stand schon mehr als tief und in maximal einer Stunde wäre er hier oben blind wie ein Maulwurf. Egal. Es gab schlimmeres. Wie zum Beispiel eine Liebe die keine Chance hatte oder eine tote Ehefrau oder einem Abschied-, Trennungsbrief oder ein Kind das nie geboren werden würde.
Aber siehe da...das Glück hatte ihn wohl noch nicht ganz aufgegeben. Diesen Abend würde er zumindest Licht haben. Der Generator hatte noch genug Saft! *Bitte einen Tusch!*
In der Hütte roch es etwas modrig. Kein Wunder. Er war vielleicht einmal im Jahr hier.

Okay, der Bauer in der Nachbarschaft schaute hin und wieder nach den Rechten...aber Lüften gehörte wohl nicht in sein Repertoire. Andreas riss erst einmal sämtliche Fenster und Läden auf und knipste die kleine, verstaubte Funzel in der Kochnische an. Jede Kerze spendete mehr Helligkeit als dieser Möchtegernableger eines Glühwürmchens. Und dennoch reichte es im Augenblick um Andreas zumindest einen kleinen Rundblick zu gewähren. Die ganze Hütte bestand ein zwei Räumen. Dem Untersten und dem obersten Raum. Sorry...und einem Mini-WC, gleich neben der Küche...noch mal sorry, gleich neben der winzigen Kochnische. Andreas trat wieder vor die Tür und schenkte seinen Lungen noch mal einen Schub frischer, noch lauwarmer Bergluft. Und zum ersten Mal seit Wochen schien ihm das Leben nicht ganz sooo schwer.

So vergingen mehrere Wochen in denen er einfach vor sich hingammelte, Oldies im Radio lauschte oder einfach nur rumschlunzte. Oder Löcher in die Luft starrte. Sich nicht rasierte (rasieren musste). Oder, was er besonders gerne tat, zum Wandern in die Berge ging. Manchmal lungerte auch unten in der Dorfkneipe herum, zockte Karten mit den Bauern oder schlug sich wacker beim Dartspiel und jeden zweiten Tag organisierte er sich bei 'seinem' Bauern frische Milch. Zwischendurch rang er sich mal durch und telefonierte mit seinen Leuten in Berlin um sich doch etwas auf dem Laufenden zu halten. Die Telefonate mit den Kids gefielen ihm aber am besten. Da sie sich nie einig werden konnten, wer den Telefonhörer halten sollte /durfte (denn dann gab's regelmäßig ein Mordsgeschrei...**ich**...**ich**...**ich**) riss Antonio dann kurzerhand die Hörerherrschaft an sich und machte halt den Lautsprecher an. Aber irgendwie hatten die Kids den Sinn des Telefonierens nicht richtig verstanden. Zu dritt saßen sie dann, wie die Orgelpfeifen, vor ihrem Vater auf dem Boden und schrien sich die Lungen aus dem Leib, als versuchten sie, die knapp achthundert Kilometer mit der Kapazität ihrer Stimmbänder zu überbrücken. Und jeder versuchte den anderen zu übertrumpfen und es wurde immer noch lauter. Andreas liebte diese Gespräche über alles. Antonio lachte sich regelmäßig, halb taub, im Hintergrund kaputt. Doch irgendwann musste er dann doch mal ein resolutes Machtwort sprechen, bevor Krallen oder gar Zähne zum Einsatz kamen und sonst womöglich noch Blut fließen würde. Das funktionierte auch (meistens) und das lebhafte Gespräch konnte etwas gesitteter weitergeführt werden. Mittlerweile war Andreas schon seit zwei Monaten hier und erholte sich

zunehmend. Er hatte eine gesunde Gesichtsfarbe. Seine Wangen wurden wieder etwas voller und sein Haar wuchs unkontrolliert vor sich hin. Und niemand scherte sich darum. Keine Termine. Kein Druck. Einfach super! Er wusste, die Dörfler unten im Tal, zerrissen sich das Maul über ihn. Wilde Spekulationen kursierten in dem kleinen Ort. Worte wie 'Suspendierung' oder 'Ehekrach' oder auch (huhu) 'Burnout' machten munter die Runde. Doch er behielt den Grund seines momentanen Hier seins für sich und niemand sprach ihn offen darauf an. Das war ihm nur recht. Das einzige Problem, das sich standhaft weigerte, den Abgang zu machen und Abend für Abend Gewehr bei Fuß stand, um ihn langsam in den Wahnsinn zu treiben, war sein Traum...eine brünette Frau in einem gelben Blumenfeld. Aber sobald die Sonne aufging, verblasste der Traum bis er 'Plop', wie eine Seifenblase zerplatzte. Eines Morgens allerdings wurde seine kleine, heile Bergwelt urplötzlich völlig auf den Kopf gestellt. Er hatte gerade seine Morgentoilette an seinem Bächlein neben dem Haus abgeschlossen (waschen, Zähneputzen, Wasserkanne zum Kaffeekochen auffüllen), da hörte er im Haus ein leises 'Ding Dong'. Er schaute auf die Armbanduhr, die er neben sich im satten Gras abgelegt hatte, damit sie nicht Opfer seiner ausschweifenden Hygieneschlacht wurde (noch besaß sein ‚privater' Hausbach keinen regulierenden Wasserhahn).
Acht Uhr! Hoppla, Antonio. Oder Bea? Äh...vielleicht aber auch Paula. Bestimmt hatte sie sich mal um Handwerker bemüht und brauchte ein paar Infos von ihm. Er schlenderte langsam zu Haus und rubbelte sich im Gehen die Haare trocken. Die Vögel zwitscherten vergnügt...kleine Insekten schwirrten surrend in der Luft umher und die Sonnenstrahlen tanzten spielerisch zwischen den Baumwipfeln. Es versprach also, wieder einmal ein richtig malerischer Tag zu werden. Andreas betrat, vor sich hin pfeifend, den halbdunklen Raum. Ein paar Sekunden brauchten seine Augen schon um sich von der gleißenden Helligkeit draußen, an das schummrige Licht im Zimmer anzupassen. Suchend streiften seine Augen umher um dieses vermaledeite Handy zu finden. *Cleverer wäre es ja, es immer an ein und denselben Platz zu legen, aber das wäre wohl zu einfach. Ah. Da!*
Auf der leicht durchgesessenen Couch lag es ja. Andreas nahm es hoch. Eine Sms? Okay! Mit einem schnellen Fingerwisch über das scheinbar ewig verschmierte Display öffnete er die Nachricht.
`-Bleib nicht zu lange!   M-`
Wer war denn das? Er kontrollierte nachlässig die Nummer (ohne sie wirklich zu registrieren...wen juckte das schon). Überflog mal alles schnell.

Hmm? Nee, kannte er nicht. Er schloss die Nachricht und warf das Handy wieder achtlos auf die Couch, wo es langsam rutschend in der kleinen Besucherritze verschwand. Eine winzige Glocke in seinem Gehirn bimmelte leise, was aber entweder nicht gehört oder konsequent von ihm ignoriert wurde. Andreas zog sich seine klobigen Wanderschuhe an, packte eine Flasche frisches Quellwasser und zwei Äpfel in den kleinen abgewetzten Rucksack, besah sich die Kaffeemaschine (nee, dauerte ihm zu lange) und machte sich auf den Weg hinaus in die wunderschöne Natur!

Den ganzen Tag lief er in den Hügeln herum, döste unter Bäumen, kehrte in dem kleinen Gasthof im Dorf ein, wo er sich mittlerweile vom trotteligen, blutigen Anfänger- Dartspieler zu einem mittelmäßigen Werfer, den man gebrauchen konnte, hoch geackert hatte. Dort gönnte sich eine deftige Brotzeit. Und doch trug er eine Sache an diesem Tag nicht in seinen Rucksack spazieren, sondern in seiner Magengrube. Nämlich eine ungewohnte innere Unruhe. Leicht unzufrieden (was war denn nur los mit ihm?) machte er sich auf den Heimweg, spaltete (um wenigstens ETWAS Spannung abzubauen) noch ein paar Scheite Holz, aber dieses komische Gefühl in seinem Bauch wollte einfach nicht verschwinden. Als die Abenddämmerung rein brach, entzündete er ein Feuer in dem kleinen Kamin und in Rekordschnelle herrschte eine saunaähnliche Atmosphäre in dem Raum, so dass er umgehend beide Fenster im Untergeschoß aufriss um der Hitze einen Ausweg zu ermöglichen. Aber das prasseln des Feuers entspannte ihn. Also ließ er es brennen. Um nicht ganz untätig einfach nur rumzusitzen, klaubte er sich ein paar Marshmallows aus dem Rucksack, die er heute Mittag in dem kleinen Krämerladen unten im Dorf erworben hatte, spießte sie auf ein Stück Holz, setzte sich vor den Kamin und röstete sich diese klebrige Süßigkeit. Der Knoten in seinem Bauch grummelte unangenehm. Die kleine Glocke in seinem Hirn wollte auch nicht verstummen (Ach, haben wir die auch endlich mal vernommen?) *Was war denn nur?*
Sein Herz begann zu rasen. Seine Hand mit dem aufgegabelten Marshmallow begann zu zittern. *Wo war sein Handy?* Er legte den Ast mit der mittlerweile angekokelten Nachspeise achtlos neben sich auf den Boden, wo es sofort auf den rauen, ungeschliffenen Holzdielen festklebte und sprang auf. *Handy! Handy! Handy! Ach ja! Auf der Couch.* Er lief hinüber und tastete die Sitzfläche ab. *Nix! Das gab's doch gar nicht.* Er hatte es heute Morgen doch auf das Sofa gelegt...da war er sich sicher.

Oder? Unsicher kontrollierte er mit einem Blick die kleine Arbeitsfläche in der Küche. Dann das kleine Sideboard, mit der wunderschönen Maserung neben der Eingangstür. *Nichts!* Und der kleine Beistelltisch neben dem Sofa? *Auch Nichts! Verflixt*...er war FELSENFEST überzeugt, es heute Morgen hier auf der Couch abgelegt zu haben. Nochmals fuhr er sanft mit der Handfläche die Sitzfläche ab. Diesmal schob er seine Fingerspitzen etwas in Ritzen. Seitlich. Hinten. Und...da war es ja. Offensichtlich hatte es sich schmollend zwischen die Ritzen verkrochen. *Du kleiner Schlawiner!*
Andreas atmete erleichtert auf. Er öffnete die Nachricht von heute Morgen.
-Bleib nicht zu lange! M-
Die Nummer. Er brauchte die Nummer. Seine verflixten Hände zitterten so sehr, dass er die Nachricht versehentlich zweimal schloss und wieder öffnen musste. *Da! Da war sie ja!* Er starrte die Nummer an. Dann scrollte er zu seiner Telefonliste. Nichts. Kontrollierte die alten Nachrichten. *Ja! Da! Da! Da! Das ...das war doch nicht möglich!*
Es war die Nummer von Marianne! *Marianne? Hä?*
Seiner Frau? Die seit zwei Monaten tot war? Kein Wunder das sein Unterbewusstsein heute schon den ganzen Tag wie blöd, Alarm schlug. Sein Telefon rutschte aus seiner Hand, prallte auf das Sofa und verschwand wieder zwischen den beiden Sitzkissen, in die Besucherritze. Andreas schluckte hart! *Das konnte doch nur ein Scherz sein. Ein ziemlich übler! Woher hatte dieser jemand Mariannes Handy? Und woher kannte er das Kürzel mit dem Marianne ihre Nachrichten immer abschloss?*
Umständlich fummelte Andreas das Handy wieder aus der Ritze heraus und starrte die angezeigte Nummer an...sein Herz raste in seiner Brust...und dann drückte er zaghaft, nein, fast schon ängstlich, auf das Anrufsymbol. Langsam hob er den Hörer an sein Ohr. Die drückende Hitze hier im Raum setzte ihm ziemlich zu und schwitzte er wie ein Schwein. Aber das war nicht allein der Grund...
Die Nummer wurde automatisch angewählt. Dann...
-**Der angerufene Teilnehmer ist zurzeit nicht zu erreichen. Bitte probieren sie es zu einem**...-
Er legte auf! Sein Atem ging pfeifend.
Irgendwie neben sich und leicht verstört (verständlich, oder) stöberte er kurz in seiner Telefonliste und wählte erneut. *Warum konnte er problemlos einen Blinddarm operieren, sich aber keine einzige Telefonnummer merken?*

Es klingelte auf der anderen Seite der Leitung.
-Hallo! Wir sind Bea, Antonio, Noah, Helen und Romina Niedler und leider nicht zuhause. Hinterlassen sie bitte ihren Namen und ihre Nummer und wir werden dann eventuell auch zurückrufen. Danke! PIIIEP! -
Schit...der AB. Wie er diese saublöden Dinger hasste!
„Hi, Dicker! Ruf mich sofort an, wenn du diese Nachricht abhörst. Es ist dringend. E c h t d r i n g e n d! Ach ja...hier ist Andreas!" Er legte auf. Jetzt konnte er nur noch warten. Also starrte er ziel- und blicklos in das flackernde Feuer im Kamin, schwitzte und wartete.
RIING! RIING!
Verschreckt zuckte er zusammen. Dabei rutschte ihm das Handy aus seinen schweißnassen Händen und fiel in seinen Schoß. RIING! RIING! *Ja, doch!* Umständlich fingerte er am Telefon rum, nahm dann endlich das Gespräch an, „Antonio?"
„Ja, ich bin's. Mensch Doc, was ist denn los. Ist was passiert? Du hast...!"
„Wo ist Mariannes Handy?", wurde er unwirsch unterbrochen. „Was?"
Ratlosigkeit in der Stimme am anderen Ende der Leitung? Andreas schnaufte aufgeregt, „Wo ist Mariannes Handy?"
„Äh...ich versteh nicht ganz...kaputt." „Wie kaputt?" „Na, kaputt eben! Kleinteilesalat! Schredder.... Müll.... Platt. Hin!"
Eine Pause. „Warum fragst du?" „Bist du sicher, dass es kaputt ist?"
„Hey Doc...die Polizei hat mir die Teile in einem Tütchen übergeben. Da war echt nix mehr zu retten. Ich habe es weggeworfen. Tut mir leid. Ich wusste nicht, dass du es haben wolltest. Aber den Rest, ihre Handtasche mitsamt Inhalt...das liegt bei mir im Tresor." Er senkte den Tonfall, „Ich hatte sie zwar an dem Abend unseres...du weißt schon...dabei...aber leider nicht mehr daran gedacht. Wenn du heimkommst, gebe ich dir natürlich alles."
Andreas schüttelte den Kopf und winkte ab (als ob Antonio das sehen könnte).
„Nein...es geht mir nur ums Telefon. Und du bist dir sicher, dass es Mariannes Handy in dem Beutel war?" Antonios Stimme klang immer besorgter, „Klar bin ich sicher...da war doch auf dem Rückenteil dieser tiefe Kratzer, wo sie diese blöden, glitzernden Blümchensticker darüber geklebt hatte...es WAR definitiv Mariannes Telefon. Mensch Doc, was ist denn eigentlich los?" „Das wirst du mir eh nicht glauben!"
Ungeduld schwang in Antonios Stimme, „ANDREAS...JETZT SAG SCHON!"

„Ich... hab eine Sms bekommen...!" „Und weiter?" Andreas schluckte, „...von meiner Frau!" Stille. Und weitere Stille. Und nochmals Stille. „Antonio?"
„Willst du mich jetzt v e r a r s c h e n? Bist du besoffen, oder was?" Antonios Stimmlage schraubte sich allmählich hoch, „Das ist **NICHT** witzig, Andreas!" Andreas stieß ein hysterisches kichern aus, „Ich verarsch dich nicht, Mann und ich habe auch nichts getrunken, ehrlich...**ich habe eine Nachricht von Marianne bekommen**...naja...zumindest von ihrem Telefon aus. Und sie hat die Nachricht wie immer mit 'M' unterschrieben. **WAS MEINST DU, WARUM ICH DICH NACH DEM TELEFON GEFRAGT HABE**?" Seine Stimme kreischte mittlerweile unkontrolliert. Schweißperlen kullerten in Bahnen über sein Gesicht. Achtlos wischte er sie weg.
Im Hintergrund tauchte Beas Stimme auf. Der Hörer auf der anderen Seite wurde etwas verdeckt (vermutlich hatte Antonio die Hand drübergelegt). Er konnte nur dumpfes Nuscheln vernehmen. Dann wurden die Stimmen auf einmal wieder klar und deutlich, „Andreas, Schatz...hier ist Bea...was hat Antonio da eben gesagt? Du hättest eine Nachricht von Marianne bekommen?" Andreas schloss die Augen, zählte innerlich langsam bis drei, fuhr sich noch mal fahrig über die verschwitzte Stirn und über seine vom Schweiß brennenden Augen, „Jaaahaaa...!"
Bea lachte gekünstelt und viel zu hoch, „Du weißt doch, dass das unmöglich ist!" Andreas legte den Kopf in den Nacken und warf einen verzweifelten Blick an die geschwärzten Deckenbalken, „I c h w e i ß, Bea. Ich kann nur sagen was ich auf meinem Handy gesehen hab." Er hörte einen leisen Seufzer und konnte sich sehr gut vorstellen, wie Bea gerade ihren Mann ansah und die Augen verdrehte (und ihm wahrscheinlich auch einen Vogel zeigte).
„Andreas, du bist völlig überarbeitet und die letzten Monate waren verdammt hart für dich...!"
Was? Er hatte in der letzten Zeit mehr Ruhe gehabt als ein Zebrastreifen in der Wüste. Er war völlig ausgeruht und fit wie noch nie. Was sollte das?
Er presste den Hörer ans Ohr. Die Knöchelchen an seiner Hand stachen weiß hervor.
„Bea, ich..." Antonios Frau fiel ihm unwirsch ins Wort, „Du solltest mal richtig Urlaub machen. Dann solltest du nachhause zu deiner Familie kommen und dann sehen wir weiter." Es klackte in seinem Ohr. Der Hörer wurde wieder weitergereicht.
„Andreas?" „Hm?" Er wollte nur noch auflegen. Antonio räusperte sich.

Sicher stand Bea wie ein wachsamer Bluthund neben ihm und überwachte seine Aussagen, „Bea hat recht. Du solltest heimkommen!"
Andreas starrte in die lodernden Flammen, „Vielleicht habt ihr recht." Seine Stimme wurde leiser, „War bestimmt alles nur ein Irrtum. Ein schlechter Scherz oder einfach eine Verwechslung...ich sollte jetzt ins Bett gehen. Danke für deinen Rückruf. Ich melde mich bei euch. Ciao!" Ein Fingerdruck auf dem Display und schon war die Verbindung getrennt.
„Tzzz...Urlaub." Fassungslos schaute er in die prasselnden Flammen und schüttelte den Kopf, „Was glaubt sie eigentlich, was ich hier seit zwei Monaten mache?" Nachdenklich betrachtete er das Handy. *Vielleicht war das alles **wirklich** nur ein Irrtum. Vielleicht spielten ihm seine Sinne nur einen dummen Streich?* Es reichte ihm. Er feuerte das Handy zurück auf das Sofa, stand auf, legte sich mit seiner Couchdecke vor den Kamin auf den harten Boden und beschloss hartnäckig, diesen Tag einfach komplett zu ignorieren! Fertig!
Und erstaunlicherweise gelang ihm das auch in den nächsten Wochen. Er spulte immer wieder seinen üblichen Tagesablauf ab, waschen, wandern, darten, essen und faulenzen. Tätigte zwischendurch seine Anrufe.
Paula hatte inzwischen das Bett und die komplette Wohnzimmereinrichtung verscherbeln können. Eine Hilfsorganisation für sozial Schwache würde demnächst die Kleider seiner Frau abholen (da würde sich sicherlich bald eine junge Dame über wirklich tolle Kleidung freuen können) und er hatte Paula auch schon die Farbwünsche für das Schlafzimmer und das Wohnzimmer durchgegeben. Ja, das Schlafzimmer wollte er auch völlig umkrempeln! In den nächsten Tagen müssten dann auch Angebote von verschiedenen Malern eintrudeln. Es lief. Seinem Chef hatte er auch mal Hoffnung gemacht, dass er eventuell **vor** Ablauf der Halbjahresfrist wieder einsatzbereit wäre (auch sein inzwischen abgespeckter Kontostand wäre ihm auf ewig dankbar!). Und sogar mit Antonio und Bea hatte er des Öfteren telefoniert. Allerdings erwähnte KEINER auch nur ein Sterbenswörtchen über seinen damaligen ominösen und verwirrenden Anruf. So gingen dann noch mal zwei Monate ins Land. Es war mittlerweile Mitte September. Die Nächte wurden schon empfindlich kalt. Jetzt beschäftigte er sich nachmittags mit Holzschlagen, damit er abends nicht frieren musste.
Dann...alles war gut...ertönte eine Sms- Benachrichtigung, gerade als er es sich wieder vor dem Kamin gemütlich gemacht hatte...
'DING DONG'

Arglos krabbelte er auf Knien durch den halben Raum (bloß keinen Splitter einfangen!) zum Sofa (diesen Platz hatte er sich letztendlich mal als Handy-Parkplatz ausgesucht) und schnappte sich sein Telefon.
Gedankenversunken öffnete er die Nachricht...
-Geh nach Hause! M-
Wie paralysiert fixierte er das leuchtende Display an.
-Geh nach Hause! M-
Er schaltete das Handy aus und stakste nach oben ins Schlafzimmer. Dort ließ er sich rücklings aufs Bett fallen, den Blick zur Decke gewandt. Sein Kopf war leer! Ein Gedankenloses Vakuum! Und irgendwann schlief er ein.
Am nächsten Morgen packte er, fast roboterartig, seine sieben Sachen, klaubte eilig ein paar Tannenzapfen auf und warf sie achtlos in den Fußraum des Beifahrersitzes, startete den Wagen, machte noch einen Schlenker bei 'seinem' Bauern vorbei um ihn zu informieren das er seinen 'Urlaub' abbrach und steuerte die nächste Autobahn Richtung Berlin an. Er schaffte es dann auch noch tatsächlich während der Heimreise einen dämlichen Nussknacker und Fingerfarben zu besorgen.
Nachmittags um kurz vor vier bog er in seine Straße ein und hielt vor seinem Haus. (Home sweet Home!) Es kam ihm alles so fremd und einengend vor. Nach der Weite der Berge, der Frische der Luft, kam er sich nun eingesperrt vor, wie in einem kleinen, dumpfen Kartoffelkeller. Mit einem Kloss im Hals, stieg er aus, kramte nach seinem Haustürschlüssel und schlich die Stufen nach oben bis zur Haustür.
Ob Paula da war? Er hatte völlig vergessen sie anzurufen. Wie weit waren die Arbeiten hier im Haus? Waren Mariannes Sachen schon weg?
Tja, um Antworten zu erhalten musste er wohl oder übel mal aufschließen und reingehen. Zögernd schob er den Schlüssel ins Schloss und machte auf. Leichter Farbgeruch stieg ihm sofort in die Nase. „**Paula**?" Keine Antwort! Er machte einen kurzen Kontrollgang im Untergeschoß. Das Wohnzimmer war kaum wiederzuerkennen. Der
Raum war komplett in Anthrazit und Weiß / Aqua gehalten. Er konnte vor seinem geistigen Auge schon die wuchtige schwarze Ledercouch hier stehen sehen. Und einen großen Flachbildfernseher an der Wand. *Das würde bestimmt Hammer aussehen.*
'DING DONG'
Angetan nickte er zustimmend, griff gedankenversunken in seine Hosentasche und kramte während er langsam durch den Raum ging, sein Telefon raus.

*Genau...auf der linken Seite sollten schwarze Regale hin, die er mit seinen vielen, wirklich vielen Büchern vollstopfen konnte. (Marianne hatte wegen Platzmangel und/oder vielleicht auch weil die Bücher nicht zum Farbkonzept der Wohnzimmereinrichtung passten, sie in einen Schrank im Abstellraum verbannt). Und auf der rechten Seite könnte man...*er öffnete die Nachricht...

-Willkommen zuhause. Mach dich an die Arbeit! M -

Das Grinsen fiel ihm schlagartig aus dem Gesicht. Er schaute zur Decke (als ob sich dort eine Antwort finden würde). *Das gab's doch nicht. So etwas war doch unmöglich.* Sein Handy brannte wie Feuer in seiner Hand und er wollte es schon auf das Sofa werfen. Aber halt...zum Glück bemerkte er rechtzeitig das Fehlen dieses Fehlen des Möbelstückes. So steckte er das Mobilteil wieder in die Tasche seiner Jeanshose. Aufgeregt lief er wie ein Tiger durch das Haus. Machte hier halt. Machte da halt. Fuhr sich durchs zu lang gewordene Haar. Grübelte und schüttelte immer wieder ungläubig den Kopf. Das war jetzt die dritte Nachricht seiner Frau. Er war doch nicht meschugge. Da gab es nur eins! Ab zu Antonio! Wenn der die Nachrichten schwarz auf weiß in seiner Hand hielt, konnte er nicht anders, als ihm zu glauben.

Also, wieder ab ins Auto und...er schaute auf die Uhr...fast fünf...dann ab zum 'Berlinium'. Sicher würde er seinen Schwager dort finden.

Es dauerte erst einmal fast eine halbe Stunde bis er einen gescheiten Parkplatz gefunden hatte. Dann stürmte er ins Lokal.

Antonio, der gerade mithalf, Gläser zu polieren, fiel fast die Kinnlade auf den Tresen, „MENSCH DOC...ANDREAS...WO KOMMST DU DENN HER?" Er schmiss den Lappen in die Ecke, kam hinterm Tresen hervor, eilte auf Andreas zu und riss ihn ungestüm in die Arme. Dabei klopfte er immerzu kräftig auf Andreas Rücken, „Junge, Junge...das ist aber eine Megaüberraschung!"

Andreas hustete, „Ja, ja...schon gut...musst mir ja nicht gleich das Rückgrat brechen."

Antonio strahlte über sämtliche Backen, „Ich freu mich ja so. Warum hast du nicht angerufen?" Andreas packte seinen Schwager am Arm, „Hast du Zeit?" Verdutzt riss Antonio seine Augen auf und nickte sprachlos.

„Gehen wir ins Büro!" Energisch bugsierte Andreas ihn wieder hinter die Theke, vorbei an einer (wohl neuen) Bedienung, die ihn schüchtern anlächelte und drängte ihn durch einen schmalen Flur ins hintere Büro (früher Mariannes Büro).

„Setz dich!" Automatisch gehorchte Antonio. Der alte Schreibtischstuhl
ächzte. „So mein Lieber!" Er zückte sein Telefon aus der Jeans, wischte ein
paar Mal über das Display und reichte es weiter an seinen verdutzten
Schwager, „Lies!"
Antonio blinzelte verwirrt hoch zu Andreas und ergriff automatisch das
hingehaltene Telefon. „Lies!"
„Antonio senkte den Kopf, las und schluckte.„Lies die nächste!"
Antonio schluckte und öffnete die zweite Nachricht.
Er wurde blass und seine Hand zitterte leicht.
Andreas grabschte nach dem Telefon, „So….und jetzt lies DIE…die kam vor
etwa einer Stunde als ich gerade zuhause angekommen bin." Er reichte das
Telefon zurück an Antonio der nur widerstrebend die Hand danach
ausstreckte. Und er las.
Sein Kopf sackte nach vorn und seine Hand sank kraftlos in seinen Schoß.
Andreas wippte ungeduldig auf seinen Fersen, „Und?"
Antonio schwieg. Saß einfach nur da, in diesem alten Schreibtischstuhl, der
früher mal seine Schwester beherbergt hatte (es schien Ewigkeiten her zu
sein) und schwieg. Andreas ging um den Schreibtisch und drehte den Stuhl
nach vorne, in seine Richtung.
„Und? Was sagst du, Dicker?" Antonio schaute auf, „Das gibt's doch gar
nicht!"
„**Ha**…meine Rede…aber du wolltest mir ja nicht glauben. Sieh dir die
Nummer an! Da…"
Antonio schaute, „Mariannes Nummer…die kenn ich in und auswendig!"
Noch mal schüttelte er ungläubig den Kopf, „Das gibt's doch gar nicht."
Aufgeregt beugte sich Andreas runter zu seinem Schwager, „Ruf mal an!"
Erschrocken wich Antonio zurück, „Meine Schwester anrufen? Meine tote
Schwester anrufen? Hast du sie noch alle?" „Ach, gib her!" Andreas
schnappte sich das Telefon, wählte an, aktivierte die Freisprecheinrichtung
und wartete. Mit großen Augen starrte Antonio auf das leuchtende Display.
-Der angerufene Teilnehmer ist zurzeit nicht zu erreichen. Bitte ver….-
Andreas legte auf und schielte triumphierend zu seinem Schwager runter,
„Siehst du? Und du hast behauptet, ich hätte sie nicht mehr alle!"
„Bea hat das gesagt!" Antonio saß zusammengesunken, wie ein Häufchen
Elend am Schreibtisch. Andreas nahm gegenüber, vor dem Schreibtisch
Platz, „Glaubst du mir jetzt?" Antonio stand auf und ging zu Fenster, den
Rücken Andreas zugewandt. Dann drehte er sich um schüttelte wieder und
wieder den Kopf, „Wenn ich sage, dass ich DAS….",

er deutete auf das Telefon vor ihm auf der Schreibunterlage, „...DAS glaube...dann...dann würde das heißen, das Marianne dir aus dem Jenseits Sms schickt?" Er raufte sich die Haare, „Weißt du wie das klingt?" „Ja! Völlig bescheuert!" Andreas nahm sein Telefon, steckte es wieder ein und stand auf, „Und doch ist es so!"
Antonio rieb sich aufgewühlt die Wange, Bea darf das nicht erfahren! Sie würde ausflippen oder so ein Scheiß Geisterbrett anschleppen." Andreas nickte zustimmend.
„Aber was soll ich machen, Dicker?" Antonio zuckte mit den Schultern, „Das was sie gesagt hat. Mach dich an die Arbeit!" „Toll. Und ich kann noch nicht einmal fragen, welche Arbeit sie damit meint."
Antonio ging wieder zurück zu Schreibtischstuhl, pflanzte sich hinein und drehte sich einmal kurz im Kreis, „Ich würde sagen...wurschtle einfach los. Egal mit was. Vielleicht ...", er brach mitten im Satz ab. Andreas fixierte seinen Freund, „Was vielleicht?"
„Vielleicht findest du dann raus, was der oder die Schreiberin oder Marianne, damit meint!"
Andreas dachte kurz über den Rat nach und nickte dann zustimmend, „Okay, genauso
mach ich es." Er zuckte die Schultern, „Bleibt mir ja auch nichts anderes übrig!" Andreas erhob sich und wollte sich auf den Heimweg machen. Kurz vor der Tür hielt ihn Antonio noch schnell zurück, „Andreas?"
„Ja?"
„Sagst du es mir, falls du n o c h eine Nachricht bekommst?" Ein flehender Blick. Andreas nickte stumm und fuhr nach Hause.

Gastgeberin:
So Mädels...will noch jemand Kaffee? Oder Tee? Ja, ich weiß...ihr wollt weiterschauen. Hey, die Muffin Krümel nicht auf den Teppich wischen. Ich habe heute Morgen erst gesaugt! Hach herrje, seid ihr aber ungeduldig. Bei **ihr** kann ich es noch verstehen. Aber ihr anderen. Mensch, ihr kennt doch die Geschichte.
Aber...halt...ich glaube...ich hätte da etwas...hmmm...lasst mich mal in meinem Kämmerlein nachschauen. Ich meine dort etwas gesehen zu haben, was selbst ihr noch nicht kennt. Einen Augenblick!
Wo habe ich ihn denn? Hier? Oder hier? Ach nee. Er war doch...Moment...

Jawoll...da ist er. Ich hatte ihn doch tatsächlich in
mein Putzregal unter die Bodenwischer gepackt, nun ja,
weil er etwas unhandlich ist. Ha, da staunt ihr. Der ist
riesig. Ich weiß. Ist ja auch eine Menge drin. Hey,
nicht schnausen...ich mach ihn ja auf. Nee, ihr braucht
nicht zu helfen. Er ist ja nicht schwer, nur sperrig.
Eigentlich ist er sogar federleicht. Wollt ihr mal einen
Blick reinwerfen.
Bitte schön! Taraaa! Richtig. Alles voller benutzter
Taschentücher!
Was schaut ihr denn so ungläubig? Was das sein soll?
Nun, was steht denn auf dem Karton?
Richtig! Björn.
Was soll denn jetzt das Gemaule. Herrje! Okay, er ist
ein Doofi. Gebe ich ja zu. Und er hat sich wirklich
nicht wie ein Gentleman verhalten.
Aber immerhin gehört er doch auch zu dieser Geschichte.
Wenn er nicht...dann hätte Madita nicht...und keiner
hätte irgendwas...also finde ich, dass wir ihm das
schuldig sind. Und immerhin. Ein Erinnerungskarton
voller benutzter Tempos...kann nur bedeuten, dass er
entweder laaaange ganz schlimm erkältet war oder dass er
etwas getan hat, worunter er fürchterlich gelitten hat.
Sollte es wider Erwarten, die Erkältung sein, sind wir
ja schnell durch. Wenn es aber das andere
ist...hmmm...ich denke, wir sollten einen Blick
hineinwerfen...

Erinnerung (2009)
Björn

*Hatte er wirklich das richtige getan? Eigentlich war Madita doch ein tolles
Mädel. Aber in letzter Zeit hatte er mehr und mehr das Gefühl gehabt, das
sie eher wie ein klobiger Hemmschuh, als eine Freundin war. Und
überhaupt. Der Anruf war getätigt und nicht mehr rückgängig zu machen.
Bestimmt weinte sie sich gerade die Augen aus dem Kopf. Die Arme!* Ein
bisschen hatte er schon ein schlechtes Gewissen. *Seine Mutter würde ihn
durch den Fleischwolf drehen, wenn sie erfuhr was er getan hatte. Für sie
stand doch schon längst fest, dass Madita die Mutter ihrer vielen kleinen,*

süßen, schnuckeligen, pummeligen, sabbernden und krähenden Enkel werden würde. Er hatte sie sogar schon ertappt, wie sie kleine Babysocken strickte. Natürlich klammheimlich. Als ob SIE wirklich davon ausging, dass ER nichts davon mitbekam!
Seine Mutter war ja wirklich eine herzensgute Frau, aber sie trieb ihn manchmal in den Wahnsinn.
Tja...und sein Vater? Der würde ihn einfach nur enterben. Fertig!
Aber das hatte er sich selbst eingebrockt. Nun musste er die Suppe auslöffeln. Die Frage
war nur, wann das alles aufflog.
Wie sich im Nachhinein rausstellte, musste er gar nicht sooo lange warten. Zwei, drei Wochen später liefen sich seine Mutter und Lotte, Madita's Mutter,
beim Einkaufen über den Weg. Natürlich hatte Lotte nichts Eiligeres zu tun, als IHN verbal in der Luft zu zerfetzten. Ach, Gott. ER war daran schuld, dass ihre kleine Madita litt wie ein geprügelter Hund.
Seine Mutter muss sie wohl nur ziemlich verdutzt angestarrt haben. Und Lotte, diese kleine Klatsch- Liese, hatte nichts Besseres zu tun, als **seiner** Mutter alles brühwarm aufs Tablett zu schmieren. Als er abends von der Arbeit heimkam, empfing ihn nicht nur ein Gewitter. **Neinnn!** An diesem Abend tobte sich ein gewaltiger Monsterhurrikan über ihm aus!
Ahnungslos, wie ein dummes Kaninchen in einem Gehege voller hungriger Wölfe, kam er nach der Arbeit nach Hause. Er wollte gerade den Schlüssel ins Türschloss schieben, als eben gerade diese Tür urplötzlich und ohne jegliche Vorwarnung von innen aufgerissen wurde.
„WAS HAST DU DA ANGESTELLT? HAST DU NICHT MEHR ALLE TASSEN IM SCHRANK?"
Völlig perplex starrte Björn seine Mama an. Der Schlüssel baumelte ausgestreckt und ungenutzt in seiner Hand.
„MACH DAS DU REINKOMMST! DEIN VATER UND ICH HABEN EIN **GEWALTIGES** HÜHNCHEN MIT DIR ZU RUPFEN!"
Schroff zerrte sie ihn am Ärmel ins Haus, spähte nach rechts und links zu den Nachbarhäusern und klatschte die Haustür zu.
Oh, oh...er glaubte zu wissen was los war. Okay, dann hinein in die Höhle des Löwen.
Er tat einen tiefen Atemzug, sammelte sich gedanklich und betrat das Wohnzimmer, in dem schon sein zornversprühender Erzeuger ihn von der Couch aus anfunkelte.

Half nix! Augen zu und durch!
Seine Mutter bugsierte ihn ziemlich unsanft auf das Zweiersofa gegenüber. Sie selbst rauschte weiter und platzierte sich neben ihren Mann. Wie eine geschlossene Front! Zwei Augenpaare unter vier böse zusammen gezogenen Augenbrauen nagelten ihn an dem Polster fest! Etwas unwohl war ihm schon in seiner Haut. *Aber wie sagt man so schön? Angriff ist die beste Verteidigung. Also los!*
„Ich glaube, ich weiß was ihr mit mir besprechen wollt...!"
„Gar nix wollen wir besprechen." Sein Vater grollte weiter, „Was hat dir Madita denn getan? Ist sie fremdgegangen? Bist du fremdgegangen? Habt ihr euch gestritten?"
Seine Mutter mischte sich jetzt mit ein, „Ach egal was es für einen Grund gibt...war es wirklich nötig sooo grob und unsensibel zu sein, dass das arme Mädchen im wahrsten Sinne des Wortes die Flucht ergreifen musste? Haben wir dich so erzogen, junger Mann?
Haben wir? Ich glaube nicht!"
Sein Vater beugte sich angriffslustig nach vorne, „So geht man nicht mit Frauen um. Man achtet und respektiert sie!" Er schnaubte abfällig, „Ich sollte dich enterben."
Na, da haben wir es ja. Er kannte seinen Vater wohl ziemlich gut!
„DARF ICH JETZT AUCH MAL WAS SAGEN?" Er beugte sich nun ebenfalls vor. Seine Eltern lehnten sich abwartend zurück in die dick aufgeplusterten Zierkissen. Er schaute beide abwechselnd ins Gesicht, „Also...erst einmal weiß ich gar nicht was
Lotte dir...", er zeigte auf seine Mutter, „...erzählt hat. Und zweitens...was soll das Gefasel mit Flucht ergreifen und so?" Sein Vater mixte wieder mit in diesem äußerst unangenehmen Gesprächscocktail, „Die Kleine ist weg...hat ihre sieben Sachen gepackt und ist weggezogen!"
Björns Gesicht bestand aus einem einzigen großen Fragezeichen.
„Wie weggezogen? Wohin?"
„Das wollte Lotte mir nicht sagen." Etwas pikiert knibbelte sie am Saum ihres Kleides herum, „Vielleicht hat sie Angst, dass du ihr ...NOCHMAL WEHTUN KÖNNTEST!"
Er stöhnte leise und ließ resignierend den Kopf sinken, „Hört mal Leute...ich kann verstehen warum ihr sauer seid...", sein Vater holte Anlauf, doch Björn schnitt ihm sofort mit der Hand, die unausgesprochene (wohl ziemlich erboste) Rede ab, „...ich bin nicht stolz drauf, gerade an ihrem Geburtstag mit ihr Schluss gemacht zu haben."

Entsetzten malte sich auf ihrer beider Gesichter ab. UPS! *Offensichtlich war d i e s eine Information, die sie noch n i c h t hatten.*
Schnell, um eine Reaktion ihrerseits im Keim zu ersticken, setzte er seine Erläuterungen fort, „Ich kann euch nur so viel sagen... es tut mir sehr leid. Ich wollte niemanden verletzten." Er stand auf und strich seine verschwitzten Hände an der Hose ab, „Aber wenn ich jemanden erklären müsste, **warum** ich das getan habe, **was** ich getan haben, dann wäre es Madita selbst. Ich bin weder euch, noch Madita's Eltern eine Erklärung, geschweige denn, ein 'Tutmirleid' schuldig. Madita und ich sind erwachsene Leute und können tun und lassen was wir wollen. Und jetzt gehe ich nach oben in meine Wohnung und möchte nichts mehr...absolut nichts mehr...", er unterstrich seine Worte mit einem energischen Handwisch, „... davon hören!" Er wand sich um und verschwand auf der sich nach oben windenden Treppe. Zurück blieb ein ratlos glotzendes Elternpaar.
Oben, in seiner kleinen Mansardenwohnung, lief er unruhig auf und ab. *Madita war fort? Die Frau, die es sogar hasste im Urlaub ein paar Tage wegzufahren, hatte einfach ihre Koffer gepackt und war ausgezogen? Das war völlig untypisch für sie. Das passte gar nicht! Aber wohin war sie gegangen?*
Sein Blick wanderte durch seine Junggesellenbude. Vieles erinnerte ihn an sie.
Die kleine Kochnische in der sie regelmäßig die Nudeln hatte anbrennen lassen. Das klitzekleine Badezimmer das sie beim Duschen immer in eine finnische Sauna verwandelt
hatte. *Der kleine Teppich unter dem Wohnzimmertisch über dessen, leicht nach oben gebogenen Ecke, sie immer gestolpert ist. Das gemütliche XXL-Sofa, auf dem sie immer, aber wirklich immer, eingeschlafen war. Das Bett, in dem sie sich so oft geliebt hatten.*
In diesem Teil verlor sie sogar ihre Unschuld. An allem haftete Madita.
Auf der Holzkiste neben dem Bett, eigentlich ein Nachtschrank-Provisorium, stand ein gerahmtes Bild von ihr. Müde sank er auf die schon recht durchgelegene Matratze und nahm das Bild zur Hand. Auf diesem Bild waren sie beide drauf. Ihr Gesicht war ihm zugewandt und sie lachte aus vollem Hals. *Eine wirklich schöne und äußerst attraktive junge Frau*. Sachte strich er mit dem Daumen über die Glasoberfläche und gleichzeitig ihr über die Wange. „Du vermisst sie, nicht wahr?"
Erschrocken fuhr er zusammen und sprang auf. Das Bild rutsche ihm aus der Hand. Glas zersplitterte beim Aufprall auf dem harten Laminatboden.

Langsam bückte sich seine Mutter, sie ächzte leise dabei und hob vorsichtig das Bild wieder auf. Nachdenklich betrachtete sie das Paar auf dem Foto und setzte sich auf das Bett. Ihren Sohn anlächelnd, klopfte sie auf die Bettdecke, neben sich. Björn setzte sich zaghaft und betrachtet nun ebenfalls das Bild. Dann schloss er die Augen, „Mama...ich habe jetzt wirklich keine Lust...!" „Ach Björn, mein Junge...", fiel sie ihm ins Wort, „...es ist nicht wichtig was du getan hast. Viel wichtiger ist, was du jetzt tun wirst!" Sie drückte ihm den kaputten Bilderrahmen mit dem Foto in die Hand, rappelte sich auf und hauchte ihm einen Kuss auf die Stirn, „Am besten fegst du die Scherben sofort zusammen! Ich besorg dir morgen einen neuen Rahmen! Und jetzt schlaf gut!" Leise ging sie aus der Wohnung und zog die Verbindungstür mit einem klicken hinter sich zu. Zurück blieben ein nachdenklicher Björn, ein kaputter Bilderrahmen und die Worte seiner Mutter. Ja, vielleicht hatte sie recht.

Man sollte die Scherben am besten sofort aufkehren. Im wahrsten Sinne des Wortes. Also ging er in seinen kleinen Abstellraum, nahm den Handfeger und beseitigte zuerst die offensichtlichen Spuren. Dann durchforstete er seine Bude nach einem Block und Stift und fing an, einen Plan zu schmieden um die 'anderen' Scherben eventuell beseitigen zu können.

Die nächsten Wochen war er damit ziemlich eingespannt. Er musste viele Telefonate führen, bis er überhaupt an die Umsetzung gehen konnte.

Im Zuge seiner Planverwirklichung musste er auch eine, ihm extrem unangenehme, Recherchearbeit durchführen. Die war enorm wichtig vor sein Vorhaben. Also setzte er sich eines Abends ins Auto, nach seiner Arbeit und fuhr los. An seinem Ziel angekommen, saß er dann doch etwas verzagt am Steuer und betrachtete sich unsicher das Haus, vor dem er stand. Viel Hoffnung hatte er ja nicht. Aber er brauchte UNBEDINGT diese eine Information, sonst war sein ganzer Plan für die Katz! Also los!

Am Klingelknopf zögerte er kurz und drückte dann doch beherzt drauf. Ding Dong!

Leise Schritte hinter der Tür. Er trat automatisch respektvoll (oder ängstlich?) ein paar Zentimeter nach hinten. Dann wurde die Haustür geöffnet.

„Was willst DU denn hier?" Argwöhnische Augen befingerten ihn schroff vom Scheitel bis zur Sohle.

„Äh...Guten Tag Lotte. Wie geht es dir?" Er hatte das Gefühl, unter ihrem eisigen Blick zu schrumpfen...zu einem zehnjährigen Lauser mit Eiern von der Größe einer Erbse.

„Darf ich kurz reinkommen? Ich würde gerne kurz mit dir und Heinz sprechen...wenn ich darf."

Lotte, Madita's Mutter, musterte ihn von Kopf bis Fuß, „Ich wüsste nicht was WIR noch zu bereden hätten, junger Mann!"

Er starrte betröppelt auf seine Schuhspitzen. Das war echt eine harte Nuss! Aber er hatte gewusst, dass er hier als Bittsteller war und jetzt musste er sich halt durchbeißen. Er versuchte einen wirklich ungemein zerknirschten Gesichtsausdruck aufzulegen, „Bitte Lotte...nur fünf Minuten...dann bin ich auch schon wieder verschwunden!"

Lotte schnaufte kurz abfällig, musterte ihn nochmals und trat schließlich, wenn auch etwas widerstrebend einen kleinen Schritt zur Seite und machte Platz zum Eintreten. Björn atmete innerlich auf. Dies war die erste Hürde. Das schwierigste lag aber jetzt noch vor ihm. „Danke Lotte!"

„Küche!"

Er nickte und begab sich an den beorderten Platz. Lotte setzte sich an die Essecke. Eiche! Wie auch sonst. Wie bestellt und nicht abgeholt stand er mitten im Raum und sah sich aus den Augenwinkeln um. Als ob sich hier in den letzten Wochen IRGENDETWAS verändert hätte. Hier hatte sich während der letzten zwanzig Jahre nichts verändert! Madita's Eltern liebten das Altbewährte. Genau wie Madita selbst. Zumindest war das so...bis vor ein paar Wochen. Es wäre wesentlich einfacher für ihn gewesen, wenn sie bei ihrem Altbewährten geblieben wäre. Dann müsste er diesen wirklich schweren Gang nach Canossa nicht antreten. Er stöhnte innerlich. Madita's Mutter konnte echt übel Haare auf den Zähnen haben und das setzte sie auch sogleich in die Tat um.

Lotte machte ein Gesicht als ob sie in eine Zitrone gebissen hätte. Dennoch zeigte sie sich geneigt eine gewisse Gesprächsbereitschaft an den Tag zu legen, „Setz dich doch endlich. Du holst ja die ganze Ruhe aus dem Haus!"

Björn zog sich einen Stuhl zurecht und nahm Platz. Er räusperte sich, „Ist Heinz nicht da?" „Der ist im Garten! Was willst du?"

Tja. Das war eben Lotte. Die sprach nie um den heißen Brei.

„Lotte...ich möchte mich bei dir und Heinz entschuldigen...eigentlich müsste ich mich ja bei Madita entschuldigen. Aber ich habe gehört, dass sie weggezogen ist?" „Ja!" Stille!

Ein wirklich harter Knochen!

„Also...ich weiß, ich habe mich benommen wie ein blödes Schwein. Und irgendwie ist auch alles aus dem Ruder gelaufen.

SO war das alles nicht geplant!"
Lotte beugte sich mit einem angsteinflößenden Adlerblick nach vorne, „Ach...wolltest du bis **nach** dem Geburtstag warten um meine Kleine SO abzuservieren?" Grmmmpf!
Er biss die Zähne zusammen, „Ja, nein...ach Lotte...", er stützte ratlos den Kopf in die Hände, „...ich weiß nicht was in mich gefahren ist." Er schaute wieder auf und sein Blick suchte den Ihren, „Ich muss, zu meiner eigenen Schande gestehen, dass ich so etwas wie kalte Füße bekommen hab. Und irgendwas hat dann Klick gemacht...", er schnippte theatralisch mit den Fingern. Ein älterer Herr betrat die gespannte Szenerie. Heinz! „Schatz...ich habe Durst!" Lotte sprang dienstbeflissen auf um ihrem Mann ein Getränk zu holen. Heinz Blick fiel auf Björn, „Wer ist das?" Björn schluckte verdutzt, schwieg aber. Lotte eilte mit einem Glas bernsteinfarbener Flüssigkeit (vielleicht Eistee) zurück, „Das ist niemand, Heinz. Geh zurück in den Garten. Ich komme gleich nach." Heinz folgte den Anweisungen seiner Frau und wackelte (Tee?) schlürfend wieder nach draußen. Lottes Blick folgte ihm lächelnd bis er nicht mehr zu sehen war. Dann ersetzte sie die lächelnden Lippen durch einen schmalen zusammengepressten Strich, setzte sich auf die Eichenbank am Esstisch zurück und nahm Björn wieder ins Visier. Björn schluckte und schaute in die Richtung in der Heinz verschwunden war, „Es ist schlimmer geworden, nicht wahr?" Lotte presste kurz die Lippen noch fester, bis sie weiß umrandet waren, zusammen, „Wir kommen klar. Wolltest du noch was sagen?" Etwas aus dem Konzept gebracht, durchdachte Björn blitzschnell das bis jetzt extrem hölzern verlaufende Gespräch, „Also was ich eben sagen wollte...", *da war er wieder, der rote Faden*, „...da ist einfach eine Sicherung durchgebrannt!" Lotte schnaubte abwertend.
Er setzte noch mal an, „Ich habe einen Fehler gemacht und ich bereue ihn zutiefst." Er faltete, wie bittend, die Hände zusammen, „Ich vermisse Madita. Und selbst wenn sie gar nichts mehr von mir wissen will, so MUSS ich mich einfach bei ihr entschuldigen. Das bin ich ihr und unserer gemeinsamen Zeit schuldig."
Ein wissendes Lächeln umzüngelte Lottes schmale Lippen. Die Augen verengten sich zu schmalen Schlitzen, „Du willst also wissen wo sie ist." Björn nickte stumm. Lotte musterte die gehäkelte Spitzendecke auf dem Esstisch, so als ob sie überlegen würde. *Aber Björn wusste, dass Lotte Entscheidungen in Windeseile fällte. Die Entscheidung war schon längst gefallen. Die Frage war nur...wie?*

„Nein!"
Björn versuchte, sich seine immense Enttäuschung nicht anmerken zu lassen.
Das Telefon schrillte im Flur. Lotte schaute Björn abwartend an. Man musste erkennen wann man eine Schlacht verloren hatte. Also erhob er sich schwerfällig und deutet mit dem Daumen hinter sich in den Flur, „Du solltest rangehen. Ich werde dann auch gehen!" Lotte erhob sich ebenfalls von ihrer Eichenbank und trippelte hinter ihm her. Abrupt wandte er sich um, „Darf ich Heinz wenigstens noch kurz Tschüss sagen und mich verabschieden?"
Das Telefon schrillte hartnäckig. Es könnte Madita sein. Lotte wurde nervös. Sie verzog das Gesicht als ob sie Durchfall hätte, winkte ihn dann doch scheuchend in Richtung Terrasse und eilte dann hin zu diesem eisernen Bimmeln im Flur. Er lauschte kurz.
„Kellermann!" Kurze Pause. „Ah...du bist es!" Dann wurde die Verbindungstür geschlossen und das belauschte Gespräch damit abgeschnitten. Björn gab auf und trollte sich nach hinten auf die Terrasse. Heinz saß lächelnd in seinem alten Campingstuhl, den er um nichts in der Welt eintauschen würde (Björn wusste das....er hatte es schon probiert) und löste Kreuzworträtsel. Zumindest sah es so aus. Björn winkte leicht verlegen, „Hallo Heinz!"
Heinz schaute ihn an und dann an ihm vorbei. „Hallo Björn! Wo ist Lotte?" Björn deutete mit seinem Daumen vage hinter sich, „Telefoniert!" „Ah...", Heinz nickte verstehend. Er zog einen weiteren Campingstuhl heran und bot ihn Björn an, „Und? Wie geht es Madita?" Björn zuckte verstört zurück. *Es war schon unheimlich mit dieser Krankheit. Vor zwei Minuten hatte Heinz noch nicht mal nicht gewusst, wer da in seiner Küche hockte.* „Äh...Heinz...!" Madita's Vater klopfte ihm väterlich auf die Schulter, „Ich verstehe ja das du erst deine Kündigungsfrist einhalten musst. Und eigentlich ist es ja schon ganz clever von dir...", er tippte sich mit dem Finger an die Stirn, „...dann kann Madita das Nest schon mal vorrichten."
Heinz lachte, nahm einen Schluck aus seinem Glas und stellte es wieder auf den Tisch vor ihm. Björn stutzte etwas, „Äh...ja!"
Madita's Vater lehnte sich gemütlich zurück, „Und wann hast du vor, dein neues Heim zu beziehen?" *Ups! War das etwas eine Chance?*
Oh Gott, er kam sich so schäbig vor.
„Ähm...", Björn zuckte unsicher mit den Schultern und schielte verstohlen hinter sich. *Hoffentlich kam Lotte jetzt nicht um die Ecke geschossen.*

Nein, da war nichts.
Er atmete tief durch und hoffte auf sein Glück, „Weißt du, Heinz...ich bin gerade auf dem Weg...hab aber festgestellt, als ich mein Navi programmieren wollte, dass ich die Adresse zuhause vergessen hab Gott, wie fadenscheinig). Und ich wollte nicht noch mal zurückfahren.", Er machte eine kleine Pause und schielte nochmals hinter sich. *Nichts!*
„Und ich wollte Madita auch nicht anrufen und fragen, sonst macht sie sich nur lustig über meine Schusseligkeit. Deswegen kam ich hierher." Er machte wieder eine kleine Pause und schielte wieder unauffällig hinter sich. *Immer noch nichts!*
„Lotte wollte sie mir gerade geben, aber da hat das Telefon geläutet." (*Lügner!*)
Heinz gluckste in sich hinein, „Ja, so sind die Frauen!" Er nahm seinen Kuli zu Hand, schnappte sich sein Kreuzworträtsel und vertiefte sich wieder. *Mist! Das war ein Schuss in den Ofen. Es wäre ja auch zu schön gewesen.*
Ein reißendes Geräusch verfrachtete ihn sofort wieder in die Gegenwart. Heinz lächelte, „Hier!" Er hielt ihm einen Streifen Papier hin, „Ich sag's auch nicht weiter!" Verschwörerisch blinzelte er ihm zu, griff wieder nach seinem Glas mit der bernsteinfarbenen Flüssigkeit (Eistee?) und schloss genießerisch die Augen während er sich wieder bequem in seinen alten durchgesetzten Campingstuhl zurücksinken ließ.
Ungläubig glotzte Björn auf den Zettel in seiner Hand. Dann ungläubig zu Heinz. Und dann wieder ungläubig zu dem Zettel in seiner Hand.
Im Hintergrund erklangen sich nähernde Schritte. Eilig sprang Björn auf und knüllte den Zettel schnell in seine Hosentasche, „Ähm...danke Heinz...ich muss dann auch los...", er hob kurz die Hand, „...bis dann...", drehte sich praktisch auf dem Absatz herum und düste an einer verdutzt dreinschauenden Lotte vorbei, aus dem Haus.
Die anschließende Debatte im Hause Kellermann bekam er schon nicht mehr mit. Aber er konnte es sich lebhaft vorstellen. Lotte war ein wirklich liebenswerter Mensch, mit dem man Pferde stehlen konnte, aber sie konnte auch ein ausgesprochenes biestiges Biest sein.
Aber vielleicht hatte Heinz den Vorfall auch schon wieder vergessen. *Wäre doch auch möglich. Oder?*
Wie dem auch sei. Er hatte bekommen was er wollte. Jetzt konnte er seinen Plan weiterverfolgen. Und das tat er dann auch. Sein alter Job war gekündigt. Sein neuer (hoffentlich auch besserer Job) wartete bereits auf ihn. Okay, eine Wohnung hatte er noch nicht...naja...er wartete eigentlich

auf (bitte, bitte, lass es klappen!) eine Zusage für ein kleines Domizil, circa 45 Quadratmeter, möbliert. Es war zwar nicht ganz in Madita's Nähe, aber wozu hatte er denn ein Auto. Ein paar Tage und eine Wohnungszusage (juchhuu) später brach er dann endgültig alle Zelte in dem, wie er fand, spießigen, kleinen Kaff ab und machte sich auf nach Berlin. Zu Madita. Es würde ein schwieriger Kampf werden, aber Rom wurde schließlich auch nicht an einem Tag erbaut!
Jetzt war er endlich in Berlin. In Madita's Nähe. Der Zettel mit ihrer Telefonnummer
(Heinz war seeehr entgegenkommend gewesen) und der Adresse lag seit seiner Ankunft auf dem kleinen, runden Küchentisch. Sollte er anrufen? Zigmal schon hatte er den Hörer in der Hand gehabt und dem unmelodiösen Freizeichen gelauscht, aber niemals den Mumm gehabt die Nummer zu wählen.
Mensch...Herrgott...Mann oder Memme?
Also kratzte er all seinen Mut zusammen, setzte sich in seine rote Potenzschleuder und jagte los. Mit dem abgerissenen Adressenzettel auf dem Beifahrersitz.
Eine gute dreiviertel Stunde war er unterwegs (mit einmal verfahren!) und dann noch mal eine viertel Stunde um in dieser Straße einen passenden Parkplatz zu finden (so was gab's in Hasselroth nicht).Doch ENDLICH stand er vor ihrer Tür. In dem Moment wo er klingeln wollte, wurde die Haustür aufgerissen und ein Hausbewohner (?) eilte acht- und Grußlos an ihm vorbei. Typisch Großstädter. Auf dem Dorf würde so was niemals passieren! Geistesgegenwärtig schob er den Fuß in den Türrahmen und betrat den unspektakulären aber sauberen Flur. Suchend arbeitet er sich Stockwerk für Stockwerk nach oben. Im Dritten wurde er fündig: Berger& Kellermann.
Wie schon damals bei Lotte, kratzte er all seinen Mut zusammen und betätigte den kleinen Klingelknopf. Sein Herz schlug ihm bis zum Hals. Nichts!
Er läutet zur Sicherheit noch mal.„Ja, ja...ich komme ja gleich!"
DAS war NICHT Madita's Stimme. Die Tür wurde von innen aufgerissen und eine feuerrote Lockenmähne blickte ihn fragend an. Unsicher lächelte er die schlanke, hochgewachsenen Unbekannte an, „Hallo...ähm...ich bin Björn. Ist Madita zuhause?"
Die ebenfalls roten Augenbrauen der jungen Frau schnellten nach oben, „J...j...ja...komm...doch...rein!" Dann drehte sie sich um und stakste voran.

Eilig schloss er die Haustür hinter sich und huschte nach.
„WER IST ES DENN?" Die Stimme kreischte aus dem Raum vor ihnen. Madita's Stimme. Die Rothaarige stieß die Tür vor ihnen komplett auf und blieb stumm im Türrahmen stehen. Neugierig lugte er an ihr vorbei in ein Renovierungschaos. Da stand sie. Auf einer kleinen Leiter und starrte ihm nur wortlos entgegen. Er hob grüßend und leicht befangen, kurz die Hand, „Hallo Madita. Wie geht es dir?" Stille.
Nur das leise Klatschen vom tropfenden Kleister war zu hören.
„Möchte jemand Kaffee?" Die Rothaarige blickte verlegen von einem zum anderen, nuschelte sich noch irgendwas in den Bart und verschwand im Raum nebenan. Den Geräuschen nach zu urteilen, kochte sie tatsächlich Kaffee. Unbehaglich schaut er sich in dem Durcheinander von Tapetenbahnen und
abgedeckten, verschobenen Möbeln um.
Um seine Unsicherheit ein wenig zu kaschieren gesellte er seine schwitzenden Hände zu den Autoschlüsseln, tief in seine Jeanstaschen. Madita stand einfach da und sah ihn weiterhin einfach nur an. In ihrer schleimig verklebten Jeanslatzhose, die um mindestens zwei Nummern zu groß war, sah sie, in seinen Augen, einfach zuckersüß aus. Ihre großen Kulleraugen verrieten nicht eine einzige Emotion, die in diesem Augenblick in ihr Vorgehen musste.
Scheinbar entspannt wippte er auf seinen Sohlen, „Willst du mir nicht wenigstens Hallo sagen?"
Endlich kam Bewegung in seine Ex-Freundin. Etwas unbeholfen stieg sie von der Drei-Tritt-Leiter herunter und starrte ihn weiter wortlos an.
Hui! Das war schwieriger, als er es sich vorgestellt hatte. Natürlich hatte er nicht damit gerechnet das Madita ihn freudig und mit offenen Armen empfangen würde. Aber dass sie SO gefühlskarg und abweisend reagierte? Damit hatte er nicht wirklich gerechnet.
Langsam schlenderte er durch das Zimmer und betrachtete sich die kahle Wand, die offensichtlich Ziel der Verschönerung sein sollte. Sein Blick fiel auf die Fototapete runter, die in einzelnen Rollen, nummeriert, vor ihm auf dem Boden lag. Ein offensichtlich botanisches Muster sprang ihn an (passend zu Madita), „Sieht bestimmt gut aus, wenn es fertig ist!"
Madita putzte sich die verkleisterten Hände am Hosenbein ab und schwieg noch immer. Björn musterte die erste, leicht schiefe Bahn. Dann glitt sein Blick über die zierliche Madita, zurück zur hohen Decke und anschließend zu dem kleinen Leiterchen.

Entschlossen streifte er sich seine Jacke ab, schmiss sie auf ein abgedecktes Sofa, griff sich den Kleistereimer aus Madita's herabhängender Hand, schob sie zur Seite und stieg die drei Stufen nach oben. Großzügig klatschte er den kleistergetränkten Pinsel an die Wand und bereitete den Weg für die zweite Bahn (Flies Tapeten waren schon eine feine Sache). Dann stellte er den Eimer ab. Korrigierte die erste Bahn, kniete sich und schnitt sie unten an der Leiste zurecht. „Die zweite bitte!"
Wortlos reichte Madita ihm die gewünschte Tapetenrolle.
Naja. Immerhin etwas.
In Windeseile erlangten auch Bahn Nummer drei und vier ihren vorbestimmten Platz. Geschirr klapperte. Madita's Freundin kam, beladen mit einem vollen Tablett zurück ins Wohnzimmer. Für diese drei vollen Tassen hatte sie erstaunlich lange gebraucht.
„Wow, das ging aber fix!" Die Augen der Rothaarigen wanderten bewundert über das halbfertige Wandkunstwerk.
Madita schwieg noch immer eisern, mit zusammengebissenen Zähnen.
So arbeiteten sie zu dritt noch ungefähr eine Stunde weiter, schlürften zwischendurch noch zwei weitere Tassen Kaffee, bis sie schließlich vor einer vollendeten Tropenwaldwand standen. Grün halt!
Erschöpft und leicht verschwitzt ließen sich Björn und Lisa (sie hatte sich ihm irgendwo zwischen Bahn vier und sechs, mal flüsternd vorgestellt) auf das abgedeckte Sofa fallen.
Madita hatte es sich auf dem Boden bequem gemacht.
Lisa nippte den Rest ihres mittlerweile kalten Kaffees aus, „Das sieht echt wunderschön aus!" Björn nickte, obwohl sein Blick nicht an der Wand, sondern an Madita hing. Diese hatte ihren Fokus ebenfalls nicht auf den neuen Tropenwald, sondern auf Björn gerichtet. Lisa schaute verunsichert von Björn zu Madita und von Madita zu Björn. Was für eine skurrile Situation. Unwohl wand sich Lisa auf ihrem Platz. Die Folie knisterte unter ihrem Po. Also...einer musste hier mal den Anfang machen. Das war dann wohl Lisa, „Danke Björn. Du hast wirklich tolle Arbeit hier geleistet." Sie schaute Madita erwartungsvoll an, „Findest du nicht auch, Madi?" Doch die Angesprochene schwieg weiterhin eisern.
Björn fasste sich ein Herz, „Du hast noch gar nichts gesagt, seit ich hier bin, Madita." „Was willst du hier?"
Gott sei Dank. Wenigstens sprach sie jetzt! Okay, nun hatte er wenigstens eine kleine Chance! Immerhin hatte sie ihn ja auch nicht sofort rausgeworfen.

Also räusperte er sich umständlich und stellte seine Kaffeetasse auf dem Boden ab. Es wurde Zeit für eine Erklärung und vor allem für eine Entschuldigung. Das Gespräch verlief allerdings nicht so ganz wie er es sich erhofft hatte. Madita stellte sich ziemlich stur. Und im Laufe dieses emotionalen Wortgefechts plumpste doch glatt sein Seitensprung raus. Okay. Sein einziger. Aber halt ein Seitensprung.
Er dachte schon, dass Madita ihn zerfleischen würde oder zumindest JETZT rausschmeißen würde. Aber nix!
Sie stellte nur eine Frage, „Björn, was erwartest du jetzt von mir?"
Sein Herz pochte wie wahnsinnig in seiner Brust, „Eine zweite Chance!"
„WAS?" Im Duett sprangen beide Frauen auf.
Hastig ruderte er verbal zurück, „Das war etwas unglücklich ausgedrückt. Sorry. Ich erwarte nicht, dass du mich wieder mit offenen Armen aufnimmst." er schluckte kurz, „Ich BITTE dich um eine Chance, dir zu beweisen, dass ich meine Fehler erkannt habe und dass ich ihn wieder gut machen möchte." Er stand auf und eierte aufgeregt durch den Raum, „Ich möchte dir beweisen, dass ich mich geändert habe..., dass du dich auf mich verlassen und auf mich bauen kannst...und ich möchte dir beweisen..., dass ich dich noch liebe!"
Madita stand vom Boden auf, trat ans Fenster und sagte ...naja...nichts.
„Madita?" Unsicher machte er einen Schritt auf sie zu und blieb mitten im zweiten Schritt abwartend stehen. Er sah rüber zu Lisa, die ihn ratlos zurück anschaute. Er wartete.
Eine gefühlte Ewigkeit später drehte sie sich langsam herum und hob den Blick. Ihre Augen glänzten verdächtig, „Okay, du bekommst eine zweite Chance!"
Björn stieß verblüfft den angehaltenen Atem aus. Uff. Damit hatte er nicht gerechnet. Gehofft ja! Aber nicht gerechnet.
So jetzt musste er sich beweisen. Wie war das? Lasst Taten sprechen! Dann mal ran. Er legte sich wirklich mächtig ins Zeug. Candle-Ligth-Dinner. Romantische Filme im Kino. (Für ihn langweilige) Museumsbesuche. Partynächte inklusive Madita's Freunden (okay, das war nicht wirklich ein Opfer für ihn, DIE mochte er).
Im Laufe der nächsten Wochen wuchsen sie sogar fast zu einer richtig verschworenen Gemeinschaft heran (das Gefühl hatte er jedenfalls). Eine lustige Truppe, die erstaunlich gut miteinander harmonierte.
 Zusammen unternahmen sie hin und wieder Spaziergänge an der Spree. Einmal entdeckte er, dank eines Tipps von einem Arbeitskollegen,

ein absolut hippes Lokal mit absolut abgefahrener Livemusik. Dort schleifte er Madita, Lisa und deren muskelbepackten Freund Raimund hin. Die Musik ging ab wie Nachbars Lumpi. Sogar der Besitzer kam an diesem Abend mal an ihren Tisch. Offensichtlich war sein Gedächtnis der Meinung, sich an Madita zu erinnern. Und wirklich. Im Laufe der kleinen Plauderei stellte sich heraus, dass Madita schon mal hier war, rein beruflich natürlich (wie sie sagte) und dass das Berlinium so gut wie Stammkunde bei Angela's Blumenwunder war. Aber das allerschönste für IHN an diesem Abend war..., dass Madita ihn als ihren Freund vorgestellt hatte. Sogar Lisa konnte sich ein erstauntes 'Ooohhh' nicht verkneifen. Ja...Lisa war schon eine Nummer für sich, hatte Björn festgestellt. Aber nicht verkehrt. Sie misstraute ihm noch immer ein klitzekleines bisschen. Und doch war sie in den letzten Wochen wesentlich herzlicher als am Anfang. Vielleicht hatte der Koloss an ihrer Seite was damit zu tun. Mit Raimund verstand er sich von Anfang an richtig super. Raimund war echt knorke! Lisa und Raimund! Die beiden gaben schon ein seltsames Paar ab. Sie, feuerwehrrote Mähne, rank, schlank und großgewachsen, ständig mit einem 'Love and Peace-Lächeln' im Gesicht. Er, riesig, testosterongeladen, Muckis bis zum abwinken und einem Blick als ob er kleine Kinder zum Frühstück verspeiste. Und doch hatte **sie** die Hosen in dieser Beziehung an. Aber egal!
Der Abend mit der Livemusik war, wie gesagt, echt ein Knaller. Sie hatten gefeiert bis zum Stillstand der Pupille. Das war eine der wenigen Tage, an denen er das Gefühl hatte, Madita näher zu kommen. An den meisten anderen Tagen schien es, als ob ein trüber Wattebausch sie umhüllen zu schien und nichts wirklich zu ihr durchdringen konnte. Manchmal war es besonders schlimm. Sogar an dem Morgen nach der Sause im Berlinium. Was heißt Morgen! Die ganze Woche hatte irgendwie den Wurm drin. Madita ging nicht ans Telefon und rief auch nicht zurück. Und wenn er vorbeikam, wimmelte Lisa ihn schon an der Haustür ab. Es wäre alles in Ordnung und Madita würde sich schon noch melden. Komisch! Aber nach ein paar Tagen klingelte wirklich eine erstaunlich gut gelaunte Madita bei ihm durch und schnell vergaß er das Intermezzo. Ja, die neue 'Berlin-Madita' gefiel ihm. So ganz anders als das Heimchen von früher. Und er suchte ihre Nähe wann immer er Gelegenheit dazu hatte. Und das war ziemlich oft.

Gastgeberin:
Na, na, na...was machst du denn da? Ich habe doch
gesagt: Bring mir nichts durcheinander! Der Karton kommt
später dran.
Gib schon her! Nicht reingucken! Pass auf! Aaahhhh...
Siehst du, was du angestellt hast. Da...jetzt ist was
rausgefallen. Alle Mann auf die Knie und suchen. Wie
was? Keine Ahnung. Ich habe nur gehört wie etwas auf den
Boden gefallen ist. Ich hatte doch ausdrücklich gesagt,
dass wir seeehr vorsichtig mit diesen Erinnerungen
umgehen müssen. Die gehören uns nicht.
Rutsch mal ein Stück zur Seite. Ich sehe ja gar nichts.
Uff...mein Kreuz! Und? Ist jemand fündig geworden? Du?
Zeig mal? Was ist es?
Oooohhh...schaut mal...ein Ring! Und so ein schöner.
Lass mal sehen was auf dem Karton steht! Hmmm...Madita!
Lass mich mal überlegen...NEIN...wir können uns diesen
Karton jetzt nicht ansehen. Falls du es vergessen haben
solltest: Wir sind mitten in der Erinnerung von Björn.
Und die ist noch nicht fertig. Also! Hinsetzen!
Gib mir Madita's Karton. So...den Ring hinein, damit er
nicht noch mal verloren geht. Ich behalte DEN jetzt auf
dem Schoß. Fertig.
Ja. Ja. Und wenn wir fertig sind, schauen wir uns an was
sich außer dem Ring noch hier drin befindet. Aber bis
dahin bitte ich um Ruhe...
Weiter geht's...

Erinnerung Teil zwei
Björn

Dann kam der verrückte Tag mit dem Heiratsantrag! Raimund und Björn
lockten den Rest der Vierer- Clique (also die Mädels) an einem Sonntag aus
dem
Großstadtdschungel raus. Es war superschönes Wetter, obwohl der
Sommer schon
dabei war, seine Koffer zu packen. Die Luft bescherte ihnen schon dieses
leicht schneidende Gänsehautfeeling. Alle waren gut gelaunt und hatten
sich auch schon in wärmere Jacken gepackt.

Keine der Frauen ahnte etwas. Raimund zwinkerte Björn verschwörerisch zu. Geheimnisse vor Frauen? Gaanz schlecht! Der weibliche Anteil der Gruppe malte sich in wilden Spekulationen aus, was sie wohl erwarten würde. Die Fahrt dauerte gut über eine Stunde und solange dauerte auch das unablässige Gefrage, Geschnatter und Gegiggel. Endlich hatten sie das Ziel erreicht. Sie standen mitten in einem Feld. Madita und Lisa klappte bei DEM überraschenden Anblick, der sich ihnen bot, die Kinnlade fast bis auf den Boden. Ein gigantischer Ballon schien scheinbar schwerelos über der Wiese zu schweben. Seine rotgelben Streifen bildeten einen scharfen Kontrast zu dem azurfarbenen Himmel. Übrigens an diesem Tag, Gott sei Dank, wolkenlos.
Raimund hielt seinen geräumigen SUV, zerrte, gemeinsam mit Björn, die Mädels fast aus dem Auto (Vorsicht, nicht mit der Kinnlade irgendwo hängenbleiben) und schoben sie in Richtung des beeindruckenden Fesselballons. „ÜBERRASCHUNG!"
„BOAH!"
Björn lachte, „Also, wir hatten schon auf eine etwas ausführlichere und überschwänglichere Reaktion gehofft!"
Lisa klammerte sich giggelnd an Madita fest, „Hihihi, zwick mich mal. Ich glaub ich träume!" Madita starrte ehrfurchtsvoll hoch zu dem mächtigen Ballon, „Wow...fliegen wir etwa mit dem Ding?"
Ein fremder Mann streckte seinen Kopf aus der großzügigen Gondel, die mit dicken Leinen am Boden verankert war, „Das heißt 'Fahren' nicht 'Fliegen'. Wir **fahren** heute mit dem Ballon...aber nur wenn die Damen auch möchten...ach übrigens...", er lüftete sein kariertes Käppi, „...ich bin Mike, ihr heutiger Kapitän!" Kichernd sprangen die Mädels um den großen, viereckigen Korb und versuchten lachend und sich gegenseitig schubsend, irgendwie hineinzugelangen. Mike verkniff sich mit amüsiert hochgezogenen Augenbrauen, sein Kommentar und zeigte auf ein Stufen-Etagere das vor dem Korb auf seiner Seite auf dem Boden stand. Gesittet kletterten die Damen, gefolgt von den Herren an Bord. Einige Helfer, die sich irgendwo im Hintergrund aufgehalten hatten, lösten die Leinen. Mike zog an dem Ventil über ihm. Eine Flamme spuckte heiße Luft in den hohlen Bauch des Ballons und langsam hoben sie ab.
„Wir fliegen! Wir fliegen!" „Ach, das ist ja so aufregend."
Madita und Lisa waren ganz aus dem Häuschen. Drei paar Männeraugen verdrehten sich rollend zum Himmel.

Lisa und Madita hingen am Rand der Gondelwand und lugten andächtig hinaus ins Weite. Langsam stieg der Ballon immer höher. Björn beobachtet beide und hob lächelnd den Daumen Richtung Raimund. Aber der starrte unbeirrt auf seine Schuhe. Björn schob sich unauffällig neben ihn, „Was ist?"
„Höhenangst!" Raimund knirschte mit den Zähnen. Björn schluckte ein Lachen herunter,
„Warum sagst du denn nichts!" Eine kleine Schweißperle rann an Raimunds Schläfe herab und verschwand still, heimlich und scheinbar genauso ängstlich wie sein Herrchen, in seinem Hemdkragen, „Geht schon!"
Die zwei Mädels bekamen davon aber nichts mit. Immer höher stieg der Ballon und immer winziger wurde die Landschaft unter ihnen.
Total verzückt betrachteten sie die kleine Zwergenlandschaft.
Madita wand sich Mike zu, „Wo fliegen...tschuldigung...wo fahren wir denn hin?" Mike lachte ausgelassen, „Dorthin wo uns der Wind weht." „Ah!" Etwas ratlos zuckte sie mit der Schulter, „Okay!"
Lisa zoppelte Madita hektisch am Arm, „Schau mal...der rote Wagen da unten verfolgt uns!" Mike kicherte noch mal hinter ihnen, „Nein...das ist meine restliche Crew. Die folgen uns, bis wir landen und helfen dann unser fliegendes Gefährt wieder einzupacken." „Aaahhhh!"
„Guck mal...die Kühe...so winzig wie Spielzeugtiere!" Lisa war hin und weg.
„Und schau mal...da hinten ist ein winziges Dorf. Boah, ist das putzig!"
„Hey...sieh mal...", Madita boxte Lisa unsanft in die Seite. „Aua!" Lisa rieb sich lachend die malträtierte Rippe.
„Tschuldigung...aber guck doch mal da hinten...da steigt wohl eine Party im Grünen. Den könnten wir doch auf den Kopf spucken." Mike räusperte sich im Hintergrund, „Nichts...absolut NICHTS darf diese Gondel während der Fahrt verlassen! Klar!" Gespielt ernst drohte er den beiden jungen Frauen mit dem Finger. Lisa und Madita lachten lauthals und saugten sich optisch dann wieder an der atemberaubenden Aussicht fest.
Raimund, der Hüne, starb indessen, unbemerkt von der begeisterten weiblichen Bevölkerung in dieser Gondel, tausend Tode. Seine ehemals, gebräuntes Gesicht hatte ein erstaunliches Farbenspiel hinter sich, von leicht gelblich bis hin zu gräulich und zum Schluss einen Touch Grün. Björn machte sich langsam Sorgen.
Lisa schien endlich zu bemerken, dass es ihrem großen Bären gar nicht gut ging. Mitfühlend tätschelte sie seinen Arm, „Ach Großer...du hättest mit der Crew fahren sollen!" Raimund quälte sich ein Lächeln ab, „Ging nicht!"

Fragend surrten Lisas Augenbrauen nach oben, „Warum?" Wenn eine Antwort gekommen wäre, dann hätte Madita sie mit Sicherheit übertönt,„LISA, LISA...komm schnell...guck mal!" Madita hüpfte aufgeregt wie ein völlig aufgedrehter, Red-Bull-getränkter Flummi.
„Hey, nicht ganz so wild, die Damen!"
Sofort blieb Madita wie angewurzelt stehen. Lisa trat zu Madita, die wild runter auf den Boden zeigte. Mittlerweile hatte der Wind sie bis über die Wiesenparty geweht. „Schau...nun guck doch endlich!"
Ungeduldig drückte Madita Lisas Kopf in die richtige Richtung, mit dem Blick nach unten.
„Ach du heilige Makrele. Das ist ja...das ist ja...!" Mehrere riesengroße Laken waren auf dem Boden ausgebreitet. Versehen mit einer Botschaft, beziehungsweise mit einer Frage: WILLST DU MICH HEIRATEN?
Lisa starrte Madita an. Madita starrte Lisa an. Beide schluckten und drehten sich gleichzeitig zu den Männern um. Aber nur einer sank auf die Knie. Und stellte die Frage aller Fragen!
„Ich liebe dich. Willst du meine Frau werden...Lisa?" Mühsam und mit zittrigen Fingern, klappte Raimund die kleine Schatulle in seiner Hand auf und ein wunderschöner, goldener Ring in Form einer Schlange, gespickt mit einem kleinen Diamantauge entfaltete seine filigrane Schönheit und funkelte Lisa geheimnisvoll an.
Madita schluchzte gerührt und schlug ergriffen die Hand vor den Mund. Jede anständige Telenovela würde vor Neid erblassen, angesichts dieser dargestellten Situation.
„Bitte Lisa...sag was...bevor ich...", Raimund unterdrückte mühsam ein Würgen.
Lisa kniete sich neben den ach so mutigen Riesen, nahm seinen schwitzenden Schädel in die Hände, „Ja!"
Und hauchte ihm einen Kuss auf die fahlen Lippen. Mit vor Tränen glitzernden Augen, schaute sie hoch zu Mike, „Ich glaube, wir sollten schnellstmöglich landen!" Mike grinste und begann mit dem Sinkflug. Das war Lisas Hochzeitsantrag!
Björn schaute Madita an, doch die lenkte ihren Blick (absichtlich?) an ihm vorbei.
So vergingen dann noch einige Wochen. Und Björn hatte irgendwie das Gefühl, als ob er immer noch nicht richtig an Madita rankam. Immer hatte er das Gefühl als ob etwas (für ihn undefinierbares) zwischen ihnen stand, was er einfach nicht knacken konnte. Und auch aus Lisa bekam er nichts

Brauchbares heraus. Raimund zuckte nur hilflos mit seinen Muskelbergen und brummte, „Frauen!"
Doch aufgeben kam nicht in die Tüte!

Eines Nachmittags, später Nachmittag, der Regen peitschte ungemütlich durch die Straßen und kündigte den Herbst an. Er hatte gerade Feierabend und war eben erst nach Hause gekommen, da klingelte sein Telefon.
Das Display kündigte Madita an. Sofort hob sich seine Laune.
„Hallo, Kleines! Wie geht's?"
Ein verschnupftes Keuchen war die Antwort.
„Madita? Was ist los?" Björns Tonfall klang nun äußerst besorgt.
„Kannst du kommen?" Schnief! „Bin sofort da! Halbe Stunde!" Knopfdruck! Verbindung
getrennt. *Hoffentlich war nichts Schlimmes passiert. Schlüssel! Jacke! Und weg!*
In Schallgeschwindigkeit (genau 24 Minuten, einen Blitzer = 15 Euro ärmer, später) erreichte er Madita's Wohnung und klingelte Sturm.
Was wenn sie zusammengebrochen war? Was wenn sie bewusstlos war?
Björn fluchte wie ein Rohrspatz. Warum besaß er auch keinen Ersatzschlüssel für den Notfall? Sein Verstand lieferte ihm auch prompt die Antwort: *Normalerweise war LISA ja auch zuhause!* Doch sein Herz fluchte munter weiter.
Eeendlich...der Summer! Drei Stufen auf einmal nehmend hastete er die Treppe in den dritten Stock. Eine erbärmliche, kleine zerknitterte Madita stand im hohen Türrahmen und wirkte so ganz und gar verloren. Ihre großen Kulleraugen waren leicht gerötet und diese Farbnuance zog sich bis zur Nase hin. Sie schniefte wieder...zum herzerweichen. Björn musterte sie von oben bis unten. Kein Blut? Keine fehlenden Körperteile? Gut!
„Madita, sag doch endlich was du hast?"
„Komm rein!" Sie humpelte zur Seite und machte so, einen kleinen Durchgang frei. Sofort fiel sein Blick auf ihren Fuß. Er beugte sich hinab, „Du liebe Güte...das sieht ja echt eklig aus. Was hast du denn da fabriziert?" Er richtete sich wieder auf, hob die federleichte Madita auf seinen Arm und trug sie in ihr Zimmer. Im Türrahmen blieb er eine Sekunde stehen. Madita's heiliges Reich. Er war erst einmal hier drinnen gewesen. Und das auch nur kurz um was zu holen (es fiel ihm aber nicht mehr ein, was das gewesen war...aber war ja auch egal).
Dann marschierte er einfach weiter und setzte sie sanft auf ihrem, mit

Blümchenmustern bezogenem Bett ab. Dann kniete er sich auf den Teppichboden und nahm behutsam ihren bläulich verfärbten Fuß in die Hand (eigentlich hatte nur der dicke Zeh diese unnatürliche Farbe). Madita schniefte wieder.
„Tut das weh?" Er bewegte vorsichtig den Zeh.
„Aaahhhh...", sie zog zischend die Luft durch die zusammengepressten Lippen. Unsicher lächelnd hob er ihr Kinn an, bis sie ihm in die besorgten Augen sehen musste, „Kannst du mir jetzt vielleicht mal erzählen was du gemacht hast?"
„Auf der Arbeit!" Björn schmunzelte, „Geht es auch ein bisschen genauer?" Genervt rollte Madita mit den Augen, „Du willst es genau wissen? Na gut! Also...um sechs Uhr heute Morgen rappelte mein Wecker. Dann bin ich aufgestiegen, hab mir Kaffee gemacht, bin duschen gegangen, dann Zähne geputzt, hab mich angezogen...!"
„Nicht SO genau!" Björn knuffte sie spielerisch. „Okay!" Madita seufzte. „Also...Angela ist heute mit ihren Kegelfrauen unterwegs. Deswegen habe **ich** den ganzen Morgen den Laden alleine geschmissen. Was ja auch kein Problem ist." Björn schickte einen tadelnden Blick zu Madita. Die wehrte sich, „WAS...das ist die Kurzfassung. Warte doch mal!" Er nickte ergeben. Madita setzte noch mal an, „Also...wie gesagt, ich war alleine. Und gegen Schluss muss ich ja noch die ganzen Pflanzen wässern...es ist ja Wochenende...weißt du? Nicht, dass sie kaputtgehen." Björn nickte (leicht genervt).
Madita ignorierte ihn einfach und erzählte munter weiter, „Auf jeden Fall...ich weiß nicht genau, WIE es passiert ist...Rums...da lag ich auch schon auf dem Boden und mein Zeh schmerzte wie Sau!"
„Willst du damit sagen, du bist von der Leiter gefallen?"
„Habe ich doch gerade gesagt...hörst du nicht zu?" Björn stieß einen Stoßseufzer aus.
„Okay...", er rappelte sich auf. Seine Knie knackten leise dabei, „...dann müssen wir in die Notaufnahme. Der Dicke da...", er deutete auf Madita's bunten Zeh, „...muss wohl geröngt werden!"
„Aber ich kann nicht auftreten...oder kaum...!" Ihre Augen perfektionierten den Dackelblick. Björn konnte nicht anders. Er brach in schallendes Gelächter aus, „Dann trag ich dich halt, Weib! Ist doch easy!"
„Warte. Ich schreib Lisa noch eine Nachricht. Nicht, dass sie sich Sorgen macht!"
Er schaute suchend durch Madita's Zimmer hinaus in den Flur,

„Wo ist sie denn?"
Madita winkte ab, „Ach, die ist mit Raimund unterwegs irgendwelche Hochzeitssachen erledigen!" Schnell kritzelte sie ein paar Zeilen. Björn drapierte ihn gut sichtbar auf den blank gewienerten Esstisch, dann schnappte er sich Madita und trug sie runter zum Auto.
Wie sich später in der Notaufnahme, nach dem Röntgen rausstellte, war der kleine Dicke wirklich gebrochen. Das hieß, mindestens drei Wochen Schonzeit inklusive einer äußerst dekorativen Schiene.
Natürlich fuhr Björn die ungeschickte Patientin auch wieder nach Hause. Vorsichtig brachte er sie zurück in den dritten Stock ihres Heimathafens, schloss auf und trug sie ins Wohnzimmer auf die Couch. Etwas unschlüssig trat er von einem Fuß auf den anderen, „Brauchst du noch etwas? Soll ich dir noch was holen?" Erwartungsvoll schaute er Madita an, „Soll ich vielleicht warten bis Lisa wieder da ist?"
Madita zuckte mit den Schultern, „Im Augenblick brauch ich nichts!" Sie stockte kurz, „Warte, doch. Das Telefon. Du könntest mir das Telefon holen...falls es klingelt!"
Dienstbeflissen huschte er in den Flur, „Da blinkt eine eins. Ist wohl eine Nachricht auf dem AB!" „Hörst du ihn mal ab?" Björn drückte die Wiedergabe und eine kichernde Lisastimme wurde wiedergegeben: *Hallo Madita. Hier ist Lisa...lass das Raimund, ich bin am telefonieren...ich wollte dir nur Bescheid geben, das Raimund und ich einen kleinen spontanen Kurztrip machen. Ich komme also erst am Sonntagabend nach Hause. Hast also sturmfreie Bude. Viel Spaß Mäuschen. Bis dann*!
Björn hörte Madita aufstöhnen und lugte ins Wohnzimmer, „Und nun?" Verzagt schüttelte Madita den Kopf, „Wird schon gehen. Ist ja nur ein Tag!" Björn setzte sich zu Madita auf die Couch, „Ich könnte auch hierbleiben!" „Über Nacht?"
Jetzt war Björn doch leicht verärgert, „Hör mal Madita. Wir sind zwei erwachsene Menschen und wir sind doch schließlich zusammen...irgendwie, denke ich...", verunsichert räusperte er sich, „...ich meine...ich habe dich ja nicht gefragt ob wir Sex haben könnten...obwohl...nein...ich meine...!"
Madita prustete los, „War doch nur Spaß. Find ich toll, dass du bleiben willst. Danke!" Er schaute sich um, „Und wo soll ich schlafen?"
Madita grübelte kurz, „Also, wenn ich heute Abend Pizza bekomme, dann auf der Couch. Wenn ich gefüllte Paprika bekomme...", sie legte sich genießerisch die Lippen ab, „...dann bei mir!"

Björn Augen blitzten teuflisch, „Ich habe aber keinen Schlafanzug dabei!"
„Kannst einen von mir kriegen!" Madita lachte.
Schien so, als ob Björn heute endlich richtig beziehungsmäßig bei Madita landen konnte.
Natürlich gab es an diesem Abend gefüllte Paprika. Richtig gute sogar! Und der angebotene Schlafanzug blieb, wie sollte es auch anders sein, ungenutzt im Schrank!

Zwei Wochen später war der große Tag endlich gekommen. Lisa großer Tag. Aufgescheucht wie ein kopfloses Huhn, flitzte sie in der Wohnung von einer Ecke zur nächsten. Björn hatte die Nacht wieder bei Madita verbracht um ihr an diesem Morgen bei ihren Brautjungfernpflichten tapfer zur Seite zu stehen.
 Madita versuchte hinter Lisa herzu humpeln, wofür sie allerdings einen bitterbösen Blick ihrer Freundin (und von Björn) kassierte, „Hör auf hier mit deinem Platten, so unrund rumzueiern. Setz dich hin."
Madita verschränkte leicht gekränkt die Arme vor der Brust, „Würde ich ja...aber Madam bleibt ja nicht auf einem Platz, damit man ihr die Haare ordentlich herrichten kann!" Lisa huschte ertappt zur Couch und setzte sich. Unruhig zappelte sie mit ihren Füssen, „Tschuldige...ich bin so aufgeregt! Mach weiter!"
Madita kniete sich hinter sie und vollendete ihr Werk an dieser voluminösen Mähne, bis sie einen edlen, geflochtenen Knoten hingezaubert hatte. Ein paar verspielte Strähnen, mit dem Lockenstab bearbeitet, umrahmten Lisas schmales Gesicht. Eine Handvoll winziger Kunstrosen im Dutt rundeten das Bild letztendlich perfekt ab.
„Voila!" Madita betrachtet stolz ihr Werk und reichte Lisa einen Handspiegel, den Björn herbeigezaubert hatte.„Wow...das ist wunderschön, Madita. Du bist ja eine richtig kleine Haarkünstlerin! Danke!"
Sie schmatzte einen lauten Kuss auf Madita's Wange und eilte ganz hippelig zu ihrem Schlafzimmer.
„Jetzt fehlt nur noch mein Kleid!"
„UND MEINS! DAS KÖNNTEST DU AUF DEM RÜCKWEG MITBRINGEN!"
Björn lachte, „Ich mach das schon!"
ER war schon fertig ausstaffiert. Richtig schnicke sah er in seinem Anzug aus. Vorsichtig schleifte er den transparenten Kleidersack, mitsamt dem gewünschten Kleidungsstück herbei und half Madita beim ankleiden.
„Ich bin kein kleines Kind. Ich habe nur den Zeh gebrochen und nicht meine

Arme. Geh...mach irgendwas anderes. Ich zieh mich alleine an!" Björns Lippen kräuselten sich
zu einem süffisanten Lächeln, „Damit ich den Anblick deiner knackigen Brüste verpasse? Nee!" Gespielt genervt gab sich Madita geschlagen und ließ sich von Björn helfen.
„WIEVIEL UHR HABEN WIR?" Lisas Stimme klang etwas gepresst, „KANN MIR MAL JEMAND MIT DEM REISVERSCHLUSS HELFEN?" Madita warf Björn einen belustigten Blick zu, „ICH kann nicht!"Ergeben sank sein Kopf auf die Brust, „Ich geh schon!"
Trotz all dem Chaos, erschienen sie pünktlich am Standesamt, vor dem sich schon ein Pulk von Leuten angesammelt hatte. Inmitten dieser Gästeschar ragte Raimunds Kopf wie ein Leuchtturm auf. Suchend und sichtbar nervös hielt er radarmäßig nach allen Richtungen Schau aus. Da erblickte er seine Braut und ein fast jungenhaft wirkendes Lächeln erhellte sein Gesicht.
Die Zeremonie war kurz aber herzergreifend. Beobachtet von Björn verfolgte Madita die Trauung und vergoss dabei einiges an Tränenflüssigkeit. Ja, sie hatte schon immer nah am Wasser gebaut. **Daran** hatte sich nichts geändert. Amüsiert wand er sich wieder dem Brautpaar zu. Er freute sich diebisch auf die anschließende Party und das hatte auch einen guten Grund.
Die Festlichkeiten hielten sie im 'Berlinium' ab. Dieses coole Lokal mit der abgefahrenen Livemusik. Normalerweise gab es die nur am Wochenende, abends. Aber da das ganze Equipment schon vorhanden war und der Besitzer ein echt netter Kerl war, hatten sie schon an diesem Nachmittag **und** am Abend Livemusik.
Es wurde eine ziemlich vergnügte Hochzeitsfeier mit einem bunt gemischten Publikum. Von Anwälten, Künstlern, Beamte, Biker und Ottonormalverbraucher war alles anwesend. Insgesamt fünfzig Menschen rockten heute die Bude.
Das Essen war hervorragend. Die Getränke flossen in Strömen. Und Björn? Der war völlig aufgeregt. Immer wieder schielte er auf die Uhr, bis Madita der Kragen platzte, „Was ist denn los mit dir? Man könnte meinen du hättest Hummeln im Hintern!"
Leicht angesäuert nippte sie an ihrem Caipi. Er nahm ihre Hand, hauchte einen Kuss drauf, verdrückte sich wortlos und ließ eine völlig verdatterte Madita zurück. Fragend schaute sie in die Runde bis sie Lisas, ebenfalls fragenden Blick, begegnete.
Raimund erhob sich und stakste, schon leicht betüddelt auf das kleine

Podest, das als Bühne diente. Lächelnd klaubte er dem, verdutzt dreinschauenden, Sänger der Band das Mikro aus der Hand, „Darf ich mal kurz stören?" Es gab eine kleine unangenehme Rückkopplung. Er räusperte sich und hielt das Mikro etwas weiter vom Mund weg, „Es gibt noch eine kleine Überraschung. Ein guter Kumpel von mir hat sich etwas ausgedacht. Und ich hoffe er macht seine Sache gut." Er schaute lachend hinter sich. Björn trat hervor ins Rampenlicht. Sichtbar nervös aber auch sichtbar entschlossen. Er pflückte Raimund das Mikrophon aus seiner Pranke, „Danke Raimund. Und nun ab zu deiner Braut und genieß die Show."
Ein Playback wurde eingespielt...und Björn fing an zu singen: ‚Somewhere over the Rainbow' (eine Schnulze vom Feinsten)!!!
Und seine Stimme schlug innerhalb von Sekunden alle in den Bann. Madita's Augen wurden groß wie Suppenteller. Wow...ihr Freund konnte ja richtig singen. Richtig gut sogar! Jetzt kannte sie ihn schon seit über einem Jahrzehnt, aber das er sooo eine Stimme hatte, war ihr völlig neu! Begeisterungsstürme entluden sich bei den letzten Klängen der Melodie. Etwas verlegen und mit leicht errötenden Wangen verbeugte sich Björn, „Danke...danke...ich hoffe es hat euch gefallen!" Beifallspfiffe. Sogar Madita war, trotz ihres Handicaps aufgesprungen und pfiff wie ein Bierkutscher durch die Finger.
Er räusperte sich umständlich, „Ich hätte da auch noch ein paar Worte zu sagen." Er wand sich Raimund zu, „Erst einmal möchte ich dem Bräutigam danken, dass er mir heute diese Plattform, sein Fest, zur Verfügung stellt." Raimund grinste verschwörerisch. Der Rest schaute etwas ratlos aus der Wäsche. Björn drehte sich in Madita's Richtung, „Heute möchte ich nicht nur meinen lieben Freunden zur Hochzeit gratulieren. Heute möchte ich auch einem, mir sehr wichtigen Menschen, Danke' sagen. Nämlich dir Madita!" Madita saß wie festgenagelt auf ihrem Stuhl. Keine Flucht möglich. Gott, wie peinlich!
Björn kam auf sie zu, „Madita...ich möchte dir danken, dass du über all meine Fehler hinweggesehen hast. Ich möchte mich dafür entschuldigen, dass ich überhaupt Fehler habe. Ich möchte mich entschuldigen das ich ein solcher Esel war und dich hab gehen lassen. Und ich möchte dir dafür danken, dass dein Herz sooo großzügig ist, mir eine zweite Chance zu geben. Ich möchte dir heute versprechen, dass ich nie wieder ein Esel sein werde. Ich möchte dir heute versprechen, dass ich sehr wohl aus meinen Fehlern gelernt habe." Er stand vor ihr, schaute ihr tief in die Augen, griff in sein Jackett, zog eine kleine Schatulle raus, die er öffnete und ging auf die

Knie, „Du bist eine wundervolle Frau, ohne die ich nie wieder sein möchte. Madita, ich liebe dich. Möchtest du meine Frau werden?" Verblüfftes Schweigen im Saal. Verblüfftes Schweigen bei Madita. Der kleine Diamant am Ring funkelte in der romantischen Kerzenbeleuchtung.
„Madita?" Björns Hand zitterte leicht. Madita lenkte ihre Aufmerksamkeit vom Ring auf den Ringträger. Björns Augen blickten fest in die ihren.
„Ja!" ...WOW....
Sichtlich erleichtert und auch sichtlich überglücklich, fummelte Björn den Ring aus dem Kästchen und steckt ihn ihr an den Finger. Passte wie angegossen. Fast.
Lisa schrie auf und hechtete mit einem Sprung über den Tisch, hin zu Madita. Extrem überschwängliche Küsse und Gratulationen folgten.
Eine Flasche Champagner kam herangerollt und wurde natürlich prompt geköpft. Auf Kosten des Hauses, persönlich serviert vom Herr des Hauses.

Gastgeberin:
Hui, das war eine lange Erinnerung. Ich weiß. Aber mal ehrlich. So schlimm ist Björn doch gar nicht. Er hat sich ganz schön abgerackert um dorthin zu kommen wo er eben war. Und doch wissen wir alle, dass es im Endeffekt für die Katz ist. Und wie das kam, erfahrt ihr jetzt...und nein...du kannst jetzt nicht mehr aufs Klo...später!

Erinnerung (2010)
Antonio

Auch Antonios Leben musste weitergehen. Sein bester Freund und Schwager, Andreas war zwar wieder im Lande. Er kam auch regelmäßig zu Besuch und alberte mit den Kindern herum, fast so wie früher. Und erstaunlicherweise hatte er sogar an die Geschenkwünsche der Kinder gedacht. An einem der ersten Tage, die er zuhause war, tauchte er eines Abends völlig überraschend auf, drückte der jauchzenden Helen den Beutel Tannenzapfen in die verschwitzte Kinderhand. Übergab Noah den dämlich vor sich hin grinsenden Nussknacker, der ihn natürlich direkt am Küchentisch knabbern ließ. Und überreichte der kleinen Romina, die schüchtern an ihrem Zeigefinger nuckelte und ihren Onkel dabei ehrfurchtsvoll anstarrte, die lustigen Fingerfarben. Obwohl er mit den Kindern an diesem Abend herumalberte und spielte konnte man fühlen

(man konnte es förmlich mit den Fingern greifen), das er nicht wirklich glücklich war. Das sah man ihm einfach an. Er hatte zwar zuhause seine komplette Bude auf den Kopf gestellt und Mariannes Sachen waren auch entsorgt...aber der Neustart verlief offensichtlich doch holpriger als er zu Anfangs dachte. Es lag bestimmt nicht am Job. Nein. Andreas hatte ihm erzählt, dass sein Boss Wort gehalten hatte und er praktisch nahtlos in den Klinikalltag wieder einverleibt worden war. Nein, der Job war wirklich nicht das Problem. Und doch es gab Augenblicke in denen seine Augen eine traurige, rastlose und bedrückende Geschichte erzählten.
Antonio hatte ja den Verdacht, dass es sich dabei um die kleine Blumenfee handeln könnte. Doch Andreas ließ einfach nichts heraus.
Er beschloss ein klein wenig nachzuforschen. Vielleicht brachte ja die Ein oder andere Information Andreas ein bisschen auf Trab.
Also machte er sich auf den Weg zu Angela's Blumenwunder.
Die Adresse hatte er mühelos in Mariannes Unterlagen, beziehungsweise an der Pinnwand, gefunden. Sie hatte dort ja auch immer bestellt. Nicht bei der Pinnwand! Sondern bei Angela!
Nach dem Fund einer der wenigen freien Parkplätze, erspähte er ziemlich schnell schon das, in diesem Wohnblock auffallend rote Haus mit dem zugewucherten Schaufenster. Er hatte keine Ahnung was er sagen sollte oder was ihn erwartete. Eigentlich wollte er ja auch nur ein bisschen die Lage checken. So trat er ein.
Eine melodiöse Türglocke kündigte sein Eintreten an und er harrte der Dinge die kommen würde. Eine helle Stimme ertönte aus dem Hinterraum, „ICH BIN GLEICH BEI IHNEN. SCHAUEN SIE SICH DOCH NOCH ETWAS UM!"
Er schaute. Genau. Gute Idee. Er könnte seiner Frau mal einen schönen Strauß Blumen mitbringen. Das tat er eh viel zu selten. Plötzlich überlief es ihn siedend heiß. Hatte er überhaupt sein Portemonnaie dabei? Wenn ja, war auch genug Geld drin?
Hektisch kramte er die Wildlederbörse aus seiner Jackeninnentasche und riss ihn auf. Wohl zu hektisch. Ein Schwall Kleingeld ergoss sich über den Boden. (Ja, Kleingeld kann schon manchmal ein übles Eigenleben entwickeln!) Was für ein Tollpatsch er doch manchmal war. Eilig bückte er sich und klaubte die Münzen zusammen. Ein Zweier wehrte sich noch verzweifelt, hüpfte aus seiner Hand und rollte natürlich genau hinter den Tresen. Er schaute zum Hinterraum. Es kam noch keiner. Also huschte er schnell hinter die Theke und suchte den Boden(?) ab.
„Was machen sie denn da?"

Eine junge Brünette erschien aus dem Nebenzimmer und trocknete sich gerade die Hände an einem Geschirrtuch ab. Misstrauisch musterte sie ihn. Er sendete ein hoffentlich beruhigendes Lächeln in ihre Richtung, zeigte entschuldigend auf seine Geldbörse, „Mir ist Kleingeld rausgefallen!"
Die junge Frau, wie sich nach einem zweiten Blick rausstellte, die (seine)Blumenfee, marschierte auf ihn zu. Sofort kam er hinter dem Tresen hervor und sie schob, sich dünnemachend, an ihm vorbei wobei sie misstrauisch den Boden taxierte.
„Ha!" Freudig lächelnd bückte sie sich und kam mit einem glänzenden Zwei Eurostück wieder hoch. Dann verlor sich ihr Lächeln, die Augen wurden zu schmalen Schlitzen und sie schlich an ihm vorbei zu der Vase mit den Hortensien. Dort bückte sie sich wieder. „Noch mal Ha!" Triumphierend überreichte sie ihm die Münzen, „Genau 2 zwei Euro zwanzig. Das ist fast schon eine Baccara-Rose!" Verdutzt nahm Antonio das dargebotene Geld. Die Blumenfee zwinkerte ihm zu, „Und was kann ich sonst noch für sie tun...außer Geld suchen, meine ich." Sie lachte und riss ihn mit ihrer guten Laune einfach mit. Grinsend zeigte er blind hinter sich, „Ich hätte dann gerne noch einen hübschen Blumenstrauß für meine Frau!"
Madita überlegte kurz, „Ein bestimmter Anlass?"
„Nö, einfach nur so!" Ihr Gesichtsausdruck sprach Bände. Er prustete los, „Nein, wirklich einfach nur so. Ich habe ihr schon lange keine Blumen mehr mitgebracht!"
Die Blumenfee gab sich schmunzelnd geschlagen, „Okay, dann ein 'Einfach-mal-so-Blumenstrauß'. Kommt sofort!"
Zehn Minuten später, 22 Euro ärmer und einige Eindrücke reicher verließ er den Laden. Eine wirklich reizende und quirlige junge Dame.
An diesem Tag hatte er noch keine Ahnung, dass er diesen quirligen Wirbelwind schon bald wiedersehen sollte.
Vor der Tür blieb er kurz stehen, klemmte sich den Straus etwas umständlich unter den Arm, hangelte sein Handy aus der Hosentasche, wählte Andreas Nummer und hinterließ eine freundliche Essenseinladung auf dem noch freundlicheren Anrufbeantworter.
Lautes Gepolter aus dem Ladeninnern ließ ihn erschrocken herumfahren. Er linste ins Schaufenster und steckte nebenbei das Telefon wieder weg. Die kleine Blumenfee kniete auf dem Boden neben einem Trittleiterchen. Er klopfte besorgt an die Scheibe, worauf die junge Frau ihm lächelnd zuwinkte. Alles in Ordnung sollte das wohl heißen. Also winkte er kurz zurück und trollte sich.

Und ganz nebenbei...seine Frau war wirklich erstaunt über den Blumenstrauß. Die erste Frage war: Was hast du angestellt? Also...liebe Frauen..., wenn ein Mann mal Blumen mit nach Hause bringt, heißt das nicht zwangsläufig das er was ausgefressen hat. Das sollte nur mal erwähnt sein!

Er hatte einen Plan. Naja, Plan war vielleicht übertrieben. Er versuchte mal ein klein bisschen Schicksal zu spielen. Wenn er das richtig in Erinnerung hatte, dann müsste Andreas diesen Samstag frei haben. Also würde er...hmmm...zuerst einmal heute Abend Andreas anrufen. Ach, nein, brauchte er nicht...der kommt ja zum Abendessen. Hoffentlich. Und er kam! Pünktlich um sieben läutete es an Antonios Haustür. Mit Pauken und Trompeten, inklusive johlendem Indianergeheul, wurde er empfangen. Antonio würde warten müssen bis die kleinen liebenswerten Fressmonster im Bett lagen. Vorher war an ein normales Gespräch eh nicht zu denken. Eher würde der Vesuv Popcorn ausspucken, als das man sich mit drei Kindern am Tisch normal hätte unterhalten können.

Aber irgendwann ist selbst das hungrigste Kind satt, das aufgedrehteste Kind müde und das schmutzigste Kind gewaschen. So auch seine Kinder an diesem Abend!

Mit einem Gläschen Rotwein schlenderten er und Andreas nach der Essenschlacht rüber ins Wohnzimmer und fielen pappensatt aus Sofa.

„Hmm...das war mal wieder superlecker!" Andreas stöhnte, schob seine Hand in den Bund und versuchte die Hose etwas zu lockern.

Antonio rieb sich den Bauch, „Ja, Bea ist echt eine Wahnsinnsköchin..., wenn sie will!" Andreas lachte vielsagend, „Also heute hat sie ganz bestimmt gewollt."

Von oben ertönte lautes Gekreische und Füße Getrappel. Andreas schaute leicht besorgt hoch zur Decke, „Solltest du nicht vielleicht...?" Sein Schwager wiegelte ab, „Das ist nur das letzte Aufbäumen vor dem Matratzenwalzer! Dauert erfahrungsgemäß höchstens acht bis zehn Minuten!"

Andreas nickte, schielte noch mal kurz nach oben und nippte an dem süßwürzigen Wein.

Antonio nahm ebenfalls einen großzügigen Schluck, stellte das Glas dann auf dem Tisch ab, hob es wieder an, schob einen Untersetzter drunter, setzte es darauf ab und schaute seinen Freund erwartungsvoll an.

Andreas warf einen fragenden Blick zurück, „Was ist?"

Antonio lehnte sich jetzt zurück, „Du hast doch am Samstag frei? Oder?"
„Hmm...warum?" „Ich könnte deine Hilfe gebrauchen. Mittags...vielleicht ein, maximal zwei Stunden!" Andreas schaute wieder zur Decke, „Als Babysitter?" Gespielt, belustigte Verunsicherung in seiner Stimme.
Sein Freund winkte ab, „Nee, nee, die Kids und Bea sind im Badeparadies. Müttertreffen oder so... ich bräuchte noch jemanden im Lokal. Ich habe ab Samstagmittag ein Event und da müssten noch die Tische und Stühle gestellt werden. **Dazu** bräuchte ich einen starken Mann."„Was ist dem mit dem Jungen, der hin und wieder mal aushilft?"
Antonio winkte ab und grinste schief, „Ich sagte einen STARKEN MANN!"
Geschlagen hob Andreas grinsend die Hände, „Okay, okay...ich komme...reicht zehn?"
Antonio nickte, „Danke, bist wie die Hand am Leib."
Andreas prostete ihm schmunzelnd zu, „Oder wie die Mutter ohne Brust...ich weiß!" Beide lachten.Bea kam die Treppe nach unten, „Was gibt's denn so amüsantes?"
Sie schlabberte ein Schlückchen aus dem Glas von ihrem Göttergatten.
„Ach, nichts...Andreas hilft mir am Samstag ein bisschen!"
„Und was ist daran so komisch? Das Andreas HILFT? Oder das ANDREAS hilft?"
„Hey, du freche Göre." Ein kleines Kissen kam angeflogen. Bea duckte sich lachend, „War doch nur Spaß! Ich geh mal in die Küche...mich amüsieren. Will noch jemand Kaffee?"
Antonio nickte. Andreas winkte ab, „Ist lieb gemeint. Aber ich trinke den Schluck Wein noch aus und mach mich dann auf den Heimweg. Muss morgen früh raus!"
Als Antonio dann später in seinem Bett lag (seine Frau schnarchte schon leise) gingen ihm noch ein paar Gedanken durch den Kopf.
Er war ja schon ein ausgekochtes Schlitzohr. Andreas würde im Lokal sein, wenn die Blumen für das Event geliefert würden. Und von wem kamen die Blumen? Richtig! Von Angela's Blumenwunder. Und wer lieferte aus? Richtig! Die kleine Blumenfee. Dann würden sich beide treffen...sich wiedererkennen...er würde sie mit einem Kaffee in eine gemütliche Ecke setzten...er würde...er war eingeschlafen!

Dann kam der Samstag. Antonio war schon aufgeregt wie ein kleiner Junge vor dem Spielzeugladen. Andreas war schon etwas früher gekommen. Seit einer halben Stunde schickte Antonio ihn wahllos umher, Dinge holen.

Tischdecken. Servietten. Vasen. Nachdem er das dritte Mal aus dem Keller hoch gekeucht kam, knallte er den Stapel Küchentücher auf den Tresen, „Sonst noch was? Wie oft willst du mich denn noch in die Katakomben schicken."
Der grüne Blumenwagen mit der Aufschrift 'Angela's Blumenwunder' fuhr vor. Antonio zuckte entschuldigend mit den Schultern, „Nur noch einmal. Ganz hinten in der Ecke stehen zwei Kartons mit geschliffenen Sektgläsern. Die bräuchte ich noch!" Andreas senkte ergeben den Kopf und trottet von dannen, hinab ins Kellergewölbe.
Zum vierten Mal!
Die Tür wurde schwungvoll aufgestoßen und Antonio drehte sich erwartungsvoll herum. Sein freudiges Lächeln verlief wie Eis in der Sonne.„Wer sind SIE?"
„Ich bring die Blumen. Vier große Gestecke und drei kleine. Ins Berlinium. Das ist doch hier, oder?" Antonio nickte und musterte den kleinen, pickeligen Aushilfsstudenten, mit der runden Harry-Potter-Brille, „Seit wann arbeiten SIE bei Angela?" Der Student schniefte laut und unappetitlich und knatschte ausgiebig auf einem Kaugummi herum, „Ich helfe nur aus! Wo soll ich die Sachen hinstellen?" Antonio zeigte auf den breiten, langen Tresen, „Fährt nicht normalerweise eine junge braunhaarige Frau die Lieferung aus?" Der Student neigte überlegend den Kopf zur Seite.
Dann erhellte sich seine Miene und er hob den Zeigefinger,
„Sie meinen Madita?!" Antonio nickte.
Der kleine Harry-Potter-Verschnitt schniefte wieder, „Die hat Krankenschein. Bitte eine Unterschrift." Er hielt Antonio den Bestellzettel unter die Nase. Antonio zückte enttäuscht einen Kuli aus seiner Weste und unterschrieb.
Achtlos faltete der Jüngling das Blatt, schob es in seine hintere Hosentasche und verschwand grußlos. Tzzz, die Jugend von heute...
Andreas hievte gerade die zwei Gläserkartons auf die Theke als die Tür zurück ins Schloss fiel. So eine gequirlte Kacke!
Das war ein Satz mit X! Das war wohl nix!
Die Tische und Stühle waren schnell in den richtigen Positionen gestellt und Antonio hatte im Laufe dieser stupiden Arbeit echt Mühe sich die Riesenblase der Enttäuschung nicht anmerken zu lassen. Nachdem alles so stand, wie es Antonios Wünschen entsprach, tranken sie noch einen Kaffee und zogen sich noch ein leckeres, knuspriges Croissant rein, dann

verabschiedete sich Andreas auch schon. Und zurück blieben Antonio und ein gescheiterter Verkupplungsplan.
Viel Zeit zum um seine Enttäuschung zu bebauchpinseln (Anmerkung Moderatorin: trösten), blieb ihm allerdings nicht.
Zwei Stunden später trudelte schon die Festgesellschaft rein. Der Koch in der Küche rotierte wie ein Brummkreisel auf Drogen. Alles lief fast wie am Schnürchen. Das übliche chaotische Herum Gerenne, die anfangs panischen Blicke des Küchenpersonals...alles im grünen, soften Bereich! Antonio ging voll in seiner Rolle als der perfekte Gastgeber auf.
Aber seine gute Laune erhielt unverhofft einen Dämpfer, als er einen jungen Mann erblickte, der SEINE Blumenfee huckepack hereintrug. Da verschlug es ihm für einige Sekunden dann doch voll die Sprachen.Shit! Wenn er das gewusst hätte!
Als kleine Schicksalselfe fehlte ihm wohl das richtige Händchen.
Doch man sollte die Hoffnung nie aufgeben.
Hachherrje! Sehr zu seinem Leidwesen konnte er zwar mit etlichen Zahlenkolonnen jonglieren, aber sein Gesichts -Gedächtnis war löchriger wie ein Schweizer Käse! War das der Typ den sie letztens als Freund vorgestellt hatte? Vielleicht war es ja nur ein Verwandter, Bruder, Onkel, Cousin oder so... (Bitte Hoffnung, verlass mich nicht!)
Ansonsten war er mit dem bisher verlaufenden Abend recht zufrieden.
Die Gäste waren ein bunt zusammen gewürfelter Haufen gut gelaunter Feierlustiger. Das frischgebackene Ehepaar turtelte verliebt. Die von ihm gebuchte Band rockte die Hütte und hielt kaum einen gehfähigen Gast auf dem Stuhl. Das Essen wurde hoch gelobt und reichlich verspeist und der Verbrauch an Getränken, alkoholisch und auch nicht, hob allmählich wieder seine Stimmung. Am späteren Abend gab's dann noch eine, unverhofft klangvolle Einlage eines der Gäste. Die Stimme dieses jungen (Huckepack-)Mannes war wider Erwarten ziemlich gut. Okay, die Songauswahl traf jetzt nicht jedermanns Geschmacksnerv. Antonios zum Beispiel. Der stand nicht so auf dieses schwulstige Geträller. Doch zum Anlass passte es.
Als das Lied zu Ende war applaudierte er artig mit und polierte anschließend weiter einige frisch gespülte Weingläser. Die Ansprache des jungen Mannes bekam er nur mit halbem Ohr mit. Zuerst! Doch dann wurde er extrem hellhörig.
Eine Liebeserklärung? Oha! Bitte nicht! Nein, Nein, Nein. Halt die Klappe! Hoffentlich nicht...? Och nöööö! Doch...genau das!

Tatsächlich laberte dieser kleine Möchtegern-Romeo **sein** Blumenmädchen an. Madita! Soviel zu Onkel, Cousin und co.!
Wo war eigentlich das Glück, wenn man es mal brauchte?
Und als ob der Gipfel der schnöden Hoffnungslosigkeit noch nicht erreicht wäre, kniete sich dieser Schnösel auch noch hin und setzte dem Ganzen noch ein widerliches Krönchen auf.
Einen Heiratsantrag! Antonio hielt die Luft an (wie auch der Rest der Gästeschar) und starrte auf die sich ihm bietende Szenerie. *Sie würde doch nicht...? Nein? Nein?*
Mit ihrem Nicken und gehauchtem 'JA' ließ sie all seine Zukunftsträume für Andreas wie eine Seifenblase zerplatzen.
Niedergeschlagen ließ er den angehaltenen Atem entweichen.
Shit! Shit! Doppelshit!
Naja, es wäre ja auch zu schön gewesen um wahr zu werden!
Jetzt musste das Schicksal halt selber schauen wie es klarkam. Oder vielleicht Marianne? Unauffällig schielte er hoch...und ein kleines Lächeln umspielte seine Lippen.
Da gab es schließlich noch diese geheimnisvollen Sms auf Andreas Handy. Wenn ihn nicht alles täuschte, dann war das Schicksal (oder was/wer auch immer) noch nicht fertig mit seiner Arbeit!
Dann mach mal...

Gastgeberin:
So, langsam aber sicher überschlagen sich die Ereignisse. Das ist ja so spannend. Ich wollte...was? Wie ich soll die Klappe halten... Hallo? Aber ...ich...in Ordnung...dann machen wir halt einfach weiter...

Erinnerung (2010)
Madita

Madita saß zuhause auf dem noch immer mit Folie abgedeckten Sofa. Lisa hatte sich die Freiheit genommen, Björn nach draußen zu begleiten und zu verabschieden. Nachdem sie die Tür hinter dem jungen Mann, den Madita eigentlich nie wiedersehen wollte, geschlossen hat, verharrte sie einen stillen Augenblick. Nachdenklich kaute sie auf ihrer Unterlippe. Dann drehte sie sich energisch auf dem Pantoffelabsatz herum und stürmte den Flur entlang hinein ins Wohnzimmer. Einen, vielleicht auch nur einen halben

Schritt vor der besagten jungen Dame kam sie zum Stillstand und stemmt leicht aufgebracht die Hände in ihre knochigen Hüften, "Was sollte das?"
Madita weigerte sich sie anzusehen, "Ich weiß nicht was du meinst!"
Lisa stampfte mit dem Fuß auf, "Oh, doch Madame...das weißt du ganz genau!"
Madita seufzte müde und schlängelte sich der Länge nach, auf die Sofafolie. Das unangenehme Geknister ging ihr tierisch auf den Nerv (und außerdem fühlte es sich eklig auf der Haut an), also sprang sie auf, entledigte die arme Couch ihres, nicht sehr dekorativen Plastikumhanges und fläzte sich wieder hin. *Ah! Das war schon viel besser.*
Grob schob Lisa Maditas Beine nach hinten und pflanzte sich dazu. Sie versuchte einen sanfteren Tonfall, "Maddie...Mäuschen...was machst du da?"
"Ich ruh mich aus. Ich bin müde!" Madita gähnte demonstrativ.
Mitfühlend nahm Lisa sie in den Arm, "Jetzt sei doch nicht so. Du weißt wovon ich rede! Warum hast du Björn gesagt, dass du ihm eine zweite Chance gibst?" Madita schaute betreten unter sich und vergrub sich in den Kissen, "Weiß nicht!" Der genuschelte Satz versickerte im Polster. "Hä?" Lisa hielt sich eine Hand ans Ohr, "Ich habe dich nicht verstanden!"
"ICH WEISS ES NICHT, HABE ICH GESAGT!" Madita raffte sich etwas auf und stützte sich auf ihrem Ellenbogen ab, damit sie Lisa ins Visier nehmen konnte, " Ist mir halt so rausgerutscht!" Lisa starrte ihre Freundin fassungslos an und prustete mit einem Mal los, "Da kommt der Ex, der dich an DEINEM Geburtstag abgeschossen hat, du lässt ihn deine Wand tapezieren...!" Madita hob wichtigtuerisch den Finger, "Unsere Wand!" Lisa wischte den Einwurf ignorierend zur Seite, "Ist doch egal...auf jeden Fall lässt du ihn hier ackern wie Klein-Doofi, dann lässt du ihn betteln, nachdem du ihn über eine Stunde lang unbeachtet hast links liegen lassen und das einzige was dir dazu einfällt ist: IST MIR SO RAUSGERUTSCHT? Hast du sie noch alle am Sender?"
Kraftlos plumpste Madita zurück auf das Sofa und stöhnte ins Kissen. "Ahhh...ich weiß doch auch nicht!" Sie rappelte sich in eine sitzende Position hoch und knautschte sich ein Kissen vor den Bauch auf dem sie ihr Kinn ablegte, "Ich wollte das ja eigentlich gar nicht!" Lisas Kommentar: ein Schnaufer der übelsten Sorte! Madita kauerte sich noch enger zusammen, " Als er mich fragte, musste ich...da dachte ich...ach Lisa...den anderen Kerl kann ich **nie** bekommen. Das kann ich mir getrost aus der Rübe klopfen!"
Wie zu Bestätigung gab sie sich zwei Kopfnüsse.

Lisas Augen bekamen einen traurigen Glanz, "Und da dachtest du dir…, wenn schon nicht die große Liebe, dann wenigstens eine kleine Flamme!" Hilflos zuckte Madita mit den Schultern. Ihre Lippen zitterten bedenklich, "Was hätte ich denn tun sollen?" Aufbrausend sprang ihre Freundin vom Sofa, "**Vielleicht mal Single bleiben?**"
Eine Träne kullerte über Maditas Wange, "Ich bin so ein Scheusal!" Der Kanal öffnete sich vollends und ein lautes Schluchzen drängte sich aus ihrem Hals. Hilfesuchend klammerte sie sich an das teilnahmslose Kissen vor sich und weinte. Lisa ließ sie weinen.
Nach ein paar Minuten versiegte der Tränenstrom. Verquollene, rotgeränderte Augen erhoben sich aus dem mittlerweile feuchten Kissen, "Und was mach ich jetzt mit Björn?"
Jetzt war es Lisa, die hilflos mit den Schultern zuckte, "Schätze mal, dass was du ihm gesagt hast. Ihm eine zweite Chance geben." Madita saß wie ein kümmerliches Häufchen Elend vor ihr. Kaum zu ertragen. Tröstend kniete sie sich vor Madita und streichelte ihr über das glänzende, braune Haar, "Du könntest ihn aber auch anrufen und sagen, dass du es dir anders überlegt hast!" Madita schniefte, "Das wäre aber ziemlich gemein, oder?" Lisa schnaubte wie ein Walross, "Naja, er war doch auch gemein!" Maditas Unterlippe schob sich trotzig hervor, "Ich BIN aber nicht so gemein!" Lisa hievte sich ächzend hoch, "Dann, meine Liebe, musst du es drauf ankommen lassen. Ich mein…", sie betrachte den grünen, frischen Dschungel an der Wand, "…DAS hat er doch wirklich gut hingekriegt!" Madita schaute ebenfalls, "Jo…tapezieren kann er. Vielleicht steckt ja doch noch was in ihm, was ich noch nicht kenne?" Lisa legte den Arm um ihre Freundin und nickte zustimmend, "Einen Versuch ist es auf jeden Fall wert. Und wenn es nicht klappt, helfe ich dir, ihn auf den Mond zu schießen, okay?" Sie hielt Madita die Hand hin. Lachen schlug sie ein, "Abgemacht!" Also bekam Björn praktisch eine ZWEITE, zweite Chance.
Und Björn bemühte sich was das Zeug hielt. Er führte sie zu romantischen Dinner aus. Ging mit ihr ins Museum (wo er krampfhaft immer wieder das Gähnen unterdrücken musste (was Madita ziemlich amüsierte)). Er erzählte ihr von seiner neuen Arbeit, wie gut sie ihm gefalle und dass er sich irgendwann selbständig machen wolle. Er ging mit ihr an der Spree spazieren (so oft das Madita den Enten schon beinah Namen gegeben hätte). Manchmal nahmen sie dabei Lisa und Raimund mit.
Erstaunlicherweise kam Björn richtig gut mit ihnen aus.
Raimund schien ihn irgendwie zu akzeptieren (oder auch nur zu tolerieren,

das konnte man schlecht bei ihm beurteilen). Auf jeden Fall, lief es richtig gut!
Eines Abends klingelte dann das Telefon. Madita stürmte ran, "Kellermann!"
"Hallo, Kleines...", Björn, "...macht euch schick für heute Abend. In zwei Stunden komme ich euch abholen. Ich habe eine kleine Überraschung!"
"Wie, Lisa auch?"
"Jep...Raimund weiß auch schon Bescheid. Hab gerade mit ihm telefoniert. Er ist in ungefähr einer Stunde bei euch!"
"Oh..." Madita musste nicht nur überrascht tun, sie war es auch, "Soll es was Feines sein, oder lieber leger?" Ein amüsiertes Gelächter schlitterte durch die Hörermuschel, " Haut mal richtig in die vollen!" Madita's anfänglich zurückhaltendes Grinsen breitete sich flächenmäßig aus, "Okay, Boss. Wird gemacht. Bis später dann!" Klack!
Eine Überraschung? Hmmm...was wohl?
Madita huschte in die Küche in der Lisa gerade intensive, nicht gerade nette, Zwiesprache mit dem Kaffeeautomaten hielt.
Grinsend schlich sie sich von hinten ran, " Ich störe euch beiden Turteltäubchen nur ungern...!"
Ertappt zuckte Lisa zusammen, "Mensch, hast du mich erschreckt...", sie klopfte auf den armen Automaten ein, "Scheißding...es will einfach nicht!"
Madita schaute Lisa kurz über die Schulter und könnte sich ein äußerst spöttisches Lachen nicht verkneifen, "Probier's mal jetzt!" Mit diesen Worten schob sie den Stecker in die Steckdose und die Maschine erwachte (oh Wunder der Technik) zum Leben.
Hochrot im Gesicht, fischte sich Lisa eine Tasse aus dem Hängeschrank, "Danke!"
Madita lehnte sich gemütlich an den Esstisch und betrachtete dabei ausführlich ihre Fingernägel, "In einer Stunde kommt Raimund!"
Lisa stockte mitten in ihrer eben ausgeführten Bewegung, "Hä?"
Madita stampfte auf ihre Freundin zu, entnahm ihr die Tasse aus der Hand, "Wir gehen aus. Björn hat angerufen...wir sollen uns mal richtig in Schale werfen!" Zurück blieb ein Vakuum in dem sich gerade eben noch eine Lisa aufgehalten hatte.
Im Badezimmer herrschte im Anschluss ein mächtiges Durcheinander. Zwei Mädels und ein Spiegel? Gar nicht gut! Zumindest war Madita schon fertig aufgebrezelt als Raimund an der Tür schellte. Lisa hingegen kämpfte noch mit ihrer roten Löwenmähne. Doch als Björn dann eine halbe Stunde später ebenfalls klingelte, hatte sie diese dann doch endlich gebändigt bekommen.

Der Abend konnte losgehen!
Zielort des Vergnügens war ein absolut trendiges Szenenlokal mit Livemusik. Madita musste lachen (das kannte sie doch schon...aber trotzdem cool), als sie das Schild am Eingang sah: 'Berlinium' prangte dort in leuchtenden Lettern und sie mussten sich durch eine Traube Raucher vor der Tür quetschen um hinein zu gelangen. Drinnen hämmerte bereits der Beat und die Bude war schon krachend voll. Doch in einer winzigen Nische fand sich dann doch noch ein Ankerplatz für die vier.
"Was hast du denn eben gelacht?"
"Den Laden hier kenne ich. Hab schon eine Lieferung hierhergebracht!"
Björn nickte verstehend, "Ich habe den Tipp von einem Arbeitskollegen. Der meinte hier würde am Wochenende immer die Post abgehen. Aber vor allem wären die Bands, die hier spielte, immer klasse. Alles unbekannte Newcomer, aber super!" Madita zuckte die Schultern, "Kann ich nicht beurteilen. Erstens war ich Samstagabends noch nicht hier und zweitens, als ich hier die Lieferung abgab war es Mittag und es fand ein Kindergeburtstag hier statt!" Björn riss ungläubig die Augen auf, "Kindergeburtstag?" Dann schüttelte er lachend den Kopf, "Warum auch nicht!"
Raimund richtete sich zu seiner vollen stattlichen Größe auf, "Ich besorg uns mal Getränke!"
Dann stellten sie erst einmal, den Stimmbändern zuliebe mal eine Zeitlang das Gespräch ein und widmeten sich ihren superleckeren Cocktails und dem Rhythmus der Musik.
Doch auch die geilste Band musste irgendwann mal eine kleine Verschnaufpause einlegen. Die plötzliche eintretende Stille war fast noch lauter als die Musik selbst.
Ein schwarzhaariger Mann trat auf sie zu, "Hallo, mein Name ist Antonio. Ich bin der Inhaber hier. Und gefällt es euch?" Erwartungsvoll schaute er in die Runde. Raimunds und Björns beifälliges Grinsen und ihre erhobenen Daumen sprachen Bände. Lisa giggelte, "Super Drinks und die Jungs da vorn sind nicht nur schnuckelig...die können sogar singen." Antonio lachte und wand sich Madita zu. Er stutzte kurz, "Hey, ich kenn dich!"
Madita lachte, "Ja, ich...!" "Halt...warte...", Antonio schloss grübelnd die Augen. Dann schnipste er urplötzlich mit dem Finger, "...Angela's Blumenwunder...du bist die kleine Blumenfee die unter anderem auch ausliefert, stimmts?"
Madita musste noch mehr lachen (Blumenfee...ojojoj) und hob wie ertappt beide Hände in die Höhe, „Schuldig im Sinne der Anklage!"

Den eifersüchtig brodelnden Blick in ihrem Nacken bemerkte sie zuerst nicht. Antonio schon. Sein leicht irritierter Blick brachte Madita dazu sich zu Björn umzudrehen. Halb amüsiert registrierte sie seinen vielsagenden Gesichtsausdruck. Beruhigend legte sie die Hand auf seinen Arm, „Der Kindergeburtstag...erinnerst du dich?" Björn schaute zu Antonio. Der hob entschuldigend die Hände, „DAS war dann wohl der Geburtstag meiner kleinen Tochter!" Er reichte Björn die Hand, „Tut mir leid, wenn du was missverstanden hast. Und du bist...?" Er schaute ihn und dann Madita an. „Das ist mein Freund Björn...", sprang sie in die Presche.
Als Björn DIESE Worte aus Madita's Mund vernahm, änderten sich schlagartig sein Gesicht und seine ablehnende Haltung. Grinsend ergriff er Antonios Hand, „Hallo...super Laden!"
Ein Trommelwirbel verkündete das Ende der Pause. Antonio klopfte auf den Tisch, „Dann wünsch ich euch noch viel Spaß!" Und weg war er.
Den Rest des Abends verbrachte die Truppe tanzend, singend und in äußerst guter Stimmung.
Erst gegen drei Uhr in der Nacht, oder besser gesagt am Morgen verließen die Vier die Lokalität. Lachend hakten sie sich unter und machten sich auf den Weg zum Wagen. Nur noch schnell über eine Kreuzung.
Ein schmutzig weißer Lieferwagen kam um die Ecke gebrettert und zwang die Gruppe zum Stehenbleiben. Tja, Berlin schlief nie. Um viertel vor vier wurden die Mädels zuhause abgeliefert. Raimund kletterte, wie selbstverständlich mit Lisa die Treppe nach oben. Björn musste allerdings, wenn er Madita's Blick richtig gedeutet hatte (und das hatte er) nach Hause fahren. Aber er fuhr als Madita's Freund nach Hause. Das war doch schon mal was!
Völlig geschafft strippte Madita sich, ließ ihre Kleider achtlos vor dem einladend aussehenden Bett auf den Boden fallen und mümmelte sich wohlig seufzend in die kuschelige Decke. Noch keine zwei Minuten später hatte der Schlaf seine gierigen Hände nach ihr ausgestreckt und weg war sie. Im Gepäck kam mit dem Schlaf ein völlig wirrer Traum. Unaufhörlich kreuzte ein grauweißer Lieferwagen eine viel befahrene Kreuzung. Irgendwann gesellte sich eine hübsche Blondine hinzu und Madita fuhr es siedend heiß durch alle Glieder. *Sie wusste genau was passieren würde. Und genau das, was sie wusste, dass es passieren würde, passierte auch. Unfähig die Geschehnisse in ihrem Traum zu verhindern (im Grunde genommen war ihr schon klar, dass sie träumte) musste sie mit ansehen wie die junge Frau stolperte und fiel...direkt vor den Lieferwagen.*

Und genau wie damals, kniete sich Madita neben die verletzte Frau und versuchte zu helfen. Und genau wie damals, konnte sie es nicht. Die Frau starb. Doch dann geschah etwas, was damals jedoch nicht passiert war. Ein junger Mann kniete sich zu ihr. Eine Strähne seines fast schwarzen Haares fiel im vorwitzig in die Stirn. Sein leicht gebräuntes, jungenhaftes Gesicht, mit den stahlgrauen Augen, war ihr zugewandt und er lächelte sie liebevoll an, "Danke, dass du bei meiner Frau warst!" Diese Augen....

Madita schreckte in ihrem Zimmer hoch. Es war noch ziemlich düster in dem Raum. Durch die zugezogenen Gardinen schimmerte erst der Anfang eines frühen morgens durch, Ihr Herz raste.

Andreas Kramer!

Unverhofft schossen ihr Tränen in die Augen und schnell vergrub sie ihr Gesicht im Kissen. Sie hatte echt gedacht, diesen Mann vergessen zu haben...vergessen zu können...und nun war er wieder da...unverhofft...und mit einer Intensität die ihr Angst einjagte. Ihre Gefühle schlugen Purzelbäume. Nichts hatte sich an ihnen geändert. Und genauso wie sich an ihren Gefühlen nichts geändert hatte, so hatte sich auch an der Tatsache nichts geändert, dass dieser Mann für sie unerreichbar war! Es war doch zu kotzen! Verheult und mit verstopfter Nase zog sie sich frustriert die Decke über den Kopf umso vielleicht ein kleines bisschen die Realität aus ihrer, bis jetzt scheinbar heilen Welt, auszuschließen.

Die darauffolgenden Tage war sie dann auch einfach nicht in der Lage ihrem Freund Björn entgegenzutreten. Lisa entsprach ihrem Wunsch, ihn doch bitte abzuwimmeln, wenn er anrief oder vor der Tür stand. Was sie kommentarlos tat.

Lisa hatte zwar keine Ahnung warum sie das tun sollte, doch entging ihr die Aura der Hoffnungslosigkeit und Traurigkeit nicht, die wie zäher Honig, an Madita kleben zu schien.

Sie hatte zwar so eine Ahnung, doch diese behielt sie für sich. Man sollte nicht noch Salz in offene Wunden streuen. Also tat sie, was eine gute Freundin in solch einem Fall tut. Sie war einfach für Madita da, versorgte sie mit Kakao und Schokolade (einem altbewährtem Seelenpflaster) und wartete ab. Dieser Zustand hielt für ungefähr eine Woche an und verpuffte dann so plötzlich wie er aufgetaucht war. Der Alltag ging wieder seinen normalen Gang. Als sie ein paar Wochen später den Ausflug ins Grüne machten, hatte Madita (und auch Lisa) diese fragwürdige Woche fast schon vergessen. Vergnügt und übermütig fuhren sie los. Ein Überraschungsausflug.

Zumindest sie, die Mädels wussten nicht wo es hingehen sollte. Lisa und Madita gaben sich den wildesten Spekulationen hin. Von romantischen Kutschfahrten bis urigen Bauernfesten, und sogar eine spannende Höhlenspedition erblühte in ihrer Fantasie. Doch selbst in ihren kühnsten Träumen hätten sie NIEMALS erraten, was dann im Endeffekt auf sie beide wartete. Der riesengroße Fesselballon, scheinbar schwerelos inmitten auf einer Ackerwiese, verschlug ihnen komplett die Sprache. Für die Männer, die seit geraumer Zeit den ausschweifenden, geistigen Ergüssen ausgesetzt waren, seht wohltuend.
DAS war doch mal eine wirkliche Überraschung!
Wie die kleinen Kinder sprangen sie übermütig um die Gondel herum und versuchten umständlich irgendwie hineinzugelangen. Ihr Pilot, ein junger blonder Mann mit Käppi, der sich ihnen als Mike vorstellte, lotse sie dann lachend zu einer Treppe, die ihnen dann einen problemlosen Einstieg ermöglichte. Aber der eigentliche Knüller kam dann erst eine knappe Stunde später. Damit war nicht etwa die überraschende Höhenangst von Raimund gemeint. Wie konnte man auch eine Ballonfahrt buchen, wenn man die Höhe nicht vertrug. So ein Schwachsinn. Aber das war halt Raimund. Nur um seine Liebste zu beeindrucken, würde er wahrscheinlich auch in einer Schlangengrube campen, wenn IHR das Freude bringen würde.
Allerdings beeindruckte er auch mit dieser Aktion sehr. Als er dann allerdings auf die Knie fiel, befürchteten sie alle zuerst eine richtig üble Schweinerei, die sie zum Schluss dann wegwischen müssten (BÄH). Zumindest ließen sein graugrüner Teint und sein schweinisches Schwitzen darauf schließen. Doch was dann folgte...damit hatte wohl keiner der Mädels gerechnet. Raimund machte Lisa einen Heiratsantrag! Madita, die schon immer sehr nahe am Wasser gebaut hatte, fing sofort an wie ein Schlosshund zu heulen und zu schluchzen. Ach Gott, war das romantisch! Natürlich bekam sie nebenbei aus den Augenwinkeln mit, dass Björn sie die ganze Zeit beobachtet, aber das war ihr jetzt, zu diesem Zeitpunkt, völlig egal. Jetzt zählte nur ihre Freundin und ihr von Herzen kommendes, leise geflüstertes: 'JA'!
Es verstand sich natürlich von selbst, dass Madita als Brautjungfer fungierte. Und so vergingen dann einige Wochen mit der Planung und den dazugehörigen, launischen Brautwünschen. Es war herrlich!
Der Tag der Hochzeit rückte immer näher. Lisas Nervenkostüm hatte die Dünne einer Rasierklinge erreicht.

Immer öfter zickte sie rum und hatte auch keine Skrupel sich sogar mit ihrem Bräutigam anzulegen.

Doch Raimunds Fell war offensichtlich dick genug um diese Eskapaden seiner zukünftigen Frau klaglos (und manchmal auch grinsend) zu ertragen. Frauen halt! An einem Abend war es besonders schlimm. Und dabei ging es nur um klitzekleinen Krimskrams. Madita wusste schon gar nicht mehr was es war. Auf jeden Fall rauschte Lisa wie in einem Tobsuchtsanfall durch die Wohnung und stand kurz davor die Hochzeit abzublasen, was bei Madita tiefe Bestürzung auslöste.

Völlig Besorgt erhaschte sie Lisa beim vorbeirennen, drückte sie auf einen Stuhl und drückte sie beruhigend, "Vielleicht brauchst du mal etwas Abstand, von dem ganzen Trubel! Seit Wochen machst du dich schon verrückt. Warum eigentlich?" Lisa fuhr tatsächlich mal einen Gang herunter. Niedergeschlagen ließ sie den Kopf hängen, "Ich bin ein ganz schön übles Biest gewesen, in den letzten Wochen, stimmts?" Madita grinste verstohlen, "Och, naja...es ging eigentlich." Entschuldigend wurde sie von Lisa in eine liebevolle Umarmung gequetscht, "Es tut mir leid! Aber ich bin so aufgeregt und es soll alles perfekt sein!" Madita schob Lisa etwas von sich und schaute ihr tief in die Augen, "Raimund liebt dich. Und du liebst Raimund. Mensch, Mädchen...ihr werdet heiraten...DAS IST DOCH PERFEKT...finde ich!" Lisa lachte kurz auf und wischte sich eine Träne von der Wange die sich verstohlen aus ihrem Auge geschlichen hatte, "Du hast ja recht!" Sie erhob sich, streckte sich den Rücken durch und blickte runter zu ihrer besten Freundin, "Vielleicht sollte ich Raimund einen Überraschungsbesuch abstatten!" Madita erhob sich ebenfalls, "DAS ist doch mal eine gute Idee!" Ironisch fügte sie hinzu, "Aber vergiss das verliebte Grinsen nicht, sonst könnte es passieren, dass Raimund dich vor seiner Tür stehen lässt!" Energisch bugsierte sie Lisa in den Flur, pflückte ihre Jacke von der Garderobe, die sie ihr einfach achtlos über die Schulter warf und schob sie zur Haustür, "Und wag dich nicht VOR morgen Abend zurück zu kommen, klar!" Lisa griff sich noch schnell ihren Haustürschlüssel, der an einem Hacken neben der Tür hing und grinste schelmisch, "Wird gemacht!" Schnell drückte sie Madita noch einen Kuss auf die Wangen und machte sich eilends vom Acker. Maditas selbstgefälliges Grinsen hielt noch an, als die Tür schon längst ins Schoss gefallen war.

So! Das wäre geschafft! Heute würde sie ihrer armen, malträtierten Seele mal ein ausgiebiges Schaumbad gönnen. Sprachs...und ließ sich Wasser in die Wanne.

Der nächste morgen war ein Samstag. Letzter Arbeitstag in der Woche. Heute musste Madita ausnahmsweise alles alleine wuppen. Ihre Chefin hatte sich mal die Freiheit genommen, mit ihren Kegelfreundinnen einen Tagesausflug zu machen und Madita das Arbeitsfeld überlassen. War auch mal nicht schlecht. So konnte sie den ganzen Morgen schalten und walten wie so wollte. Der Betrieb hielt sich an diesem Morgen in Grenzen, also füllte Madita sich einen Putzeimer mit heißem Wasser und wischte mal ordentlich durch. Dem Schaufenster schenkte sie, dank Glasreiniger, ebenfalls einen klaren Durchblick. Dann nahm sie sich einen Block und machte, fröhlich vor sich hin trällernd, eine Bestandsaufnahme der vorhandenen Ware. Gleichzeitig notierte sie Blumen und Dekoartikel die neu bestellt werden mussten.
Während all dem zeitraubenden Kleinkram den sie erledigte, verging die Zeit wie im Flug. Gegen halb zwölf legte sie die grüne Schürze ab und fing sie an die Pflanzen für das bevorstehende Wochenende vorzubereiten. Das hieß: wässern, wässern, wässern. Gerade als sie die Gießkanne im hinteren Aufenthaltsraum zum dritten Mal füllte, kündigte die Türbimmel einen Kunden an.
„Einen Moment noch. Bin gleich da. Schauen sie sich doch noch etwas um!" Suchend schweiften ihre Augen durch den Raum. *Wo hatte sie nur ihre Schürze hingelegt? Etwa draußen? Dann musste sie **Angelas** Schürze kurz missbrauchen*!
Die Gießkanne füllte sich langsam unter dem dürftigen Wasserstrahl. Eilig hüpfte sie ans Geländer der Treppe, die hoch zu Angelas Wohnung führte, zupfte deren Schürze vom Handlauf, stülpte sie über und band sie hinten zu. *Oh Gott! Die Gießkanne*! Im Eilschritt hechtete Madita zurück in die Aufenthaltsküche, zu Spüle. Das Wasser schwappte schon über und versickerte ungenutzt im Ausguss. Schnell drehte sie den Hahn zu und stemmte die übervolle Gießkanne aus dem tiefen Spülbecken. Dabei ergoss sich ein Schwall eiskaltes Wasser über ihren Handrücken. *Mist! Der Kunde wartete! Immer wenn man es eilig hat...*
Etwas unsanft stellte sie die Kanne ab. Dabei schwappte die nächste kleine Welle über. Diesmal allerdings auf den Fußboden. *Noch mal Mist!*
Hastig schnappte sich Madita das Geschirrtuch, das immer neben der Spüle hing und machte, dass sie rüber in den Laden, zu dem wartenden Kunden kam. Währenddessen trocknete sie sich die Hände ab. Kaum im Laden angekommen, stutzte sie. Ein Mann kramte hinter dem Tresen herum.

Wurde sie etwa gerade ausgeraubt? Ach du heilige Scheiße! Ohne großartig zu überlegen, ging sie zielstrebig und mutig auf ihn zu, „WAS MACHEN SIE DENN DA?" Erschrocken fuhr der Fremde herum und wurschtelte sich schnell hinter der Ladentheke hervor. Flammende Röte kroch an seinem Hals herauf und verfärbte (schuldbewusst?) seine Wangen, „Tschuldigung...mir ist Kleingeld rausgefallen!"
Ha...Kleingeld...das kann ja jeder sagen! Madita nagelte ihn, mit zusammengekniffenen, misstrauischen Blick, fest! Energisch quetschte sie sich an dem Mann vorbei, legte beschützend die Hand auf die Kasse und musterte dabei den Fußboden.
Hoppla! Da! Was war das? Dicht an der Kante glänzte doch ein Geldstück! Madita bückte sich und erschien lächelnd mit einem Zwei Eurostück. Dann blitzte wieder etwas. Diesmal hinter ihm. Sie kniff wieder die Augen zusammen (diesmal suchend) und huschte gebückt zur Hortensien-Vase. Schwuppdiwupp! Sie griff zu und richtete sich triumphierend auf, „Noch einer. Das wären dann Zwei Euro zwanzig." Sie drückte ihm lachend das Geld in die Hand, „Das ist schon fast eine wunderschöne Baccararose!" Der Mann lächelte leicht verlegen.
Oje...bestimmt hatte er bemerkt das sie ihn fast für einen Dieb gehalten hatte! Dabei sah er doch so nett aus. Ihr Misstrauen tat ihr echt leid. So versuchte sie die Stimmung etwas
zu lockern und dem Fremden aus seiner Verlegenheit zu helfen, „Darf ich AUSSERDEM noch was für sie tun?" Sie lächelte schelmisch.
Man sah dem Fremden die Erleichterung förmlich an. Er grinste zurück, „Ja... einen Blumenstrauß für meine Frau!"
Dienstbeflissen kam Madita hinter der Theke hervor und drapierte sich vor der bunten Blütenpracht, die in Wassereimern auf neue Besitzer warteten, "Für einen bestimmten Anlass?" Der Mann schüttelte den Kopf, „Nein, einfach nur so!" Bei den Worten 'Einfachnurso' schlüpfte Madita's rechte Augenbraue nach oben.
Der Mann lachte vergnügt, „Nein, nicht was sie denken. Ich meine wirklich, einfach nur so! Leider bin ich etwas nachlässig und vergesslich. Ich sollte meiner Frau viel öfter solch hübsche Blumen schenken!"
Madita's fragende rechte Augenbraue passte sich beruhigt wieder der (relaxten) Linken an und sie lachte herzlich, „Also dann einen Einfach-nur-so-Blumenstrauß! Wird gemacht!" Schnell und gekonnt suchte sie ein paar Buschwindröschen, Margeriten und Schleierkraut zusammen, stutzte alles auf eine richtige Länge und zauberte einen wunderschönen, duftenden

Strauß zusammen. Mit geübten Fingern wickelte die zerbrechlich wirkenden Blumen und zarte Transparentfolie und kassierte dafür 22 Euro! Ein netter Abschluss für einen fast vollendeten Arbeitstag. Der Mann bedankte sich höflich und verließ lächelnd den Laden. Madita starrte nachdenklich hinter ihm her. Irgendwie kam ihr dieser Mann (zumindest sein Gesicht) bekannt vor. *Aber woher nur?* Sie ging zurück in die Küche und schleppte die schwere Gießkanne herbei. Die Hängeampeln mit dem Farn mussten noch gegossen werden. Danach konnte sie endlich Kassensturz machen und dann den wohlverdienten Feierabend einläuten. Madita krabbelte die drei kleinen Tritte der Minileiter, hoch und wässerte das hängende Grünzeug. Aus den Augenwinkeln bemerkte sie, dass der Fremde noch vor ihrer Tür stand und gerade sein Telefon am Ohr hatte. *Jetzt hatte sie's! Das war doch der Besitzer vom Berlinium...Antonio oder so! Klar...das Gesicht kam ihr doch von Anfang an so bekannt vor.* Während ihr Gehirn diese Schlussfolgerung positiv bestätigte, gossen ihre Hände munter weiter und schon lief die Brühe über ihr, in dem hängenden Topf über und platschte in ihr eiskalt ins Gesicht. Erschrocken versuchte sie auszuweichen, fing gefährlich an zu kippeln und plumpste am Ende mitsamt dem Leiterchen auf den harten Boden, wobei sie mit dem Fuß schmerzlich zwischen den Stufen hing. Schnell rappelte sie sich wieder auf. *Wie peinlich!* Schon starrte der bekannte Fremde besorgt zu Scheibe herein. Unbeschwert hob Madita die Leiter auf, winkte dem netten Berlinium-Besitzer herzlich zu und machte einen Schritt Richtung Küche. Autsch. Also der Fuß hatte wohl doch etwas mehr abbekommen. Genauer gesagt...ihr großer Zeh. *Wie kann man auch nur so dämlich sein! Hoffentlich war der Antonio-Mensch jetzt weg!* Einfach nur peinlich...
Vorsichtig lugte sie über ihre Schulter. Nichts! Aufatmend stellte sie die Leiter an den Tresen und humpelte fluchend wie ein Seemann in die Küche. Jetzt würde sie sich erst einmal Richtung Heimat schaffen, den Fuß baden und anschließend einsalben. Und dann einer ihrer Lieblingssportarten frönen. Extrem-Couching!
Gott sei Dank war ihre Wohnung nicht allzu weit entfernt.
Als sie die drei Stockwerke in ihrem Mietshaus nach oben erklommen hatte, pochte ihr Zeh wie wahnsinnig. Mit schmerzverzerrtem Gesicht schaffte sie es gerade noch, aufzusperren, Tasche und Jacke einfach fallen lassen, zum Sofa zu humpeln und sich aufatmend darauf fallen zu lassen. Vorsichtig streifte sie ihren Schuh ab. Ihr armer kleiner, großer Zeh schimmerte mittlerweile in allen Regenbogenfarben.

Und sein Umfang hatte bedenklich zugenommen. Der pulsierende Schmerz wanderte fast hoch bis zum Knie. Kühlen! Sie musste das alles erst einmal kühlen. *Schade, dass Lisa nicht da war. Die könnte jetzt mal Küchenmagd spielen und sie bedienen. Aber nix! Alles musste man selber machen!* Schmerzlich aufseufzend stemmt sie sich wieder hoch vom bequemen Sofa, hüpfte auf einem Bein in die Küche, füllte eine Schüssel mit kalten Wasser und hüpfte, vorsichtig das kühle Nass balancierend, wieder zurück zur gepolsterten Rettungsinsel. Dann kühlte sie ihren angeschlagenen Naturtreter. Sage und schreibe eine Stunde hielt sie es aus. Das Pochen und Ziehen im Zeh wurde immer schlimmer. Laufen ging fast gar nicht mehr. Also mühte sie sich umständlich in den Flur, zog ihre hingeworfene Jacke herbei, schob mühsam ihren Allerwertesten drauf und wählte Björns Nummer. Beim vierten Klingen meldete er sich fröhlich. Beim Klang seiner Stimme öffneten sich unkontrolliert und hemmungslos ihre Schleusen.
Sie war ja so allein und niemand war da der ihr helfen konnte!
Madita war sich nicht sicher ob Björn etwas aus ihrem undefinierbaren Rumgestammel hatte raus filtern können, aber er war auf jeden Fall auf dem Weg hierher. Deswegen blieb sie einfach hier im Flur auf dem Boden sitzen und wartete. Bis dahin konnte auch ihr dummer, dummer Tränenstrom mal versiegen. Wie ein kleines Kind. Furchtbar!
Nach einer, scheinbar gefühlten Ewigkeit klingelte es endlich. Madita zog sich am Türrahmen in Position, glättete sich mit der Hand schnell die Haare (sinnlos) und öffnete die Tür. Ein erschrockener Björn musterte sie von Kopf bis Fuß und dann blieben seine besorgten Augen, liebevoll auf ihrem Gesicht haften. Fast stiegen ihr schon wieder die Tränen in die Augen. Aber nur fast. Ohne lange zu fackeln, hob Björn sie hoch und trug sie wieder in die Wohnung, zurück ins Wohnzimmer, auf die Couch. Dann verlangte er eine haarkleine Schilderung. Das nervte ohne Ende! Dabei wollte sie doch nur dass diese ätzenden Schmerzen im Zeh endlich nachließen. Björn begutachtete das Malheur. Machte auch noch blöden Witze dabei. Okay...er brachte sie in der Tat damit zum Lachen. ABER...er wollte unbedingt, dass sie ihren Fuß röntgen ließ. So ein Mumpitz.
Dennoch stimmte sie widerstrebend zu (damit sie Ruhe bekam). Er hätte sie allerdings auch ins Krankenhaus geschleift, wenn sie nicht zugestimmt hätte. Als der Arzt später nach dem Röntgen einen Zehenbruch bestätigte, hätte sie ihm am liebsten dieses selbstgefällige Grinsen aus dem Gesicht geboxt! *Männer!*
Mit einem geschienten Fuß humpelte sie mit dem kleinen Rest ihrer Würde

zurück ans Auto und ließ sich Heim chauffieren! Im Treppenflur dann, war sie doch froh, dass Björn ganz Gentleman, sie nach oben trug. War doch anstrengend! Drei Etagen mit so einer dämlichen steifen Schiene?
Völlig geplättet ließ sie sich auf das Sofa fallen, „Boah, bin ich froh wieder daheim zu sein." Björn stand etwas ratlos mitten im Raum und spielte etwas unschlüssig mit seinem Autoschlüssel, „Soll ich bleiben bis Lisa wieder da ist?" Madita schüttelte den Kopf, „Nicht nötig!" Er blieb weiterhin stehen, wie bestellt und nicht abgeholt, „Soll ich dir noch was bringen?" Wiederum schüttelte Madita den Kopf, „Danke, ich bin, glaube ich, bestens versorgt!"
„Na dann...", Björn schaute hinter sich, „...sollte ich wohl...!"
„Warte...", „Madita setzte sich ruckartig auf, „...du könntest mir noch das Telefon bringen...falls irgendwas sein sollte." Björn eilte in den Flur, „Du...da blinkt eine eins auf dem AB." Madita stutzte, „Horch mal ab!" Keine zwei Sekunden später erklang Lisas lautstarke Stimme die giggelnd mitteilte, dass sie nicht HEUTE Abend, sondern erst MORGEN Abend zurück sein würde. Madita war schon ein bisschen angefressen, „Da bräuchte man mal Hilfe und Madam hat nichts wie das Poppen im Kopf!" „MADITA!" Gespielte Entrüstung erklang aus dem Flur. Madita schmollte, „Ist doch wahr!"
Björn lugte vorsichtig ins Wohnzimmer, „Soll ich j e t z t bleiben?" Madita kaute unschlüssig auf ihrer Unterlippe herum und erhaschte ein kleines Grinsen in Björns unschuldig dreinblickenden Gesichts. Sie konnte nicht anders und musste einfach schmunzeln, „Okay...du kannst bleiben." Sofort streifte er seine Jacke ab und hängte sie über die Sessellehne, „Und wo soll ich schlafen?" *Was für ein heuchlerisches Dackelgesicht.*
„Hm...mal überlegen...wenn ich bestellte Pizza bekomme, dann auf der Couch hier...", sie klopfte auf das Polster unter sich, „...wenn ich aber handgestopfte gefüllte Paprika bekomme, dann in meinem Bett." Der Dackelblick nahm einen leicht lüsternen Zug an, „Ich habe keinen Schlafanzug dabei!" Hämisch grinsend zuckte sie die Schulter, „Du kannst einen von mir haben!" Natürlich dachte sie nicht im Traum daran ihm ihre Wäsche zu leihen...nein sie hatte dann doch was ganz anderes im Sinn. Und liebevoll handgeklöppelte gefüllte Paprika bekam sie auch!
Björn kümmerte sich in den nächsten Tagen rührend um Madita's Magen **und** ihren Zeh!
Aber am darauffolgenden Samstag wünschte er sich wahrscheinlich auf den Planeten Melmac. Oder zumindest in seine eigene Wohnung. Da Madita wegen ihres verbeulten Treters nicht rumlaufen durfte, spannte Lisa **ihn** kurzerhand als leibeigene Dienstmagd ein. Den ganzen Morgen wurde er

durch die Wohnung gescheucht, sollte Lockenwickler, Kaffee und Makeup anschleppen...ihr gutes Parfum in der Abstellkammer suchen, was ein unverständliches Kopfschütteln zur Folge hatte (wer bewahrte sein Parfum schon in der Abstellkammer auf? Na Lisa!) und musste zu guter Letzt auch noch Seelentröster in Form von Pfefferminzlikör aus dem Keller anschleppen. Sein Puls stieg rasant und die Ader an seiner Schläfe schwoll bedenklich an. Aber er biss die Zähne zusammen und tat klaglos alles was ihm aufgetragen wurde. Alles in allem machte er als Ersatzbrautjungfer, eine ziemlich klägliche Figur. Madita amüsierte sich köstlich. Erst als sie an Lisas Frisur herum bosselte und diese immer wieder herum zappelte wie ein Fisch auf dem Trockenen, platzte ihr dann auch fast der Kragen. Schließlich mussten sie **alle** fertig werden. Raimund würde nicht ewig vor dem Standesamt warten. Also bekam Lisa klar und deutlich, verbal ihr Spielfeld abgesteckt und schon lief die Sache rund. Ging doch! Zwei Stunden später fuhren sie dann los. Zu Lisas Hochzeit.
Man muss nicht erwähnen das Madita bei der Trauungszeremonie Rotz und Wasser heulte (eben nahe am Wasser gebaut).
Nach der Trauung wurden erst einmal ausführlich Bilder aus allen möglichen Perspektiven geblitzt, bis es sogar Raimund zu bunt wurde. Sein Donnerndes, ICH HABE HUNGER, gab den Startschuss zum allgemeinen Aufbruch. Zur Feier Location. Ziel: das Berlinium! Der Konvoi schlängelte sich hupend durch die Straßen Berlins und endete eine knappe halbe Stunde am Lokal. Feierwütige, gutgelaunte Menschen schwappten lachend ins Lokal, wo schon ein Champagnerempfang auf sie wartete. Durstig haute Lisa sich das erste Glas der Brizzelbrühe auf Ex, in den Kopf. Madita hielt sich dagegen etwas zurück. Sie fieberte den Cocktails entgegen, die hier echt der Hammer waren. Yammiyammi! Schlabberschlurbs!
Doch zuerst musste der allgemeine Kohldampf von allen gestillt werden. Dazu hatte der Koch eine ganze Menge Schweiß seinem dunkelblauen Halstuch, spenden müssen. Und wenn man sich eine Stunde später die Schüsseln, Platten und Terrinen ansah, dann war das nicht umsonst gewesen. Das Essen war très manifique! Anschließend folgte der, von allen, herbei gefieberte, Hochzeitstanz. Und wie soll es anders sein. Madita flennte was die Zellulose Taschentücher hergaben.
Das war ja alles sooo romantisch!
Die gebuchte Band legte los und was nicht gerade auf Krücken humpelte (also Madita!) stürmte auf die Tanzfläche und ackerte, die eben zu sich genommen Kalorien geradewegs wieder ab.

Doch Björn wich nicht von Madita's Seite. Wie Süß! Liebevoll brachte er ihr Getränke oder schleifte den einen oder anderen Gast zum Plauschen zu ihr! Der Abend wanderte weiter. Während einer Musikpause schnappte sich Raimund das Mikrophon und hielt eine kleine, aber herzzerreißende Laudatio auf seine jetzige Frau. Da musste sogar Lisa gerührt ein, zwei Tränchen verdrücken. Und dann kündigte er noch eine Überraschung an. Raimund zeigte von der Bühne aus auf Björn und der erhob sich leicht errötend.

„Mein guter Freund Björn hat auch noch eine Überraschung!" Grinsend überreichte er das Mikro an Björn, der etwas unbeholfen auf die Bühne stolperte. Einen Augenblick starrte er schweigend in die Menge. Und die Menge starrte schweigend und gespannt zurück! Björn räusperte sich umständlich und fuhr sich mit dem Finger in den Kragen, als ob dieser ihm plötzlich zu eng geworden wäre. Ein paar Takte schwangen durch den Raum und er schloss die Augen. Dann begann er mit klarer, dunkler Stimme zu singen: ‚Somewhere over the Rainbow'.

Alles schwieg und lauschte mit staunend, offenem Mund. Auch Madita. Huch! Seit wann konnte ihr Freund denn sooo singen? Das war ja eine völlig neue Seite an ihm. Als die letzten Takte verklungen waren, herrschte immer noch verdutzte (ergriffene) Stille. Björn öffnete die Augen. Da brach der Applaus auch schon los.

Total verlegen verbeugte er sich und seine Wangen verfärbten sich noch mehr. Das klatschen hörte nicht auf. Beifallsrufe erklangen. Verlegen schaute Björn unter sich und versuchte mit erhobener Hand den Applaus abzuschneiden. Langsam kehrte wieder Ruhe ein und er hob das Mikro erneut zum Mund.

„Hallo, liebe Freunde. Ich bin froh heute, zusammen mit meinen Freunden, deren Hochzeit zu feiern. Wir kennen uns zwar noch nicht allzu lange...aber selbst in dieser kurzen Zeit haben es die beiden geschafft, sich einen Platz in meinem Herzen zu ergattern. Und selbst in dieser kurzen Zeit konnte ein Gefühlstauber Stoffel wie ich es manchmal bin, erkennen wie sehr ihr beide euch liebt. Und die Krönung eurer Liebe heute mit euch begießen zu dürfen, ehrt mich!" Er nahm durstig einen Schluck Bier, das ihm freundlicherweise von der parat stehenden Bedienung gereicht wurde. Er räusperte sich wieder.

„Und ich muss Raimund danken, dass er mir großzügiger Weise SEINE festliche Plattform heute zur Verfügung stellt, um noch etwas los zu werden."

Sein Blick wanderte suchend durch den Raum und blieb an Madita haften. Die schrumpfte, etwas peinlich berührt, in ihrem Stuhl zusammen. Sie schielte zu Lisa rüber die nur ahnungslos mit den Achseln zuckte.
„Liebe Madita. Ich möchte heute den Tag nutzen um mich bei dir **g a n z o f f i z i e l l** zu entschuldigen...entschuldigen das ich ein Esel, war der dich gehen ließ. Mich entschuldigen, dass ich dir wehgetan hab. Aber ich möchte dir auch danken, dass du mir
noch eine Chance gegeben hast. Das du über meine Fehler, die ich begangen hab, hinwegsehen konntest. Und ich möchte dir versprechen, dass ich nie wieder ein Esel sein werde. Das ich dir nie wieder wehtun werden. Und ich möchte dir auch versprechen, dass du es niemals bereuen wirst mir noch eine Chance gegeben zu haben. Ich möchte dir heute beweisen **wie sehr** ich dich liebe und **wie ernst** es mir mit dir ist!" Er trat vom Podest herunter und rüber zu Madita. Dort zückte er eine kleine Schatulle aus seinem
Jackett und fiel auf die Knie, „Willst du meine Frau werden, Madita Kellermann?"
Sprachlos stierte Madita die geöffnete Schatulle an. Ein kleiner Diamant blitzte ihr lachend entgegen. Dann starrte sie mit offenem Mund Björn an, der sie erwartungsvoll und doch leicht ängstlich anblinzelte. Lisa starrte Madita an. Raimund starrte Madita an. Die Bedienung, die Band...alle starrten sie Madita an. Stille. Björn schluckte unsicher, „Madita?"
Eine kleine Träne stahl sich aus ihrem Auge, „Ja!"
Der darauffolgende Applaus war fast noch lauter als der von Björns Auftritt. Lisa kam von der Seite angeflogen und fiel ihr lachend um den Hals. Ein feuchter Schmatzer landete auf Madita's Wange. Gratulanten wo das Auge hinblickte. Björn war in diesem Moment wohl einer der glücklichsten Männer auf der Welt...neben Raimund versteht sich!
In all dem Geknutsche und Gedrückte rollte ein kleiner Servierwagen heran. Der schwarzhaarige junge Mann, der ihn schob, zwinkerte Madita zu, „Champagner auf Kosten des Hauses. Herzlichen Glückwunsch!" Madita lächelte ihm kurz zu und stutzte, „Hey...der Kleingeldverlierer!" Sie haute sich gegen die Stirn, „Ja klar...der **Besitzer** vom Berlinium...jetzt fällt der Groschen!" Grinsend nahm sie das Glas edlen Prickelwassers in Empfang und prostete ihm fröhlich zu.
Antonio, fiel ihr ein, war sein Name, lächelte knapp und zuvorkommend und tauchte dann wieder, sang und klanglos, in der Menge unter. Jetzt ging die Party in doppelter Geschwindigkeit wieder weiter!

Ein Cocktail jagte den nächsten. Gott sei Dank gab es in Berlin genug Taxis die zu jeder Tages- und Nachtzeit fuhren. Fahrtüchtig war hier keiner mehr! Ansonsten hätten sie alle im Lokal übernachten müssen. Diesen Abend, beziehungsweise diese Nacht, würde keiner der hier Anwesenden so schnell vergessen.

Ein Gong weckte Madita morgens aus dem tiefen Schlaf. *Gong? Gong? Ah, Handy! Bestimmt eine Nachricht von Björn. Konnte der Mann den nicht wie alle anderen berauschten und zugedröhnten Kreaturen, seinen Schönheitsschlaf halten?*
Müde ließ sie eine Hand aus dem Bett baumeln und tastete blind den Boden ab. Unter ihrem Kleid, das sie am Abend vorher einfach vor dem Bett abgestreift hatte und liegen ließ, wurde sie fündig. Mit zerknautschtem Gesicht, kleinen, zugeschwollenen Äuglein, einem mörderischen Hämmern im Kopf und einer zerwühlten Schlafmähne öffnete sie die Nachricht.
-Warte auf den richtigen Mann. Er wird kommen! M-
Hä? Was war denn das für ein Käse?
Das Handy fiel zuerst klappern auf die Gürtelschnalle des Kleides und dann auf den weichen Teppichboden. Da hatte sich bestimmt einer verschrieben oder verwählt oder was auch immer. Madita versank wieder in einen dämmerartigen Schlummer. Doch so ganz ausblenden, konnte sie die Nachricht dann doch nicht. Völlig erschlagen strampelte
sie die Bettdecke von sich, schlüpfte in die herumstehenden Schlappen und schlurfte erst einmal ins Bad, Pipi machen. Björn, der auch im Bett lag, hatte sie noch gar nicht bemerkt, sonst hätte sie wohl anstandshalber die Tür geschlossen. Obwohl...f r ü h e r hatte sie das bei ihm zuhause, auch nicht gemacht. Also wäre es völlig egal gewesen!
Den ganzen Sonntag tätschelte und pflegte sie ausgiebig ihren üblen Kater. Björn erging es nicht wirklich anders. Auch er fläzte sich, meistens mit ihr zusammen, vom Bett zu Couch und von der Couch zurück ins Bett. Am Sonntagabend musste er sich allerdings verabschieden. Montag begann wieder der Alltag und er musste zur Arbeit.
„Kann ich dich alleine lassen, Schatz?" Madita, eingehüllt bis zur Nasenspitze mit einer kuscheligen Wolldecke, nickte, „Geh nur...ich komm schon klar!" „Bist du dir sicher?", zweifelnd schielte er runter zu Madita's Fuß.
Madita nickte wieder, „Ich bleib einfach hier liegen...morgen habe ich ja noch frei...ist ja Ruhetag!"

Björn lachte, „Und am Dienstag und am Mittwoch und am Donnerstag und Freitag auch und am Samstag...du hast Krankenschein, meine Liebe!"
„Ach ja...habe ich glatt vergessen!", Madita wühlte sich träge durch ihren Haarschopf, „...stimmt ja!" Dann steckte sie die Hand schnell wieder unter die warme Decke, „Dann bleib ich die ganze Woche hier liegen!" Björn lachte und küsste sie auf die Stirn, „Ich komme morgen nach der Arbeit, okay?"
Madita nickte und verkroch sich noch ein Stück weiter unter die wohlige Wärme. „Bis morgen!" Björn wuschelte ihr noch einmal kurz liebevoll das Haar und verschwand nach Hause. Madita gähnte herzhaft. *Ob Lisa und Raimund schon angekommen waren?* Die beiden waren heute Morgen, in aller Herrgottsfrühe von einem Taxi abgeholt worden und zum Flughafen gefahren. Madita hatte keine Ahnung wie lange der Flug in die DomRep dauerte. Aber Lisa wollte sich ja auch melden, wenn sie da waren. Also hieß es abwarten. Bis dahin konnte sie die Zeit mit ausgedehnter Augenpflege überbrücken. Und das tat sie. Keine fünf Minuten später war sie eingeschlafen.
Am Montagmorgen saß sie um sieben Uhr pfeilgerade auf dem Sofa. Hellwach und ausgeruht humpelte sie (es ging immer besser) gekonnt ins Badezimmer und erschien eine halbe Stunde später, gestriegelt und geschniegelt! Ihr feuchtes Haar hatte sie locker zurückgekämmt. Ein Blick auf den AB bestätigte ihren Verdacht, der Abwesenheit
jeglicher Anrufer. Madita zuckte die Schulter, ging langsam und vorsichtig in ihr Zimmer und kramte ihr Handy aus dem Kleiderhaufen, der noch von Samstagnacht, beziehungsweise von Sonntagmorgen dort lag. Heute musste sie unbedingt mal aufräumen und...sie rümpfte leicht die Nase...etwas Sauerstoff konnten ihre Räumlichkeiten auch mal gebrauchen. Also riss sie sperrangelweit ihr Fenster auf. Straßenverkehr hin oder her...Luft braucht der Mensch!
Ihr kleines Telefon kündigte ihr auf dem Display eine Nachricht an. Madita öffnete das Menu...Björn. Freudig strahlend las sie seine Botschaft:
-Guten Morgen, Prinzessin. Hoffe du hast wohl geruht. Bin auf der Arbeit und denke an dich. Freu mich auf heute Abend. Kuss. Björn-
Ach, wie süß!
Sie wollte schon zurückschreiben, da fiel ihr urplötzlich die komische Nachricht ein, die sie am Sonntagmorgen bekommen hatte. Ein kurzer suchender Blick und sie hatte sie
gefunden.

Etwas irritiert öffnete sie nun diese Nachricht und las sie...zum zweiten Mal, aber diesmal nüchtern und hellwach:
-Warte auf den richtigen Mann. Er wird kommen! M-
Fragend starrte sie das Display an. *Der richtige Mann? Was?* Wer schrieb ihr denn so was?
Sie kontrollierte die Nummer. Hmmm. Kannte sie nicht. Einmal kurz testmäßig anrufen?
Madita wählte die Nummer.
DER ANGERUFENE TEILNEHMER IST ZURZEIT NICHT...
Sie legte auf. Mist. Jetzt war sie genauso weit wie vorher. Noch einmal las sie die Nachricht und konnte noch immer nichts damit anfangen. Da hatte sich **bestimmt** jemand verwählt. Madita zuckte mit den Achseln und löschte diese ominöse Nachricht. Schwupp! Aus den Augen aus dem Sinn!
Ihr knurrender Magen schaltete sich ein und erinnerte sie an die ein oder andere vernachlässigte Mahlzeit. *Hunger! Mächtig Hunger!* Achtlos warf sie das Handy zurück auf den Kleiderhaufen am Boden (den sie unbedingt heute noch wegräumen musste) und schlenderte, vorsichtig auftretend, in die Küche, klaubte eine große Plastikschüssel aus dem Schrank, die sie fast randvoll mit bunten Fruit Loops füllte, goss gefühlte zwei Liter Milch dazu, setzte sich an den Esstisch und schaufelte das Riesen-Crunch-Frühstück mit einem Suppenlöffel in sich hinein. Dann saß sie am Tisch. *Was nun? Fernseher gucken? Nee, zu öde. Außerdem lief morgens sowieso nur dieses komische*
Hartz Vier-TV. Hatte sie keinen Bock drauf. Wäsche? DER STAPEL in ihrem Zimmer? Nee. Hatte sie auch keinen Bock drauf! Lesen? Hmmm...nö!
Sie schaute aus dem Fenster. Ein blauer Himmel und kleine fluffige Wölkchen lockten verführerisch. Sie schaute runter auf ihren Fuß und wackelte probehalber mit ihrem Zeh
der noch immer zusammen mit dem Rest des Fußes in dieser schmückenden Schiene steckte. *Autsch! Tat noch weh.* Aber nur zuhause herumhocken? Sie bückte sich und strich sachte über ihren Fuß, „Wie wäre es mit einem klitzekleinen Ausflug, Großer? Wirklich nur klitzeklein!" Ihr gebrochener Zeh schaute sie anklagend mit seinem blauen Auge an.
„Ach komm, ...nur ein paar Meter!" Schon rappelte sie sich auf, schlang im Flur Lisas Inka-Poncho um ihre Schultern, krallte sich ihre Schlüssel und stampfte seemännisch wankend, aus dem Haus. Ziel? Der Laden. Waren ja wirklich nur ein paar (hundert) Meter. Aber was soll's. Sie hatte ja Zeit, schließlich war sie ja nicht auf der Flucht!

Sie schloss auf und trat ein. Erdige, warme Luft, gepaart mit Blumenduft, empfing sie. Madita's Nasenflügel weiteten sich angenehm berührt und sie sog tief diesen Duft ein. Herrlich. Schnell verschloss sie die Tür von innen. Schließlich war heute Montag, also Ruhetag!
Langsam machte sie die Runde und drückte ein paar Mal prüfend mit dem Zeigefinger in verschiedene Blumentöpfe. Alles feucht. Sehr gut! Am Efeu, der im Schaufenster hing, zupfte sie einige welke Blätter ab. Dann humpelte sie hinter den Tresen (ihr Zeh hatte ihr
diesen Ausflug doch etwas übelgenommen) und setzte sich auf den kleinen Hocker, der immer dort stand (eigentlich seit Angela dieses Knieproblem gehabt hatte). Neugierig durchforstete sie das Auftragsbuch. Wie immer! Nichts Außergewöhnliches. Es klopfte an der Eingangstür. Madita rappelte sich stöhnend auf und verdrehte die Augen.
Können die Leute denn nicht lesen? „WIR HABEN RUHETAG HEUTE!"
Trotzdem wackelte sie Richtung Tür und blieb mit einem Mal wie angewurzelt stehen. Draußen stand ein Mann in einem grauen Trenchcoat. Ein ganz bestimmter Mann! Andreas Kramer!
Und sein durchdringender Blick schien sie förmlich zu durchbohren.
Heilige Scheiße! Das hatte ihr gerade noch gefehlt!
Mit ausgedörrtem Mund und zitternden Fingern fummelte sie den Schlüssel ins Schloss und sperrte auf. Dann trat sie unsicher einen Schritt zurück. Andreas zog seine Hände aus den Manteltaschen, schob langsam die Tür auf und trat ein. Die Tür fiel hinter ihm zu. Das leise Gebimmel der Türglocke klang überlaut durch den Raum. Da standen sie nun. Madita hatte das Gefühl, als ob beim Öffnen der Tür sämtlicher Sauerstoff fluchtartig diese Raum verlassen hatte. Mühevoll schnappte sie nach Luft. Andreas starrte sie an.
Herrje, hatte dieser Mann Augen! Klar hatte er Augen! Aber was für welche? Durfte ein Mann überhaupt solch wundervolle Augen besitzen?
Sie wich noch einen Schritt zurück, schluckte trocken und stieß dabei fast einen Farn um, der es sich (*huch, seit wann stand der denn da?*) am Boden gemütlich gemacht hatte. Verlegen starrte sie nach unten. Umständlich zupfte sie ein paar zerdrückte Farnblätter wieder zurecht und schob den Topf ein Stück weiter nach hinten. Dann richtete sie sich wieder auf und wischte ihre Hände an der grünen Schürze mit den lustigen Margeritenträgern, ab. Heiße Röte kroch ihren Hals hoch. Andreas starrte noch immer. *Warum sagte er denn nichts*?
Sie schwitzte plötzlich. Ein kleines Rinnsal lief über ihren Rücken nach unten

und versickerte in ihrem Hosenbund. Unsicher strich sie sich eine Strähne aus dem Gesicht, wobei ganz kurz das wunderschöne Blumen Tattoo an ihrem Handgelenk aufblitzte. Andreas Augen blieben daran haften. *Was für eine skurrile Situation!*

Schnell schob sie beide Arme hinter ihren Rücken, worauf seine (wundervollen, faszinierenden, unglaublichen) Augen sich wieder ihrem Gesicht widmeten. Madita räusperte sich rau, „Wir haben geschlossen!" *War das widerliche Krächzen wirklich ihre Stimme? Herrje, sie klang wie eine alte Frau.*

Andreas nickte bedächtig und ließ seinen Blick nun durch den blumigen Laden schwenken, „Ich weiß!" Er zog kurz die Schultern hoch, als ob es ihn frösteln würde.

Was nun? Auf wackeligen Beinen schob sie sich hinter den Tresen. Er folgte ihr, bis VOR den Tresen. Dort stand er wieder ganz ruhig und schaute sie weiter an. Madita wusste gar nicht was sie tun sollte, also packte sie den Stier einfach bei den Hörnern (das war aber auch mal ein schöner Stier...ähh...Mann...),

„Kann ich ihnen vielleicht helfen?" Andreas nickte bedächtig, sagte aber nichts. Madita, mittlerweile völlig irritiert, lehnte sich etwas vor, „Brauchen sie was bestimmtes?" Ein kleines Lächeln huschte über sein Gesicht (irrte sie sich oder waren seine Haar länger als beim letzten Mal?). Er nickte, sagte aber weiterhin...nichts! Langsam war Madita mit ihrem Latein am Ende, „Also, sie müssen mir schon sagen was sie brauchen, sonst kann ich ihnen nicht helfen!" Sie setzte ein hoffentlich professionell, wirkendes Lächeln auf. Ihr Herz pochte so hart in ihrer Brust, dass sogar die Augäpfel zu pulsieren schienen.

Andreas neigte den Kopf leicht zur Seite und lächelte weiter, „Ich brauche dich, Madita!"

Madita's Augen wurden rund, ihr Mund formte sich zu einem lautlosen Oooo und sämtlich Luft wich mit einem Schlag aus ihren Lungen.

Das durfte doch nicht wahr sein.

Mit einem Male blitzte die Sms von heute Morgen in ihrem Gehirn auf:
-Warte auf den richtigen Mann. Er wird kommen. M-
Was ging hier vor? Warum gerade jetzt? Warum? Warum...

Kraftlos gaben ihre Beine unter ihr nach und sie sackte auf den Hocker hinter ihr. Schnell kam er um den Tresen herum und kniete sich vor sie. Zärtlich nahm er ihre eiskalte Hand in seine, „Du hast es bei unserem ersten Treffen doch auch gemerkt, oder?"

Das leichte Zittern seiner Hand verriet seine Unsicherheit. Madita japste noch immer nach Luft. Ungläubig starrte sie den Mann vor sich an.
Den Mann, den sie so oft vermisst hatte. Den Mann, den sie so oft gemeint hatte auf der Straße zu sehen, nur um dann festzustellen, dass er es doch nicht gewesen war. Den Mann, den sie versucht hatte zu vergessen und es offensichtlich auch nur bei dem Versuch geblieben war. Alle Gefühle, die sie damals hatte, brachen in einer Megawelle über sie herein und verursachten DAS perfekte Chaos in ihrem pochenden Schädel.
 Sie nahm einmal tief Luft. Sofort wurde ihr etwas schummerig und sie schloss die Augen. Warme Finger berührten ihre Wange. Sie seufzte und schmiegte sich, wie selbstverständlich in diese Hand hinein.
Nein! Stopp! Das durfte nicht sein!
Erschrocken riss sie die Augen auf und versuchte trotz Hocker, trotz beengter Verhältnisse hinter der Theke, auszuweichen. Sofort zog Andreas seine Hand zurück. Doch sein Lächeln und sein umschmeichelnd, warmer Blick, blieben.
„Das geht nicht!" Ganz leise hauchte ihr Mund diesen Satz in den stillen Raum. Doch ihre Seele tobte. Raste! Biss! Kratzte! Und schrie!
„Das geht nicht!", wiederholte sie noch mal leise. Andreas richtete sich ein wenig auf und seine Augen stellten tausend Fragen. Doch nur eine kam über seine Lippen, „Warum?"
Ein trockener Schluchzer würgte ihren Hals, „Ich werde heiraten!"
Das Lächeln verschwand aus Andreas Gesicht. Er richtete sich zu seiner vollen Größe auf und schaute auf die zusammengesunkene Madita herab, „Dann sollte ich wohl lieber gehen." Ohne ihre Antwort abzuwarten, verließ er das Geschäft. Madita starrte ihm nach und ihre Augen füllten sich mit Tränen.„Scheiße!" Mehr fiel ihr in diesem Moment nicht ein.
„Des kannste laut sagen, Schätzchen!" Erschrocken fuhr ihr Kopf herum, Richtung Hinterzimmer. Im Türrahmen stand Angela, ihre Chefin. Ihr mitleidiger Blick sprach Bände.
„Was tust du eigentlich hier, Mädchen? Solltest du nicht zuhause sein?" Sie ging rüber zu Madita, schob ihren Arm unter ihre Achseln und hob sie hoch. Madita's Mundwinkel zuckten verdächtig. Liebevoll tätschelte Angela ihr den Arm, „Komm, lass uns rübergehen. Ich setz einen starken Kaffee auf und dann sehen wir mal weiter. Okay?" Madita nickte nur. Sanft wurde sie auf einen Stuhl hinten im Aufenthaltsraum abgesetzt. Sprechen konnte sie immer noch nicht. Angela warf ihr zwischendurch einen besorgten Blick zu und werkelte so lange bis zwei dampfende Becher mit heißem Kaffee auf

dem Tisch standen. Dann ging sie noch einmal zurück, öffnete den Hängeschrank über der Kaffeemaschine, wühlte und brachte einen kleinen, schwarzen Flachmann zum Vorschein. Grinsend hob sie die Flasche etwas an und zwinkerte Madita zu, „Ein Schuss Allheilmittel wird dir jetzt guttun!" Sprach's und goss einen tüchtigen Schluck bernsteinfarbener Flüssigkeit in die Tassen. Dann drückte sie Madita den Becher in die Hand und schaute sie auffordernd an, „Trink!" Madita setzte an und schluckte. Zuerst musste sie furchtbar Husten. Dann trank sie weiter. Husten. Weiter. So lange bis der Becher leer war. Ihre Wangen röteten sich und ihr starrer Gesichtsausdruck wurde langsam wieder weich.

„Geht's langsam wieder?" Mitfühlend strich Angela über Madita's Handgelenk.

Madita nickte. Sie hob den Blick, „Wie lange stehst du denn schon hier?" Angela nippte an ihrem Kaffee, „Lange genug würde ich sagen!"

„Dann hast du ja alles mitbekommen." Niedergeschlagen senkte Madita den Kopf und zeichnete mit ihrem Fingernagel imaginäre Kreise auf die Tischdecke.

„Na ja, nicht alles...", Angela schnaubte kurz, „...aber genug." Hilfesuchend hob Madita den Blick und suchte den von ihrer Chefin, „Und was meinst du?"

Ihre Chefin schnaubte wieder, stand auf, goss sich noch einen Kaffee mit ihrer Medizin ein, kam zurück zum Tisch und setzte sich wieder, „Mädchen...du musst wissen was du tust!"

„Du bist keine wirkliche Hilfe!" Resigniert fiel ihr Kopf auf die Tischplatte. Angela lachte leicht gequält, „Ich sag dir was, Mädchen...du kamst nach Berlin mit fast nichts als dem was du auf dem Leibe trugst. Du fandst innerhalb kürzester Zeit eine beste Freundin, eine Wohnung, einen Job und dann auch noch eine Liebe... die allerdings keine Chance hatte. Im Nachhinein gesehen, ein unglaubliches Wunder!" Sie seufzte schmerzlich, „Ich selbst habe eure Zusammentreffen verhindert...!"

Sie schüttelte traurig den Kopf, „...aber Gott ist mein Zeuge, das ich nur dein bestes wollte."

Sie schob ihre Kaffeetasse beiseite und nahm Madita's Hände in ihre.

„Ich habe doch genau gesehen, was mit dir los war. Und ich wusste ja, dass er verheiratet war. Dann kamst du eines Tages völlig schockiert und voller Blut zurück ins Geschäft und erzähltest mir, dass eine Frau in deinen Armen gestorben war. Und diese Frau war auch noch seine Frau, wie sich später rausstellte!" Völlig aufgewühlt sprang sie auf und tigerte durch den Raum,

„Das ist doch völlig irre, irre, irre." Sie riss aufgewühlt die Arme nach oben dann setzte sie sich wieder, „Da gibt es etwas, was ich dir nie erzählt hab...", sie machte eine kurze Pause und schnaufte durch, „...ich habe euch an dem Tag gesehen, als er die Stadt verlassen hat...!" Madita glotzte, „Wie?" Ein feines, wissendes Lächeln zog sich über Angelas knittriges Gesicht, „Als ihr euch am Schaufenster gegenüber gestanden seid...sein Ausdruck in den Augen...", sie stockte, „...den werde ich **nie** vergessen!" Eine Träne stahl sich aus ihren Augen, „Und du sahst so...", sie suchte, fingerschnippend, nach dem passenden Wort, „...so...so verloren aus!"
Jetzt war es Madita die aufsprang. Völlig verzweifelt raufte sie sich die Haare, „Das ist ja wie in einem schlechten Dreigroschen-Liebesroman. Frau will Mann. Mann hat schon Frau. Frau stirbt. Mann, will Frau, kann aber nicht. Mann, geht weg. Frau bleibt alleine zurück Mann kommt wieder. Frau schon besetzt...hahaha...wie komisch!" Angela zuckte betroffen mit den Schultern, „So ist das Leben!" Madita wirbelte herum und schlug mit der Faust auf den Tisch, „Frau hat Freund. Nein. Verlobten. Frau wird heiraten. Da weiß Frau wenigstens was sie hat. Basta!"
Angelas zweifelnder Blick prallte an Madita's Rücken ab, „Wie du meinst...es ist **dein** Leben." Madita wandte sich ihr mit verschränkten Armen und bockigem Gesichtsausdruck zu, „EBEN!"
Seufzend erhob sich Angela, schnappte sie die beiden leeren Tassen und brachte sie zur Spüle in der Ecke, „Geh jetzt nach Hause!" Drohend hob sie den Zeigefinger, „Und ich will dich diese Woche hier nicht mehr sehen. Hast du verstanden?"
 Murrend nickte Madita, schnappte sich ihre Jacke und verließ humpelnd und leise vor sich hin schimpfend, das Geschäft.
„ICH MEIN ES ERNST. KOMM MIR DIESE WOCHE BLOSS NICHT UNTER DIE AUGEN!"
Bimmelnd fiel die Tür ins Schloss. Madita war weg.
Nachdenklich spülte Angela die Tassen ab und trottete schwerfällig wieder nach oben in ihre Wohnung. Was für ein Durcheinander...tzzz...

Gastgeberin:
```
Hey, hey...was ist denn hier für ein Aufruhr? Ich weiß,
dass
bietet hitzigen Diskussionsstoff. Nur die Ruhe. Mädels?
Gebt mir mal den Verlobungsring zurück. Den muss ich
wieder einpacken!
```

Und psst. Nichts verraten. Ihr könnt doch meinem Besuch
hier nicht schon alles verraten. Ich weiß...es brennt
euch auf der Zunge...aber...Haltung bewahren. Wir machen
auch sofort weiter. Bitte die Sitze in eine aufrechte
Position bringen. Legen sie die Sicherheitsgurte an und
stellen sie das Rauchen ein. Voila...

Erinnerung (2010)
Andreas

„Machst du mir noch ein alkoholfreies Cola-Weizen, Daniel?" Der
angesprochene Barkeeper nickte in Andreas Richtung, bückte sich, um aus
dem unteren Kühlfach das Bier herauszufischen und verzog währenddessen
hoffentlich unbemerkt leicht angewidert das Gesicht (alkoholfreies Bier!).
Als er wiederauftauchte, hatte er seine Grimasse augenblicklich in ein
dienstbeflissenes Lächeln umgewandelt. Geschickt füllte er nacheinander
die Getränke in ein hohes Weizenbierglas und stellte es, lecker schäumend,
vor Andreas hin.
„Danke!" Er hob an und tat einen tiefen Zug, „Ahhh...das tut gut!"
Natürlich hatte er den abfälligen Blick des jungenhaften Bürschchens hinter
dem Tresen bemerkt, doch das scherte ihn wenig.
Er hatte einen anstrengenden Tag hinter sich und war nicht hier um sich mit
Promille weg zuklatschen. Außerdem war alkoholfreies Weizenbier
gemischt mit Cola eines seiner Lieblingsgetränke. Und er hatte Durst! Er
winkte die, männliche Saftschubse herbei, „Ist Antonio im Haus!" Sofort
straffte sich Daniels Haltung, „Äh...ja...", er zeigte mit dem Daumen in den
hinteren Bürobereich, „...der sitzt im Büro. Soll ich den Chef rufen?"
Andreas winkte lässig ab, „Nein schon gut!" Er zückte sein Handy aus der
Hosentasche und schickte rasch eine Sms los:
-Bin vorne im Laden. Andreas-
Keine zwei Minuten später schwang die Verbindungstür zwischen Lokal und
Privatbereich auf und Antonio erschien mit einem strahlenden Lächeln,
„Mensch! Hallo Doc...Feierabend?" Andreas nickte. Antonio betrachtete
sich seinen Freund von der Seite. Die dunklen Schatten unter den Augen
seines Schwagers gefielen ihm ganz und gar nicht, „Viel zu tun, was?"
Wieder nickte Andreas, „Aber halb so wild. Genau das was ich jetzt
brauche!" Diesmal nickte Antonio.
Gibt's was Neues?" Neugierig schielte Antonio runter auf den blank

gewienerten Tresen, auf dem Andreas sein Handy abgelegt hatte.
Natürlich wusste Andreas sofort was Antonio meinte, „Nee, Dicker...Stille an der Front!"
Daniel stand urplötzlich, wie aus dem Boden gewachsen, vor den beiden, „Chef, Fass Nummer drei ist leer!" Stöhnend rutschte Antonio vom Barhocker, „Ich stöpsle es um!" Andreas lachte, „Zum Handlanger degradiert, was?" „Nee, eine Bedienung hat frei und ist im Urlaub auf den Malediven und die andere Aushilfe hat bei der Verteilung der Sommergrippe laut 'HIER' gerufen."
„Brauchst du Hilfe?" Antonio musterte seinen Freund vom akkuraten Scheitel bis hin zu den polierten Schuhen, „Mach du dich mal ab nach Hause und buch dir eine Mütze Schlaf aus dem Reisekatalog. Siehst aus, als ob du's dringend nötig hättest. Aber trotzdem Danke für dein Angebot!" Antonio war gerade im Begriff in den Keller zu verschwinden, da fiel ihm offensichtlich noch was ein, „Bleibst du noch?"
Andreas schüttelte müde den Kopf, „Nee, hast Recht...bin völlig alle. Ich trink noch aus und verschwinde dann in die Falle! Warum, war noch was?" Antonio überlegte eine Millisekunde und winkte ab, „Nicht so wichtig...ich erzähl es dir ein anderes Mal!" Er hob die Hand und eilte in die Katakomben, damit seine Gäste nicht gleich auf dem Trocknen saßen. Etwas verdutzt zuckte Andreas mit den Achseln und trank sein Glas leer. Dann klopfte er auf die Theke, winkte kurz zu Daniel und machte sich todmüde auf den Weg Richtung Heimat.
Als er zuhause angekommen war, schlich er auf direktem Wege hoch in sein frisch renoviertes Schlafzimmer, schälte sich aus den Klamotten und ließ sich dann einfach in sein super bequemes Boxspringbett fallen. Sein Schopf hatte noch nicht richtig das weiche Kissen berührt, da war er auch schon eingeschlafen. Mitten in der Nacht erleuchtete kurz das Display seines Handys als es offensichtlich eine Nachricht empfing. Doch Andreas war zu tief in seinem traumlosen, komaähnlichen Schlaf versunken um das Summen auch nur ansatzweise zu vernehmen.

Das klirren von zerberstendem Glas schreckte ihn am nächsten Morgen ruckartig aus seiner erholsamen Nachtruhe. Sofort hüpfte er aus dem Bett, latschte achtlos über den Berg Kleider, den er letzten Abend fabriziert hatte und stürmte, nur in Boxershorts bekleidet, die Treppe nach unten. In der Küche fand er Paula vor, die gerade mit Lappen und Kehrschaufel bewaffnet aus dem Abstellraum trat.

„Huch!" Erschrocken zuckte sie zusammen und die Kehrschaufel nahm denselben Weg, wie die Flasche die zerborsten vor Andreas Füssen lag. „Haben sie mich erschreckt!" Eilig raffte sie die Schaufel vom Boden auf und scheuchte ihn zurück ins Wohnzimmer, „Schschsch...nicht reinkommen. Hier liegen überall Splitter. Nicht, dass sie sich noch die Fußsohlen aufschlitzen!" Hastig kniete sie sich nieder und ließ den Lappen das erste Malheur erst einmal in Ruhe aufsaugen. Paula linste scheu über ihre Schulter und wandte ihre Aufmerksamkeit dann direkt wieder, dem sich langsam vollsaugenden Lappen zu, als ihr endlich klar wurde, dass ihr Arbeitgeber nur in knapper Unterwäsche hinter ihr stand, „Tut mir echt leid. Die Flasche ist mir einfach aus der Hand gerutscht. Ich hoffe, ich habe sie nicht geweckt?"

Andreas, der sich erst jetzt seiner Fast-Nacktheit bewusst wurde trat noch einen Schritt zurück und winkte, leicht verlegen ab, „Nein, nein...ich wollte sowieso gerade aufstehen...ich geh dann mal...!" Er deutete mit dem Zeigefinger die Treppe nach oben, „...duschen und anziehen." Paula nickte hektisch, wobei ihre plötzlich leicht geröteten Hängebäckchen lustig wackelten. Stur fixierte sie den mittlerweile nassen Lappen, „Ich koch dann mal einen Kaffee!" „Gute Idee!" Dann drehte er sich auf nackten Sohlen herum und huschte, flink wie ein Eichhörnchen die Stufen nach oben und verschwand im Bad.

Eine viertel Stunde später betrat er nackt, wie Gott ihn schuf, das unordentliche Schlafzimmer. Offensichtlich traute sich seine Haushaltsperle nicht nach oben, solange er hier rum rumorte. Ein kleines Lächeln stahl sich über seine Lippen. *Paula war ja tatsächlich rot geworden!* Während er sich mit dem flauschigen Handtuch das Haar trocken rubbelte, inspizierte er seinen Kleiderschrank. Jeans und T-Shirt. Das würde für heute reichen. Er hatte keine großartigen Pläne. Er feuerte das mittlerweile feuchte Handtuch oben auf den Kleiderhaufen, raffte den ganzen textilen Klops zusammen und stopfte sie achtlos und unsortiert, in den Aluwäschekorb in der Ecke. Anschließend riss er das Fenster sperrangelweit auf und ließ mal etwas Gerechtigkeit (und frische Luft) herein. Zufrieden sah er sich in dem Raum um. Jawoll, so ging das! Verlockender Kaffeeduft schlich sich die Treppe nach oben zu ihm. Lecker. Eilig huschte er aus dem Raum, hielt ruckartig inne, ging zurück und schlüpfte in ein paar bequeme Stoffslipper. Nur für den Fall das doch noch ein Splitter unten in der Küche auf dem Boden herumlungerten (was er aber nicht glaubte, so wie er Paula kannte). Kaffeedurstig erschien er in der Küche, wo neben dem Kaffee auch ein paar

frisch aufgebackene Croissants mit Marmelade auf ihn warteten. G e n a u s o konnte ein Morgen starten. Zufrieden lümmelte er sich an den Küchentresen und genoss in aller Ruhe sein morgendliches Mahl. Paula traute sich noch immer nicht ihm in die Augen zu sehen und fixierte starr den Boden als sie an ihm vorbeieilte, „Ich mach dann mal die Wäsche!" Währenddessen schlurfte Andreas den Kaffee und genoss diese ruhige Tageszeit. Energisches Stampfen auf den Stufen verriet die eilige Rückkehr von Paula. Keuchend
erschien sie Türrahmen, „Hier...", sie hielt das Handy hoch, „...hat in der Schmutzwäsche gelegen!" Hastig kam sie in ihren Gesundheitslatschen auf ihn zu gequietscht, legte das Mobilteil kopfschüttelnd vor ihm ab und nuschelte irgendwas von ..., ‚wenn der Hintern nicht angewachsen wäre, würde er ...', den Rest verstand er nicht mehr.
Amüsiert grinste Andreas in sich hinein und trank den letzten Rest Kaffee aus seiner Tasse. Er nahm sein Handy hoch und wollte es schon in die Tasche stecken, als ihm das kleine blinken oben rechts auffiel. Aha. Eine Nachricht. Während er sein schmutziges Geschirr in die
Spülmaschine räumte (schließlich war er ein feines Ferkel und er war es so gewohnt), öffnete er beiläufig die Sms.

-In deinem Revier wird gewildert! M -

Das Messer, das er gerade in den Besteckkasten räumen wollte, glitt ihm aus den Fingern und landete scheppernd auf den Kacheln. Sein Puls stieg rasant an.
Ungläubig starrte er das Display an. Schon wieder seine Frau. Sorry. Seine TOTE Frau! Mal abgesehen davon, dass die Tatsache eine Sms von einer Toten zu bekommen schon ziemlich abgefahren war, verstand er die Botschaft überhaupt nicht. *Was sollte das heißen? Jemand wildert in seinem Revier...hä?*
Er schaute auf die Uhr, die über dem Türrahmen hing. Kurz vor zehn. Hmm. Zu früh für Antonio, im Lokal zu sein. Bestimmt war er noch zuhause. Ahnungslos. Das würde sich ändern.
„Paula? Ich fahre!" Er hörte eifriges Werkeln im Obergeschoss. Bestimmt hatte sie ihn nicht gehört. Er setzte schon einen Fuß auf die unterste Stufe, da erschien ihr pausbäckiges Gesicht am obersten Treppenrand, „Ist gut. Ich sperre nachher dann ab. Und denken sie bitte an die Waschmaschine. Ich will nicht, dass die Wäsche nachher muffelt!" Ihr Gesicht verschwand wieder ohne eine (seine) Antwort abzuwarten. Andreas salutierte im Stillen und schwang sich in sein Auto.

Kurze Zeit später hielt er vor Antonios heimeliger Hütte. Offensichtlich hatte Bea ihn schon von einem der oberen Fenster kommen sehen. Gerade als er den Klingelknopf betätigen wollte, riss sie auch schon die Tür auf, „Hereinspaziert! Und einen wunderschönen guten Morgen!" Sie drückte ihm ein Küsschen auf die Wange.
Leicht irritiert wich Andreas ein Stückchen zurück, „Wow...gab's heute gute Laune zum Frühstück?" Er trat ein, schloss die Tür hinter sich und folgte einer fröhlich vor sich hin trällernden Beatrix in die urgemütliche Küche, die Andreas so mochte. „Nein...ich konnte heute mal ausschlafen. Die Kids haben bei Noahs Patin übernachtet." Lachend schenkte sie einen Becher Kaffee ein und stellte ihn unaufgefordert vor Andreas hin. Dieser zog wissend die Augenbrauen nach oben und lachte, „Ahhh...daher weht der Wind! Sturmfreie Bude!" Das errötende Gesicht seiner Schwägerin verriet einen Treffer ins Schwarze. Eilig tauchte sie ihr Gesicht tief in ihren Becher und nahm einen großzügigen Schluck. Dann stellte sie grinsend den Kaffee ab, „Antonio duscht gerade.
Ich sag ihm das du da bist!" Uns schon entschwebte sie in höhere Sphären. Also in den zweiten Stock. Andreas verkniff sich eine anzügliche Bemerkung, die ihm kribbelnd auf der Zunge lag und schlurfte grinsend seinen Kaffee. Keine fünf Minuten später erschien Antonio, „GutenMorgen, Doc...so früh schon auf den Beinen?" Er tänzelte gut gelaunt an die Kaffeemaschine und bediente sich ebenfalls mit einem Becher, brauner, heißer, koffeingeträngter Brühe.
Andreas zwinkerte ihm zu, „Wenn ich gewusst hätte, dass dieses Haus unter Flitterwochenquarantäne steht, wäre ich erst heute Nachmittag gekommen!"
Antonio gluckste, „Ja, wenn die Katzen aus dem Haus sind, tanzen die Mäuse auf den Tischen, oder so...ne?" Er prostete Andreas zu, Was führt dich denn zu dieser frühen Stunde in mein trautes Heim?" Andreas lehnte sich etwas zurück und schielte zur
Treppe, „Bea?" „Die ist oben aufräumen...Betten machen und so nen Kram!" „Ah...also eine richtige Sause, die letzte Nacht...hmmm?" Antonios erhobener Daumen ersetzte die Antwort.
Schlagartig wurde Andreas ernst, „Du hast doch gesagt...", er fischte sein Handy aus der Hosentasche, „...du willst Bescheid haben, wenn wieder was kommt!" Antonios Lächeln verblasste und er nickte. Wortlos reichte Andreas sein Handy weiter, „Dann schau mal!"
Antonio öffnete die Nachricht und las. Als er den Blick hob, war sein Gesicht

ein einziges Fragezeichen, „Was heißt das?" Andreas zog seine Mundwinkel nach unten und hob ratlos die Schultern, „Keine Ahnung!" Er deutete auf das Display, „Aber es ist Mariannes Nummer. Schon wieder!" Ernst nickte Antonio und musterte das Handy in seiner Hand. Dann reichte er es wieder an Andreas zurück. Nachdenklich nippte er an seinem Kaffee. Dann. Plötzlich! Schlagartig erhellte sich seine Miene, „Mensch...ich wollte dir doch gestern was erzählen...er deutete wild auf das Telefon, das Andreas noch immer in seiner Hand hielt, „...vielleicht hat es was mit dieser Nachricht zu tun?"
Verwirrt steckte Andreas das Telefon weg, „Aha...und was ist das?" Antonio rutschte mit seinem Stuhl näher an seinen Schwager heran und senkte die Stimme, „Letztens war deine kleine Blumenfee bei mir im Lokal...", Andreas unterbrach ihn barsch, „Sie ist nicht MEINE Blumenfee und ihr Name ist Madita!" Antonio winkte hektisch ab und schielte zur Treppe (keine Bea in Sicht), „Okay, dann halt Madita...ist ja auch egal. Auf jeden Fall war sie da und ich hab sie ja gekannt, von Rominas Geburtstag...du erinnerst dich?" Ohne eine Antwort abzuwarten, leierte er weiter, „Sie war mit einer Gruppe von Leuten da. Nett, muss ich sagen...aber a u c h egal. Ich bin hin und hab sie begrüßt...!" „Komm zum Punkt, Dicker!" „Ja, ja...", Antonio beugte sich noch näher an Andreas heran, „Sie war in Begleitung!" Andreas Miene strotzte vor Begriffstutzigkeit, „Und?" Antonio stieß ein genervtes Seufzen aus, „Sie hat ihn mir als ihren Freund vorgestellt!" Beifall heischend schaute er Andreas an. Keine Reaktion. Langsam wurde Antonio ein kleines bisschen sauer, „Mensch Junge...vielleicht hat sich die Nachricht darauf bezogen...verstehst du?" Nachdenklich schwenkte Andreas den Kaffee in seinem Becher, Meinst du? · Antonio nickte eifrig.
„Hmmm...", er trank den Kaffee aus, stand auf und stellte seinen schmutzigen Becher in die Spülmaschine (was für ein übler Gewohnheitsmensch).
„Ich lass mir das mal durch den Kopf gehen." Er machte sich zum Aufbruch bereit und schob artig seinen Stuhl wieder an den Tisch, „Sag Bea und den Kids einen schönen Gruß. Ich komme sie dann an einer, meiner nächsten freien Sonntage abholen und geh mit ihnen in den Zoo, wenn ihr nichts dagegen habt!" Antonio erhob sich ebenfalls und winkte lapidar ab, „Natürlich. Sag nur Bescheid wann!"
Mit einem anzüglichen Grinsen knuffte Andreas ihn in die Seite, „Dann könnt ihr ja mal wieder in Ruhe...weiß nicht...aufräumen?"

„Hahaha!" Antonio verdrehte die Augen und musste dann doch lachen, „Ich begleite dich noch raus!"
Im Flur drehte sich Andreas zur Treppe, „BIS ZUM NÄCHSTEN MAL, PRINZESSIN!" Keine Antwort aus der oberen Kemenate. Antonio winkte ab, „Ich sag ihr einen schönen Gruß." „Okay, mach's gut!" „Du auch...und ruf mich sofort an, wenn etwas Neues kommt, du weißt schon!" Andreas nickte und brauste wieder heim.
So verging die darauffolgende Woche. Andreas bemühte sich seinen Arbeitsalltag so vollzustopfen, dass er erst gar nicht in die Versuchung kam, über alles nachzudenken. Ob es funktioniert hat? Nö!
Die zierliche Madita mit ihren glänzenden, braunen Haaren, die ihr immer wieder keck ins Gesicht fielen und die sie dann mit dieser süßen, anmutigen Geste wieder aus der Stirn strich, ging ihm einfach nicht aus dem Kopf. Jedes Mal, wenn er ihr lächelndes Gesicht vor seinem inneren Auge sah, schlug ihm das Herz bis zum Hals.
Am Ende dieser Woche summte sein Handy. Mittlerweile sollte er eigentlich schon darauf gefasste sein, aber natürlich trudelten auch andere Nachrichten ein und so traf ihn wieder mal der Schlag als Mariannes Nummer angezeigt wurde. Beklommen schwebte sein Daumen über der Nachricht. Aufmachen? Nicht aufmachen? Natürlich aufmachen! Was sonst? Also öffnete er die Sms.
`-Du hast nicht mehr viel Zeit. Bewahre deine Liebe vor einem Fehler! M-`
Sein Herz pochte. *Was war denn das schon wieder?*
„Kannst du nicht mal was Positives schreiben? Immer diese unverständlichen Hiobsbotschaften!"
Wie schnell man sich an Nachrichten von seiner toten Frau gewöhnen kann!!! Offensichtlich war Eile geboten. Also verlor er auch nicht viel Zeit. Es war ein verregneter Nachmittag als er sich ins Auto begab und zum Blumenladen fuhr. Was er dort wollte? Keine Ahnung! Was er Madita sagen sollte? Noch viel weniger
Ahnung! Aber dass er hinmusste? Das stand felsenfest fest!
Aufgeregt, mit wackeligen Knien und mit schwitzenden Händen betrat er das kleine Geschäft. Die Türbimmel kündigte ihn überlaut an. Ein grauer Haarschopf tauchte in der Ecke zwischen den Petunien auf. Angela! Erstaunt riss sie die Augen auf. Doch dann verzog sich ihr Mund zu einem breiten Grinsen. Andreas schaute sie fragend an, als Angela den Daumen hob und sich dann anschließend etwas umständlich aus dem Grünzeug befreite. Ihr Grinsen reichte von einem Ohr zum anderen.

Zielsicher strebte sie an ihm vorbei, tätschelte dabei kurz aufmunternd seinen Arm und verschwand im Hinterzimmer. Dort plärrte sie laut, **„Madita, Kundschaft...kannst du mal eben? Ich müsste mal dringend für kleine Mädchen!"** Eine unsichtbare Tür fiel klappernd ins Schloss. Leise Schritte aus dem Nebenraum, dann erschien Madita. Verblüfft blieb sie stehen und starrte ihn aus großen, runden Augen an, „DU? Schon wieder?"
„Hallo, Madita!" Ihr Gesicht verschloss sich. Keine Regung war zu erkennen. *Würde er überhaupt etwas erreichen?*
„Pflichtbewusst schob sie sich hinter den Tresen, nicht ohne noch einen kurzen, bösen Blick in Richtung des Hinterzimmers zu werfen. Dann wand sie sich ihm zu. Ein neutrales Lächeln erschien in ihrem Gesicht, genauso echt wie die Brüste von Kim Kardashian.
„Was kann ich für dich tun?"
Hilflos sah er sich um, „Ähm...Blumen?"
Eine ihrer Augenbraue schnellte ironisch nach oben, „Jep...haben wir. So viele, dass wir sie schon verkaufen müssen!" Sie würde es ihm nicht einfach machen, stellte er fest. Na gut! Er straffte die Schultern und deutete auf einen hohen Eimer voller Sonnenblumen, „Die!" Dienstbeflissen eilte sie hinüber, „Wie viele?" „Alle!" „Okay?!" Ein fragender, verständnisloser Unterton schwang in ihrer Stimme mit. Schulterzuckend beugte sie sich dem Wunsch und hievte den Eimer rüber zum Tresen, „Soll ich sie als Geschenk einwickeln?" Er schüttelte den Kopf und rieb sich nachdenklich die Wange, als er sich weiter umschaute. Ein Pulk dunkelroter Baccara-Rosen erschien in seinem Blickfeld. Zielsicher schritt er hin, „Die auch!" „ALLE?" Madita Stimme bekam einen leicht gehetzten Ausdruck. Andreas nickte, „Alle!" Also ging Madita noch mal um den Tresen, schob sich dicht an ihm vorbei, weil er nicht einen Deut zur Seite rückte (und auch nicht rücken wollte) und raffte mindestens zwei Dutzend der langstieligen Rosen zusammen und verfrachtete sich zurück zu den bereits wartenden Sonnenblumen, „Sollen die alle gebunden werden?" Andreas sah, wie sie mühsam schluckte und grinste sich innerlich einen ab. Mit einem (wie er hoffte) Kennerblick schritt er weiter durch den Laden. Vor dem mit Lilien gefüllten Wassereimer blieb er stehen. Er beugte sich kurz herunter und schnupperte kurz. Dann richtete er sich auf und zeigte stumm auf die Lilien. Mit hängenden Schultern schlich Madita wieder herbei, „Auch alle?" Er nickte. Also klaubte Madita die anmutigen Lilien aus dem Wasser und schleppte die blühende Pracht zurück zu den Sonnenblumen und den

Rosen. Andreas trat vor den Tresen und begutachtet den Wust aus Blüten.
Sein Blick fiel auf einen Eimer hinter dem Tresen. Auch dort wies er hin.
Madita lächelte gequält, „Das ist Schleierkraut!"
Andreas nickte fachmännisch, „Ich weiß!" Er umfasste mit einer ausholenden Geste das
Blumenmeer auf der Theke, „D a v o n, ...hätte ich gerne einen Strauß gebunden!"
Madita klappte die Kinnlade nach unten, „Das ist doch ein Scherz, oder?"
Andreas wippte auf den Fersen und verschränkte die Hände auf dem Rücken, „Nein!" Etwas hilflos betrachtete sich Madita das duftende Chaos vor ihr. Dann riss sie sich augenscheinlich zusammen. Er wollte einen Blumenstrauß? Er bekam einen Blumenstrauß! Eifrig fing sie an. Fingerte, zupfte, drückte. Konzentriert streckte sie ihre Zunge ein bisschen durch die Lippen und werkelte wie ein Weltmeister. Immer unter dem amüsierten Blick von dem attraktiven Mann in ihrem Rücken. Zum Schluss musste sie das Riesenteil auf der Tischplatte drehen, da ihre Arme einfach nicht mehr gescheit herumkam. Fast eine halbe Stunde war sie zu Gange.
Mittlerweile war Angela still und heimlich zurückgekehrt und stand abwartend im hinteren Türrahmen. Andreas bemerkte sie. Madita nicht. Amüsiert zwinkerte Angela ihm zu und verschränkte äußerst belustigt, die Arme vor der Brust. Leichte Schweißperlen auf Madita's Stirn verrieten eine enorme Anstrengung bei ihrem Werk. Zu guter Letzt wickelte sie festen Blumendraht um das untere, fette Ende, damit nichts auseinanderfiel. Ungläubig starrte sie das Blumenungetüm vor sich an. Dann ging sie zur Papierrolle und versuchte abzuschätzen, **wie viel** sie davon brauchte. Andreas zeigte endlich erbarmen, „Nicht einwickeln. Es geht schon so!"
Sichtbar erleichtert atmete Madita auf, ging zurück zu dem gelb, rot, weißen, duftenden Monstrum, packte beide Arme drum und wuppte es nach vorne auf den Verkaufstresen, neben die Kasse. Andreas zückte lächelnd sein Portemonnaie, „Das macht?" Unsicher überblickte Madita dieses ungewöhnliche Teil, „Da muss ich kurz mal durchrechnen!" Verbissen fertigte sie eine endlose Zahlenkolonne an und addierte zum Schluss. Allein das dauerte eine gute viertel Stunde. Und das alles immer unter dem wachsamen Blick von Andreas. Wie sollte sie sich bei diesem faszinierenden Blick aus diesen unglaublichen stahlgrauen Augen bloß konzentrieren können. Andreas genoss die ganze Situation sichtlich. Und wenn man Angela betrachtete, genoss diese es ebenso! Aber selbst die größte Rechnerei führte irgendwann zu einem Ergebnis.

Mit einem boshaften Grinsen legte sie den Stift aus der Hand, „Das macht dann 147,50!" Andreas verzog keine Miene, zerrte drei Fuffis aus seinem Geldbeutel und legte sie souverän in Madita's wartende Hand ab, „Stimmt so!" Dann drehte er sich um, zwinkerte Angela kurz zu, die vor Lachen bald in den Türrahmen biss und ging Richtung Tür. Völlig verdattert starrte Madita ihm nach. Dann hopste sie, schon fast panisch hinter dem Tresen hervor, „HALT! DIE BLUMEN!" Andreas blieb stehen und drehte sich ganz langsam zu Madita herum. In seine Augen lag ein undefinierbarer Ausdruck als er zurück zu Madita kam. Dicht vor ihr blieb er stehen und schaute auf sie herab. Liebevoll strich er über ihre zarte Wange, „Die sind für dich!" Madita schnappte nach Luft. Ob aus Überraschung oder weil er sie berührt hatte? Das konnte er nicht sagen. Sein Blick wanderte zu dem Mega-Strauß und er strich zart über die vielen Blumenköpfe, „Eine Blume für jeden Tag an dem ich dich vermisst habe. Eine Blüte für jeden Tag den ich ohne dich verbringen musste. Eine Blüte für jede Bitte von mir, dass du mich nicht vergisst!"

Madita wurde weiß wie die Lilien in dem Riesen- Potpourri der Blüten, „Ich werde **b a l d** heiraten!" Fast greifbare Stille breitet sich aus.

Andreas biss die Zähne zusammen.

Jetzt verstand er auch die Botschaft:

`-Du hast nicht mehr viel Zeit. Bewahre deine Liebe vor einem Fehler! -`

Was solle er jetzt tun? Er konnte sie ja schlecht entführen? Oder? Nee!

Er griff an Madita vorbei, zupfte eine rote Rose aus der Strauß, der noch immer auf dem Tresen lag, drehte sie spielerisch in seiner Hand und reichte sie Madita, „Denk noch einmal nach, Madita. So etwas wie mit uns, passiert nicht alle Tage. Und…lach jetzt nicht…ich glaube…nein, das Schicksal glaubt wohl auch, dass wir füreinander bestimmt sind."

Er strich ihr noch einmal zärtlich über die Wange und ging zur Tür. Kurz bevor er sie öffnete, verharrte er, „Ich KANN dich nicht aufgeben. JETZT noch nicht!" Er seufzte, „Vielleicht nie!" Dann drückte er die Türklinke nach unten, schwang die Tür auf (die Glocke bimmelte) und ging. Zurück blieb eine völlig verwirrte Madita. Ratlos drehte sie sich um, betrachtete den schamlos üppigen Strauß. Erst dann fiel ihr Angela auf, die am Türrahmen zum Aufenthaltsraum stand und sich gerade über die feuchten Augen wischte. Mit einer hilflosen Geste zeigte Madita mit beiden Händen auf das bunte Monstrum, „Was mach ich den jetzt damit?" Angela schniefte, zog sich ein Taschentuch aus der Schürzentasche, schnäuzte kräftig hinein und steckte es wieder zurück, „Das war er gesagt hat! Nimm ihn mit und denke

nach!" Ohne ein weiteres Wort verschwand sie wieder im Hinterzimmer.
Andreas düste mit seinem Auto durch die Stadt. Ziellos. Traurig. Ratlos.
Was nun? Er war doch kein Hochzeits-Crasher. Aber er verstand einfach nicht, wieso Madita einen anderen heiraten konnte. Er war sich sicher, dass ihre Gefühle für ihn genauso stark waren, wie seine für sie. Warum dann ein anderer? Eine kleine gehässige Stimme kroch in sein Ohr. *Warum denn **kein** anderer? Schließlich bist du einfach abgehauen und hast monatelang nichts von dir hören lassen. Vielleicht hast du ihr damit das Herz gebrochen? Vielleicht hast du ihr damit Gelegenheit gegeben, dich zu vergessen?*
Er schnaufte durch. *Auweh.Das war echt übel. Warum war das Leben eigentlich so kompliziert? Aber was hatte er erwartet? Das Madita ihm nach Monaten seiner Abwesenheit einfach um den Hals fiel?*
Er bremste und schaute sich um. Sein Instinkt (und auch sein Auto) hatte ihn zum
'Berlinium' gebracht. Gar keine so schlechte Idee. Mal sehen was Antonio dazu meinte. Er parkte hinter dem Haus, direkt neben dem Auto des Lokalbosses und benutzte, wie
selbstverständlich den Hintereingang (so wie er es früher oft getan hatte, wenn er Marianne besuchte). *Marianne! Waren diese blöden Nachrichten **wirklich** von ihr? Konnte es **wirklich** sein das sie vom Himmel aus, die ultimative Kupplerin raushängen lassen wollte?*
Er schaute sich suchend im hinteren Bereich des Lokals um. Aus dem Büro erklang die emsige Arbeit einer fleißigen Rechenmaschine. Ohne anzuklopfen trat er ein.
„Hallo, Dicker?" Antonio, die kleine Lesebrille tief auf der Nasenspitze sitzend, zuckte mit weit aufgerissenen Augen, erschrocken zusammen. Er griff sich ans Herz, „Mensch, hast du mich erschreckt. Da kriegt man ja einen Herzinfarkt. Was machst du denn hier?" Er schob einen kleinen Stapel Papiere zusammen und legte sie in der roten Ablage ab, die fast schon überquoll. Kritisch beäugte Andreas das Fach, sagte aber nichts (bei Marianne wäre die rote Ablage NIE vollgestopft gewesen...DIE hatte immer alles gleich erledigt).
Mutlos plumpste Andreas in den Besucherstuhl vor dem alten Schreibtisch, „Ich muss quatschen. Ich brauch einen Rat. Vielleicht kannst du mir helfen?"
Antonio lachte, „Mein liebes Kind, das sind ja gleich DREI Wünsche auf einmal!"

„Haha!" Andreas fläzte sich in dem unbequemen Stuhl zurecht und schlug ein Bein über das andere. „Nein, im Ernst...ich bin mit meinem Latein am Ende. Ich glaub, ich habe es versemmelt!" Antonio nahm die Brille von der Nase, schob sich den einen Bügel zwischen die Lippen und lehnte sich gespannt zurück, „Okay Doc, dann erzähl mal!"
Andreas schlug sein Bein zurück und stellte es auf den Boden. Sein Kopf sank resigniert nach unten und er seufzte erbärmlich, „Madita geht heiraten!" Antonio sprang, wie von einer Tarantel gestochen auf und schlug sich mit der flachen Hand auf die Stirn, „Mensch...genau das war es. DAS wollte ich dir erzählen. Der komische Macker mit dem sei wohl seit einiger Zeit rum zieht, hat ihr auf diesem Hochzeitevent, bei dem DU noch beim Tische stellen geholfen hast, einen Heiratsantrag gemacht! Stimmt...!" Er setzte sich wieder, zog den Stuhl dicht an den Schreibtisch heran und stützte die Ellenbogen auf die Schreibunterlage, „Du musst da unbedingt was unternehmen!"
„Habe ich schon!" „Wie?" „Ich war im Blumenladen!" Andreas sprang auf und tigerte durch das Büro, „Was meinst du wohl woher ich weiß, dass sie heiraten geht?"
Antonio lehnte sich etwas ratlos in seinem Schreibtischstuhl zurück, „Ach so...hmmm...und was hast du gesagt?" Andreas zuckte mit den Schultern, „Nicht viel...ich habe dort Blumen gekauft...", er breitete demonstrativ die Hände weit auseinander, „...ungefähr 100 Stück...", er winkte ein wenig abschwächend ab, „...vielleicht nicht gerade hundert...aber ich habe für dieses blöde Teil fast 150 Euro hingelegt und ihn ihr gegeben mit der Bitte, sich das Ganze noch mal zu überlegen und mich nicht zu vergessen!"
Antonio lachte, „Das muss ja ein Mordsstrauß gewesen sein...da wird sie dich wohl nicht so schnell vergessen!" Andreas setzte sich wieder. Total geknickt, „Ich nehme an, sie hat ihn wieder auseinandergepflückt und zurück in die Eimer gestellt!" Er seufzte, „Ich weiß nicht mehr was ich machen soll. Ich habe einfach zu lange gewartet!" Er zog sein Handy aus der Tasche und starrte auf das schwarze Display.
Überlegend ließ er es in seiner Hand leicht wippen, „Weißt du...so unheimlich wie diese Nachrichten von Marianne auch sind...ich wünschte, sie würden weitergehen und mir etwas unter die Arme greifen!" Er steckte das Handy wieder weg und stand auf, „Aber das ist wohl völliger Mumpitz was ich da gerade von mir gegeben hab." Er stieß ein freudloses Lachen aus, „Da siehst du mal, wie verzweifelt ich bin...hoffe schon auf die Hilfe meiner toten Frau aus dem Jenseits!" Er wand sich zum Gehen,

„Danke, das du mir zugehört hast. Ich werde dann mal nach Hause fahren und überlegen, was ich sonst noch anstellen kann." Leise und mutlos verließ er das Büro.

„DU MUSST AM BALL BLEIBEN, DOC!" Antonio stand nachdenklich auf und stellte sich ans Fenster. Sein Blick folgte Andreas, der gerade in seinen Wagen stieg. Wie gern würde er seinem Freund helfen. Seine Augen wanderten hoch zur Decke, als fände er dort eine Antwort...Marianne?

So vergingen trostlos ein paar Wochen. Andreas ließ sich vom seinem Alltag treiben. Aber seine Gedanken rankten sich grüblerisch immer um ein und dasselbe Thema. Madita. Doch wie es schien, gab es keine Lösung für ihn oder sie oder sie beide. Ihm fiel einfach nichts ein. Sein Verstand schien fast wie gelähmt. Immer wieder schaute er auf sein Handy. Doch auch dort fand er keine Hilfe. Keine Nachrichten. Stumm wie ein Fisch im Wasser. Also tat er...nichts! Er gab auf.

Just zu diesem Zeitpunkt schaltete sich das Schicksal ein. Andreas hatte gerade ein paar Einkäufe erledigt und war auf dem Weg zurück zum Auto. Da erklang ein Lachen in seinen Ohren. Obwohl noch nicht oft gehört (ehrlich gesagt, vielleicht ein, zweimal) erkannte er es sofort. Suchend schaute er sich um. Direkt auf der anderen Straßenseite war sie. Madita. Im Schlepptau eine rothaarige Freundin. Sicher die, die bei Antonio ihre Hochzeit gefeiert hatte. Eben auf dieser Hochzeit, wo dieser blöde Fatzke SEINER Madita einen Antrag gemacht hatte. Wut schäumte in ihm hoch. Na ja, okay, die Frau konnte ja nichts dafür. Schnell stellte er sich hinter ein parkendes Fahrzeug und beobachtete beide. Kichernd und quasselnd flanierten sie auf der gegenüberliegenden Seite. Den Verfolgerblick nicht erahnend. Gott, war sie schön! Sein Herz pochte. Dann blieben die beiden stehen, schauten in ein Schaufenster, klatschten sich kichernd ab und verschwanden in den Laden. Andreas Blick glitt nach oben zum Geschäftsnamen. Sein Herz holperte unglücklich.

Lilly's Brautmoden!

Na, super...das war's dann wohl endgültig. Er griff nach seinem Handy und wählte. Sofort sprang die Mailbox an. „Hi, Antonio. Sie kauft sich gerade ihr Hochzeitskleid. Der Zug ist nun endgültig abgefahren!" Er legte auf. Mit einem Gefühl tiefer Trauer in seinem Herzen, schlich er wie ein geprügelter Hund zu seinem Auto und fuhr los.

Gastgeberin:
Und sitzen bleiben meine Herrschaften. Der
Erinnerungszug düst ohne anzuhalten weiter...

Erinnerung (2010)
Madita

WAS IST DENN HIER LOS?" Schwer atmend stemmten Lisa und Raimund ihre
Koffer ins Wohnzimmer. Ungläubig schauten sie sich um. In jeder Ecke, in
jeden Winkel, auf jeder nur denkbaren Abstellfläche standen Blumen
herum. In Vasen, in Wassergläsern, in Weizenbiergläsern und sogar im
Putzeimer, über den Lisa fast gestolpert wäre. Ihre groß aufgerissenen
Augen wanderten durch den Raum. Dann...blieb ihr Blick auf einem
kümmerlichen Häufchen auf dem Sofa haften, „MADITA?"
Achtlos rutschte die Reisetasche von Lisas Schulter und sie eilte rüber,
„Madita, Schätzchen...", sie ließ die Augen durch den Raum schweifen,
„...was ist hier los?"
Raimund räusperte sich unwohl, „Ich bring die Sachen mal rüber ins
Schlafzimmer!"
Frauengesprächen? Brrrr. Damit konnte er nicht wirklich was anfangen.
Sollten das die beiden Mädels unter sich ausmachen. Was auch immer es
war. Lisa nickte nur kurz und wand ihre Aufmerksamkeit wieder ihrer
Freundin zu, die gerade kräftig ins Taschentuch schnäuzte und kleine
Schluchzer versuchte zu unterdrücken. Mitfühlend legte sie den Arm um
Madita, „Mäuschen...so sag doch was!" Madita's rotgeränderte Augen
schauten in die von Lisa, „Er war **wieder** da!"
Lisa hob fragend eine Augenbraue, „Wer?" Madita schniefte und schaute
auf das Meer von Blumen, „Andreas!"
Lisa schaute sich wieder in dem Raum um. Leichtes Unverständnis
umrahmte ihr Gesicht, „Sind die etwa alle von ihm?"
Madita nickte zaghaft. „WOW!" Lisa stieß pfeifend die Luft aus, „Das ist ja
ein Ding!" Dann hellte sich ihr Gesicht auf, „Ist doch klasse. Das war doch
genau das was du wolltest!" Erbost wurschtelte sich Madita an Lisa vorbei
und sprang auf, „DAS WAR BEVOR ICH EINEN HEIRATSANTRAG
ANGENOMMEN HAB. SCHON VERGESSEN? BJÖRN HAT UM MEINE HAND
ANGEHALTEN UND ICH HABE JA GESAGT!" Wütend wirbelte sie herum und
zeigte auf die Vase voller Sonnenblumen und auf die etwa zehn Gläser in
der Küche, gefüllt mit Rosen und auf all die anderen herrlich duftenden

Blumen im Raum, „Dann taucht er einfach auf. Gerade als ich schon fast nicht mehr an ihn gedacht hatte...!" Lisa lachte schnaubend auf, „Klar...!" Geballte Ironie troff zäh von diesem einen Wort.
„JAAA...", ereiferte sich Madita direkt, „...hatte ich. Wie kann er es wagen?" Sie ballte die Faust und hieb auf den unschuldigen Wohnzimmertisch ein. Das darauf befindliche Weizenbierglas mit drei Sonnenblumen schwankte gefährlich, fiel aber nicht um.
Lisa setzte sich aufrecht hin und hob den Zeigefinger, „Ich hätte da mal eine kleine Frage!" Madita blitzte sie an, „WAS?"
Der Zeigefinger verschwand und wurde von einem undefinierbaren Blick ersetzt, „Liebst du ihn? Ich meine Björn!" Schweigen! Dann...
„Na ja...Björn ist Björn...er ist grundsolide, so wie ich es will."
Lisa lachte verächtlich, „Toll, das ist ein VW auch. Trotzdem würde ich ihn nicht heiraten!"
Madita breitete die Arme aus und schaute genervt zur Decke, „Aber verstehst du denn nicht?" Lisa verneinte. Madita setzte sich zu ihr und atmete zwei, dreimal kräftig durch, „Um bei deinem Vergleich zu bleiben...es mag ja sein das Björn der VW ist. Das heißt er ist zuverlässig und man kann sich auf ihn verlassen. Bei einem VW weißt du genau was du bekommst...und er ist erschwinglich!" Lisa holt aus zum Einwurf und wurde sofort abgebremst, „Ich bin noch nicht fertig Lisa. Lass mich ausreden...also...", sie neigte grüblerisch den Kopf, „...und Andreas ist...na ja...er ist ein Ferrari...", ein trauriges Lächeln breitete sich auf ihrem Gesicht aus, „...und den kann ich mir nun mal nicht leisten!" Schwerfällig erhob sie sich und stakste zum Fenster, wo sie blicklos hinaus starrte, „Ich w e r d e Björn heiraten!" Erneutes Schweigen. Was sollte Lisa auch jetzt noch sagen? So wurde der Mantel des Schweigens über die nächsten Wochen und auch über die Hochzeitvorbereitungen gelegt.

„Meine Güte, Schätzchen...die Einladungen sind ja echt nobel. Das hat deinen Liebsten bestimmt eine Menge Schotter gekostet!" Lisa begutachtete die Einladungen.
„Tolles Material und tolle Farbe!" Sie klappte die Karte auf und las laut vor, „Hiermit möchten wir unsere Zukunft mit dem Happy End unserer langjährigen Beziehung beginnen. Es laden recht Herzlich zu ihrer standesamtlichen Trauung ein...Madita Sophie Kellermann und Björn Friedhelm Filzer...!" Lisa begann zu lachen, „Friedhelm? Ist nicht dein Ernst!" Madita stimmte in das Lachen ein, „Das ist der Name seines

Opas...lach nicht...!" „Du lachst ja selbst....", sie kringelte sich, „FRIEDL, DAS ESSEN IST FERTIG!" Lachtränen rannen über Lisas Wangen. Madita schmollte belustigt, „Du bist blöd!"
Lisa kuschelte sich an Madita heran, „Och, komm Süße...ist doch witzig!" Sie ob ihren Kopf leicht an um Madita besser anschauen zu können, „Was halten denn eigentlich seine Eltern davon?" Madita zuckte, schon fast gelangweilt wirkend, mit ihren Schultern, „Die haben sich gefreut und gleich darauf angekündigt, dass sie LEIDER nicht kommen können...LEIDER sind sie auf einer Dreiwöchigen Fjord-Kreuzfahrt in Norwegen, die sie schon vor einem halben Jahr gebucht haben, oder so und sind an diesem besagten Termin nicht da!" Sie neigte grüblerisch den Kopf zur Seite, „Eigentlich ziemlich traurig für Björn...er ist ja Einzelkind...somit wird aus seinem engsten Familienkreis niemand da sein!"
Betroffenes und auch mitleidgeschwängertes Schweigen.
Mit einem Ruck setzte sie sich auf, „Hast du eigentlich schon mal deine neue Unterschrift probiert?" Sie schnalzte wie abschmeckend mit der Zunge, „Madita Filzer...Madita Filzer...", sie schmatzte wieder probeweise, „Madita Flitzer!" „FILZER, nicht Flitzer!" Erbost warf sie ein Kissen nach Lisa, die lachend auswich. Dann wurde sie still und schaute traurig aus dem Fenster.
Sofort verstummte Lisas Lachen, „Was ist los, Madi? Etwa Panik? Kalte Füße?"
Wortlos schüttelte Madita den Kopf. Eine vorwitzige Strähne fiel ihr ins Gesicht, die sie achtlos weg pustete. Lisa rutschte näher an ihre Freundin, „Komm schon Madita. Sag schon. Irgendwas bedrückt dich doch anscheinend!" Madita schaute zum Fenster, „Was er jetzt wohl macht?" Lisa wusste genau, WER damit gemeint war. Und es war nicht Björn. Und was tat eine gute Freundin. Richtig! Unterstützen. Also unterstützte Lisa. „Na, Björn wird in seiner Bude sitzen und sich fragen: Was macht Madita nur?"
Madita nickte nachdenklich, drückte Lisa einen leichten Kuss auf die Stirn, „Danke...", erhob sich und verschwand in ihrem Zimmer. Leise fiel die Tür ins Schloss. Zurück blieb eine zweifelnde Lisa. Machte sie wirklich das Richtige? Hach, das Leben konnte manchmal echt kompliziert sein!
Im Laufe der nächsten Wochen geriet dieses Gespräch in Vergessenheit. Nicht vielleicht auch deshalb, weil Björn die Hochzeitsvorbereitungen antrieb.

ER buchte die Location (ein hübsches Lokal, idyllisch gelegen in einer Parkanlage). ER besorgte die Ringe. ER schlug sich mit dem Caterer herum. ER suchte die Blumen aus. ER besorgte alle notwendigen Papiere. Nur das Brautkleid. DAS überließ er Madita. Also faste sich Lisa irgendwann in dieser Zeit, mal ein Herz und zerrte Madita in die Shopping-City. Ihr schwebte auch schon ein bestimmtes Geschäft vor. Genau da mussten sie hin.

„Weißt du überhaupt wo du hin willst?" Unwirsch trottet Madita hinter ihrer Freundin her. Lisa hakte sich lachend bei Madita unter, „Komm schon Süße...wir kaufen heute dein Hochzeitskleid...ein bisschen mehr Enthusiasmus könntest du schon an den Tag legen!" Madita zog eine Schnute, „Ach, ich weiß nicht. Große Lust habe ich ja keine!"
Lisa knuffte sie lachend in die Seite, „Wenn du willst, kann ich dich auch in einen blauen Müllsack schnüren. Mit ein bisschen Paketband wirkt es bestimmt richtig edel. Modern Couture halt!" Madita schmunzelte, „Jaaa... und als Handtasche könnte ich eine ausgelutschte Raviolidose nehmen...aber das Etikett müssten wir schon ablösen, damit dieser blecherne Glamour auch gut zur Geltung kommt!" Lisa brach in helles Lachen aus, „Du hast sie ja nicht mehr alle." Madita konnte nicht anders und stimmte in dieses fröhliche Lachen mit ein.

„Voila! Wir sind da!" Sie blieben vor einem Schaufenster stehen und blickten ehrfurchtsvoll auf die pompösen Roben. Etwas verunsichert begutachtete Madita die Kleider, „Und du bist sicher, dass wir hier was finden?"
Lisa ließ sich ihre gute Laune nicht verderben und zerrte Madita grinsend einfach hinein. Mit einem Happs verschluckte der Laden sie beide. Staunend stand Madita im Eingangsbereich. Warmes weißes Licht und eine Duftmischung aus Lavendel, teurem Stoff und Maiglöckchen umfing sie (letzteres stammte wohl von der Verkäuferin, wie Madita feststellte). Eine äußerst gepflegte, ältere Dame trat zielsicher auf sie zu und lächelte freundlich, „Herzlich willkommen bei Lilly's Brautmoden. Mein Name ist Roswitha. Wie darf ich ihnen behilflich sein?"
Lisa, locker und flockig drauf, schritt sofort zu den elfenbeinfarbenen Kleidern, „Ja nun... wir suchen ein Brautkleid für meine Freundin...", sie zeigte auf Madita, die etwas verschüchtert um sich blickte. Ein Kennerblick der Verkäuferin scannte Madita von oben bis unten, „Größe 34, schätze ich. Also nehmen wir 36!" Entschuldigend lächelte sie Madita zu, „Brautkleider fallen immer etwas kleiner aus!" Aufmunternd ergriff die nette Verkaufsdame Madita am Arm und führte sie zu einer endlos wirkenden

Reihe aus Satin, Taft und Tüll, „Schauen sie sich um. Nur zu. Wenn ihnen was ins Auge sticht, sagen sie mir Bescheid!" Madita schritt langsam auf die Kleider zu.
Also! Ein Brautkleid! Dann mal hinein und die tuffigen Brautträume!
Nach einer halben Stunde hatten sie dann eine engere Auswahl getroffen. Beide, Lisa und Madita, mit jeweils drei Favoriten, die sich nicht unähnlicher sein könnten. Die überaus freundliche und zuvorkommende Verkäuferin führte Madita zu der flächenmäßig größten Umkleide, die Madita je gesehen hatte und schlüpfte mit klopfendem Herzen ins erste Kleid. Mit Roswithas Hilfe kämpfte sie sich in und durch ein Meer aus Tüll und Organza. Natürlich Lisas Wahl. Raschelnd trat sie vorsichtig aus der Kabine und stellte sich vor den hohen Spiegel.
Ohne auch nur den kleinsten Kommentar fingen beide, Lisa und Madita, wie auf Kommando an zu lachen. "Ich sehe aus wie ein mutiertes Marshmallow-Bällchen!" Lisa hielt sich den Bauch vor Lachen, "Sorry, Puppe...das ist wirklich nix für dich!" Roswitha schmunzelte leicht und zupfte hier und da eine Falte glatt, "Ehrlich gesagt, halte ich DIESES Modell a u c h nicht unbedingt für sie geeignet. Ihre Figur ist dann doch etwas **zu** zierlich. Man möchte ja an seinem Hochzeitstag nicht aussehen, als ob man vom Kleid aufgefressen wird!" Grinsend scheuchte sie Madita zurück in die Kabine, "Wir versuchen es mal mit einem schlichteren Modell!" Ratschend wurde der Vorhang zugezogen und lautes Geraschel verriet die Entsorgung des eben präsentierten, riesigen Tüllwattebällchens.
Ein (hysterisches?)Keuchen aus der Kabine, ließ Lisa draußen auf der gepolsterten Bank hellhörig aufhorchen, "Was ist? Zu eng?" Mit einem Ruck wurde der Vorhang zur Seite gezogen. Völlig geflasht riss Lisa die Augen auf und pfiff durch die Zähne, "Hui...das ist ja deeer Hammer!" Madita schwebte förmlich auf den Spiegel zu und betrachtet ihr Ebenbild. Ihre Augen leuchteten, "DAS ist es!" Ein schmal geschnittenes Meerjungfrauenkleid, ärmellos mit U-Bootausschnitt, in Elfenbein Optik mit einer Lage weißer Spitze darüber und einem karamellfarbenen Satingürtel umschmeichelte ihre schmale Figur. Auch die Länge...einfach perfekt! Begeistert drehte sich Madita um ihre eigene Achse, "Das ist wundervoll!" Roswitha nickte zur Bestätigung, "Bezauernd. Wirklich bezauernd! Wie für sie gemacht!" Sie klatschte begeistert in die Hände.
Lisa stand auf und befühlte das edle Spitzenstöffchen, "Und was kostetes?" Mit umständlichen Verrenkungen versuchte Madita an das Preisschild unter ihrer Achsel zu kommen.

Sofort eilte Roswitha ihr zur Hilfe und schaute für sie nach, "998 Euro!" Ihr Blick wandte sich fragend zu Madita hoch.
Boah...fast Tausend Euro für ein Kleid das sie nur e i n m a l anhaben sollte. Das war eine Menge Schotter. Dafür müssten sich eine Menge Kühe eine noch viel größere Menge Milch abzapfen lassen.
Überlegend kaute sie auf ihrer Unterlippe herum und betrachtete sich, leicht tänzelnd, weiter in dem raumhohen Spiegel. Das Kleid war wirklich wunderschön. Wie für sie gemacht, da hatte die Verkäuferin schon recht! Roswitha bemerkte den Kampf in ihrem Gesicht. Aus Erfahrung wusste sie, dass jede Braut diese Zweifel mit in den Laden schleifte. Aber dafür war sie ja Verkäuferin. Emsig bückte sie sich und raffte die Hälfte der Lange hoch, "Nach der Hochzeit könnte man es kürzen. Einen hübschen beigen Satinbolero darüber und schon haben sie ein herrliches Cocktailensemble." Maditas fragender Blick traf Lisa. Die nickte eifrig. "Also gut. Ich nehme es!" Zufrieden ließ Roswitha den Saum wieder nach unten und raffte sich auf, "In drei Wochen wäre es dann abholbereit. Im unteren Stock hätten wir Brautschmuck, Schleier und Schuhe. Wenn sie sich umschauen möchten?" Lisa und Madita schauten sich grinsend an, "Und ob wir möchten!" Unter Mithilfe der netten Verkäuferin schälte sie sich vorsichtig aus ihrem Traumkleid, schlüpfte wieder in ihre Normalosachen und trat aus der Kabine heraus. In diesem Moment bimmelte kurz ihr Handy. Eine Kurznachricht! "Das wird Björn sein. Geh schon mal vor. Ich komme gleich nach!"
Umständlich wühlte sie in ihrer kleinen Handtasche herum. *Ja, selbst so eine kleine, niedliche Frauenhandtasche kann die Ausmaße eines Ozeandampfers haben!* Endlich wurde sie fündig und beförderte ihr Telefon ans Tageslicht. Schnell die Sms öffnen.
-Mach keinen Fehler! Denk an Andreas! M-
Verstört starrte sie auf das Display. Eine steile Falte erschien zwischen ihren Augenbrauen. Schon wieder so eine komische Nachricht.
Was sollte das? Wer war M? Und was wollte dieser M von ihr? Woher wusste dieser M von Andreas? Und woher hatte dieser M überhaupt ihre Nummer?
Ein Verdacht keimte in ihr auf. *Sollte etwa Lisa hinter all dem stecken?* Sie schloss die Nachricht, steckte das Handy wieder in ihr privates, ledernes Bermudadreieck und ging nachdenklich nach unten, zu Lisa und den Brautschuhen. *Dann würde sie mal die Fühler ausstrecken müssen! Natürlich gaaanz unverfänglich!*

Demonstrativ setzte sie ein Lächeln auf und trat zu Lisa, die gerade ein paar elegante, cremefarbene Satinpumps begutachtete, "Sieh mal. Der ist doch ganz niedlich. Absatzhöhe vier Zentimeter! Ist doch völlig okay!" Madita musterte Lisa von der Seite, "Du hör mal. Ich habe versucht Björn eine Nachricht zu schicken aber offensichtlich habe ich keinen gescheiten Empfang. Kann ich vielleicht dein Handy mal kurz haben?"
Na, wenn das nicht unverfänglich war!
"Klar, warte...!" Umständlich (!) kramte sie in ihrem Rucksack herum. Und kramte und kramte. Madita stand daneben und wartete. „Oje...ich hab's wohl zuhause vergessen...kleinen Augenblick mal!" Sie kniete sich auf den Boden, drehte den Rucksack um und kippte den gesamten Inhalt raus. Notizblock, Stifte, eine Strumpfhose, Geldbeutel, Briefe, drei Päckchen Kaugummi, unzähliges Bonbonpapier (leer), Kondome (ups), Lippenstift, Handcreme, einen kleinen Schraubenschlüssel (?), Taschentücher, Taschenrechner, Flaschenöffner, Lupe, ein Gürtel, ein paar Schrauben, ein kleines Taschenmesser... aber kein Telefon! "Sorry, Schätzchen...ich hab's wohl wirklich zuhause vergessen!" Madita stierte stumm auf die am Boden verteilten Gegenstände. Mal abgesehen davon, dass Lisas Tascheninhalt leicht verstörend auf Madita wirkte, verstand sie im Augenblick die Welt nicht mehr. In ihrem Schädel brauste es. *Also war es nicht Lisa. Aber wer dann? Raimund? Nee...darauf käme der gar nicht. Außerdem war er in solchen Angelegenheiten die Schweiz (neutral) und dazu kam, dass er Björn mochte. Nee, Raimund würde niemals jemandem in den Rücken fallen! Angela? Ihre Chefin? Du lieber Himmel...die würde sich eher die Finger abhacken, als sich in das Privatleben ihrer Angestellten zu mischen...ganz egal wie sehr sie sie mochte. Aber wer war es dann?* Madita beschloss, die Sache erst einmal auf sich beruhen zu lassen.
Sie konnte im Moment eh nichts rausbekommen. Aber vielleicht würde der Übeltäter sich früher oder später ja selbst verraten. Also konzentrierte sie sich wieder auf ihre eigentliche Aufgabe hier. Nämlich shoppen!
Nach eineinhalb Stunden verließ sie strahlend, um knapp 1180 Euro ärmer, aber, als stolze Besitzerin eines wundervollen Kleides, einer hübschen Halskette und umwerfenden Schuhen, das Geschäft. So! Jetzt musste nur noch der Hochzeitstag kommen.
Und der war vier Wochen später da. An einem bitterkalten und verregneten Freitag. *Welcher Vollidiot ging auch im Januar heiraten? Da würde sie sich ganz schön den Arsch abfrieren!*
Halbnackt, nur ein einem champagnerfarbenen Hauch von Nichts saß sie im

Badezimmer und schminkte sich sorgfältig. Es klingelte Sturm. Emsiges Fußgetrappel vor der Badezimmertür. Dann eine bekannte Frauenstimme, "Hallo Lisa...ich wollte das nur schnell abgeben. Madita kann es bestimmt gebrauchen." Angela! Glucksendes Lachen im Flur. Madita versuchte sich wieder auf ihre Arbeit zu konzentrieren. *Mist! DER Kajal Strich ging ja wohl voll daneben. Im wahrsten Sinne des Wortes. Wo sind denn nur die blöden Ohrenstäbchen? Nie ist was an seinem Platz, wenn man es braucht! Ah... hier!*

Mit geübtem Griff und leicht zittrigen Fingern besserte sie diesen Fauxpas aus. Voila! Schaute doch ganz nett aus. Sie klimperte ihrem Spiegelbild zu. Jo...das ging! Jetzt noch schnell die Lippen nachziehen und etwas Lipgloss auftragen und fertig. W*as Angela wohl abgeben hat? Und wo blieb eigentlich ihre Mutter. Die wollte schon vor einer Stunde hier sein und ihr helfen. Schade, dass ihr Vater nicht dabei sein konnte. Aber die Schübe traten in letzter Zeit vermehrt auf und Lotte wollte ihn deshalb nicht unbedingt mit auf Reisen nehmen. Also wurde Heinz, unter Protest, eben für zwei Tage in einer Kurzzeitpflege untergebracht. Madita konnte das vollkommen verstehen, aber trotzdem tat es ganz schön weh. Sie hatte sich als Kind schon ausgemalt, das ihr Vater sie an ihren zukünftigen Mann überreichte. Niemand hatte jemals mit dieser Krankheit gerechnet.*

Doch Raimund hatte sich bereit erklärt, die Zeremonie mit der Videokamera aufzunehmen, damit Lotte ihrem Mann, Madita's Vater, den Film zeigen konnte (in einem seiner lichten Augenblicke). Aber dennoch war es natürlich nicht dasselbe. Madita seufzte schwer. Da läutete es schon wieder an der Tür.

Erneutes Fußgetrappel. *Herrje, hier ging es ja zu wie auf dem Hauptbahnhof.*

Die Stimme ihrer Mutter. Endlich. Madita riss voller Ungeduld die Tür auf und stand erst einmal Raimund gegenüber. Sein Blick blieb an ihren halb entblößten Brüsten hängen. Innerhalb zwei Sekunden hatte sein Gesicht die Farbe einer überreifen Tomate angenommen. Verlegen vor sich hin stammelnd schob er Lotte in Madita's Arme und verschwand flugs wieder ins Wohnzimmer. „Hallo, meine Kleine!" Lotte küsste ihre Tochter auf die bereits geschminkte Wange, „Die Verspätung tut mir leid. Das Pflegeheim hat mich noch angerufen und ich habe kurz mit Heinz gesprochen." Sie schluckte und man merkte ihr deutlich den Klos im Hals an, „Heute Morgen ging es ihm gut und er wollte unbedingt mit mir sprechen, bevor...na ja du weißt schon...ich abreise!"

Lottes Augen glänzten verdächtig aber sie riss sich zusammen und schlang aufmunternd den Arm um Madita, „Ich soll dir einen schönen Gruß sagen und er freut sich wahnsinnig auf das Video!" Sie schluckte und zwinkerte schnell, „Ich muss mal aufs Klo!" Damit schob sie die halbnackte Madita aus dem Badezimmer und schloss hektisch die Tür. Und trotzdem konnte Madita das leise Aufschluchzen vernehmen. Traurig legte sie die Hand auf die Türoberfläche und wollte was sagen. Aber was sagte man in solch einer Situation? Also sagte sie nichts und ging, noch immer nur in dieser Winzigkeit von Unterwäsche in ihr Zimmer, wo ein wunderschönes Brautkleid in seiner Cellophan- Garage auf seinen Einsatz wartete. Auf einen Einsatz bei dem ihr Vater leider nicht dabei sein konnte. Lisa trat hinter sie, „Tut mir echt leid, das mit deinem Vater. Aber ich bin mir sicher, dass er nicht wollte, dass du seinetwegen Trübsal bläst. Madi...**dies** ist deine Hochzeit. Er würde wollen das du dich freust...da bin ich mir sicher!" Sie schaute zurück zu der noch immer verschlossenen Badezimmertür, „Deine Mutter denkt bestimmt genauso." Madita nickte geknickt, „Ich weiß...aber traurig ist es doch!" Mitfühlend strich Lisa Madita über den nackten Arm, „Wir sollten dich endlich mal in irgendwelche Textilien hüllen, bevor du in deinem Aufzug meinen Mann noch ganz wuschig machst!" Madita lachte und der Knoten in ihrem Bauch löste sich allmählich.
Lisa stimmte mit ein, „Ja, genauso möchte ich dich heute...als strahlende Braut!"
„Das stimmt, Kleines...", Lotte stand im Türrahmen. Man konnte fast nicht mehr erkennen, dass sie eben noch ein bisschen geweint hatte, „Lisa hat recht...heute ist DEIN Tag und du solltest ihn genießen!" Damit ging sie an Madita vorbei und griff sich das Kleid, „Es ist wirklich wunderschön. Du wirst aussehen wie eine Prinzessin!" Madita verdrehte die Augen, „Hoffentlich nicht. Genau das wollte ich nämlich nicht!" Ihre Mutter lachte und drückte Madita kurz an sich, „Ich weiß...bloß nichts Tussihaftes!" Gekonnt halfen beide, Madita in ihr Brautkleid. Es saß wie angegossen. „Warte...", Lisa eilte hinaus und stürmte ein paar Sekunden später wieder in Madita's Zimmer. In der Hand eine wunderschöne kleine, weiße Rose und einem Hocker, „...setz
dich!" Mit der Rose zwischen den Zähnen, pflückte sie die großen Lockenwickler, die sie schon am frühen Morgen in das noch duschfeuchte Haar gedreht hatten, raus, trillerte einzelne Strähnen gekonnt zu einem lockeren, seitlichen Knoten, steckte alles mit Haarnadeln, die Lotte ihr dienstbeflissen reichte, fest und befestigte zum Schluss die Rose im Haar.

Dann trat sie einen Schritt zurück. Lotte reichte einen Handspiegel an sie weiter, damit Madita sich das Ergebnis betrachten konnte. Madita schaute sich ihr Spiegelbild an. Sagte nichts.
Lisa warf einen ängstlichen Blick zu Lotte und dann zurück zu Madita, „Und? Gefällt es dir?" Madita schaute noch immer. Dann verzog sich ihr Mund zu einem spitzbübischen Grinsen, „Es sieht toll aus!" Überschwänglich sprang sie vom Hocker, „Danke. Das hast du super hinbekommen!" Lottes Augen schwammen wieder in Tränen „Och...Mädchen...kommt...eine Runde Gemeinschaftskuscheln!" Damit fielen sich alle drei in die Arme. Raimund schob seinen quadratischen Schädel in den Türrahmen und räusperte sich zurückhaltend, „Hm, hm...ich will ja nicht stören. Aber langsam müssten wir los, sonst kommen wir zu spät!" Lotte löste sich als erstes aus der heimeligen Runde, „Gib uns noch zwei Minuten. Wir sind sofort da!" Raimund verzog das Gesicht und brummelte sich irgendwas in den nicht vorhandenen Bart, das keiner verstand und schloss die Tür.
Lotte kramte in ihrer kleinen Handtasche herum und beförderte ein lilafarbenes Samtsäckchen hervor. Vorsichtig löste sie den Knoten und ließ den Inhalt auf ihre Handfläche kullern. Mit spitzen Fingern griff sie den Ring in ihrer Hand und trat auf ihre Tochter zu. Sachte nahm sie Madita's Hand und schob den goldenen Reif, bespickt mit einer wundervoll schimmernden Perle an Madita's Finger, „**Den** soll ich dir von Papa geben. Ein Geschenk. Er hat deiner Oma gehört!" Gerührt betrachtet Madita das kostbare Schmuckstück, „Vielen Dank, Mama. Er ist ...wunderschön!"
„Ach herrje...stimmt ja...", Lisa schlug sich mit der flachen Hand an die Stirn, „...das hätte ich ja fast vergessen...!" Sie stürmte wieder hinaus. Mit einem Grinsen und einem cremefarbenen Fell Cape erschien sie wieder, „Die soll ich dir von Angela geben. Hat sie vorhin hier abgegeben!" Vorsichtig legte sie Stola um Madita's Schulter, „Damit du nicht so frierst... aber...", sie hob den Zeigefinger hoch, „...**der** ist nur geliehen." Dann stürmte sie WIEDER hinaus, diesmal in Ihr (und seit einiger Zeit auch Raimunds) Zimmer. Zurück kam sie dann mit einer kleinen Schachtel. Grinsend deutete sie auf Madita's Rockteil, „Hoch damit!" „WAS?" Lisa grinste und öffnete die Schachtel. Ein blaues Strumpfband ruhte einsatzbereit darin.
„Etwas Neues...dein Kleid...etwas Altes...", sie zeigte auf Madita's 'neuen' Fingerreif, „...der Ring...etwas Blaues...das Strumpfband und etwas Geliehenes...das Cape."

Sie klatschte in die Hände. „Perfekt...jetzt können wir los!"
Als ob Raimund lauschend auf der Lauer gelegen hätte, erschien er im Türrahmen, „Na endlich...das wird ganz schön knapp!"Kichernd verließ die Meute die Wohnung. „Stopp...ich habe noch etwas vergessen. Geht schon mal vor, ich komme gleich nach." Madita drehte sich auf dem Absatz herum und stürmte zurück. Raimund schüttelte fassungslos den Kopf,
„**F r a u e n**!" Lotte und Lisa schauten sich fragend an (fehlte etwa was?)und schlossen sich dann aber kommentarlos Lisas Mann an. Derweil kramte Madita in ihrem Zimmer herum, „Wo habe ich es denn? Ah...da ist es ja!" Flugs krallte sie sich das gesuchte Objekt und marschierte nach unten, wo sie schon unruhig erwartet wurde.
„Was hast du denn noch gemacht?" Lotte zupfte ihr das Cape zurecht. Madita lächelte sie mit unschuldiger Miene an, „Nichts...ich hatte nur was vergessen!" Ihre Mutter bedachte sie mit einem 'KindduraubstmirnochdenletztenNerv'-Blick und schlug die Autotür zu. Dann krabbelte sie selbst auf den Beifahrersitz und schnallte sich an, „Los!" Madita schubste ihre Freundin leicht an und hielt den Zeigefinger beschwörend an deren Lippen, „Psst...hier, steck' ein!" Lisa schaute nach unten zu Madita's Hand. Schaute irritiert wieder nach oben und dann wieder runter. Dann öffnete sie stumm ihre Handtasche und Madita ließ ihr Handy hinfallen.
Warum sie ausgerechnet ihr Handy an ihrem Hochzeitstag dabeihaben musste? Keine Ahnung! Es war nur so ein Gefühl...aber vielleicht war es auch nur Humbug...dann war es eh egal!
Pünktlich auf die Minute hielten sie vor dem Standesamt. Björn wartet schon, gemeinsam mit Angela und ein paar von Lisas Freunden, die im Laufe der Zeit auch ihre Freunde geworden waren. Genervt blickte Björn auf seine Armbanduhr. Raimund suchte sich schnell einen Parkplatz. In Sekundenschnelle spuckte das Auto die beförderte, sehnlichst erwartete, Brut aus.
Sofort eilte Björn zu Madita, „Wo bleibst du denn? Wir warten schon seit einer Ewigkeit!" Madita zupfte sich das Kleid zu Recht, „Willst du nicht erst mal meiner Mutter Guten Tag sagen?" Lottes verkniffener Gesichtsausdruck sprach Bände. Björn schluckte. Sein Kragen schien ihm mit einem Male doch ziemlich eng. Höflich trat er zu Lotte, „Hallo Lotte. Schön, dass du da bist. Ich weiß, das letzte Treffen war nicht so prickelnd und ich muss auch zugeben, dass ich etwas geflunkert hab um Madita's Adresse zu bekommen." Er nahm sie kurz in die Arme und drückte sie

schüchtern, „Ich hoffe, du bist mir deshalb nicht böse!" Lotte grummelte irgendwas, was sich so ähnlich wie 'Schlawiner' anhörte, tätschelte ihm (etwas **zu** fest) die Wange und drängte sich dann an ihm vorbei zu Madita, die sich ein Lachen kaum verkneifen konnte. Da hatte Björn wohl etwas gut zu machen, wie es schien. Gemeinsam trabten nun alle los, ins Standesamt, wo Herr Luther, der überaus nette und zuvorkommende Standesbeamte in Anzug und Krawatte, auch schon auf sie wartete.

Madita's Herz klopfte. Sie schaute sich um. Wonach sie Ausschau hielt, wusste sie auch nicht so genau. Björn drückte ihr den Brautstrauß, rote Rosen (wie originell) in die Hand, den sie auch automatisch umklammerte. Ein mulmiges Gefühl machte sich in ihrem Magen breit. Alle gemeinsam betraten sie das einigermaßen geschmackvoll eingerichtete Trauzimmer und jeder suchte sich einen Platz. Madita und Björn setzten sich vorne, auf die zwei bereitstehenden Stühle vor dem halbrunden Holztisch mit dem üppigen Kunstblumengesteck (furchtbar) obenauf. Im Hintergrund, an der Wand, hing ein altes Gemälde mit fettem Rahmen, das eine bäuerliche Trauungszeremonie darstellte. Die Frau auf dem Bild machte nicht gerade den glücklichsten Eindruck, fand Madita. Sie seufzte kaum hörbar. Mit einem Mal fiel ihr auf, das Björn noch gar nichts zu ihrem tollen Kleid gesagt hatte. Als ob sie diesen Gedanken laut ausgesprochen hätte (was sie natürlich nicht hatte), neigte sich Björn zu ihr rüber, „Du siehst wunderschön aus, Schatz!" *Na, also. Ging doch.*

Herr Luther klappte sein Büchlein auf und fing an. Dann...
Ssssssss....Ssssssss!
Alles stutzte und jeder schaute den anderen leicht vorwurfsvoll an. Lisas Gesicht lief knallrot an und ein giftiger Blick schoss zu Madita. Ihre Lippen formten die Worte: DEIN HANDY! Madita wurde blass. Unruhiges Geraune lief wellenartig durch den Raum. Herr Luther räusperte sich, bat um Ruhe, drohte Lisa spielerisch mit dem Finger und nahm sein Büchlein wieder zur Hand. Schnell kehrte wieder Ruhe ein und er warf einen feierlichen Blick in die Runde. Er nahm tief Luft um fortzufahren, da...
Ssssssss...Ssssssss!
Sofort starrten alle vorwurfsvoll zu Lisa. Diese hob augenblicklich unschuldig beide Hände in die Höhe und schüttelte energisch den Kopf. Björn verlor langsam die Geduld, „Wessen Handy war es diesmal?" Sein suchender Blick glitt über die Gästeschar, die allesamt murmelnd verneinten. „D...d...das war meins...ich entschuldige mich vielmals dafür!" Björns Kopf schnellte herum

Das hochrote, überaus verlegene Gesicht ihres Standesbeamten rang sich ein äußerst beschämtes schiefes Lächeln ab. Schnell senkte er den Kopf wieder über seine, schon zum zweiten Mal unterbrochene Ansprache und versuchte krampfhaft seinen roten (Gesprächs) Faden wieder zu finden. Madita wand sich zu Lisa um. Aber die war gerade mit ihrer Tasche beschäftigt. Vielmehr mit etwas in ihrer Tasche.
Herr Luther räusperte sich ein weiteres Mal und Madita lenkte ihre Aufmerksamkeit wieder dem Eigentlichen zu. Ihrer Trauung.
Noch einmal holte der Standesbeamte, Herr Luther tief Luft um fortzufahren.
„Liebes Brautpaar, liebe Gäste...!"
Klopf...Klopf! Die Tür öffnete sich einen Spalt und ein Amtsmitarbeiter lugte leicht verschreckt, mit großen Augen durch einen Spalt. Björn stöhnte und ließ seinen Kopf in die Hände sinken. Herr Luther machte den Anschein, als ob er am liebsten im Boden versinken würde. Lotte grinste sich einen ab. Raimund verstand gar nichts mehr und die Gäste tuschelten aufgeregt. Madita saß wie versteinert auf ihrem Stuhl und Lisa war ziemlich blass um die Nase, die Lippen zu einem schmalen Strich gepresst und hielt sich krampfhaft an dem Telefon in ihrer Faust fest. Und Angela schien völlig gebannt auf ihren Schoß (?) zu stieren.
„Entschuldigen sie, Herr Luther...", der Bedienstete huschte fast auf Zehenspitzen zu seinem Chef und flüsterte ihm leise etwas ins Ohr. Dann lächelte er entschuldigend in die Runde, ging wieder hinaus und Schloss leise die Tür. Björn war der Verzweiflung nah. Herr Luther zerrte sein Handy aus der Innentasche seines Jacketts, „Tschuldigung...offensichtlich ein Notfall!" Ergeben winkte Björn ab, „Nur keine Hektik. Wir haben Zeit!" Mit geschlossenen Augen sank er im Stuhl zurück.
„Hm...Frau Kellermann... für sie!" Herr Luther reichte ihr verstört und auch ein bisschen fassungslos ein Handy. SEIN Handy! Madita griff danach. Ungläubig starrte sie den Standesbeamten an, „FÜR MICH?" Björn setzte sich ruckartig auf. Sein Gesicht ein einziges Fragezeichen. Madita senkte den Blick.

-FUER MADITA KELLERMANN. HEIRATE IHN NICHT! M-

Dann schienen sich die Ereignisse zu überschlagen. Plötzlich stand Lisa hinter ihr und reichte ihr, ihr eigenes Handy über die Schulter. Mit einer schon geöffneten sichtbaren Nachricht.

-HEIRATE IHN NICHT! M-

Madita wurde weiß wie die Wand. Kleidergeraschel und eine eiskalte Hand brachte sie zurück in die Gegenwart. Angela kniete sich leicht schwerfällig neben sie und schob ihr noch ein Handy auf den Schoß. Madita las...was wohl...

-FUER MADITA KELLERMANN. HEIRATE IHN NICHT! M-

Mit offenem Mund starrte sie um sich. Das durfte doch nicht wahr sein. Plötzlich wurde die Tür aufgerissen, „HALT! STOP! NICHT HEIRATEN!" Madita schnappte mühsam nach Luft. Andreas!!! Vor ihren Augen flimmerte es.
*Wie kam **der** denn*...dann fiel sie in Ohnmacht.
Die nächsten Minuten des ausbrechenden Tumultes bekam sie gar nicht mit. Nach ein paar Minuten schlug sie wieder langsam die Augen auf. Eigenartige Stille herrschte um sie herum. Mühsam richtete sie sich auf und hielt sich den schmerzenden Kopf, „Was...", dann erblickte sie die anderen Anwesenden im Raum. Herr Luther. Björn. Lisa. Lotte (warum weinte sie). Und Andreas.
Was tat der denn hier? Langsam ließ sie ihre Füße sachte runter auf den Boden sinken. Verunsichert schaute sie sich um. Offensichtlich hatte sie jemand auf einer der Stuhlreihen hin- oder abgelegt. *Hatte sie etwa die Besinnung verloren? Sie? Madita? Gott, wie peinlich.* Dann begriff sie endlich. *Andreas war da. Hoppla. Und Björn. Und alle stierten sie, Madita, an. Neugierig. Sensationslüstern. Anklagend. Liebevoll.*
Björn machte den ersten Schritt. Sozusagen. Mit in die Taschen geschobenen Händen trat er vor, „Was geht hier vor, Madita?" Dann nahm er eine Hand raus und zeigte auf Andreas, „Und wer ist **das**? Und warum will er unsere Hochzeit verhindern?" Lisa sprang hektisch in die Presche und schob sich zwischen Madita und Björn, „Sie hat eine interessante Nachricht bekommen...", ein mitleidiger Blick traf Björn, „...und das ganze gleich drei Mal!" „Hä?" Björn verstand aber auch rein gar nichts. Auch Andreas guckte nun völlig verstört.
Lisa zog Madita's Handy aus der Tasche und hielt Björn die geheimnisvolle Nachricht hin. Dann kam Herr Luther mit seinem Handy dazu und hielt seine Nachricht daneben. Auch Angela schlich nun dazu und reichte scheu ihr Handy zu Björn rüber.

„Überall die gleiche Nachricht!" Lisa schaute hinter sich, zu Madita, „Ich glaub, du weiß was du zu tun hast, oder?"
„Einen Moment...", Andreas drängte sich durch, „...was für Nachrichten? Darf ich mal sehen?" Automatisch drehten sich alle drei zu Andreas hin und ließen ihn lesen. Mit einem Mal brauste Björn auf, „WER SIND SIE EIGENTLICH?" Andreas ignorierte die Frage, hob sichtlich ergriffen den Kopf, sein Gesicht war aschfahl und schaute rüber zu
Madita, „Du bekommst sie also auch?" Völlig irritiert stand Madita auf und wedelte aufgeregt mit beiden Händen Richtung Handys, „Du etwa auch?" Andreas nickte.
Björn raufte sich verzweifelt die Haare, „KANN MIR MAL IRGENDJEMAND SAGEN, WAS HIER ABGEHT?" Lotte setzte ein ruhiges, gütiges Lächeln auf, schob ihren Arm unter seinen, „Björn...du bist ein wirklich lieber Junge...das meine ich ernst...aber... du wirst meine Tochter heute nicht heiraten, so wie es aussieht!" Mitfühlend umarmte sie ihn, „Fahr nach Hause Junge!" Sie winkte Raimund von draußen herbei, der mit den restlichen Gästen abwartend und natürlich extrem gespannt, vor der Tür verharrte, „Sei so gut. Fahr ihn heim und leiste ihm ein bisschen Gesellschaft."
 Raimund schielte neugierig in den Raum hinein, mit, absolut keiner Ahnung was da drinnen vor sich gegangen war und nickte einfach. Wie ein ertappter Dieb, führte er Björn nach draußen und na ja...entsorgte sozusagen, den abgesägten Bräutigam.
Drinnen herrschte unnatürliche Stille. Madita trat vorsichtig auf Andreas zu, „Dann bin ich gar nicht verrückt?" Andreas schüttelte den Kopf und wischte sich eine Träne aus den Augen, „Nicht weniger verrückt als ich!" Sie schauten sich in die Augen. Madita machte noch einen Schritt auf Andreas zu, „Du weißt wer 'M' ist?!" Mehr eine Aussage, als eine Frage. Andreas nickte. Erwartungsvoll schaute Madita ihn an.
„ICH GLAUBE, DER REST SOLLTE IN EINEM KLEINEN RAHMEN BESPROCHEN WERDEN!" Lotte raffte das Cape vom Stuhl und legte es Madita um die Schultern. Ein neugieriger Blick streifte Andreas. Also, dieser Abend würde bestimmt hochinteressant werden. Was hatte ihre, ach so brave Tochter eigentlich die letzten Monate hier in Berlin getrieben? Lotte war seeehr gespannt auf das Kommende...
Herr Luther war völlig aus dem Häuschen, total außer sich und entschuldigte sich fortwährend die ganze Zeit, während er die Gesellschaft hinaus ans Auto begleitete. Dabei konnte er für gar nichts etwas. Schließlich hatte er ja keine dieser Nachrichten verfasst, geschweige denn

verschickt. Lisa übernahm das Ruder und somit auch das Kommando, „**So alle einmal herhören. Die geladenen Gäste**...", Andreas trat rasch zu ihr und flüsterte ihr etwas ins Ohr. Lisa stutzte ein kleines bisschen, schaute ihm fragend ins Gesicht, nickte dann aber, „**Okay, eine kleine Planänderung. Die geladenen Gäste sollen sich bitte ins 'Berlinium' fahren.**" Sie lachte, „**Kennen wird das ja wohl jeder von euch...ihr ward ja schließlich alle auch auf meiner Hochzeit!**" Allgemeines Gelächter. „**Also, Andreas hier**...", sie zog den Benannten zu sich heran, „**...möchte, dass ihr es euch auf seine Kosten gut gehen lasst. Als kleine Aufwandsentschädigung, sozusagen.**" Weiteres Gelächter, gepaart mit grölendem Applaus. Und allgemeine Abreise. Etwas ratlos drehte sich Lisa zu dem Rest hin, „Tja, so wie es aussieht müssen wir uns ein Taxi bestellen. Raimund ist mit seinem Wagen unterwegs und Björn hat seinen Wagenschlüssel sich nicht stecken lassen. Reicht mir mal jemand ein Handy...es sind ja genügend im Umlauf!"
„Ähm...Entschuldigung...ich habe da einen Wagen...beziehungsweise einen Fahrer mit Wagen." Lisa lachte, „Prima...dann ab zu uns!"

Gastgeberin:
…..Schweigen..

Erinnerung (2010)
Andreas

Müde und geschafft, parkte Andreas seinen Wagen vor dem Haus. Das war mal wieder eine Mörderschicht gewesen. Alle Knochen in seinem Leib rebellierten lautstark und verlangten nach Ruhe.
In den letzten Wochen hatte er sich in seinen Job reingekniet, was das Zeug hielt. Jede zusätzliche Schicht, jede Vertretung wurde dankbar von ihm angenommen. Immer in der Hoffnung, die Frau die er liebte, die aber einem anderen versprochen war, zu vergessen.
Das Ergebnis dieser Aktion? Gleich Null!
Wann immer er seinem geschändeten Körper die Wohltat erlaubte sich mal kurz Abzuschalten, tauchte Madita's Gesicht vor ihm auf. Ihre großen Augen, die ihn fragend anschauten. Und immer wieder fiel dieser eine Satz: Ich werde heiraten! Mittlerweile hatte er auch die Hoffnung aufgegeben, dass ihm eine neue Sms irgendwie unterstützen würde. Bestimmt tausend Mal hatte er schon auf sein Handy gestarrt und nichts war gekommen.

Offensichtlich hatte Marianne, der gute Geist oder wer auch immer diese Nachrichten verschickt hatte, auch aufgegeben.
Ausgelaugt und völlig down schlich er in seine Küche. Er sollte mal was Vernünftiges essen. Offensichtlich war Paula derselben Meinung. Sie hatte sich die Mühe einer hausgemachten Lasagne angetan und eine großzügige Portion Endiviensalat vorbereitet (sein Lieblingssalat). Lustlos befingerte er die leckere Köstlichkeit, probierte die Lasagne (*schmeckte auch kalt ganz gut*), stopfte sich zwei Salatblätter in den Mund und verschwand kauend nach oben. Erst einmal heiß duschen. Morgen hatte er, Gott sei Dank, mal frei. Die Zeit brauchte er auch, um mal wieder zu Kräften zu kommen. In Gedanken hatte er sich schon bei Antonio eingeladen. Die Kids würden ihn schon auf andere Gedanken bringen. Als er an Noahs Grimassen, Helens altkluges Gerede und Rominas ansteckendes Lachen dachte, schlich sich ein Grinsen auf sein Gesicht und ihm wurde ganz warm ums Herz. *Ja...das war genau das was er brauchte! Familie!*
Schnell entledigte er sich seiner durchgeschwitzten Arbeitskleidung und verbrauchte erst einmal fast den gesamten Heißwasservorrat auf. Nach einer halben Stunde, trat er, verfolgt vom riesigen Dampfschaden, aus dem Badezimmer. Barfuß und in einer lässigen Jogginghose. Der hohe Standspiegel im Schlafzimmer präsentierte ihm sein frisch gereinigtes Äußeres. *Gut sah er aus*.
Sein Magen hatte inzwischen auch schon seine Ansprüche angemeldet. Also sprang er mit neu erwachtem Elan nach unten und wärmte sich das köstliche Mahl
kurzerhand in der Mikrowelle auf. Den Salat ertränke er einfach in dem bereitstehenden Kräuterdressing (*ebenfalls hausgemacht...danke Paula*). Genauso wie er es mochte. Dann klemmte er sich beide Schüsseln (wozu einen Teller verschmutzen, wenn man Schüsseln hatte) in den Arm, flätze sich auf sein neues XXL-Sofa und fing an, hungrig alles in sich hinein zuschaufeln. Um sich abzulenken, schaltete er die Glotze ein. Fußball. *Herrlich. Was will ein Mann mehr. Futter, Fußball und Fassbier. Okay, er hatte kein Fassbier aber...Flaschenbier*. Er hüpfte wieder zum Kühlschrank, immer mit einem Auge auf der Mattscheibe klebend und fischte sich ein kühles Blondes aus dem Seitenfach. Schwups. Deckel ab. Einen tiefen Zug...ahhh...*das tat gut*. Zufrieden schritt er zurück zu Futter und Fußball und ließ den lieben Gott mal den lieben Gott sein.

Am nächsten Morgen weckte ihn lautes Prasseln. Er öffnete verschlafen ein Auge, stellte fest, dass er wohl auf der Couch eingepennt war und schielte zum Fenster. Regen! *Na super. Aber immerhin kein Schnee. Und die Temperaturen waren auch über dem Gefrierpunkt. Also kein Glatteis. Immer das positive sehen.* Müde ließ er den Kopf wieder auf sein provisorisches Bettlager sinken. Der Briefkastenschlitz klapperte. *Meine Güte. So früh am Morgen schon die Post. Früh? Wie viel Uhr war es eigentlich?* Er schälte sich aus der zerknüllten Wolldecke, in die er sich gestern Abend noch gekuschelt hatte und wankte in die Küche. Die verstümmelten Überreste seines Abendmahls empfingen ihn etwas unappetitlich auf der Spüle. *Selbst DAS hatte er gestern nicht mehr weggeräumt bekommen.* Gähnend schmiss er den Kaffeeautomaten an (den mit den Kapseln...ging schneller) und schaute auf die Uhr über der Küchentür. Halb zehn! Er gähnte. *HALB ZEHN? Wow.* Erstaunt schaute er nochmals zur Uhr. *Tatsächlich.* Er lachte. Wann hatte er das letzte Mal sooo lange geschlafen. Und er hatte wirklich gut geschlafen. Fix zapfte er sich den dringend benötigten Koffeinschub und schlurfte auf nackten Sohlen in den Flur. Dort stolperte er erst einmal über seine Jacke. Sein Handy rutschte aus dem Seitenfach und schlitterte zur Tür, wo es sich zur eingeworfenen Post gesellte. Andreas schob die Jacke mit dem Fuß zur Seite. *Meine Güte, war er schlampig geworden.* Grinsend schlürfte er einen Schluck Kaffee, bückte sich und klaubte Post und Telefon auf. Beides klemmte er sich unter den Arm und schlurfte in aller Gemütlichkeit wieder zurück in die Küche. Dort setzte er sich an den Tresen. Gelangweilt wühlte er sich durch die Briefsendungen. *Werbung! Werbung! Rechnung. Versicherung.* Er gähnte ausgiebig und warf alles uninteressiert zurück auf den Tresen. Ein kleiner Seitenblick ließ den Kaffee, den er sich gerade in den Mund geschüttet hatte, fast wieder in hohem Bogen herausspritzen. Ein kleines blinkendes Lämpchen. An seinem Handy. Eine Nachricht.
Sofort beschleunigte sich sein Puls. *Ruhig Brauner. Wird nur was von der Arbeit sein.* Dennoch zitterten seine Hände, als er sein Telefon zur Hand nahm und die Nachricht
öffnete.
`-Akazienplatz 7-9, 11.1./11.30 Uhr`
`Standesamt/Madita M-`
Sein Herz raste. *Standesamt? Madita?11.1.?* Er schaute auf den kleinen Kalender am Kühlschrank (dort wo Paula eigentlich ihre Schichten eintrug). *Das war heute.* Panisch schaute er auf die Uhr. *Zehn.* Seine Hände fingen an zu schwitzen. *Was nun?*

Nervös sprang er auf. Ohne großartig zu überlegen, wählte er eine ihm sehr vertraute Nummer und wartete. Ein Freizeichen! Gut!
„Niedler!" Andreas keuchte aufgeregt, „Ist Antonio da?" „Ahhh...", Bea freundliche Singsang Stimme, „...einen wunderschönen guten Morgen Andreas. Ja...mir geht es gut. Und wie geht's dir?" „Keine Zeit...Antonio!" Beas Lachen perlte durch den Hörer zu ihm. Krampfhaft umklammerte er das Telefon.
„Warte, ich ruf ihn!" Leises Fußgetrappel am anderen Ende der Leitung. *Herrgott! Ging das denn nicht schneller?*
Tickend vergingen die Sekunden. Wertvolle Sekunden. Er hatte absolut gar keinen blassen Schimmer was er tun sollte...aber irgendwas musste er tun...so schien es ihm jedenfalls. Weitere Sekunden verstrichen.
„Andreas?" Antonios leicht atemlose Stimme erschien am Hörer.
„**Heute! 11 Uhr 30! Standesamt! Akazienplatz! Madita**!" Mehr kam nicht aus ihm heraus. Antonio sagte nur ein Wort, „Marianne...!" Andreas nickte (was völlig zwecklos war, denn Antonio konnte ihn ja nicht sehen), „Ja!" Dann legte er auf. Seine Knie gaben unter ihm nach und er sank auf den Boden. Kraftlos fiel das Handy in seinen Schoß. Als es zwanzig Minuten später Sturm bei ihm klingelte, saß er noch immer am Boden. Mühsam rappelte er sich auf und torkelte zur Haustür. Sobald er den Türgriff nach unten gedrückt hatte, wurde sie heftig aufgestoßen und traf ihn fast am Kopf. Ein wild um sich stierender, schnaubender Antonio nahm ihn ins Visier. Fassungslos musterte er Andreas, der in Schlabberhosen, nackten Füssen und nacktem Oberkörper wie ein Häufchen Elend vor ihm stand, „WAS MACHST DU DENN NOCH IN DIESEM AUFZUG?" Er drängte ihn in die Wohnung, „MACH HINNE...ZIEH DICH AN!"
Andreas mühte sich bis ins Wohnzimmer und fiel kraftlos auf das Sofa, „Warum?"
„WARUM? SAG MAL, HAST DU SIE NOCH ALLE? "Wütend rüttelte Antonio seinen Freund an der Schulter, „DU MUSST DAS VERHINDERN!"
Andreas sackte in sich zusammen, „Wozu? Es ist zu spät. Sie hat sich entschieden!" Antonio kniete sich vor Andreas und schaute ihm eindringlich in die Augen, „Wenn das so wäre, warum hat Marianne dir dann geschrieben? Sie hat dir die Daten geschickt damit du was unternimmst, Junge." Er stand auf und raufte sich die Haare, „Mensch, schau dich doch mal an. Seit Monaten verschanzt du dich hinter deiner Arbeit. Hast keine Verabredungen und gehst auch kaum außer Haus. DU KÖNNTEST AN JEDEM FINGER ZEHN FRAUEN HABEN...",

er beugte sich wieder zu Andreas runter und senkte seinen aufgebrachten Tonfall, „...aber selbst meine Schwester weiß, dass du deine zehn Finger nur an **einer** Frau haben möchtest! Stimmt's?"
Andreas hob den Blick und schaute nachdenklich zum Fenster raus. Stille! Antonio ließ die Arme sinken und warf seinem Freund und Schwager einen flehenden Blick zu, „Hör mal...was immer das für ein Ding ist...Madita und du und diese ominösen Nachrichten...es passiert wirklich...und es passiert nicht ohne Grund!" Ein kurzes Beben durchlief Andreas. Er straffte seinen Rücken und drehte sich zu Antonio um. Seine Lippen fest zusammengepresst. Seine Augen wanderten runter zu dem blinkenden Display des Receivers. Uhrzeit! 10 Uhr 50!
Sein Blick wanderte zurück zu Antonio, der ihn noch immer bettelnd ansah. „Gib mir ein paar Sekunden!" Hastig eilte er die Treppe nach oben. Antonio schaute ihm aufatmend nach. Kleine Schweißperlen glitzerten auf seiner Stirn. Er trat zum Fenster und starrte in den grauen, nebelverhangenen Himmel.
Lautes Gepolter erklang von oben, dann stürzte Andreas auch schon wieder die Treppe herab.
„LOS...auf was wartest du?" Andreas klatschte in die Hände.
„Dann lass uns mal eine Hochzeit zum Platzen bringen!"
„Oh, Gott. Aus deinem Mund klingt das so schäbig!"
Antonio lachte. Und schon sausten sie hinein in den alltäglichen Verkehrswahnsinn.

„Pass auf, da ist ein Fahrradfahrer!" Andreas krallte sich am Sitz fest. Rüber...sonst klapperst du im Radkasten!"
„Du fährst wie eine gesengte Sau!"
„Willst du das Steuer übernehmen?" Andreas schnaubte, **„Zumindest würden wir dann lebend ankommen!"** „Ja, klar...aber dafür wärst du dann auch zu spät, mein Lieber!" Antonio stieg in die Eisen und ließ eine alte Frau mit einem Gehstock, die schmale Straße überqueren. Er winkte der alten Frau, deren graue Korkenzieherlocken lustig beim Gehen wippten, sogar noch nett zu „Ach...dafür hast du Zeit!" Genervt schaute Andreas der unschuldigen Dame nach, die sich lächelnd bedankte. Dann gab Antonio wieder Gas. Der Zeiger der Uhr tickte stetig vorwärts. 11 Uhr 17! Andreas Herz überschlug sich fast.
„Und wenn wir zu doch zu spät kommen?"
„Werden wir nicht!"

Antonio schwenkte zielsicher durch eine scharfe Kurve. Die Reifen quietschten erbärmlich auf dem Asphalt.
„**Was ist, wenn sie doch früher anfangen?**"
„Werden sie nicht!" Antonio biss die Zähne zusammen.
Eine rote Ampel! Das gab's doch nicht! Abrupt kam Antonios Wagen zu stehen. Kein Auto. Kein Fußgänger. Nervös trommelte er mit dem Fingern auf dem Lenkrad. Die Ampel! Rot!
Andreas schaute panisch auf die Uhr, „Das packen wir nie!" Angstschweiß floss sein Rückgrat hinab.
„**Nerv mich jetzt nich**t!" Antonio knurrte verärgert. Er schaute über die Straße. Er warf einen Blick hinter sich. Kein Verkehrsteilnehmer weit und breit. Die Ampel? Noch immer rot! Antonio haute brutal den ersten Gang rein und gab Gas, „**Wir werden n i c h t zu spät kommen! Klar?**" Dass sie nicht geblitzt wurden oder einen unschuldigen Fahrradfahrer als Kühlerfigur umfunktionierten, grenzte schon fast an ein Wunder!
Mit quietschenden Reifen kam Antonio vor dem Standesamt zum Stehen. Gequält jaulte der Motor kurz auf. Natürlich waren alle Parkplätze belegt. Wie sollte es auch anders sein. Hektisch suchten beide das Umfeld nach einer freien Parklücke ab. Antonios Blick fiel auf die Uhr im Armaturenbrett. 11 Uhr 29! Hastig drückte er auf den Knopf von Andreas Sicherheitsgurt,
„**Schaff dich rein...ich werde schon was finden**!" Umständlich wurschtelte sich Andreas aus dem Gurt, riss hektisch die Tür auf und düste los.
Die drei Stufen vor dem Amt übersprang er in einem Satz und stürmte hinein. Drinnen schaute er sich hilflos um. *Wohin*? War ja nicht so, dass diese Kletsche nur aus vier Räumen bestand. Vier Etagen trafen schon eher zu. Seitlich von ihm eine Glaswand. Dahinter eine junge Frau mit lustigem krausem Haar (das ihm aber im Augenblick völlig egal war). Prustend hechtete er zu ihr rüber und klopfte ungeduldig an die Scheibe. Mit einem leicht verstimmten Gesichtsausdruck hob die junge Frau den Kopf. In ihrem krausen Haar versteckt ein Telefonhörer in den sie gerade sprach. Sie hob den Zeigefinger, setzte ein entschuldigendes Lächeln auf und zeigte auf das Telefon. Andreas flirrender Blick erhaschte die Uhrzeit auf einem kleinen Wecker auf dem Schreibtisch. 11 Uhr 32! Heilige Scheiße! Das wurde mehr als knapp! Mittlerweile schon leicht panisch klopfte er wieder an die Scheibe. Diesmal lauter.
„BITTE...ES IST EIN NOTFALL!" Etwas brüskiert erhob sich die Krause von ihrem Stuhl und schob das Seitenteil der Glasscheibe auf, „Ich telefoniere gerade noch fertig. Einen kurzen Augenblick!"

Sie drehte sich schon fast herum um sich wieder hinzusetzten, da...
„Bitte...sie MÜSSEN mir helfen...bitte!" Die Krause wand sich ihm wieder zu. War es seine leise eindringliche Stimme? War es der verdächtige Glanz in seinen Augen? Egal was es war, es stimmte sie auf jeden Fall Milde, „Frau Schneider? Warten sie einen kleinen Augenblick. Ich bin sofort wieder für sie da!" Sie drückte eine Taste am Telefon (Warteschleife?) und legte den Hörer ab. Dabei ließ sie den unruhig zappelnden Andreas nicht aus den Augen. Sie lächelte ihn schon fast zuckersüß an, „Was ist denn so dringend, dass sie nicht e i n e Minuten warten können?"
Andreas schluckte, Madita Kellermann. Trauung. Wo?"
Verdutzt zuckte die junge Frau kurz zurück und schaute ihn fragend an. Andreas biss die Zähne zusammen. Sein mittlerweile SEHR panischer Blick streifte die Uhr. 11 Uhr 34! „Bitte...!" Er flehte fast auf Knien.
Die Krause nickte leicht verunsichert und beugte sich über den Bildschirm. Langsam scrollte sie runter.
Andreas trippelte. Was dauerte das denn da so lange?
„Ah...hier haben wir es...", sie beugte sich noch dichter an den Bildschirm, „Zweiter Stock, Zimmer 25!"
Ohne ein Wort des Dankes (das konnte er später nachholen) hechtete er zur Treppe und rannte, immer drei Stufen auf einmal nehmend, nach oben.
„Zimmer 25. Zimmer 25." Wie ein Mantra sprach er fortwährend diese zwei Worte. Schwitzend und keuchend suchte er, immer nach rechts und links laufend und Türnummern vergleichend, dieses vermaledeite Trauzimmer.
Oh Mann! BESTIMMT war er zu spät! Da! 25! Endlich!
Ohne großartig nachzudenken, riss er die Tür auf und stürmte rein,
„HEIRATE IHN NICHT!" Es war 11 Uhr 42!
Unzählige Augenpaare saugten sich neugierig an ihm fest. Doch er hatte nur Augen für Madita. Wunderschön sah sie in ihrem Brautkleid aus.
Dann fiel sie einfach um! Tumult brach aus. Alle begannen hektisch herumzurennen und plapperten wie wild durcheinander. Ein großer Hüne hob beide Hände nach oben,
„R U H E!" Seine Augenbrauen dicht zusammengezogen, machte er einen furchteinflößenden Eindruck. Der Meinung waren wohl auch alle anderen, denn mit einem Male war es mucksmäuschenstill in dem Raum. Er kämpfte sich durch das Chaos nach vorne. Dort flüsterte er einer Rothaarigen, die neben Madita kniete und ihren Kopf hielt (Madita's Freundin, das wusste Andreas) was ins Ohr und schaute sich um. Sein Finger zeigte auf die Rothaarige, „Du...", auf einen jungen Mann im Anzug

(der einen leicht apathischen Gesichtsausdruck hatte...vielleicht der Bräutigam), „...du...", auf den Standesbeamten, „...sie..." und auf zwei ältere Damen, wovon eine Angela war (die ihm heimlich mit erhobenem Daumen zuzwinkerte), „...und ihr...hierbleiben! Alle anderen kommen mit mir nach draußen!" Er schritt zur Tür und hielt sie demonstrativ auf. Zögern kam Bewegung in die Menge und einer nach dem anderen schlich auf leisen Sohlen, einen besorgten Blick auf Madita werfend, hinaus auf den langen, schmalen Flur. Auch Andreas blickte besorgt auf die am Boden liegende Madita herab, schloss sich dann aber der entfleuchenden Menge an. „Halt!" Eine Pranke legte sich auf seinen Brustkorb und hielt ihn auf, „DU bleibst auch!" Damit schob er ihn zurück in den Raum und schloss die Tür. Von außen! Mit einem mulmigen Gefühl im Bauch starrte Andreas die verschlossene Tür an. Dann gab er sich einen Ruck und drehte sich zu den, im Raum verbleibenden Rest um. Fürsorgliche Hände (der Standesbeamte und Madita's Freundin) legten Madita gerade auf einer, der nun leeren Stuhlreihen ab. Die ältere Frau (nicht Angela) fächelte ihr mit ihrem Schal Luft zu, konnte sich allerdings einen neugierigen Blick in seine Richtung nicht verkneifen. Sie hatte die gleichen Augen wie Madita.

Er machte einen unsicheren Schritt nach vorne, doch der bitterböse Blick des jungen Mannes stoppte ihn. Andreas ignorierte ihn einfach, denn gerade schlug Madita die Augen auf und schaute ihm ungläubig in die Augen. Langsam richtete sie sich auf und hielt sich stöhnend den Kopf. Die Aufmerksamkeit, die noch eben an ihm geklebt hatte, suchte sich ein neues Ziel. Madita. Sogar der bitterböse Blick von dem Bräutigam (?) löste sich von Andreas und wand sich seiner 'Fast-Beinahe-Ehefrau' zu, „Was geht hier vor, Madita?" Er richtete anklagen einen Zeigefinger auf Andreas, „Und wer ist das? Warum will er die Hochzeit verhindern?" Madita Augen wanderten perplex von ihm zu Andreas und wieder zurück. Die Rothaarige drängelte sich zwischen sie und laberte irgendwas von drei Sms, die Madita bekommen haben soll. *Hä? Drei Sms? Von wem? Sollte ER nicht eigentlich der Grund dieser Aufregung sein? Schließlich war ER einfach in diese Trauung geplatzt!* Andreas blinzelte kurz verständnislos. *Offensichtlich war hier noch viel mehr vorgefallen als ein verliebter Doktor im Hochzeits-Crasher-Fieber*. Neugierig schob er sich näher heran. Er sah, dass gleich drei Handys an den ehemaligen Bräutigam weitergereicht wurden. Die Rothaarige tippte mit einem langen, rot lackierten Nagel auf eines der Displays, „Überall dieselben komischen Nachricht für Madita!" *Komisch?* Andreas wurde stutzig. Er trat dazu, „Ähm...darf ich mal?"

Der junge Mann japste empört, doch Angela und der Standesbeamte hielten ihm sofort bereitwillig ihr Telefon hin.
Zweimal las er: -Für Madita Kellermann! Heirate ihn nicht! M-
Er wurde blass. Die Rothaarige hob das Handy und ließ ihn ebenfalls einen Blick darauf werfen: -Heirate ihn nicht! M-
War er eben nur blass, dann hatte er jetzt überhaupt keine Farbe mehr im Gesicht. Sein Mund war wie ausgedörrt. *Madita bekam sie also auch...diese Nachrichten von Marianne?* Das alles war ja noch viel unglaublicher als er dachte...
Dem ehemaligen Bräutigam wurde es wohl zu bunt. Kampflustig machte er mit geballter Faust einen Schritt auf ihn zu, „WER SIND SIE EIGENTLICH?" Die ältere Frau mit Madita's Augen (ihre Mutter?) sprang den jungen Mann förmlich von hinten an und packte ihn am Arm. Wie ein Wasserfall auf ihn einredend bugsierte sie ihn unmerklich zur Tür, öffnete diese und schob Madita's Ex-Bräutigam in die Arme des Hünen, der draußen vor der Tür mit allen anderen Gästen wartete...oder Wache hielt...was auch immer...
Unnatürliche Ruhe breitete sich in dem Raum aus (Ha...die Ruhe vor dem Sturm, oder was). Die Aufmerksamkeit der restlichen Menschen bündelte sich wieder über Andreas Haupt. Madita stand langsam auf. Ihre großen (wunderschönen!) Augen fest auf ihn gerichtet, „Du weißt von wem die sind?!" Kurzes Gewisper der anderen. Andreas fühlte sich ertappt. Er nickte. *Was hatte er getan? Und was hatte Marianne getan?*
Hilflos schaute er Madita an. Die Frau, von der er wusste, dass er sie liebte. Und konnte einfach nichts sagen. Die unbekannte ältere Dame (Mutter?) kam ihm zu Rettung, „DAS SOLLTE ALLES IN RUHE BESPROCHEN WERDEN!" Beifälliges Nicken allerseits. Nur der Standesbeamte kriegte sich einfach nicht ein. Obwohl DER am allerwenigsten was für diese, wirklich seltsamen Vorkommnisse konnte. Wild fuchtelnd begleitete er und sein fortwährender Entschuldigungswortschwall die letzten fünf Leute raus, runter, durch die Eingangshalle bis vor die Tür. Dort entschuldigte er sich nochmals, schüttelte voller Verwirrung den Kopf und verschwand schließlich, leise vor sich hinmurmelnd wieder im Gebäude.
Leicht besorgt ließ Andreas den Blick über die dort wartenden Gäste schweifen. Kein Hüne! Kein Bräutigam! Wahrscheinlich ging dessen Entsorgung auf die Kappe von Madita's Mutter (die, ganz nebenbei bemerkt, ihn immer wieder von oben bis unten musterte).
Okay, der Bräutigam war weg.

Aber was machte man mit einer versetzten Hochzeitsgesellschaft? Überall nur kreuz und quer verlaufende, ratlose Blicke. Andreas bekam ein schlechtes Gewissen. Ein überaus schlechtes Gewissen. Denn eigentlich trug **er** ja die Verantwortung für dieses Desaster. Madita's Freundin war gerade im Begriff, das Ruder zu übernehmen, da fiel ihm was ein, „Ähm...", er trat dicht zu ihr, „Kannst du sie ins 'Berlinium' schicken? Dort können sie dann eine kleine Nicht-Hochzeits-Feier abhalten...auf meine Kosten natürlich!" Er zwinkerte Lisa zu, „Das geht schon in Ordnung. Der Besitzer ist mein bester Freund!" Überrascht nickte Madita's Freundin und posaunte diese Planänderung, die NATÜRLICH lachend, zumindest von seitens der Madita-Gäste, angenommen wurde, heraus. Innerhalb von fünf Minuten leerte sich der Vorplatz und zurück blieben Madita's Freundin (Lisa, wie er inzwischen herausgehört hatte), Madita's Mutter (Name noch unbekannt), Angela (die sich köstlich zu amüsieren schien), Madita selbst (die ihn fortwährend ungläubig anschaute) und er selbst. Während die anderen beratschlagten, wie sie an welchen fahrbaren Untersatz kamen, entdeckte Andreas etwa 50 Meter weiter die Straße hinab, einen lachenden Antonio auf einem kleinen Findling sitzen. Lustig baumelte er mit den Füssen und dem Schlüssel in seiner Hand. Andreas drehte sich zu den Frauen herum, „Also, wenn die Damen nichts dagegen haben...ich hätte einen Fahrer mitsamt Auto...", und zeigte in Richtung Antonio, der ihnen lachend zuwinkte.

Zielort war Madita's (und Lisas...okay, auch Raimunds) Wohnung. Dort angekommen, entließ Antonio den kläglichen Rest der Hochzeitsgesellschaft, „Tut mir leid, ich würde ja mitkommen, aber Bea hat in der Zwischenzeit angerufen. Romina hat leichtes Fieber und Bauchweh und sie muss mit dem Großen auch noch Hausaufgaben machen. Sorry." Er zwinkerte Madita kurz zu und schaute auf Andreas, „Melde dich sobald du kannst! Halt mich bloß auf dem Laufenden!" Dann fuhr er los.

Oben in der Wohnung angekommen verschwand Madita erst einmal in ihrem Zimmer und entledigte sich ihres Brautkleides. Schade um so ein schönes Teil. In Leggins und Schlabbershirt erschien sie schnell wieder (und sah noch immer toll aus) und setzte sich still an den Esstisch, an dem schon Angela und Andreas Platz genommen hatten. Irgendjemand hatte wohl die Anlage angemacht. Die Musik der letzten CD, die Lisa gehört hatte (wahrscheinlich ein Kuschelabend mit Raimund) klang durch den Raum. Enya! Madita schloss verträumt die Augen und wiegte sich unmerklich in einem sanften Rhythmus, „Wo ist der Rest?"

Angela wedelte mit ihren beringtem Fingern Richtung Küche (was Madita ja nicht sehen konnte, da sie die Augen zu hatte), „Kaffee kochen oder so was in der Art." Madita schwelgte weiter. Etwas unbehaglich wand sich Andreas auf seinem Stuhl. Dann sprang er auf, „Ich frag mal ob sie Hilfe brauchen!" Im Rahmen der Küchentür verharrte er. Die Frauen schienen sich zu unterhalten. Er versuchte die Ohren zu spitzen, bekam aber nur Bruchstücke mit, da beide ziemlich leise sprachen... „...Wohnung..." „...ist doch nicht schlimm..." „Zimmer...Raimund und du..." „...später, Lotte..." Andreas ging wieder zurück.

Ein paar Minuten später kamen beide Frauen, Lisa und Madita's Mutter (Lotte!) mit einem beladenen Tablett zurück. Wortlos stellten sie Tassen, Milch, Zucker und Gebäck auf den Tisch und setzten sich dazu. Stille. Angela erhob sich, goss ein und setzte sich wieder. Noch mal Stille. Gefühlvolle Musik schwebte durch die Luft. Angela stand auf, stellte die Anlage in der Ecke ab, kam zurück und setzte sich wieder. Weitere Stille.

Alle sahen sich wortlos über ihre dampfenden Kaffeebecher hinweg an. Lisa Lotte. Andreas Madita. Madita Lotte. Lotte Andreas. Lisa Andreas....
Irgendjemand musste diese Stille mal unterbrechen...Lisa...

„Also...!" Immerhin. Ein Anfang.

Madita starrte in ihren Becher, „Wer ist M?" Alle Augen richteten sich auf Andreas.

Der fühlte sich alles andere als wohl in seiner Haut, aber er war diesen Leuten eine Erklärung schuldig. Definitiv! Er räusperte sich, „Das wird jetzt nicht ganz so einfach." Alles nickte aufmunternd und beugte sich leicht nach vorne, um nur ja kein einziges Wort zu versäumen.

„M ist Marianne, meine Frau!" Entsetztes Aufkeuchen (Lotte)!

„Deine Frau ist tot, mein Junge!" Angela (pikiert)!

Keine Reaktion. Lisa.

„Weiter!" Madita.

Andreas rieb seine feuchten Hände an seiner Jeans ab und legte sie dann gefaltet auf dem Tisch ab.„Also...am besten von Anfang an...", er räusperte sich noch mal ziemlich umständlich.

„Die Kurzfassung, bitte!" Lisa (gespannt).

Okay...vor etwa einem dreiviertel Jahr traf ich zum ersten Mal auf Madita. In dem Blumenladen bei Angela. Ich wollte eine übliche Rose für meine Frau kaufen...", er schaute Lotte an, „...ja, ich war verheiratet." Dann lehnte er sich zurück und versuchte gedanklich alles richtig zu rekonstruieren, „...sie stand auf einer Leiter und hatte mir den Rücken zugewandt.

Ich hatte Angst, dass sie fällt...und hab sie von hinten festgehalten. Und als sie sich herumdrehte ...BANG...", er boxte sich in die Handfläche, „...da habe ich mich, einfach so...völlig unverhofft... Hals über Kopf in sie verliebt. Aber wie gesagt, ich war verheiratet. Also beließ ich es bei einem kleinen Flirt." Lisa schnaufte ungeduldig. Andreas schoss einen kurzen Blick rüber zu ihr, „Ich weiß die Kurzfassung. Also...an diesem Tag hat es zwischen uns beiden gefunkt...oder...", er schaute Madita an, die zaghaft nickte, „...ich wollte keine Affäre...bin ich auch nicht der Typ dafür...auf jeden Fall hat Angela...", sein Finger zeigte auf die eben Erwähnte, „...dafür gesorgt, dass wir uns nicht mehr über den Weg liefen. Dann hatte meine Nichte Geburtstag und ausgerechnet Madita lieferte bei uns im 'Berlinium' ab. Ich dachte echt...ach...keine Ahnung was ich gedacht hatte...auf jeden Fall hat meine Frau Marianne wohl mitbekommen, wie ich Madita angehimmelt hab...was ihr wohl sehr gelegen kam, denn sie hatte eigentlich vor sich von mir zu trennen, wusste aber nicht wie sie mir das beibringen sollte...", er schnaufte kurz durch und trank einen Schluck Kaffee, „...sie schrieb mir dann an, jenem Abend wohl, oder kurz danach einen Brief, den sie, warum auch immer, im Büro des Lokals vergessen oder hinterlegt hatte." Er schwieg einen Moment. *Sollte er? Sollte er nicht?* Er beschloss, er sollte!
„Marianne ging es ein paar Tage später nicht so gut, also schickte ich sie zum Arzt...der stellte fest das sie schwanger war!" Stille. Betroffene Stille. Und mitleidige Blicke. Er ignorierte alles und lenkte seinen Blick in die Kaffeetasse, „...ich denke, sie wollte mich vielleicht anrufen oder sich einen Kaugummi aus ihrer Tasche holen...oder...keine Ahnung...", er zuckte mit den Schultern, „...aber wahrscheinlich hat sie einfach nur nicht richtig aufgepasst. Sie wurde angefahren.
Zufällig war Madita mit einer Lieferung, genau an DEM Tag, zu DER Zeit, genau DORT, unterwegs. Sie hat versucht Marianne zu helfen. Aber Marianne starb. Ich war zu diesem Zeitpunkt an nicht fähig auch nur einen klaren Gedanken zu fassen. Ich träumte fast jede Nacht von Madita...", er nahm Madita's Handgelenk zwischen seine Finger und strich verträumt über das üppig, gelbe Blumen Tattoo, „...du hast immer wieder in einem Sonnenblumenfeld gestanden und zu mir rüber geschaut...", dann wurde sein Blick hart, „...aber in der gleichen Zeit musste ich meine Frau beerdigen. Ich hatte solche Schuldgefühle. Ich konnte doch nicht...egal...", er winkte abfällig, „...ich beschloss also erst einmal für ein paar Monate auf Abstand zu gehen und ließ mich in unserer Berghütte nieder. Dort versuchte ich einen klaren Kopf zu bekommen.

DAS hat aber nicht so funktioniert. Eines Tages hatte ich eine Sms auf dem Handy...von Marianne...ich solle mir nicht **Zuviel** Zeit lassen...die ignorierte ich zuerst...irgendwie. Ein paar Wochen später die zweite...es wäre Zeit nach Hause zu kommen, also bin ich heim und beschloss mich auf Madita vorzubereiten, oder wie auch immer...dann kam noch eine...jemand würde in meinem Revier wildern...also ging ich in den Laden, wo Madita mir sagte, sie würde heiraten. Tja, was hätte ich machen sollen...ich ging...und hoffte das sich unsere Wege IRGENDWANN vielleicht noch mal kreuzen würden. Ich vergrub mich in meiner Arbeit und lebte halt so vor mich hin. Dann kam die letzte Nachricht...", traurig schaute er Madita an, „...mit deinem Hochzeitsdatum, Ort und Uhrzeit...i c h k o n n t e nicht anders...also platzte ich in deine Hochzeit...!"
Schweigen.
„Kann mir mal jemand ein Tempo reichen!" Lotte schniefte in ihre Jacke, „Ach ist schon gut!" Andreas schaute in die Frauenrunde, „Tja, das war's!" Abwartend senkte sich sein Blick auf Madita. Genau wie die Blicke aller anderen auch, „Jetzt du!" Madita lehnte sich zurück in ihrem Stuhl und knibbelte unsicher an ihrem Shirt Saum herum, „Also, ich hatte da mal eine Nachricht bekommen. Ich weiß aber nicht mehr genau wann das war oder was darinstand." Entschuldigend zuckte sie mit ihren Schultern, „Es war nach irgendeiner Partienacht und ich habe sie auch sofort gelöscht, weil ich dachte, jemand hätte sie fälschlicherweise an mich verschickt." Sie überlegte, „warte...hach...ich krieg das nicht mehr richtig zusammen...es herrscht solch ein Chaos im Augenblick in meinem Kopf...ich glaube...sie kam nach deiner...", sie zeigte auf Lisa, „...nach deiner Hochzeit, glaube ich ...ich solle auf den richtigen warten, oder so und dann stand er...", sie zeigte auf Andreas, „...auf einmal im Geschäft und ich war völlig platt. Ich merkte das sich an meinen Gefühlen für ihn nicht wirklich was verändert hatte...aber...ich hatte mein Jawort schon vergeben!"
Madita neigte nachdenklich etwas den Kopf zur Seite und überlegte kurz, „Und dann kam eine, als wir gerade mein Kleid kauften." Lisa stutzte und hob verwirrt den Kopf, „Da hast du mir aber nichts davon gesagt!" Madita lächelte entschuldigend, „Was hätte ich denn sagen sollen? Das ein Unbekannter mich von meiner eigenen Hochzeit abhalten will?" Lotte mischte sich ein, „Was stand denn in DIESER Sms?"
Madita errötete leicht, „Na ja...mach keinen Fehler, denk an Andreas!" Sie schluckte,
„Das hat mir ziemlich zugesetzt. Ich habe dann versucht mit dir...",

sie deutete auf Lisa, „...zu reden...aber...!" Lisa lachte lauthals auf, „Ja stimmt, der VW und der Ferrari!" Fragende verständnislose Blicke wechselten den Besitzer. Lisa verstummte schlagartig und grinste rüber zu Madita, „Kleiner Insiderwitz!" Sie verstummte und wurde wieder ernst, „Erzähl weiter!"
„Ja, ja, viel gibt es da ja nicht mehr. Den Rest habt ihr ja selbst mitbekommen...auf dem Standesamt!" Ein hilfloses, fast verzweifelt klingendes Gekicher kribbelte ihr in der Kehle und schoss unkontrolliert raus, „Offensichtlich will hier jemand nicht das ich heirate!"
„Nein...!" Lotte! „...offensichtlich will hier jemand, dass du nicht den FALSCHEN heiratest!" Madita sprang auf, „Das ist doch Wahnsinn."
Andreas stand auf und zwang sie liebevoll dazu sich wieder zu setzen, „Hat vielleicht jemand eine Idee **wer** oder **was** sonst noch dahinter stecken könnte...außer meiner toten Frau?" Lotte zog skeptisch eine Augenbraue nach oben, „Wie kommst du darauf, dass es deine verstorbene Frau ist?" Andreas seufzte, „Es ist ihre Handynummer und wenn man die Nummer anruft hört man sofort: Der angerufenen Teilnehmer ist zu Zeit nicht zu erreichen!" Lotte zog eine nachdenkliche Schnute, „Das heißt doch noch lange nicht, dass die Nachrichten von **ihr** kommen. Vielleicht hat jemand anderes das Telefon?" Andreas schüttelt langsam den Kopf, „Das war auch mein erster Gedanke...aber erstens: wer sollte so etwas machen? Und zweitens: das telefon wurde bei dem Unfall völlig zerstört!" „Oh!" Mehr fiel Lotte dazu nicht mehr ein. Also saßen sie wieder gemeinsam am Tisch, sahen sich gegenseitig an und schwiegen. Minutenlang. Plötzlich klingelte das Handy in Andreas Hand. Vor Schreck zuckten alle zusammen. Fast fiel es zu Boden. Aber nur fast. Andreas schaute beruhigend in die Runde (würde ja schon kein ANRUF von Marianne sein!) und ging ran, „Kramer!" Er lauschte. „Hi Antonio, was ist?" Besorgnis schwang in seiner Stimme. Er lauschte weiter. Dann sprang er völlig aufgeregt auf, „Kannst du das wiederholen?" Schnell stellte Andreas den Lautsprecher an und legte das Telefon mitten auf den Tisch, so dass alle mithören konnten. Leichtes Rauschen auf der anderen Seite, dann Antonios Stimme, „ICH SAGTE, ICH HABE AUCH EINE NACHRICHT VON MEINER SCHWESTER BEKOMMEN. HAST DU MICH JETZT VERSTANDEN?" Andreas beugte sich etwas nach vorne, „Ja, du brauchst nicht so zu schreien!" „AHH...", Antonio drosselte seine Lautstärke, „Ist das zu fassen Doc? Ich bin ja ehrlich...als du mir von den Nachrichten erzählt hast, hielt ich dich für völlig übergeschnappt. Als du mir die Nachrichten GEZEIGT hast, war ich noch immer skeptisch...

...aber jetzt...man, ich bin so aufgeregt, so glücklich...so...!" „Was steht denn drinne...", wurde er von Andreas unterbrochen. „Ach so, ja...deswegen rufe ich eigentlich ja auch an. Also, der erste Teil ist für mich...aber der zweite Teil ist wohl für dich, beziehungsweise für dich und Madita gedacht...!" Alle Augen klebten gebannt an dem kleinen leuchtenden Display.

„Marianne wünscht euch alles Gute und ihr sollt das Beste aus eurer gemeinsamen Zeit machen!" Sprachlose Blicke wechselten hin und her. „ANDREAS...bist du noch da?" „Ja, ja...ich...!" Ein heftiges Aufschluchzen ertönte durch das Telefon, „Ist das zu glauben...meine Schwester hat mich nicht vergessen!" Dann legte er auf. Alle fünf starrten weiterhin stumm auf das nun leblose Mobilteil.

Ungläubigkeit, ängstlicher Respekt und Faszination spiegelte sich in ihren Gesichtern.

Angela faste sich ein Herz und brach das zerbrechliche Schweigen, „Und was machen wir jetzt? Und eine noch viel bessere Frage, Was macht IHR jetzt?"

Sie blickte fragend in die Runde und dann auf Madita und Andreas.

Lisa schmunzelte, stand auf und wechselte ihren Standort. Zum Heizkörper unter dem Fenster, „Also ICH würde ja sagen, dass die beiden ein Pärchen werden sollten." Sie schaute raus zum Himmel, „Ich meine, wenn da oben wirklich jemand sitzt, dann hat er sich mächtig ins Zeug gelegt, damit ihr zusammenkommt!" Sie zog die Schultern leicht zusammen, so als ob sie frösteln würde.

Lotte gesellte sich Lisa und schaute ebenfalls zum Fenster raus, „Und ihr meint WIRKLICH, dass es Botschaften aus dem Jenseits sind? Klar...da sind unglaublich viele unglaubliche Zufälle passiert...schon UNHEIMLICH VIELE unglaubliche Zufälle...und diese Nachrichten...?" Sie schlang ihre Arme um den Oberkörper, als ob es sie auch frösteln würde.

Madita schaute zu Andreas, „Also..., wenn jemand JETZT noch irgendeine plausible Erklärung aus dem Hut zaubern kann, dann soll er es, bitte schön, sofort tun oder für immer Schweigen! Wenn nicht, dann war es wohl wirklich deine Frau!" Das 'verstorbene' kam ihr einfach nicht über die Lippen. Andreas schwieg. Angela schwieg. Lotte schwieg. Lisa schwieg.

Madita seufzte halb lachend, „Und was sollen wir jetzt machen? Wir können ja schlecht einfach heiraten oder direkt zusammenziehen!" Andreas stemmte sich hoch, ging um den Tisch zu Madita, schaute ihr tief in die (wunderschönen) Augen und zog sie zärtlich zu sich hoch,

„Vielleicht sollten wir mit einem ersten Date anfangen...und dann ein zweites...und dann schauen wir mal...machen wir das Beste daraus...

Gastgeberin:
Ach herrje...hat jemand mal die Gegenwart im Auge behalten? Was? Nein? Typisch...immer muss ich an alles denken. Leute, Leute! Die Vergangenheit ist zwar interessant, aber man sollte darüber niemals die Gegenwart vergessen. Gib mir die letzte Erinnerung rüber...ich räume sie später weg. Lasst uns doch schnell schauen was Madita und Andreas JETZT gerade machen...immerhin steht ein bedeutendes Ereignis vor der Tür und das will ich auf gar keinen Fall verpassen

Gegenwart (2012)
Madita und Andreas

„Och komm, Liebes...das Käppchen ist doch so süüüss! Du wirst die Kleine doch nicht ohne Kopfbedeckung raus schleifen wollen?" Madita seufzt leicht genervt, „Sie liegt doch im Maxi Cosi in einer Decke...die kann ich ihr doch etwas über den Kopf ziehen. Und außerdem haben wir fast zwanzig Grad draußen!"
Lottes enttäuschtes Gesicht spricht Bände, „Wie du meinst Schatz. Ich habe es ja nur gut gemeint!" Geknickt wendet sie sich zum Gehen. Geschlagen lässt Madita den Kopf sinken, „Mamaaa...bitte...", sie geht rüber und greift sich das klitzekleine, weiße Mützchen mit der Blümchenstickerei, „Na gut...dann zieh ich ihr die Mütze halt an. Zufrieden?" Lotte grinst sofort strahlend, „Dein Papa wird sich freuen. Er hat sie ausgesucht!" Schwups! Weg war sie. Hinter Madita gluckste ein lautloses Lachen, „Sie schafft es immer wieder dich um den Finger zu wickeln. Ich mag deine Mama!" Die Antwort erscheint in einem fliegenden Kissen, „Mach dich nur noch lustig über mich!" Aber Lachen muss Madita trotzdem. Sie setzt sich zu ihrem Mann auf das schmale Bett, die Federn rebellierten mit einem lautstarken Quietschen, „Danke, Schatz!" Er nimmt sie in die Arme, „Wofür bedankst du dich?" Sie kuschelt sich fester an ihn ran, „Dafür das wir unser Kind, meinen Eltern zuliebe, in meiner Heimat taufen lassen.

Und dafür das du zwei Nächte mit mir in meinem schmalen Bett, in meinem alten Jugendzimmer, mit meinen alten Erinnerungen verbringst!" Sie schaute lachend zu den Postern an der Wand und der kitschigen, handgemalten Diddlmaus neben dem Fenster.
Er schaut ebenfalls auf die bunte Maus mit den überdimensionalen Klumpfüßen, „Ja, DAS hat mich echt Überwindung gekostet...Gott, Madita...ist die hässlich!" „Hey, das ist Jugendstil...sozusagen!" Ein leises quäken beendete ihre kleine, liebevolle Kabbelei.
„Ich glaub, ich füttere sie noch, bevor wir fahren. Nicht das sie noch die Kirche mit ihrem Gebrüll abreißt!" Sie steht auf und hebt das kleine Bündel, das vor ihnen auf dem Boden stand und die ganze Zeit geschlafen hat, auf, huscht wiegend und leise Summend runter in die Küche.
Andreas bleibt noch eine kleine Weile in Madita's altem Zimmer und ist einfach nur dankbar. Dankbar für Madita. Dankbar für sein Leben. Dankbar für (s)eine tolle Familie. Und so was von Dankbar für die kleine Maus...seine Tochter!
Die Haustürklingel kündigt bimmelnd Besuch an. Fußgetrappel und lautes, wirres Geschnatter flutet augenblicklich durch das kleine Haus. Andreas steht auf, zieht seine Krawatte an und macht sich dann ebenfalls auf den Weg nach unten.
„Onkel Andreas...Onkel Andreas...!" Ein Knäuel aus drei kreischenden Kindern rollte auf ihn zu. Weit breitet er seine Arme aus und fängt die Schar lachen ab, „Da sind ja meine drei Lieblingsnervensägen!" Bea schiebt sich außer Puste an ihnen vorbei, in die Küche, die an diesem Tage aus allen Nähten zu platzen schien, „Ich kann nicht mehr...hat irgendjemand eine Ahnung, wie es ist drei endlos plappernde Flummis anzuziehen und nebenbei noch zu frühstücken?"
Andreas, behängt mit Nichten und Neffen quetschen sich lachend durch die Tür, „Wo sind Garry und Hannelore? Und wo ist denn der Dicke? Wollte er nicht die Nacht noch kommen? Oder spätestens heute Morgen?" Bea keucht und plumpst auf einen bereit geschobenen Stuhl, „Der ist die Nacht erst um drei aus dem Laden. Da muss wohl die Hölle los gewesen sein! Und Antonios Eltern kommen direkt zur Kirche. Meine liebe Helen war heute Morgen der Ansicht, ihren Großeltern am Frühstückstisch eine Orangensaftdusche zu verpassen, wäre witzig. Die müssen sich noch frisch machen und sich umziehen."
„DAS HABE ICH NICHT ABSICHTLICH GEMACHT! NOAH HAT MICH GESCHUBST!"

„HABE ICH NICHT!"
„HAST DU DOCH!"
Bea schnauft wie eine Dampflok und funkelt ihre Brut an! Lotte tätschelt schmunzelnd Beas Arm und reicht einen Pott Kaffee, „Mädchen, immer langsam. Andreas kann mit den dreien raus in den Garten gehen und du? Komm doch erst mal zur Ruhe!" Bea lächelt gequält und nippt sofort dankbar an dem heißen Getränk, „Herrlich...Kaffee...!" Ein quäken aus der hinteren Ecke des angrenzenden Raumes, zieht augenblicklich alle Aufmerksamkeit auf sich. Im leicht abgedunkelten Wohnzimmer thront, in Opi's Arm die heutige Prinzessin und wünscht, bitte in aller Ruhe speisen zu können! „Psst!" Andreas ging auf Zehenspitzen mit der jüngsten Generation in Schlepptau, rüber, „Leise!"
Still verteilt sich alles um den Sessel. Die kleine Hauptperson huldigte jedem mit einem kurzen Blick und wendet dann ihre volle Konzentration wieder der Nahrungsaufnahme zu. „Ohhh, wie süüüss!" Romina dreht sich bettelnd zu ihrer Mutter um, die es sichtlich genießt, endlich mal eine Tasse Kaffee in einem Rutsch UND heiß trinken zu können, „Mami...können wir nicht auch so ein Baby haben!"
Ein entgeisterter Blick ist Antwort genug!

Um elf sollen sie an der Kirche sein. Viertel vor elf trudeln alle ein. Alle?
„Wo bleibt Antonio?" Andreas schaut sich fragend um.
„Keine Ahnung...aber er WOLLTE auf jeden Fall pünktlich da sein!" Bea wirft ebenfalls einen Blick ins Umfeld. Madita gesellt sich zu ihnen, „Er wird es schon schaffen. Da bin ich mir sicher. Kommt, wir gehen schon mal rein. Es zieht doch ein bisschen!"
Die Messe beginnt. Noch kein Antonio. Der Pastor liest Psalmen. Die Orgel leiert feierliche Lieder, die, außer dem Pastor, fast niemand mitsingen kann. Die Hauptakteurin verschläft natürlich das alles.
„NUN WOLLEN WIR DIE EIGENTLICHE ZEREMONIE BEGINNEN!" Der Pastor hebt bittend die Hände zu Madita und Andreas, „ICH MÖCHTE NUN DIE ANGEHÖRIGEN, DEN
TÄUFLING UND DIE PATEN HIER VORNE BEGRÜSSEN!" *Scheiße! Wo ist Antonio nur?*
Andreas flucht innerlich wie ein Bierkutscher. Alles steht auf und marschiert nach vorne zum Taufbecken. Das laute Ächzen des schweren Holzportals unterbricht den Ablauf und ein verschwitzter, abgehetzter Antonio eilt den Mittelgang entlang, „Bin ich zu spät?"

Madita knufft ihrem Mann, der offensichtlich vorhat, etwas darauf zu erwidern, in die Rippen, nimmt ihrem Vater den kleinen Wurm aus dem Arm und überreicht das noch immer schlafende Bündel an Antonio, „Nein, wir wollten eben erst anfangen!"
„Dann möchten die Paten mit dem Täufling bitte vortreten!" Angela(!) und Antonio stellen sich förmlich neben dem Becken auf. Madita greift nach Andreas Hand und drückt sie zärtlich.
Der Pastor liest noch einen weiteren Psalm. Dann nimmt er eine kleine, kupferfarbene Schale, füllt sie mit Taufwasser und nickt Antonio aufmunternd zu.
Der hält das schlafende Kind vorsichtig mit dem Kopf über das Becken.
Der Pastor nuschelt undeutlich ein Gebet und schaut Madita und Andreas an, „Wie soll sie denn heißen?" Madita tritt einen kleinen Schritt nach vorne, „Charlotte Marianne!"
Antonios Kopf zuckt nach oben. Ungläubigkeit zeichnet sich in seinem Gesicht ab. Ungläubigkeit und Dankbarkeit! Aus der zweiten Reihe erklingt ein gedämpftes Schluchzen. Madita dreht sich um und schaut geradewegs in die Augen ihrer Mutter. Die nickt ihr beruhigend zu und hat schon tröstend einen Arm um Hannelore, Antonios und Mariannes Mutter, gelegt.
Garry schnäuzt in ein Taschentuch, legt seine Hand auf Heinz
Schulter und nickt ebenfalls. Madita atmet innerlich auf. Sie war sich nicht ganz sicher gewesen wie Antonios Eltern auf die Namensgebung reagieren würden. Aber offensichtlich haben sie und Andreas die richtige Entscheidung gefällt.
Andreas lächelt ihr zu. Der Pastor leert die gefüllte Schale über dem zarten Haarflaum des Kindes aus, „Hiermit nehme ich dich in der Gemeinschaft unserer Kirche auf und taufe dich auf den Namen Charlotte Marianne!"
Charlotte öffnet ihre strahlend, blaue Augen und fängt punktgenau an zu schreien!

Gastgeberin:
Och, schade...jetzt haben wir doch glatt die Geburt verpasst. Aber ein hübsches Baby, ist die Kleine...nicht wahr? Und sie haben sie Marianne genannt...wie rührend...
Gib mir jetzt die Erinnerung. Ich packe sie weg.
Was schaust du mich denn so fragend an? Das war der letzte Karton. Ich habe sonst keinen mehr.
Das war's. Madita und Andreas haben zueinander gefunden.

Alle sind glücklich und zufrieden. Das Schicksal hat es in
diesen Monaten doch tatsächlich geschafft aus einem
Haufen fremder und trauender Menschen eine Familie zu
machen. Das ist doch schön.
Ich verstehe deinen misstrauischen Blick jetzt nicht so
ganz. Du hast einen Verdacht?
Na, na, na, Mädels...habt ihr etwas was verraten?
Nein?
Nun, meine Liebe...was für einen Verdacht hast du denn?
Ach, du meinst, nur weil ich an diese ganzen
Erinnerungen herangekommen bin, könnte ich etwas mit der
ganzen Geschichte zu tun haben? Meinst du wirklich?
Tja...da hast du wohl recht.
Dann möchte ich mich dir, als deine Gastgeberin, doch
noch vorstellen... mein Name ist Marianne!
Ja, ja...du hast es geahnt, das kann jetzt jeder
sagen...war ja auch nicht wirklich schwer zu erraten,
oder?
Was meinst du? Welche Nachrichten? Ach...diese
geheimnisvollen Sms! Du meinst, ICH hätte die
verschickt? Tja, da muss ich dich enttäuschen, meine
Liebe. Auch wenn ihr manchmal verstorbenen Menschen
himmlische Kräfte andichten wollt...Sms KANN man nicht
vom Himmel aus verschicken. Wie sollte das auch gehen?
Wir können zwar in die Gedanken unserer Lieben
reinschauen, aber wir sind noch nicht in der Lage
irdische Technologie in himmlischen Sphären einzusetzen.
Dazu fehlt uns, ganz simpel ausgedrückt, einfach der
passende Sendemast (hahaha)...vielleicht kannst DU ja
mal bei einer eurer Telefongesellschaften
nachfragen...kleiner Scherz...
Kommt Mädels...nicht lachen...ihr wisst selbst nicht,
wie genau das alles passiert ist, oder...da guckt ihr,
ne? Selbst euch fehlt das letzte Quäntchen Wissen…HA!
Ich...hmmm...ich weiß nicht...ob ich...hmmm...wartet,
ich glaube, ihr seid soweit...
Hier habe ich noch was...in meiner Hosentasche…ich habe
es bis zum Schluss aufbewahrt… etwas Besonderes...sehr
wertvolles...für MICH sehr wertvolles…

…ich weiß, es sieht unscheinbar aus und hat auch nur die Größe einer winzig kleinen Schachtel, kaum größer als ein Ring-Etui und doch enthält es etwas sehr Wichtiges…für mich…
Nein es ist keine Erinnerung von mir…es ist…
Aber schaut es euch doch selbst an…

Letzter Erinnerungskarton (September 2010)

Die Party war in vollem Gange. Laute Musik und amüsiertes Gelächter quoll hinaus. Leise stibitzte Antonio sich durch die Hintertür. Bei dem Trubel würde ihn wohl niemand so schnell vermissen. Er warf einen Blick nach oben. Ein schöner lauwarmer Spätsommerabend. Madita und Andreas hatten Glück, das sie für ihre Hochzeit so ein Wetter geliefert bekommen hatten. Antonio freute sich für beide und doch schwang etwas Wehmut mit. Die letzten Monate waren einfach so Ereignisreich und turbulent gewesen.
Er hatte es zwar echt genossen und es hatte ihm auch sehr viel geholfen, die unschönen und auch für ihn traumatischen Erinnerungen zu verarbeiten. Aber nun brauchte er, ein kleines bisschen, Zeit für sich. Leise schloss er die Tür und machte sich auf den Weg. Sein Ziel war die kleine parkähnliche Anlage, schräg gegenüber des ‚Berlinium'. Dort, wo Marianne, seine Schwester, oft ihre Pausen verbracht hatte, oder auch ihre berühmten Personalgespräche geführt hatte. Heute war erstaunlich wenig Verkehr. Deswegen konnte er auch schnell die breite, sonst vielbelebte, Straße überqueren. Vor ihm, im Halbschatten, lag der Park. Seine Schritte lenkten ihn an den kleinen Teich, weiter hinten, in dem normalerweise eine Menge gefräßiger Enten herumschwammen. Heute Abend aber, herrschte Ruhe. Kein Geflatter. Kein Geschnatter. Vielleicht waren die Enten satt? Er wusste es nicht und eigentlich war es ihm auch egal. Er steuerte eine Bank am seichten Ufer an und nahm Platz. Sein Blick schweifte über die, sich leicht kräuselnde Wasseroberfläche. Er schaute hoch zum Himmel. Die ersten Sterne marschierten zaghaft auf. Mit bloßem Auge kaum zu erkennen, da es doch noch recht hell war.
Antonio seufzte auf und schloss die Augen. Heute wollte er einzig und allein seiner Schwester gedenken. Er vermisste sie sehr. Die Gespräche mit ihr fehlten ihm so unendlich. Und hier…in diesem Park fühlte er sich ihr Nahe…vielleicht weil sie dieses Fleckchen Erde so gemocht hatte?!
Hier war der richtige Ort um sich endgültig zu verabschieden. Das fühlte er.

Und genau **das**, wollte er heute Abend tun. Sich von ihr verabschieden.
"Hallo Marianne...!" Er stockte. Suchte ein wenig umständlich nach Worten.
"Ich bin sicher, du schaust heute Abend zu uns runter. Und ich bin sicher, dir gefällt das, was du siehst." Ein leises Lächeln huschte über sein Gesicht, "Weißt du eigentlich, dass alle DICH dafür verantwortlich machen? Ich meine die Sache mit Andreas und Maddie. Natürlich weißt du das!" Er lachte kurz, "Diese Sms von dir waren echt der Burner...du hättest ihre Gesichter sehen sollen!" Er griff in die Tasche seines Sakkos und zog ein Handy heraus, das er vorsichtig neben sich, auf der Bank ablegte. Ein schmaler Sonnenstrahl glitzerte durch die Baumwipfel vor ihm und blieb am verkratzten Rückenteil des Telefons hängen. Die tiefe Schramme, verdeckt durch ein paar lächerlich wirkende Blumensticker, schien ihm verschmitzt zuzuzwinkern.

Er schaute wieder zum beginnenden Sternenhimmel, "DAS Geheimnis bleibt aber unter uns, nicht wahr?" Er schluckte und nahm das Telefon in seine Hand. Fast andächtig strich er über die lädierte Oberfläche.

"Ich weiß auch nicht, wie das alles passiert ist. Als du plötzlich weg warst, da...da fühlte ich solch eine Leere in mir. Ich weiß nicht wie oft ich deine Sachen aus dem Tresor hervorgeholt und stundenlang wie blöde einfach nur angestarrt habe. Manchmal habe ich einfach nur dagesessen und ...ach ich weiß nicht. Diese blöden Sticker...", er strich über die Aufkleber, "...Gott Marianne, die sind so hässlich...aber deine Sachen gaben mir das Gefühl, dir nahe zu sein. Ich konnte dich manchmal fast im Raum spüren. Aber ich hatte nie wirklich Zeit um mich RICHTIG von dir zu verabschieden. Nach deiner Beerdigung fiel ich in so ein tiefes Loch.

Und ich musste doch stark sein...für Bea und die Kinder...für unsere Eltern. Dabei hatte ich etwas vergessen, was DIR wichtig war. Andreas!" Er schüttelte den Kopf und beugte sich leicht nach vorne, "Nein, stimmt nicht...ich habe ihn nicht vergessen...ich konnte ihm nur nicht helfen. Dein Brief hat mich, wie soll ich sagen... gelähmt...aber so was von gelähmt...dieser verflixte Brief...", er seufzte, "...Mensch, Marianne. Warum konntest du nicht so sein wie alle anderen? Warum konntest du dich nicht mit dem zufrieden geben, was du hattest? Warum musstest du immer nach den Sternen greifen?" Er legte das Handy wieder zur Seite und lehnte sich zurück, seine Hände im Schoß zusammengefaltet, "Ich kann mich noch ganz genau an EIN Gespräch von uns erinnern. Drüben im Büro...erinnerst du dich? Damals erzähltest du mir wie toll Andreas ist, was für ein edles Herz er hat und wie fürsorglich er wäre und dass du ja so ein Glück hast,

ihn gefunden zu haben. Das dir sein Glück mehr am Herzen liegen würde, als dein eigenes. Erinnerst du dich? Und ich habe ihn kennengelernt und festgestellt...du hattest Recht. Andreas war, nein...ist super. Ich mochte ihn auf Anhieb. Er war wie ein zweiter Bruder für mich und ist es auch heute noch. Ich habe mich so für dich gefreut...für euch...und dann d i e s e r B r i e f. Es hat mir fast das Herz gebrochen, als ich feststellen musste, dass Andreas versagt hatte. Dass er es nicht geschafft hat, dir das zu geben, was i c h mir für dich erhofft hatte. Eine glückliche Familie. Ich war sauer auf ihn und ja...ich habe ihn ordentlich vermöbelt...da schaust du, was? So richtig eine auf die Glocke gegeben! Aber keine Panik...dein Mann hat auch ganz schön ausgeteilt." Bei dieser Erinnerung musste er grinsen und rieb sich leicht über die Augenbraue. Dann wurde er schnell wieder ernst, "Aber am meisten hat mir wehgetan, dass ich wusste, dass ich ihm Unrecht tat. Ich kannte dich und eigentlich hätte mich der Inhalt dieses Briefes gar nicht wundern dürfen. Andreas hatte nie eine Chance...habe ich Recht? Klar habe ich Recht! Nur wohin mit **meinem** Schmerz und **meinem** Frust, wenn ich keinen dafür verantwortlich machen konnte." Wieder hob er das Handy auf und wiegte es vorsichtig in seiner rechten Hand, " Eines Abends, ich hatte deine Sachen mal wieder vor mir liegen, da war die Sehnsucht, wenigstens noch einmal deine Stimme zu hören so groß, dass ich dein Handy wieder zusammensteckte und probierte ob es funktionierte...und was soll ich sagen? Ich rief an und deine Mailbox mit DEINER Stimme ging ran. Man, an diesem Abend habe ich Rotz und Wasser geflennt...aber sag's keinem weiter. Ich scrollte wahllos durch deine Anruferliste und blieb bei Andreas hängen...", wieder lachte er leicht wehmütig, "...ich weiß nicht genau, was an diesem Abend in mich gefahren ist...ich habe Andreas eine Sms geschickt...von dir! Aber kaum das sie weg war, schaltete ich dieses blöde Ding sofort wieder aus. Mensch, stell dir mal vor...eine Sms von einer Toten. Absolut irre! Nur...rückgängig machen konnte ich es nicht...dabei wollte doch nur, dass er endlich nach Hause kommt. Und dann rief er mich an und erzählte mir, dass DU ihm eine Nachricht geschickt hast. Was hätte ich ihm sagen sollen? Das der Blödmann von Schwager, den Moralischen gekriegt hat? Einen an der Waffel hat? Er fragte mich nach dem Handy und ich habe mich so für das geschämt was ich getan hatte, dass ich ihn halt angelogen hab und erzählte ihm dann, dass das Ding absolut schrottreif in Einzelteilen in meinem Tresor rumgammelte.
Und dann dachte ich auf einmal...HEY...die Idee ist gar nicht so schlecht...
ES HATTE IHN AUFGERÜTTELT...DEINE NACHRICHTEN HATTEN IHN GANZ

OFFENSICHTLICH AUFGERÜTTELT...VERSTEHST DU? Also schrieb ich irgendwann noch eine Sms! Somit hatte sich die Sache schon fast verselbstständigt. Und ich fand Gefallen daran. Wirklich. Ich habe mich in diesen Momenten gefühlt, wie damals, als wir Kinder waren und immer zusammen die dümmsten Streiche ausgeheckt hatten. Immer konnte ich dein amüsiertes und spitzbübisches Grinsen im Nacken spüren...", er legte den Kopf zurück und atmete tief durch, "...wir waren in diesen Momenten wieder EIN Team und hatten gemeinsam EINE Aufgabe...den Menschen wiederaufbauen, der uns beiden wichtig war. Erst später bemerkte ich, dass es auch MIR guttat. Es gefiel mir, mit dir zusammen...oder besser gesagt, in deinem Namen, Schicksal zu spielen. Es half mir selbst, meinen Schmerz zu ...naja...zu kompensieren.

Da musste natürlich Madita auch daran glauben...immerhin...in deinem Brief war es dein Wunsch, dass die beiden, du weißt schon, zusammenkommen und so...also machte ich mich an die Arbeit. Irgendwie musste ich ja ihre Nummer rausbekommen. In meinen Augen, war die einzige und beste Möglichkeit bei ihr selbst. Oder besser gesagt, in ihrem Umfeld. Sprich Arbeit! Ich machte mich also auf in den Laden. Ich meine, ich konnte Madita ja schlecht einfach nach ihrer Nummer fragen, aber vielleicht hatte ich die Möglichkeit über ihre Chefin, Angela, an die Nummer zu kommen. Als ich den Laden betrat, war zuerst niemand da. Nun, ich weiß von mir selbst, dass ich die Nummern meiner Mitarbeiter immer greifbar hab. Bei Angela war es bestimmt auch so. Um meine Schnüffelei zu tarnen, schmiss ich etwas Kleingeld auf den Boden...natürlich Richtung Theke. Dann hörte ich eine helle Stimme und wunderte mich noch, dass Angela so jung klang. Aber dem schenkte ich in diesem Moment nicht viel Aufmerksamkeit. Auf der Theke stand so ein Dingsbums...na...du weißt schon, so ein Adressenrondell...hach, ich weiß nie wie man diese blöden Dinger nennt, aber du weißt ja was ich meine. Dort wurde ich fast auf Anhieb fündig, was für ein Zufall und ich riss die Karteikarte einfach raus. Dann fiel mir der blöde Fetzen aber aus der Hand...ich fluchte und bückte mich...was sich **eine** Sekunde später als Glücksfall rausstellte...Madita stand da und stauchte mich direkt zusammen. Ich glaub, sie hielt mich für einen Dieb oder so...", diese Erinnerung entlockte ihm wieder ein Lachen, "...Gott sei Dank lag das Geld ja da rum...Mann, bin ich ein cleveres Kerlchen...sie half mir sogar, alles aufzusammeln. Die Karte war natürlich längst in meiner Hosentasche gelandet. Jetzt konnte ich mit Madita weitermachen. Aber die junge Dame hatte ihren eigenen Kopf und leider auch einen hartnäckigen

Freund...der war ja sooo...egal, ein bisschen Mitleid hat er ja schon verdient, der arme Kerl...und glaub mir, wenn Andreas nicht erwähnt hätte, dass es bei ihrem gemeinsamen Aufeinandertreffen AUCH bei ihr gefunkt hätte, dann wäre wohl alles im Sande verlaufen. Aber so...und außerdem hatte ich einfach das Gefühl, das es richtig war, was ich da machte. So bekam die liebe Maddie auch Sms von dir. Das blöde war nur, dass sie dich halt nicht kannte, aber ICH GLAUBE, ich habe sie wenigstens damit SEHR zum Nachdenken gebracht. Gut, Andreas war ja schon soweit das er an deine seltsame Macht glaubte. Aber dann...Herrje, dieser Blödmann machte ihr einen Antrag, den sie auch noch annahm.
Nein, nicht Andreas, der Andere!
War gar nicht so einfach, DA auf dem Laufenden zu bleiben. EINMAL...", er hob den Zeigefinger, „...EINMAL, da dachte ich a l l e s würde auffliegen. Andreas stand sooo urplötzlich in meinem Büro...und DEIN Handy lag in der roten Ablage. Ich hatte vergessen es nach der letzten Nachricht, in den Tresor zu räumen. Mann, da ging mir echt die Klammer. Wenn Andreas DAS gesehen hätte...der wäre völlig ausgerastet...aber geistesgegenwärtig, wie ich war, knallte ich sofort einen Stapel Papier drauf und hoffte, dass Andreas nicht SO genau hinschauen würde...und das tat er auch nicht." Er lachte glucksend und wurde gleich darauf wieder ernst, „Dann erfuhr ich auf einmal den Hochzeitstermin." Bei dieser Erinnerung schmunzelte er leicht, „Tja, Angela ist, tut mir leid das zu sagen...aber sie ist ein kleines Plappermaul! Hui...da hatte ich echt Muffensausen bekommen. Blut und Wasser habe ich geschwitzt. Jetzt MUSSTE einfach was GANZ GROSSES her. Nun...", Antonio klopfte sich selbstlobend auf seine Schulter, " Ich wäre nicht Antonio, dein superschlauer Bruder, wenn ich **das** nicht auch gewuppt bekommen hätte. Wozu hat man denn Vitamin B (Beziehungen) ins Rathaus. Jens, einer der Musiker, du kennst ihn...er und seine Band haben relativ oft einen Gig bei uns und DER arbeitet dort. Und DER kennt die Sekretärin vom Standesbeamten...ziemlich süß meinte er...nein, nicht der Standesbeamte...die Sekretärin. Auf jeden Fall gab SIE IHM die Handynummer und ER gab sie MIR! Genial oder? Angela's Nummer hatte ich ja bereits...die stand auf ihrer Visitenkarte, die bei uns im Büro an der Pinnwand hängt. DU selbst hast sie damals dort angebracht...weißt du noch? Jetzt musste ich nur noch dafür sorgen, dass Andreas zur richtigen Zeit am richtigen Ort war. Der Dirmel hätte beinahe alles verschlafen! Aber es hatte dann doch IRGENDWIE gereicht. Zufälligerweise. Und während Andreas sich durch das Gebäude kämpfte, ich habe ihm absichtlich nicht

die Zimmernummer gesagt, beziehungsweise geschickt...ha...ICH wusste die ja...aber ich brauchte die paar Minuten in denen er suchen musste...in DER Zeit schickte ich eilig drei Nachrichten los und rief im Sekretariat an, damit jemand NOCH zusätzlich in die bevorstehende Trauung platzte." Antonio lehnte sich etwas nach vorne, stützte sich auf seinen Knien ab und rieb sich die Wange, "Das war äußerst riskant. Ich weiß...das Zeitfenster war mehr als eng ...aber...lach jetzt nicht...ich habe mich ganz auf DICH verlassen...", er lehnte sich wieder zurück, "...und du hast mich nicht enttäuscht." Er verstummte kurz um die vergangenen Erinnerungen ein bisschen nachklingen zu lassen, "Hach...wie gerne hätte ich Mäuschen gespielt. Laut der Erzählung von den Anderen musste das t o t a l e Chaos da oben geherrscht haben...", Antonio lachte lauthals, „ Und um den Ganzen noch die Krone aufzusetzen, rief ich ihn später an und berichtet ihm, dass ich AUCH eine Nachricht von dir bekommen hab." Er seufzte wehmütig, „Ich hätte einiges dafür gegeben, wenn es so gewesen wäre!" Er stand von der Bank auf, „Die Tränen an diesem Abend waren echt...dass kannst du mir glauben!" Prüfend nahm Antonio das Handy nochmals zur Hand und begann langsam, die kleinen, widerlichen Aufkleber an der Rückseite abzupuhlen. Langsam schritt er auf den kleinen Weiher zu, "Erstaunlich WIEVIEL Zufälle mir geholfen haben...oder wie viele Zufälle ÜBERHAUPT da mitgespielt haben...Allein die Tatsache, dass ausgerechnet Madita anwesend war, als du verunglückt bist...Zufall?
Das Madita der letzte Mensch war, den du gesehen hast und das du ausgerechnet in IHREN Armen gestorben bist...WOW...das nenne ich mal einen MEGA-Zufall!!! Ich glaube, DAS ALLES hier, musste so einfach so kommen...im Grunde genommen sind wir doch alle nur klitzekleine Puzzelteile in einem riesengroßen Bild. Aber ich glaube t r o t z d e m irgendwie, das du manchmal schon deine Finger mit im Spiel hattest...es kann ja nicht **alles nur** ZUFALL gewesen sein!?" Er ging langsam in die Hocke und seine Stimme klang nun unendlich traurig, „Wir waren ein gutes Team...du und ich...findest du nicht auch?" Er schaute runter auf das Telefon in seiner Hand und dann zur seidig glatten Oberfläche des Teiches, „Aber wir sind nun fertig!" Sein Blick wanderte hoch zum Himmel, an dem nun einige Sterne hell leuchteten. Unbemerkt war die Abenddämmerung fortgeschritten. Ein Vogel krächzte in der Ferne. Antonio hob den Arm, holte aus und warf das Handy in die Mitte des kleinen, nun verträumt wirkenden Sees. Ein leises plätschern...dann Stille...
"Mach's gut, Schwesterherz! Ich liebe dich!"

ENDE

ISBN 978-3-7322-5443-9